LES ARNAQUEURS AUSSI

DU MÊME AUTEUR

FUCK, Grasset, 1991.
ANNE FRANK 2 : LE RETOUR !, Grasset, 1994.
NEUILLY BRÛLE-T-IL ?, Grasset, 1997.
UPTOWN, Florent Massot, 1997.
TOPODOCO !, *roman pour hommes*, Grasset, 1998.
MOI ET « BOBBY MCGEE », Grasset, 2003.
MAURICE LE SIFFLEUR, Grasset, 2006

LAURENT CHALUMEAU

LES ARNAQUEURS AUSSI

roman

BERNARD GRASSET
PARIS

ISBN 978-2-246-73161-0

Pour Richard Grandpierre, un ami patient.

Et pour mon frère, Denys, sans qui rien de tout ça...

Un

Pendant les six mois qu'ils avaient partagé une cellule à Melun, quatre dans neuf mètres carrés et le chiotte qui fuyait, Jorge Gomez avait toujours appelé le mec Tortue. Donc, là, dix ans plus tard, l'autre avait dit son nom, Jorge Gomez n'avait pas tout de suite fait le rapprochement.

Le mec voyant ça, écartant les bras, disant "Tortue ? Melun ?" Jorge le resituant enfin, disant "Tortue, je le crois pas !" Puis, pour se rattraper, "Ça alors ! T'as pas changé !"

Jorge espérant juste avoir moins changé que le mec, avec ses dix kilos de plus et les cheveux en moins. En même temps, lui, Jorge, l'autre l'avait reconnu tout de suite en le croisant dans la rue. Peut-être ça voulait dire qu'il s'était mieux maintenu les dix dernières années.

Evidemment, le mec insistant pour qu'ils aillent boire un verre. Jorge disant Vite fait, alors, parce que j'ai rendez-vous. Le mec une fois en terrasse sur le port de Juan-les-Pins demandant à Jorge ce qu'il devenait. Jorge disant "Ben tu vois", baissant les yeux sur son costume, sa chemise et ses chaussures toutes neuves. Les prix pas marqués dessus, mais la classe évidente pour quelqu'un qui a l'œil. Le mec du coup demandant à Jorge dans quelle branche il était. Jorge disant alors ce qu'il disait toujours, chaque fois qu'on lui demandait :

"Les armes, la drogue et les êtres humains." Marquant la petite pause, comme chaque fois, le temps que le mec en face se demande, puis finissant la phrase : "Sinon je vends de tout."

Là, le mec qu'il avait toujours appelé Tortue avait pris l'air sérieux, hoché la tête et dit, "Okay, d'accord. C'est bon, m'en dis pas plus. J'ai compris."

Jorge le laissant parler. L'autre déjà reparti, racontant qu'il bossait dans un hôtel, un palace pas possible, au bord de la mer.

"Le plus bel hôtel du monde. Enfin, peut-être pas le plus beau, mais tu verrais le truc, c'est un des dix plus beaux. Et dans les cinq plus chers, ça c'est sûr. Le prix des piaules, tu le crois pas. Les suites, oublie, c'est genre du trois mille jour. Le pire, c'est les bungalows. T'en as, c'est cinq, six mille euros par jour, je te déconne pas. C'est les plus grandes stars qui les prennent. Vas-y, dis un nom, n'importe qui, c'est une grande star, il descend là. Tu peux y aller, Clooney, Brad Pitt, Madonna, Sharon Stone, tous, quand ils sont sur Cannes, c'est là qu'ils couchent."

Le mec tout fier comme si c'est lui que Madonna payait six mille euros pour venir voir. Jorge se donnant encore cinq minutes avant de se lever et de dire au revoir. Le mec, lui, ayant déjà embrayé.

"Le mieux, c'est le directeur, Castric. Trente ans qu'il est là, il est copain avec toutes les vedettes. Il embrasse Madonna, Sharon Stone. Elles arrivent, il leur claque la bise. Quand elles repartent, pareil. *My darling*, tralalala. Le show qu'il fait. Il se change trois fois par jour. Des costards, tu le crois pas. La couleur de ses vestes, je te dis pas. Il en a au moins soixante. Les Ricaines, elles adorent. Il leur fait le plan, tu sais, comme pour le beurre salé : *Reflets de France*. Le baise-main, au début.

But certainly madame. *You are so beautiful. You are the best* et tout. Les meufes, elles plongent. Certaines, c'est elles qui demandent à se faire prendre en photo avec l'autre à côté. Bon, ça, c'est les Ricains, pendant le Festival. Les Russes ou les Emiratis, il leur lèche moins la pomme. Que pourtant, il pourrait. Le blé qu'ils lui rapportent, cet enculé. Les valises de biffetons. Ah ouais parce que, attends, tu sais pas le plus beau."

Jorge se souvenant qu'en cellule, déjà, le mec leur avait bien pris la tête. C'était pas Tortue qu'ils auraient dû l'appeler. C'est France Info.

"Ce que j'ai oublié de te dire, c'est que va savoir pourquoi, il se fait un mauvais trip sur les cartes de crédit. *Platinum, Visa Gold, Diners Club*, le mec, rien à branler, il veut que du papier. Il accepte rien d'autre. Du cash et puis c'est marre. Ou alors des virements, banque à banque, les mecs payent tout d'avance, à la réservation. Enfin pas tous, déjà. T'en as plein, les Russes, les Saoudiens, les mecs ils restent quinze jours à dix, douze dans plusieurs bungalows, le jour où ils se barrent, t'as un Bob qui déboule avec la mallette menottée au poignet. Mais même ceux qu'ont payé avant, une fois qu'ils sont sur place, ça va vite. T'as tous les suppléments. Tu veux aller sur le ponton, c'est tant. Un matelas, une serviette, c'est encore tant. Même la piscine, pareil. Le mec il paye six mille pour son petit bungalow, s'il veut piquer une tête dans la piscine d'eau de mer, on la lui compte en plus. Donc du coup, t'as qu'à voir, c'est très vite que ça chiffre. Le mec quand il se barre, une semaine qu'il est là, un petit peu de room service, le petit dèj cent euros, les soins pour sa gonzesse, un massage pour monsieur chaque soir après le tennis, le mec, dix mille euros, rien que pour les extras. Des fois, vingt ou trente mille, le mec reste un peu de temps et fait pas attention. Et tout ça, comme je te dis, en liquide."

C'était bon, là. Jorge avait compris. C'était un hôtel cher et les cartes de crédit n'étaient pas acceptées. Jorge prêt à partir, ayant déjà réglé les consos quand le serveur les avait apportées et décliné quand Tortue avait proposé de remettre ça.

"L'autre, là, le Castric, c'est ce moment-là qu'il aime. Tu le vois, il kiffe sa race. Voir les mecs emmerdés, les plus grandes stars, les milliardaires, les mecs habitués à jamais rien casquer, jamais d'oseille sur eux, juste signer les notes. Là, obligés de se faire chier à faire venir un sbire apporter les grosses sommes. Ça le vieux il adore. Super sérieux tant qu'il a pas la maille. Poli, toujours, charmant, mais dès qu'on parle d'oseille, il arrête les courbettes. Et aussitôt après, une fois qu'il a palpé, pas de problème, il ressort son sourire et il leur fait la bise. Quel dommage, vous partez, vous allez nous manquer, toute une année sans vous. Après, je suis sûr qu'il va dans son bureau recompter toute la thune, les biffetons, un à un, en se léchant le pouce comme ça entre chaque liasse. L'enculé, le fade qu'il doit pas se prendre."

Jorge guettant la pause dans le débit du mec pour se lever et partir. Mais l'autre parlant toujours :

"Après, c'est pas compliqué, compte dix départs par jour en moyenne. Vingt ou trente mille euros par client. Ça veut dire, l'autre, n'importe quel jour tu prends, il a au minimum trois cent mille en billets posés sur son bureau. Les bonnes journées, alors là, laisse tomber. Des Russes ou des Emiratis qui sont restés dix jours, là, l'autre, lui, c'est la fête à son slip. Je suis sûr qu'il accroche les cinq cents. Un demi-million d'euros, cash, étalé devant lui, dans sa petite chambre forte. Oui parce que c'est ça le truc. Le mec, ce que je te raconte, il aime tellement la thune, l'oseille, au lieu d'avoir un fourgon Brink's qui vient le chercher tout de suite, non, il préfère le garder toute la nuit avec lui. A portée. Je te jure, il dort dedans, ça se trouve. Tout nu dans les talbins. Il se branle avec les liasses. Et puis, seulement le lendemain matin, t'as un fourgon qui vient."

Jorge ayant compris où l'autre voulait en venir, se disant qu'il allait partir.

"Deux ans que je bosse là-bas, chaque soir, je me barre, je pense aux trois cent, quatre cent mille en cash sur le bureau. Et l'autre vieil enculé en train de se baigner dedans. Et chaque soir je me dis, putain, vraiment trop con que je puisse pas lui piquer."

Voilà. On y était. Jorge se reprochant d'être pas déjà dehors.

"Tu sais pourquoi ? Parce que son blé, le vieux, presque depuis le premier jour, je sais comment lui prendre. C'est ça qui me rend fou, depuis deux ans, savoir que je pourrais, que j'aurais pu, mais qu'en fait je peux pas, tu comprends ? Parce que jusqu'ici, même que j'avais un plan, je pouvais pas le faire. Tu sais pourquoi ?"

Jorge secouant la tête, se disant qu'il était encore temps de se lever, de dire au mec, désolé, faut que j'y aille. Ou même rien dire. Juste se lever et se barrer. Jorge restant assis, le mec qu'il avait toujours appelé Tortue en train de dire :

"Parce que j'avais le plan, mais pour le plan, j'ai besoin d'un client, d'un client à l'hôtel. Et là, depuis deux ans, tu vas trouver ça con, mais le client qu'il faudrait, j'ai pas pu le trouver. Tous les mecs que j'ai vus, ils étaient pas crédibles."

Jorge sentant venir la chute.

"Mais là, putain, c'est le destin, mon pote. Maintenant c'est bon ! Son pognon, à Castric, je vais enfin lui chauffer."

Jorge disant, "Ah oui ?", comme si ça l'étonnait.

"Ouais. Je te regarde, jamais on irait dire que t'as fait du placard. Le mec qui te connaît pas, tu peux faire assez classe."

Jorge choisissant de prendre ça comme un compliment. L'autre disant : "Donc voilà."

"Voilà quoi ?"

"Le client, dans mon plan pour piquer un demi-million d'euros à l'hôtel où je travaille, c'est toi qui vas le faire."

Deux

Installé à une table du bar *Vicomte Eugène*, Mario l'Arabe dit, "Et lui là-bas, avec la blonde, à côté de Castric, c'est qui ?"

Le jeune stagiaire du *Marina Privilège* tourna la tête pour voir de qui Mario l'Arabe parlait et dit, "Heu, un nom espagnol. Georges Gomez, je crois."

Mario l'Arabe dit, "Okay. Georges Gomez. Vas-y, fais-moi la fiche."

Mario l'Arabe regardant le couple et le directeur passer dans la grande galerie, à quelques mètres de là où Mario et le jeune stagiaire étaient assis, le directeur emmenant les clients jusqu'à leur chambre en faisant son numéro, le bagagiste suivant derrière en poussant son chariot.

Le mec trapu, carré, une démarche balancée, pas très distinguée. La fille avec lui classique : grande, blonde, longues jambes, forte poitrine. Un peu en fin de course, aussi, pour ce que Mario l'Arabe pouvait en voir. Trente-cinq ans bien sonnés. Mario l'Arabe se disant, le petit brun pouvait pas s'offrir mieux, c'est qu'il devait pas peser très lourd. Le jeune stagiaire en train de lui dire le contraire, pourtant.

"En fait, de ce que je sais, c'est un ami de Willy

Vande Meersche, l'ami de Monsieur Castric. Ils sont venus hier, en bateau, avec Monsieur Vande Meersche, justement. Normalement, cette période, Monsieur Castric refuse tous les nouveaux clients s'ils sont pas connus. Là, comme c'est Monsieur Vande Meersche qui lui a présenté, Monsieur Castric a dit oui tout de suite."

"Et c'est qui ce mec ? Qu'est-ce qu'il fait ?"

"Je sais pas. Je crois qu'il vit en Asie. C'est là qu'il a ses affaires."

"En Asie ? C'est pas mal, ça. Ils ont du blé, en Asie. C'est-à-dire, tu m'étonnes : ces enculés, ils payent pas de charges sociales, ils font bosser les mômes. Normal qu'ils soient blindés, après."

Le jeune stagiaire dit, "Là, tout ce que je sais, c'est qu'il a insisté pour la chambre 116, la moins chère de l'hôtel."

"Ah, c'est bon, ça aussi. Les radins, ça, j'aime bien. Ils ont toujours plein de thunes, vu qu'ils la dépensent pas. Et quand ils plongent, ces bâtards, ils plongent tête la première."

"Oui, sauf que là, je crois, ce n'est pas qu'il est avare."

"Ah non ? C'est quoi alors ?"

"Vu que c'est un ami de Monsieur Vande Meersche, Monsieur Castric lui a proposé de le surclasser, une meilleure chambre, au même prix. Mais le client a refusé. Il voulait la 116, celle-là et pas une autre. C'est une superstition. Partout où il descend, il veut la chambre 116."

"Même c'est la plus pourrie, il veut la chambre 116 ?"

"Oui. Il a bien spécifié, celle-là et pas une autre."

Mario l'Arabe dit, "Non mais tu le crois, sans déconner, toutes leurs manies débiles ?"

Le jeune employé faisant juste une moue, prudent. Mario l'Arabe dit, "Ce qu'ils peuvent être cons, quand même, tous ces enculés de riches." Mario ayant l'impression de voir le jeune mec commencer à rougir. Le mec stagiaire dans l'hôtellerie grand luxe, donc si ça se trouve choqué d'entendre Mario parler des riches comme ça.

Mario l'Arabe dit, “Ils ont bien raison en même temps. T'es riche, tu peux te permettre, être aussi con que tu veux. Personne viendra rien te dire.”

La chambre 116, celle que Tortue lui avait dit d'exiger, était la plus grande chambre d'hôtel que Jorge Gomez avait vue jusqu'ici. Cinquante ou soixante mètres carrés, plus quinze ou vingt pour la salle de bain. Tout très classieux. Confort. Après, de là à payer cinq cent quatre-vingt-dix euros.

Jorge avait dit à Meryl qu'elle déballerait ses malles plus tard, l'envoyant en promenade, la piscine ou au spa, restant seul pour recevoir Tortue. Attendant pas longtemps, cinq minutes, avant d'entendre frapper. Jorge allant ouvrir et laissant entrer Tortue, en tenue de boulot, pantalon et chemise noirs, très stylé, trimbalant sa petite boîte à outils.

Tortue donna un coup de menton vers la déco et dit, “Alors ?” Tortue fier de la chambre comme si c'était chez lui.

Jorge dit, “Ben alors quoi ? Rien. Tu veux boire un truc ?”

“Non, t'es gentil, merci. Il y a pas de minibar, c'est que du room service. J'ai pas envie qu'un des serveurs me voie.”

Jorge dit, “Je le crois pas, ça : six cents euros la nuit et t'as pas de minibar.”

Tortue dit, “C'est exprès, c'est pour faire grimper les extras. T'en fais pas. Demain ou après-demain, ça fait autant d'argent qui ira dans nos fouilles.”

Jorge s'assit dans le canapé, laissant le fauteuil à Tortue. La chambre était à son nom. Normal qu'il soit à l'aise.

Tortue dit, "Non mais sinon, je veux dire, avec Vande Meerssche, ça l'a fait ? Pas de problème ?"

"Ben non. Tu vois. Je suis là."

"Je t'avais dit. C'était ça le bon plan pour avoir une résa même que t'es pas connu. C'est le Belge qui lui dit, Castric discute même pas. Il le fait dans la seconde. L'autre, avec toute sa thune, tu comprends. Rien que la taille du yacht, excuse-moi."

"Oui ben le yacht, peut-être, mais pour le reste, pardon. Il est bien relou."

"Il est relou, bien sûr qu'il est relou. Le mec, il est milliardaire ! Et donc Castric, du coup, ça a été ? Il t'a fait le grand jeu ? Cher ami, bienvenue, vous êtes à *Privilège*, vous êtes nulle part ailleurs. T'as vu le guignol que c'est ?"

"Ouais. Il a bien aimé la Rolls, là, la *Corniche* avec plaques monégasques que j'ai louée pour venir. Je crois qu'il a juste tiqué sur mon nombre de valises. Je suis venu qu'avec un sac, le seul un peu classe que j'ai, et quelques housses. Je lui ai fait comme au Belge, comme quoi ils ont paumé mes valoches à Roissy. Genre le mec écœuré : voilà, ça m'apprendra à me compliquer la vie sur des vols réguliers. Quand tu te loues un *Falcon*, ces choses-là n'arrivent pas. Heureusement, il y avait les trois malles de Meryl pour compenser un peu."

Là, Tortue changeant de ton et disant, "Oui et alors Meryl, justement, là t'en parles, moi je voulais te demander : qu'est-ce que c'est cette gonzesse ?"

"Qu'est-ce que c'est ? C'est Meryl. Meryl Jones. Une copine, je travaille avec, de temps en temps. Excellente. Très démerde."

"Oui ben peut-être, tant mieux. Mais bon, en attendant, c'était juste pas prévu. Pourquoi t'amènes une meuf, une meuf que je connais pas, sans m'en avoir parlé ? C'est quoi, ce plan ?"

Jorge dit, patient, "C'est une couverture. Un, comment ça s'appelle, un leurre, si tu préfères. L'accent rosbif, ça plaît, c'est international. Ça aide mon baratin d'expat à Singapour. Pis avec ses nichons, moi, personne me calcule. Les mecs regardent qu'elle."

Tortue, lui, faisant toujours le chef : "Ouais mais quand même. Je veux dire, t'aurais pu m'en parler. C'est moi qu'ai monté le plan. Dans mon plan, il y a pas de meuf."

Là, quand même, Jorge obligé de rectifier : "Oui ben je vais te dire, pas de meuf, heureusement qu'elle est là. Parce que le Belge, pardon. Là, l'autre soir, au Palm Beach, je peux te dire que je ramais. Le mec, je sentais bien, aucune envie de parler de mes pertes au backgammon. Je voyais même le moment où il allait se barrer. Il a suffi qu'elle arrive : Excusez-moi, vous seriez pas Jorge Gomez ? Heu, si, pourquoi, on se connaît ? Oui, je crois qu'on s'est croisés il y a un an, une fête, chez le sultan de Brunei. Possible. Effectivement. Le sultan est un ami. Quand je suis sur l'archipel, je réside au palais. Ben là, le mec, tout de suite, complètement transformé : entre le sultan de Brunei, première fortune mondiale, et ses bobs, à Meryl, presque à l'air sous son pif, subitement, le Belgien, je l'intéressais, dis donc, on se demande bien pourquoi. Venez donc sur mon yacht, palali palala, j'enverrai le *Riva*, treize heures, l'embarcadère à gauche, juste derrière le Palais."

Tortue ouvrit la bouche, voulant dire quelque chose mais Jorge le coupa, enchaînant et disant, "Et pareil, le lendemain, même devant sa gonzesse, le mec pas du tout gêné, les yeux dans le décolleté. Moi, du coup, un boulevard : je lui ai tout sorti, comme quoi je revenais en Europe après vingt ans d'Asie. Que je me cherche une maison, pied-à-terre Côte d'Azur, même si je suis pas très sûr de m'établir en France, pour des raisons fiscales. Peut-être plutôt la Belgique. Faudrait me dire ce qu'il en pense. L'autre, il m'écoutait pas, trop occupé, baver comme un goret sur les nibes à Meryl. Juste, un moment, elle s'en va visiter avec la meuf du mec, je reste seul avec lui. Lui, pour me faire la converse, il me demande où je suis descendu. Là je lui dis, *Carlton*, la suite Sean Connery, celle l'ascenseur direct qui arrive dans le salon. Ah oui, il me fait. Je lui dis, ouais mais en réalité, c'est pas ça que je voulais. Ah non ? Non, au départ, moi, on m'avait parlé d'un hôtel, bord de l'eau, une splendeur, le *Marina Privilège*. Mais paraît que c'est pas jouable, cette période de l'année, à moins d'être une vedette ou de se faire parrainer. Là, le gros con, il a pas pu s'empêcher : petite moue, bougez pas, je vais vous arranger ça. Et nous voilà partis, sur son petit *Riva*, à venir prendre le café, arrivée sur le ponton et tout. Présenté au taulier, là, comment tu l'appelles ? Castric ? Mon ami Georges Gomez, de Singapour, qui a beaucoup entendu parler de votre établissement, à la cour de son ami le sultan de Brunei. Et voilà, c'était plié. Du coup, le gros, Meryl a même pas été obligée de se le faire. Elle était contente. Mais bon, tout ça pour dire, le gros Belgien, sans Meryl, j'y serais pas arrivé."

Tortue, un peu redescendu, "Non, c'est juste, c'est un coup, je l'ai prévu à deux. Pas à trois. Et puis je la connais pas. Donc je veux dire, question sécurité, excuse-moi, tu peux pas m'en vouloir de me poser des questions. Et puis surtout, t'as le problème des parts. Ton Anglaise, c'est ton problème, mon pote. Tu la payes sur la tienne."

"Alors je vais te mettre à l'aise. Meryl, il est pas question de partager avec. Je lui ai promis dix mille pour quatre jours de présence. J'ai sorti un bobard que je voulais venir ici repérer des pigeons, pour mon immobilier en Espagne et Guadeloupe. Mais j'ai pas dit ce qu'on faisait et je lui dirai pas."

Tortue enfin calmé, se sentant même un peu con. "Okay. Cool. J'ai rien dit. Mais t'es d'accord ? Je pouvais pas le deviner. Tant que tu me l'avais pas dit, moi je pouvais pas savoir."

"Je te l'aurais dit quand ? Tu veux pas qu'on communique."

"Non. Je veux pas que tu me *contactes*. C'est différent. Communiquer, on peut, mais c'est moi qui dis quand."

Jorge haussant les épaules, pas contrariant. Tortue dit, "Bon, assez perdu de temps. Ecoute voir. Je t'explique le coup."

Mario l'Arabe faisait toujours ça dans un endroit public : les clés de la 599 GTB *Fiorano* posées devant lui, accrochées à l'anneau avec le cheval noir cabré sur l'écusson jaune, à côté du portable, le *Moto V3i*, extra plat, celui qui faisait MP3, en plus de vidéo. Ça plus les fringues Armani Hugo Boss et les lunettes Oakley remontées sur son front, les mecs savaient tout de suite. C'est pour ça, ça l'énerva quand le jeune stagiaire dit, "Vous êtes sûr, vous préférez pas qu'on aille ailleurs ?"

"Pourquoi ? On est bien, là." Donnant un coup de menton devant lui, le rez-de-chaussée de ce qui était maintenant le *Marina Privilège.* Au départ, le petit château qu'un Russe s'était construit au bout du cap Cinjus pour être un peu tranquille avec une maîtresse locale.

Déjà des Russes, en fait, mais d'une autre sorte. Cette époque-là, sur la Côte, c'était la famille du tsar. Pas des trafiquants de meufes. Après, un Américain avait fait rajouter ce qui était aujourd'hui le restaurant, juste au bord des rochers. Et puis, à sa mort, le tout était devenu un hôtel superclasse. Donc c'est pour ça, ils étaient bien, là. Le bar *Vicomte Eugène* presque rien que pour eux, au frais, l'heure qu'il était, début d'après-midi, au plus fort du cagnard. Mario l'Arabe voyait pas pourquoi ils changeraient de place.

Le jeune stagiaire dit, "C'est-à-dire, si la direction me voit."

"Te voit quoi ?"

"Là, pendant le service, normalement, je suis pas censé..." Le jeune mec commençant plusieurs phrases sans savoir les finir. Faisant gaffe, à la fois pas agacer Mario, le dossier que Mario avait. Et en même temps, le jeune mec balisant pour son stage. Pas se prendre une mauvaise note, en repartant sur Lyon, à l'école Paul-Bocuse.

"T'es pas censé quoi ? Parler avec un Arabe ? Ils en ont déjà vus, je vais te dire. Sinon quoi ? Parler avec un mec qui roule en Ferrari ? Ils en ont déjà vus aussi. Et je vais te dire un truc, l'Arabe en Ferrari, tes boss, c'est tout ce qu'ils aiment. Donc voilà. Détends-toi. Il y a reubeu et reubeu."

Mario voyant que le jeune ne l'écoutait plus, affolé par un truc dans le dos de Mario. Mario tourna la tête et vit Jean-René Castric, le directeur de l'hôtel qui arrivait vers eux.

Le jeune stagiaire déjà debout, quasi au garde-à-vous. Mario restant assis, regardant l'autre arriver, pantalon crème, veste rose, cravate rouge, pochette verte. Le mec toujours avec de ces couleurs. Même sur sa figure, en fait, entre le soleil et la lampe, plus basanée que Mario l'Arabe sous son brushing Villepin.

Là, le mec montrant ses dents neuves à Mario, top faux cul, grand sourire.

"Monsieur Zoualem, quelle bonne surprise. Comment allez-vous ?"

"Impec. Et vous ? La forme ? La mine que vous avez, je vais vous dire, je veux la même !"

“Une vie saine, cher ami. Une vie saine. Pas d’excès. Sauf de travail. Ça le travail, je l’avoue, j’en abuse. Mais comme vous avez la gentillesse de le remarquer, pour l’instant, on va dire, ça me conserve à peu près.” Levant les yeux en l’air et disant, “Pourvu que ça dure, comme disait une mère corse. Ça fait plaisir de vous voir.”

Ne parlant qu’à Mario, comme s’il n’avait pas vu le stagiaire. Pas un regard, rien. Mario dit, “Ça vous gêne pas, je discute deux secondes avec le jeune homme, là. Il avait peur de se faire gronder, s’asseoir comme ça avec la clientèle.”

Castric jetant enfin un bref regard au môme, puis disant à Mario : “Cher ami, c’est très simple, je vais vous dire. Il est comme nous tous ici, moi le premier : il est là pour satisfaire nos clients et amis. S’il vous est agréable qu’il bavarde avec vous, c’est en ne le faisant pas qu’il se mettrait en tort. Vous comprenez ?”

Un grand sourire. Le jeune stagiaire tout rouge. Mario l’Arabe se tourna vers lui et dit : “Là, qu’est-ce que je te disais ? Sans déconner, c’est pas exactement ce que je venais de te dire ?”

Le môme ne répondant rien. Castric dit, faisant passer le message, mine de rien : “Vous n’allez pas le garder éternellement, de toute façon.”

“Non, deux minutes, pas plus. Juste là, j’étais sur le cap, je me suis dit, j’allais venir boire un verre. J’aime tellement cet endroit.”

Castric dit, “Ah ça. C’est sûr que quand on est ici, on est nulle part ailleurs. Et comment va Corinne ?”

“Impec. L’entraînement, l’entraînement. Savez comment elle est.”

“Oui, ça, quelle volonté elle a. Elle a toujours eu, d’ailleurs. Vous l’embrasserez pour moi.”

“J’y manquerai pas. Promis.”

“Bonne journée, cher ami. Toujours ravi de vous voir. Revenez quand vous voulez, vous êtes ici chez vous.”

Mario l'Arabe laissa le vieux s'éloigner et se tourna vers le jeune stagiaire, lui faisant signe de se rasseoir. "Là ? T'as compris ? T'es là pour satisfaire la clientèle. Propos de clientèle, d'ailleurs, qu'est-ce qu'on disait ? Georges Gomez, c'est fait. Sinon, dans le genre que j'aime, qu'est-ce t'as comme arrivage ?"

"Ce matin, on a eu le baron de Queréon."

"Le baron de qui ?"

"Je crois que son nom exact c'est Adrien Laouhénan, baron de Queréon."

"Putain, c'est quelle nationalité ça ?"

"C'est breton."

"Oui c'est ce que je dis, c'est pas français. Et lui, le baron, ça va ? Il a du plâtre ?"

"Je ne sais pas. Sur sa fiche, il a donné une adresse à Londres et je crois qu'il travaille dans le cinéma. Là, il devait retrouver Cy Rothenberg, vous savez, le producteur, les films de Bruce Willis."

Mario fit une grimace pour dire qu'il voyait pas.

"Il a un compte à l'année. Il devait arriver aujourd'hui, comme le baron. Mais il a fait appeler cette nuit, dire qu'il était retenu. Qu'en attendant, on installe son ami dans son bungalow habituel."

"Un baron. Le cinéma. D'accord. Et sinon ?"

Le jeune stagiaire commençant alors à lui parler d'un Ukrainien.

"Attends, bouge pas."

Sur la petite table basse, le Motorola était en train de vibrer. Mario regarda qui c'était. Corinne. Il décrocha. Et à l'autre au bout du fil, même pas bonjour, ni rien, Corinne disant direct, la voix super vénère : "Tu te souviens le négro qui est venu l'autre jour ?"

Mario mettant deux secondes à voir de qui elle parlait. Un reunois anglais qui était venu se proposer comme prof de gym au club.

"Tu devineras jamais où je viens de le trouver."

“Non je devinerai pas. Donc le mieux c’est que tu me dises.”

Corinne dit : “Non. Le mieux c’est que tu te ramènes. Tout de suite, là. Je suis à la salle.” Et raccrochant là-dessus sans lui dire un mot de plus.

Mario rafla les clés, le téléphone et se leva, disant au jeune stagiaire : “Désolé, je dois y aller. Mais t’inquiète. Là, dans les jours qui viennent, tu vas me voir souvent ici.”

Trois

Tortue avait ouvert sa caisse à outils et sorti des plans de l'hôtel et du parc, des grandes feuilles dépliées sur la table basse, commençant à montrer des emplacements à Jorge avec le bout d'un stylo.

"Ça c'est les villas, les cabanes, le bâtiment avec le restau de mer et les suites vue sur l'eau. Tout ça, nous, on s'en branle. Nous, notre affaire, elle se concentre ici", faisant un rond autour du bâtiment principal, puis pointant une petite croix sur le plan. "Là, que tu te repères un peu, on est ici, dans l'aile droite."

"Okay."

"Le bureau de Castric est là. C'est là qu'il range l'oseille." Tortue posant le feutre sur une autre croix. Jorge hochant la tête, faisant le mec attentif.

"Donc j'entre, j'ouvre le coffre, je prends l'oseille."

"Attends, tu rentres, tu t'ouvres le coffre, tu prends l'oseille comme ça ? Il est pas verrouillé, le coffre ?

"Pas verrouillé, tu parles. Une chambre forte électronique avec des serrures à combinaison *Winx A2P*, niveau *B & E*, *Evora* modulaire. L'installation qu'il a mis, normalement, ça défie toute loi mathématique, cent onze millions de combinaisons différentes. Deux types de saisie de code : direct et mode discret IVX. Ajoute à ça une gestion de cinq codes hiérarchisés, blocage faux code, buzzer anti-oubli, je peux te dire, c'est une tannée, le truc."

"Comment tu vas faire, alors ? Tu vas forcer la porte ?"

"Forcer quoi ? T'as pas écouté ce que j'ai dit ? Si t'as pas la combinaison, les coffres comme ça, c'est inviolable. Impossible à ouvrir."

"Ben oui, c'est justement – c'est ça que je te demande : comment tu vas faire, alors ?"

"Ben je vais rentrer la combinaison."

"Ah bon. T'as la combinaison."

Tortue ravi, faisant juste une petite moue. "Je t'explique. Un jour, tout au début que j'ai commencé ici, j'étais en train de changer des ampoules sur un lustre dans le hall. Et plus loin, t'as Castric qui discute avec un Italien. Me demande pas pourquoi, ils parlent coffre, justement. Moi, tu penses bien, je me fais tout petit. Le client en train de dire qu'il se souvient jamais de ses combinaisons quand il vient de les changer, que ça doit être l'âge et tout. Et il demande à Castric si ça lui fait pareil. Là, l'autre, Castric, toujours faire son crâneur, il dit, moi non. Ma combinaison de coffre, je la change tous les mois depuis plus de dix ans et je m'en souviens toujours. Pas oubliée une fois. L'autre qui lui fait Ah bon ? Ben vous avez de la chance, parce que moi j'oublie tout. Puis bon, là, ils se sont éloignés et j'ai plus entendu."

"Super. Juste, ça me dit pas comment t'as les bons chiffres. Surtout s'ils changent tout le temps."

"Attends. Le jour d'après, je me démerde à être dans son bureau et je me dis, c'est pas possible, il y a pas une chance sur mille, mais tant pis, je saurai pas tant que j'ai pas essayé. L'autre con dit qu'il la change tous les mois depuis dix ans et qu'il s'en souvient bien, je me dis, ça se trouve, gland comme il est, il est pas allé chercher loin :

il met le mois et l'année et puis voilà, c'est marre. J'essaye le mois qu'on était, j'ai oublié lequel, et je rajoute l'année. Ça marche pas. Je me dis merde, ç'aurait été trop beau. Je vais pour me barrer et puis je me dis, attends, à force de faire ses courriers en anglais, peut-être qu'il inverse l'ordre, tu sais, comme les Ricains. Donc j'y retourne en me disant, j'aurai rien à regretter, comme ça. Et là mon pote, je te mens pas, je mets l'année d'abord, le mois après, la porte s'ouvre, dis donc ! Je le croyais pas. T'avais de la thune, là-dedans – t'avais des euros, des livres, plein de dollars. Je me suis dit merde, qu'est-ce que je fais ? Je te jure, ç'a été dur, refermer le coffre et repartir en me disant, maintenant, faut que je trouve un plan pour engourdir la thune sans qu'on sache que c'est moi. Et ça, mon pote, pour ça, il m'a fallu six mois."

"Ah bon ?"

"Dis-moi, est-ce que tu sais pourquoi dans les palaces, tout est toujours plus cher pour la clientèle russe ou du golfe Persique ?"

"Je sais pas. Pour les flatter. Du coup, qu'ils puissent montrer que c'est eux qui ont le plus de thune."

Tortue dit, "Non. La vraie raison, c'est que ces enculés, les piaules, ils les destroyent, mais comme t'as pas idée. Tu le crois pas les états qu'ils les rendent. Tu te demandes ce qu'ils font dedans. Ils te pourrissent une suite, mon vieux, les mecs ils restent dix jours, la piaule tu peux la refaire. Moi deux ans que je suis là à l'entretien-maintenance, je te dis pas combien de chambres j'ai refaites de fond en comble. Chaque fois, c'était un émir ou un Popov qui avait tout pété. Donc t'as une fois, comme ça, genre il y a un an et demi, j'ai refait cette piaule, là, où on est. Le Russe, il avait loué l'étage, tout l'étage destroyé. Mais cette piaule-ci, pendant le chantier, j'ai trouvé un endroit qui peut servir de planque. Un endroit, tu peux fouiller la piaule pendant dix jours, et jamais tu trouveras. C'est comme ça que j'ai eu mon plan. A partir de là, c'est devenu simple. Du moins la théorie."

"Vas-y."

"Donc j'entre, je prends l'oseille, je ressors. Le seul problème c'est quand je ressors, j'ai besoin d'aller là, prendre l'escalier de service. Et là il y a une caméra." Tortue montrant une autre croix sur le plan, d'une couleur différente des précédentes. "Donc pour ça, il faut qu'elle ait été neutralisée en coupant le câble dans le boîtier qui est là."

Tortue montrant une autre croix, à l'extérieur du bâtiment, sur le côté.

"Toi, c'est là que tu seras. Tu suis pour l'instant ?"

"Heu, ouais."

"Bon donc, je vide le coffre, je sors dans le couloir. Je passe devant la caméra, mais là, toi, à mon signal, tu viens de déconnecter le fil. Il y a plus d'images. Là, c'est automatique : t'as les mecs de la sécu qui contrôlent les issues : l'allée d'honneur, l'entrée fournisseurs, le ponton. Du coup, moi, je sors du bâtiment, et c'est là où je les baise : je sors par là, mais au lieu, genre de chercher à me barrer hors de l'hôtel, je rerentre par ici, la porte métallique, là, derrière, tout au bout du couloir."

Le stylo de Tortue jouant à saute-mouton sur le plan, passant d'une croix à l'autre à toute vitesse. Jorge un peu largué, mais ne le laissant pas voir. Tortue disant : "Mais, il y a un seul problème."

"Ah ouais ?"

"C'est une sortie de secours, pas une *entrée* de secours. Donc, comme son nom l'indique, la porte s'ouvre que du dedans, tu vois ce que je veux dire ? Dehors, t'as pas de poignée. Donc il faut quelqu'un *dedans*, pour me l'ouvrir. Toi."

"Moi ? Mais moi tu m'as dit que j'étais là", Jorge montrant l'endroit où il était censé saboter le boîtier.

"Oui ben t'y es plus, là. Toi, une fois que t'as déconnecté le fil, tu reviens par ici, tranquillement, mais sans traîner non plus, attendre que je te fasse signe de l'autre côté de la porte."

"Ah. Okay. Donc je t'ouvre. Et après ?"

"Après, moi, je vais dans ta chambre, tout seul, planquer l'oseille."

"Toi tu vas dans ma chambre. D'accord. Et moi, je serai où ?"

"Toi ? Ben où tu veux. Au bar, au restau, peu importe."

"Okay. Et après ?"

"Après, je vais te dire, les autres, ils vont être survénères, voir que le blé est plus là. En même temps, l'avantage, c'est que c'est même pas certain qu'ils appellent les poulets."

"Ton Castric, là, il appelle pas les flics, qu'est-ce qu'il va faire, alors ? Il va quand même pas rester là sans rien dire."

"Non. Il va confier ça à Calzer."

"Calzer ?"

"Calzer et Ramponi. Le chef de la sécu et son adjoint. Deux merdes humaines, je te dis pas. Des anciens condés, à mon avis, plus ripoux, il devait pas y avoir. Après ils se sont recasés sur une chaîne de télé, à fliquer le personnel et bugger les ordis. Calzer a repris ici quand le mec qu'il y avait avant est parti à la retraite."

Jorge dit, "Donc ça craint si c'est eux deux qui enquêtent."

"Ils enquêtent, ils enquêtent. Ils enquêtent dans leur cul. C'est là où ils enquêtent. Qu'est-ce tu veux qu'ils enquêtent ? Déjà, fouiller, chercher l'indice, ça va pas être commode, avec l'hôtel plein de monde. Ils vont quand même pas mettre tous les clients dehors. Parce que là, ils font ça, c'est pas trois cent ou quatre cent mille qu'ils peuvent faire une croix dessus. Là, tu rajoutes un zéro. T'imagines ? Et puis en plus : la pub ! Oui cher ami, on était justement au *Marina Privilège.* Non seulement ils se sont fait dépouiller comme un Ed l'épicier, oui mais en plus, du coup, ils nous ont mis dehors après une fouille à corps. A six mille euros jour, merci pour le service. Je vous recommande chaudement."

Jorge hocha la tête. Tortue dit, "Mais comme je te disais, même s'ils faisaient ça, qu'ils dégageaient tout le monde, qu'ils retournent tout l'hôtel, ils l'ont dans l'os quand même. Parce que la planque, je t'ai dit, impossible qu'ils la trouvent. Donc ils vont enquêter, mais ça va être vite fait. Ils vont juste se retrouver obligés de l'avaler."

"Les clients, admettons. Mais le personnel, tu crois pas qu'ils vont le brusquer un peu ? Toi, par exemple, avec ton pedigree, ils ont jamais tiqué ?"

"Non. Comme je donne satisfaction, ils m'ont jamais fait chier. Toute façon, mes trois ans, c'était pas vol effrac, c'était violence volontaire. Tu dis c'est des reubeus qu'ont voulu t'embrouiller, que la juge était de gauche et ça suffit, c'est bon. Ici, dans la région, tout le monde est de ton côté."

"Bon. Admettons. Et moi, du coup, je fais quoi ?"

"Comment ça ?"

"Ben une fois que t'as planqué l'oseille dans ta cachette secrète, je fais quoi ? Le lendemain ? Le jour d'après ? Qu'est-ce que je suis censé faire, puisque t'as tout prévu ?"

"Rien. Tu fais juste ce que t'as dit que t'allais faire avant. Tu visites des cagnas, tu vas à la pistoche, tu pines avec l'Anglaise, tu fais le cave en vacances. Et puis au bout de deux jours, tu te rebarres comme prévu, à la date annoncée. C'est tout. C'est pas plus compliqué."

"D'accord. Mais le blé, du coup ?"

"On le laisse. On l'oublie. Un mois, deux mois, six

mois s'il faut. Et quand on voit que c'est calmé, qu'ils pensent à autre chose, toi, t'as tellement kiffé ici que t'as envie de revenir, dis donc. Tu radines, tu redemandes la même piaule, vu qu'elle t'avait convenu et que c'est ton numéro fétiche. Ce coup-là, t'as des bagages. Tu restes deux nuits et, moi, juste avant que tu te rebarres, je viens, je sors le blé, je le mets dans ta valise et tu t'arraches avec. Moi, je te retrouve à un endroit – tout près d'ici, t'inquiète. Je sais exactement où. Et puis là, on partage. Enfin, 'on partage' – toi tu prends vingt pour cent et on se dit au plaisir. Comment tu trouves ?"

Jorge fit une moue et hocha la tête avant de dire, "Super."

"Non, sérieux."

"Sérieux, je trouve ça super. Non, là, je te dis chapeau. Vraiment. T'as bien gambergé. C'est top."

Tortue dit, faisant pas semblant d'être ému : "Oh putain, ça me fait plaisir que tu dises ça. Non c'est vrai, tout seul, t'es jamais sûr. Tout à l'heure en venant, je me disais, si ça se trouve, je vais tout lui expliquer, il va me rire à la gueule. Dire qu'est-ce que c'est ce plan de merde ? Tu vois ce que je veux dire ? Quand t'as que ton opinion, toi t'as beau être content, fatalement, un moment, tu regardes ton truc, tu doutes. Ou les mecs qui doutent pas, là c'est un autre problème. Là les mecs c'est des cons."

Jorge dit, "Non mais là, toi, je t'assure. Il est d'enfer ton plan. Non, vraiment. Il est top." Tortue tout fier. Jorge s'en voulant presque, du coup, au moment de dire, "Juste, le truc qui va pas, mais ça en fait c'est rien, c'est un détail, que dalle à rectifier, c'est les pourcentages."

Tortue disant : "Attends, attends, de quoi tu parles ? Qu'est-ce tu racontes, là ?"

"Non, rien, je dis juste, tes pourcentages, au moment du partage, on prendra pas ceux-là, va falloir les revoir. Mais ça va, on a le temps."

“Qu’est-ce tu me sors, on a le temps. On a le temps rien du tout. C’est moi qu’ai trouvé le coup, c’est moi qu’ai monté le plan, c’est moi qui casse le coffre, c’est moi qu’ai presque tout fait. Toi t’as juste à couper le fil et à m’ouvrir une porte. Tu veux quand même pas toucher pareil que moi pour ça !”

Jorge dit, “Ben si.”

Jorge très calme, exprès, mais Tortue, lui, premier degré, commençant à s’énerver : “Non mais ça tu délires, ça il est pas question, tu te touches l’anus mon pote. Okay, peut-être vingt c’est trop djeust. On peut grimper un peu, moi je sais pas, vingt-cinq ? Mais tu vois ce que je veux dire ? Qu’il y ait une différence. Sinon c’est pas la peine. Vas-y, on parle sérieux, là, aie pas peur, dis-le-moi. On discute. Dis-moi combien tu veux.”

Jorge dit, “Je t’ai dit : Cinquante-cinquante.”

Tortue dit : “Attends cinquante-cinquante, c’est quoi cinquante-cinquante ? Juste pour ouvrir une porte. Cinquante-cinquante pour ça ? T’as vu ce que t’as à faire ? Une poignée à tourner ?”

“Ouais mais, je la tourne pas, t’es mal.”

“Comment ça, tu la tournes pas ?”

“Ben oui, tu viens de m’expliquer, la porte de secours, c’est le seul moyen de pas se faire crever par les mecs de sécu. Et la poignée de la porte, tu m’as bien dit toi-même, pendant un an et demi, t’as ramé comme un âne, trouver le bon mec capable de t’attendre de l’autre côté. Ça prouve bien que c’est pas juste de tourner une poignée.”

Tortue silencieux pendant trente bonnes secondes. Puis finalement disant : “Tu sais quoi ? En fait ça m’étonne pas. Sans déconner, je savais que t’allais dire ça.”

Jorge dit, “Eh ben alors ! Tu vois !”

Tortue secoua la tête et dit, “Non, je le savais. Je savais que tu dirais ça.” Le regard ailleurs, disant, “Et que moi, je l’aurais dans le cul, obligé de dire oui.”

Tortue jetant son stylo sur la table.

“Eh ben voilà”, dit Jorge.

Quatre

Les seins sans soutien-gorge à peine cachés dans sa jolie robe blanche et ses ongles vernis jouant avec le verre, Meryl dit : "Et là, les pigeons que tu vas repérer, quand ils vont te demander ce que tu fais dans la vie, eux aussi, tu vas dire : les armes, la drogue et les êtres humains ?"

Jorge dit, "Ben oui. Pourquoi ?"

Meryl disant, moitié français, moitié anglais, comme elle faisait souvent, "Oh *gosh*. Si j'ai pas entendu celle-là un millier de fois ! Jamais tu en as marre ?"

Jorge dit, "Pourquoi ? Le mec me demande ce que je fais, tu veux que je dise quoi ? Escroc ? Arnaqueur ? Faisan ? Griveleur ? Note, j'aime bien, ça, griveleur. C'est con je puisse pas le dire. Vous êtes dans quelle branche déjà ? La grivèlerie. Je suis griveleur."

"Oui, comme *grifter* en anglais."

"Ouais sauf, les mecs, je vais pas leur dire *grifter*, t'es d'accord ? Donc c'est pour ça, je leur dis je suis conseiller en défiscalisé ou consultant en participations *offshore*. Mais tu dis ça comme ça, il y a quand même une torpeur. Que quand je dis les armes, la drogue, les êtres humains, tout de suite les mecs écoutent. Pas comme tous les comptables qu'ils voient le reste du temps. Donc c'est pour ça, je peux te dire, tant que ça plaît, je m'excuse, je suis pas près de changer."

Meryl leva les mains en signe de capitulation. Mais Jorge était lancé maintenant. "Alors, je t'accorde, la plupart du temps, c'est pas parce que je l'ai vendu qu'il y avait un truc à acheter. Mais ça, le mec le voit qu'après, une fois qu'il est tondu."

"*Whatever you say darling.* C'est toi qui sais le meilleur."

Le mieux. Qui sait le *mieux*. Depuis le temps qu'elle était en France, tu te demandais par moments si Meryl ne faisait pas exprès. Les petites fautes, l'accent, les expressions traduites littéralement. Pour se donner un genre. Le tout assez sexy, en même temps. Un peu comme Birkin jeune, en fait, mais en blonde. Et avec des nibes. Ah, ça, avec des nibes ! Grâce à eux qu'elle avait été mise en *Page Three* du *Sun* l'année de ses dix-huit ans. Après, ce que Jorge se souvenait, elle avait fait un disque, un peu de télé, de la photo, failli épouser un héritier sud-af', pris de la poudre, arrêté, tout un tas de trucs. Et là, à trente-six ans avoués, elle travaillait la Côte d'Azur en attendant la bonne pioche qui tardait à venir. Jorge l'aimait bien. Agréable à bosser avec.

"Si, en fait, t'as raison. T'as des fois, j'aimerais bien dire autre chose. Le problème, c'est qu'une fois que je l'aurais dit, je serais bien emmerdé."

"Ah bon. Pourquoi ?"

"Ben tu sais – enfin non, tu sais pas, mais donc je te le dis : la division économique et financière du parquet de Paris est partagée en quatre. T'as la section commerciale, F4, rattachée au tribunal de commerce. T'as la F3, pour les affaires de droit du travail, protection, environnement, pollution maritime, et puis toutes les magouilles en urbanisme et bâtiment. La F2, c'est les délits boursiers, les infractions au fisc, les cas de blanchiment."

Meryl hochait la tête, l'air ailleurs. Jorge arrivait au bout : "Et puis section F1, lutte contre la délinquance astucieuse, qui traite les faux, usage de faux, escroqueries et abus de confiance. Autrement dit tous mes cœurs de métier, c'est celle-là dont je dépends. La section Formule Un, délinquance astucieuse !"

Jorge ravi. Meryl, elle, buvant une gorgée de meursault et disant : "*So* ?"

Jorge vexé, presque, disant : "Ben c'est top, ça, comme formulation, non, 'délinquance astucieuse' ? Sans déconner, ça jette plus que proxo, voleur de sacs à main ou dealer de chichon. Délinquant astucieux !"

"*Pardon me but...* – 'astu*cieux*' ?

Pour ça qu'elle avait pas ri, en fait. Elle connaissait pas le mot. Du coup, évidemment, c'était plus dur de savourer la nuance. Jorge toujours étonné quand Meryl connaissait pas un mot normal, comme astucieux, alors qu'elle comprenait presque tout l'argot et le verlan.

"Ouais, astucieux. Rusé, malin, habile, si tu préfères. Ingénieux. Voilà. Si tu veux, ça pourrait s'appeler délinquance ingénieuse. Mais astucieux, c'est mieux. Et voilà : c'est la classe, c'est l'élite. C'est les mecs, si tu veux, ils sont délinquants, okay, mais avec leur cerveau plutôt que des calibres ou des lames de rasoir. Donc tu vois, ça, j'aimerais bien, un jour. Le mec me demande ce que je fais dans la vie ? Délinquance astucieuse, pourquoi ? Juste voir la gueule du mec."

"Oui, je comprends maintenant. Sauf, pardon, mais astucioux, astucioux. Pas tant que ça, je dirais."

"Comment ça ?"

"Ben le délinquante astucioux qui se fait serrer, c'est qu'il est pas si astucioux que ça. Comment on dit, du coup ? Délinquante astucioux *but dumb* ? Délinquante astucioux *shit out of luck* ?"

"Ben j'en sais rien. Pourquoi tu me demandes ça ?"

"Ben parce que. Délinquante astucioux *though you*

may be, my dear, tu es quand même allé en prison, non ? C'était quoi déjà la ville ?"

"Ah non mais ça rien à voir. Qu'est-ce tu me parles de Melun ! C'était pour vol de voitures." Jorge secouant la tête. "Non, ça compte pas. Melun, c'était avant que je fasse délinquant astucieux."

Ça gênait pas Corinne de dire négro devant Mario l'Arabe.

Un jour Mario lui avait dit, Tu pourrais quand même faire attention quand tu parles des melons, des bicots, des négros devant moi. Tu votes Front national, c'est ton problème. Mais devant moi, je veux dire, par politesse, merde, sans déconner.

Corinne super surprise, lui disant, Ah mais non. Je dis bougnoule ou crouillat, faut pas prendre ça pour toi.

Mario disant, Je prends pas ça pour moi, admettons, si tu veux. Mais quand même. C'est raciste.

Et là Corinne disant, Ah ben ouais. C'est raciste. Mais ça, raciste, j'ai jamais dit que je l'étais pas. Je dis toujours que je le suis. J'ai pas honte, comme certains. Moi je le suis. J'en suis fière.

A partir de là, c'est sûr, c'était quoi l'intérêt de discuter. Mario, juste, disant quand même, Ouais d'accord, mais alors moi, okay, tout le monde m'appelle Mario à cause que je suis sapé la classe. Mais mon vrai nom, si tu veux, mes papiers, c'est marqué Mohammed. Ou dans la rue, pareil, les mecs ils parlent de moi, ils disent pas juste Mario. Ils disent Mario l'*Arabe*. Mario l'Arabe, dedans, t'as le mot arabe que je sache. Donc toi, fière d'être raciste et tout, d'être en deal avec moi, ça te pose pas un problème ?

Corinne disant, Mais non. Pourquoi ça me poserait un problème ?

Mario abandonnant, se disant, c'est sûr, Corinne avait

eu raison, faire culturiste à la place d'astrophysicienne. Corinne, pas à tortiller, le cerveau était moins musclé que le reste.

Que par contre, de faire parler un mec, c'était plus dans ses cordes.

Comme là : ils étaient au gymnase, la partie qui servait de remise, avec les vieilles machines d'entraînement, les cartons empilés. Juste lui, Mario, Corinne, Bernard l'assistant entraîneur. Et puis le Noir que Corinne avait surpris. Un grand, beaux muscles, plutôt belle gueule. Du moins avant.

Parce que là, c'est certain, le mec était moins bien. Attaché par les jambes et les bras à une machine à travailler les pectoraux, cuisses et coudes écartés, incapable d'actionner les poulies chargées au maximum. Le mec la figure en sang et des grosses ecchymoses un peu partout sur le torse.

Mario avait fouillé ses poches et trouvé son passeport. Andrew Eyles. Une adresse à Bristol. La semaine d'avant, il était venu demander du boulot, instructeur de fitness et *personal trainer*, parlant français avec un peu d'accent, mais bien compréhensible, montrant tout plein de papiers avec des références. Mario plutôt tenté par la proposition du mec, un entraîneur anglophone, pour la clientèle étrangère, mais Corinne disant non, que c'était pas la peine. Qu'ils étaient bien assez, Mario, Bernard et elle. Corinne pas chaude pour embaucher un homme de couleur, disant qu'il y avait certaines clientes que ça rendrait mal à l'aise, un Noir qui les fasse prendre des positions en *personal coaching*. Mario se retenant de lui dire qu'il y en avait peut-être certaines que ça exciterait, aussi. Celles qui venaient s'entraîner en pantalon de jogging taille super basse avec marqué *juicy* en travers de leurs fesses. Au final, c'est Corinne qui avait décidé et le mec était reparti.

Sauf là, l'après-midi, il était revenu, profitant que Corinne était dans la salle avec une classe d'aéro pour aller dans le bureau. Mais un moment donné, Corinne était montée et l'avait trouvé en train de bricoler avec des clés USB sur les ordinateurs.

Sept heures plus tard, il était attaché à la machine à pecs et s'en prenait plein la gueule. Et tenait bon, le con. Mario se demandant comment le mec faisait alors que lui, Mario, n'en pouvait déjà plus, pressé que ça finisse.

C'est-à-dire, d'abord, il avait fallu attendre la fermeture de la salle pour commencer son interrogatoire. Non seulement ça, mais même la clientèle barrée, ils avaient attendu Corinne, le temps qu'elle se mette à l'aise pour travailler le mec. Autrement dit, en plus de ses gants de boxe, claquettes aux pieds et surtout bikini! Des trucs qu'elle faisait venir spécialement des Etats-Unis, la marque *Wicked Weasel* — il avait regardé, *wicked weasel*, ça voulait dire vilaine belette! — les plus petits maillots de bain que Mario avait vus dans sa vie. Des tout petits triangles montés sur des ficelles. Tellement petits, les triangles, tu demandais l'intérêt, du coup.

Déjà, le haut, à force de soulever lourd au développé couché, Corinne, c'était plus des nibards qu'elle avait sur le torse, c'était des pecs, comme un mec. Donc c'était presque bizarre qu'elle cherche à les couvrir, un peu comme si Schwarzenegger s'était mis un soutif pour jouer *Conan le Barbare*. Et sinon, l'entrejambe, c'était un sachet turquoise, minuscule, avec juste la ficelle qui passait dans les fesses et voilà. *Wicked Weasel*, les mecs, ça, pour eux, c'était un slip. Mario se disant, peut-être, il aurait fallu voir le modèle porté différemment, par quelqu'un d'autre, ce que ça pouvait donner, une meuf normale dedans, au lieu d'avoir Corinne.

Là, Corinne s'accordant une pause, enlevant les gants de boxe pour attraper sa petite bouteille d'eau minérale spéciale, plus chère qu'un bon pinard, avec plein de vitamines et d'oligo-éléments. Faisant la grimace en respirant ses mains, disant, “Voilà ! Chaque fois c’est ça, j’aime pas en fait avec les gants. Les mains qui sentent mauvais après. Je frotte pendant une heure, derrière, pour faire partir l’odeur.”

Mario dit, “Ah ouais ?”

Corinne reprit unc gorgée et dit, “C’est quoi, alors, tu crois ? C’est parce qu’on l’a pas pris, il voulait se venger ?”

Mario dit, “Non. Le mec qui veut se venger, il s’y prend pas comme ça. Pis se venger de quoi ? Tu te venges pas des gens parce qu’ils te font pas bosser. Sinon tu vois le merdier, avec trois millions de chômeurs ? Les vengeances que ça ferait ? On serait en guerre, du coup.”

Dans un premier temps, le type, là, Andrew Eyles, avait dit qu’il était dans le bureau pour copier le fichier inscriptions, contacter les clientes, leur proposer des cours à domicile. Mais Mario avait dit que ça tenait pas debout. Qu’il y avait forcément autre chose derrière.

“Qu’est-ce ça peut être, alors ? Un flic ? Tu crois que c’est un flic ?”

Mario dit, “Pourquoi un flic ferait ça ? Il fait une fouille comme ça, tout ce qu’il trouverait, après, ça serait pas valable à l’instruction. Ils travaillent pas comme ça.”

“Bon alors qu’est-ce que c’est ? Qu’est-ce qu’il voulait ce mec !”

“Mon avis, moi, c’est que c’est un concurrent. Mais pas pour le fitness. Concurrent pour le reste. Les listings, c’était pas ceux des cours d’abdos fessiers qu’il voulait, le mec. C’était les autres.”

Corinne folle de haine, du coup, disant, “Putain, mais qui c’est ce concurrent ?”

Mario dit, “Justement c’est ça j’aimerais bien que le mec il nous dise.”

“Ben il va nous le dire tout de suite !” Corinne reposant la bouteille, réenfilant les gants et retournant se planter devant le mec.

Et pan. Corinne venait de lui remettre une droite, redisant, “Alors qu’est-ce tu faisais là-haut?” Pan. Au plexus. “Tu voulais quoi? Qu’est-ce que t’es venu chercher?”

Corinne prête à recoller une avoinée au mec mais Bernard levant la main, lui faisant signe d’arrêter. Corinne restant conne, le poing stoppé à mi-course. Bernard montrant le mec et disant, “Attends une seconde.”

Corinne dit, “Quoi?”

Bernard dit, “Sans déconner, on dirait qu’il respire plus.”

Soulevant le menton du mec pour regarder sa gueule. Le mec l’œil blanc, retourné.

Mario dit, “Putain merde Corinne! Fait chier. Tu l’as tué, cet enculé.”

Corinne dit, “Penses-tu! C’est une ruse pour que j’arrête. Il fait semblant, le fumier.”

Bernard dit, “Heu non. Là je crois pas. Là il fait pas semblant.”

Corinne dit, “Attends, c’est qu’il était fragile alors. Parce que là t’as bien vu. Je l’ai pas tapé si fort.”

Bernard et Mario disant rien, préférant pas répondre.

Corinne dit, “Attendez, vous allez pas m’accuser maintenant. On me dit de le faire parler, moi je le fais parler.”

“Tu le fais parler, tu le fais parler. Tu le fais pas tant parler que ça!”

Corinne dit, “Quoi je le fais pas parler? Je suis pas là depuis deux heures, peut-être, lui poser des questions, vous êtes juste là à regarder?”

Mario dit, “Oui, deux heures que tu le cognes, mais tu le fais pas parler. Là, tout ce que tu lui as mis, le mec il a rien dit.”

Corinne dit, “C’est ce que je dis! Il veut rien dire, ce con. C’est pour ça. J’ai mis un peu la gomme.”

Mario dit, “Ça oui, t’as mis la gomme. Mais total, il

est mort. Et là, je me dis, forcé, du fait d'être mort, le mec, nous dire ce qu'on veut savoir, ça risque d'être plus dur."

Ils étaient pas mal, là, en fait, si on regardait bien. Attablés à l'*Astérie*, le gastro de l'hôtel, en terrasse, le meilleur spot, avec la mer juste en dessous et le ponton éclairé. Et puis au loin, la baie, Cannes, les lumières.

Ce qui s'était passé, c'est qu'en arrivant, le maître d'hôtel les avait d'abord amenés à une table à la con, complètement en retrait. Jorge avait dit non, et pourquoi pas celle-là plutôt, montrant celle où ils étaient maintenant. On sera mieux, là-bas. Le mec avait dit, parce que c'est réservé.

Réservé à qui ça ? Au baron de Queréon. Au baron de Queréon ? Ben plus maintenant. Là, c'est l'archiduc Gomez qui va s'y installer avec son amie Meryl, glissant le billet de cent entre les doigts du mec.

"Ça va lui faire les pieds au baron" dit Jorge, pensant tout haut.

Meryl dit, "Le baron ? Quel baron ?"

Jorge dit, "Le baron de mes deux, là, qu'on a pris sa table. Je dis, ça va le faire chier. C'est bien fait pour sa gueule."

"Ah bon ? Tu le connais ?"

"Non. Enfin si. C'est-à-dire, je le connais pas. Je lui ai jamais parlé. Mais je l'ai déjà vu."

Meryl prit son temps pour avaler ce qu'elle avait dans la bouche et dit, "Je comprends rien."

"C'est simple. Sur le bateau de l'autre con, là, le Belge, au déjeuner."

"Oh, *gosh*, quand il voulait que je fasse, comment il a dit ? Un 'show lesbien' avec sa copine, après le dessert."

"Non, plus tard. Quand tu te bronzais sur le pont, tu sais ? Lui, il était allé faire du jet-ski. Ah ouais, le show lesbien. J'avais oublié, dis donc. Tu le crois, ça. Show lesbien, pendant qu'on prend le café. Comme ça, le mec pas gêné, comme s'il demandait le sucre. Et l'autre qui mouftait pas, prête à suivre le mouvement si toi t'avais dit oui. Comment elle s'appelle déjà, sa blonde refaite ?"

"*Go easy on* 'les blondes refaites', *luv*'. Je risque de rejoindre le club plus vite que je n'aimerais."

"Oui non mais, la gonzesse du Belgien, là, c'était quoi son nom ?"

Meryl pinça les lèvres et dit : "Babette."

"Voilà. Tout le temps qu'on a passé avec eux, je crois pas l'avoir entendue dire un mot. Deux trois fois, pour être poli, j'ai essayé de lui poser des questions."

"Oui, je sais. C'est lui qui répondait pour elle. Juste, *I am lost, here.* Je vois pas la connexion entre elle et le baron."

"Ben j'étais là, sur le pont, pas celui où tu bronzais – avec Babette, justement. L'autre, le petit à l'arrière, avec les super jumelles que l'autre m'avait passées."

"Okay. Et ?"

"Et je voulais voir les îles de Lérins. Un trois mâts me bouche la vue. J'ai les super jumelles, je me dis, je vais les tester, voir ce qui se passe sur le bateau. Je vois un mec qui descend du trois mâts et monte dans un petit Zodiac, style pour aller à quai. Le mec, un vrai clodo. Je me dis, c'est pas possible, si c'est à lui le bateau, explique-moi l'intérêt si c'est pour pas se laver ? En fait, c'est pour se donner le genre Kersauson. Tu sais ? La marine à voile débraillée, pour bien montrer la différence avec les nouveaux riches de plaisance à moteur ? Ça m'énerve, ces snobismes."

Meryl soupira et dit : "*This is going somewhere, I trust.*"

"Oui, attends. Ce midi, en arrivant, qui je vois dans le hall ? Le clodo du bateau. Putain, le mec, de près, un SDF, je te mens pas, il manquait plus que le chien. Je me dis, c'est quoi ce gourbi ? Plus bel hôtel du monde, ils acceptent les Misères qui viennent faire la mangave. Ça va être quoi, après ? Les gitans accordéonistes et les marchands de crayons ? Et là, je vois l'autre, là, le dirlo—"

"Le dir*lo* ?"

"Le directeur, tu sais, la veste rose bonbon ? Il arrive sur le mec, je me dis, il va le virer, appeler la sécu. Nan ! Il lui fait des courbettes, tout son show de bienvenue en l'appelant Monsieur le Baron."

Meryl dit, "Oui, c'est vrai, ça, au fait ! Un baron ! *So interesting.*"

"Arrête tes *interesting*. Il est pas *interesting* du tout. Tu vas voir : tout à l'heure, je vais pour te retrouver à la piscine. Je passe dans le hall, je l'entends en train de faire chier le concierge, lui donner des consignes rapport à son thé vert. L'autre il veut boire que ça. Du thé vert japonais, mais pas n'importe lequel. Juste son propre mélange. Le mec a sa petite boîte. Tu le crois ? Il l'a donnée au concierge pour qu'il briefe la cuisine."

Meryl dit, "Japonais, je t'accorde, c'est peut-être l'erreur. Mais sinon je respecte qu'on puisse prendre le thé au sérieux. C'est pour ça que tu l'aimes pas ? Parce qu'il boit son propre mélange ?"

"Non. C'est parce qu'il m'a piqué ma place, ce con, à la piscine."

Meryl le regardant, détendue, attendant la suite.

"Cet après-midi, pendant que tu faisais tes soins, j'arrive à la piscine, je regarde, je vois qu'il reste plus qu'un transat. Je me dis, il est pour moi. Le temps de donner mon numéro de chambre au plagiste pour qu'il m'apporte un Campari Perrier, je me retourne, le mec est dedans. Le clodo, enfin le baron. Dans mon transat. Je vais le trouver, j'y dis, ah non, là, désolé, j'étais là avant. J'ai une conso qu'arrive. L'autre il lève les yeux de son bouquin, il me regarde comme si j'étais une merde, il me dit, la voix genre Balladur, tu sais, la bouche en cul de poule ? Non, tu vois pas, je suis con. Balladur, tu te souviens pas qui c'est. Bref. Il me dit : votre place ? Ah désolé mon vieux. Et il recommence à lire comme si j'étais pas là. Je te jure, sans déconner, on serait pas là pour le boulot, je lui dévissais la tronche. Mais bon, là, j'ai cédé. Je me suis posé au bar. Du coup, j'ai discuté avec des Russes. Assez sympa le mec. Là avec sa copine et ses deux gardes du corps, en plus de l'interprète. On va voir. Peut-être quelque chose à faire. Puis c'est là que t'es arrivée."

"Et le baron, donc ?"

"Oui ben c'est ce que je t'explique. C'est pour ça, tout à l'heure, quand on a changé de table, déjà j'étais bien content à cause de la vue qui est mieux ici. Mais aussi, je dois avouer, ça m'a pas trop déplu de lui niquer sa résa. D'ailleurs, tu remarqueras, on l'a pas vu, du coup. Il préfère sauter un repas ou bien faire room service, plutôt qu'avoir l'air con à pas avoir sa table."

"Mais pourquoi ? Qu'est-ce que ça peut te faire ? Tu le connais pas."

Jorge dit, "C'est comme ça. Je supporte pas les barons. Ni les comtes, ni les ducs. J'aime pas les aristos, en fait, on va dire, pour faire court."

"Ah bon ? Pourquoi ?"

"C'est comme ça. C'est d'enfance. Jamais pu les piffer."

"Moi j'adore les barons. Juste ce dont j'ai besoin. Un bon baron. Ou un comte, encore mieux. Ça réglerait mes problèmes."

"Non mais toi, forcément. T'es habituée comme ça avec Elizabeth, Charlot et Camilla. Toi tu trouves ça normal, ces cons qui branlent rien, qui vivent avec vos thunes. Les aristos, vous autres, vous en êtes pas sortis."

Meryl se racla la gorge et dit, "*I beg to fucking differ, darling*. La dernière fois que j'ai vérifié, l'Espagne était encore une monarchie."

"Oui ben c'est l'avantage, la double nationalité. Là,

c'est mon côté français, si tu préfères : les nobles, j'aime pas ça."

"Okay."

"Pis toi, tu me dis, je veux un baron. Je comprends. Je te le souhaite. Mais pas comme celui-là, avec les fringues pourries et la barbe taliban. Merci."

"Hm, ça dépend. Par exemple, là, pour dîner, il s'est rasé."

Jorge voyant Meryl donner un coup de menton devant elle, pour lui dire de regarder derrière lui. Jorge se retournant et là, voyant sur le ponton une table entourée de piquets avec des torches. Le baron de mes deux en train de s'y installer, rasé, les cheveux ramenés en arrière, mouillés, comme le mec qui sort de la douche, fringué tout en blanc, pantalon, veste et chemise, pieds nus dans des babouches.

Une fois le mec assis, des serveurs rappliquaient pour lui servir du thé et poser devant lui un grand plateau de sushis. Le mec regarda un petit moment les lumières de la baie, puis but une gorgée de thé et ouvrit le bouquin qu'il avait avec lui.

Le mec se mit à lire tout en piochant sur le plateau de sushis, le mec vachement adroit avec ses baguettes, piochant le riz et le poisson sans regarder ce qu'il faisait, les trempant dans la sauce sans les laisser tomber et se les collant dans le bec sans tacher ses fringues blanches.

Jorge restant comme ça un petit moment à regarder le mec, jusqu'à ce que Meryl lui demande si ça allait. Jorge se retourna enfin vers elle et dit, "Deux jours, chaque fois que je le vois, il est là devant moi à me bloquer la vue. Va falloir qu'il arrête."

Cinq

Presque dix heures, le matin, du soleil plein la chambre, Jorge en face du grand miroir, en train de vérifier sa tenue de plagiste : fringues chères et en même temps décontractées ce qu'il faut. Abercrombie & Fitch, Ralph Lauren, ces marques-là. Le genre côte Est, en fait, à part peut-être la casquette Ermenegildo Zegna. Jorge se trouvant à son goût, d'excellente humeur, parlant fort pour que Meryl entende, assise toute nue sur les toilettes à faire pipi avec la porte ouverte, deux feuilles de papier déjà prêtes à la main, Jorge disant : "Ah ben je préfère ça, tu vois."

Jorge entendit Meryl dire "Et moi donc !" juste avant le bruit de la chasse d'eau. Jorge haussant les épaules et disant, parlant à son reflet dans la glace, "Note bien, c'est un fait : j'ai toujours été plutôt du matin." Faisant la moue et ajustant la visière de sa casquette. "Une fois qu'on le sait !"

La veille, en se couchant, Jorge ne s'était pas trouvé d'humeur, Meryl prenant ça bien, sans déception spéciale, sans soulagement visible non plus. Jorge, lui, ne voyant pas d'autre explication que le baron et s'en voulant de laisser les simagrées de l'autre venir lui pourrir la tête. Mais ce matin, mon petit pote, là, ce matin, *no problem*. Champion du monde !

Derrière lui, dans le miroir, il vit Meryl et ses nibes pas possibles qui traversaient la chambre. Meryl disant au passage, “Tu m’attends pas ?”

Ils n’avaient pas commandé le petit dèj dans la chambre comme elle aurait voulu. Dans les palaces, Jorge préférait descendre se servir au buffet. La bouffe de luxe alignée, à volonté, super bien présentée.

Jorge dit, “Ah zéro ! J’ai les crocs, là. Toi, je suis sûr, le temps que tu te fringues, il va te falloir une plombe ! Tu me rejoins quand t’es prête.”

Elle commença à protester, mais lui il était déjà dans le couloir. En chemin vers la réception, il croisa plusieurs femmes de chambre qui lui souhaitèrent le bonjour avec de grands sourires, Jorge leur répondant encore plus gaiement. Au salon restaurant, il fut enchanté de trouver un buffet de folie et peu de tables occupées, se remplissant comme ça, sans faire la queue, plusieurs petites assiettes de bacon grillé, de saucisses miniatures et d’œufs brouillés, redemandant chaque fois du café et de l’orange pressée à la serveuse en beige.

Une fois l’estomac calé, Meryl toujours pas là, il quitta le bar, passa devant les ascenseurs et poussa jusqu’à la réception, s’arrêtant au guichet du concierge.

Réprimant une montée de gaz, Jorge commença par questionner le mec sur les Russes qu’il avait croisés la veille, là, le type à cheveux courts, avec son interprète, les gardes du corps et sa petite amie. Se renseignant juste comme ça, tout hasard. Glissant le billet de cinquante plié en quatre sur le comptoir, le mec le faisant disparaître tout de suite, comme un prestidigitateur, disant à Jorge qu’en fait le Russe était pas russe, mais ukrainien. Jorge disant ouais ça va, c’est pareil. Le mec disant oui mais non, plus maintenant. Jorge disant merci et, tant qu’il y était, lançant le mec un peu sur le baron, là, le grand connard qui se l'était pétée la veille à dîner sur le ponton, mais sentant que le concierge n'écoutait plus, regardant par-dessus la tête de Jorge. Jorge se retourna.

Mis à part au cinéma ou dans des magazines, la plus belle ou l'une des trois plus belles femmes que Jorge Gomez avait vue dans sa vie venait de passer la porte vitrée, tenue grande ouverte par le mec en casquette.

Brune, trente-cinq ans environ mais faisant cinq de moins, cheveux longs, visage parfait. Et encore Jorge ne voyait pas bien les yeux à cause des lunettes de soleil. Mais même comme ça, on devinait qu'ils devaient être magnifiques, classe Adjani ou Liz Taylor jeunes. Sinon, super gaulée, mais pas bombasse non plus. Ce qu'il fallait de jambes, de fesses et de poitrine, mais rien en trop, proportionnée, juste la bonne taille. Et surtout, se tenant bien, sachant marcher, ça se voyait pendant qu'elle traversait le hall vers le guichet de la réception, donc peut-être la fille qui avait fait du podium un moment dans sa vie.

Les fringues, pareil, rien qui faisait pétasse, rien de transparent, de trop moulant ou de déboutonné. Une jolie robe à fleurs et des mules à talon. Classique. Sobre. Rien de tape-à-l'œil ou de provocant. Okay, sac Hermès en croco rouge, mais un peu esquinté, *vintage*, bijoux de famille. Le top.

Derrière, le bagagiste poussait un chariot chargé de valises et de sacs. Même chose : bagages de prix, mais pas de malles Vuitton neuves avec encore l'étiquette dessus, comme faisaient les putes russes.

D'une voix aussi indifférente que possible, Jorge dit au concierge, sans quitter la belle brune des yeux : "Et sinon, ça, c'est qui ?"

"La *contessa* Monica Montesi de Sant'Ippolito. Veuve de Umberto Montesi."

"Montesi de ?"

“Sant’Ippolito. Vieille famille du Mezziogorno.”

Jorge dit, “Ah oui. Et donc vous avez dit veuve ?”

Le concierge dit, “Oui. Son mari est mort, si vous préférez.”

Jorge dit, “J’avais compris. Mais donc, je veux dire, là, elle est avec qui, du coup ?”

Le concierge dit, “A ma connaissance, la *contessa* n’a réservé que pour elle.”

“Merci”, dit Jorge Gomez.

Quand il entra dans la chambre, Meryl dit, “Ça y est ! J’arrive, j’arrive.”

Jorge dit, “Ben non, justement, tu repars.”

La veille, quand il avait dîné face à la mer à la table qu’Adrien Laouhénan de Queréon s’était réservée, le petit brun trapu était avec une blonde. Une belle plante. Peut-être un peu tapée, mais avec de longues jambes et une forte poitrine.

Là, depuis son transat au bord de la piscine, Adrien Laouhénan de Queréon observait le petit brun trapu. Allongé sur un transat, lui aussi, de l’autre côté du bassin à débordement, sans sa blonde, cette fois-ci, ce qui semblait préférable à voir comme il était hypnotisé par une autre jolie femme, brune, celle-ci, assise au-dessus d’eux, à la terrasse du restaurant.

Installée à une table tout au bord, le long de la rambarde imitée de celle d’un paquebot, elle lisait un magazine, s’interrompant parfois pour regarder l’horizon, l’air pensif, puis reprenait sa lecture.

Pour sa part, très grossier, le petit brun ne faisait aucun effort pour se montrer discret. Il scrutait la malheureuse comme il aurait fixé un tableau accroché au mur.

Avec une bonne excuse, quand même, Adrien obligé d’être honnête : la jeune femme brune était assez spectaculaire. Fine, élégante, avec un visage qui, pour ce qu'Adrien pouvait en voir à vingt mètres de distance, semblait friser la perfection.

Embusqué en contrebas, le petit brun la dévorait toujours du regard, dans une posture qui n'avait pas varié depuis qu'Adrien avait commencé à l'observer. Adrien le regarda encore pendant quelques secondes, puis rebaissa les yeux vers les pages de son livre.

Il lut un paragraphe, puis deux et au milieu du suivant releva le nez. Le petit brun trapu n'avait pas bougé. Toujours sur son transat, tout à sa contemplation.

Et alors, n'était-ce pas savoureux, mais la dame allongée à côté rassemblait ses affaires. Alors ça, c'était drôle, voyez-vous. Le transat voisin de celui du petit brun venait de se libérer.

Depuis le départ de Meryl, Jorge admirait la comtesse.

Monica Montesi de Sant'Ippolito. Le nom, déjà, à lui seul, lui faisait battre le cœur. Monica Montesi. *Monica.*

D'abord, elle s'était baignée dans la mer, plongeant du ponton en maillot une pièce. La classe, comparé à toutes les pouffes qui faisaient le concours de celle qui aurait le plus petit string. Puis était retournée dans sa chambre pendant une petite heure. Et là, depuis une autre heure, elle déjeunait en terrasse.

Installé sur un transat quelques mètres en dessous, Jorge la fixait, aussi discrètement que possible, caché derrière des lunettes noires.

Tout ce qu'il voyait d'elle, chaque mouvement, la façon de tenir ses couverts, amener la nourriture à sa bouche en petites quantités, la mâcher, porter son verre à ses lèvres, le reposer, remettre une mèche en place, baisser les yeux vers son magazine ou regarder au large, tout, tout était gracieux, raffiné – *naturel.*

Une ou deux fois, comme souvent les gens qui se sentent observés, la comtesse avait tourné la tête dans sa direction. Mais là, au lieu de soutenir son regard et de lui sourire, Jorge avait chaque fois détourné les yeux. Puis attendu quelques secondes, avant de recommencer à la fixer.

En même temps, il savait qu'il n'allait pas rester comme ça indéfiniment. Il allait bien falloir que quelque chose se passe. Qu'il agisse. Mais juste, en attendant, il était bien, là. Dans un état qu'il ne connaissait pas. Profitant de ce truc qui n'avait rien de normal, l'expression "comme un collégien" lui venant à l'esprit, Jorge se demandant bien pourquoi, car il n'avait jamais ressenti quoi que ce soit d'approchant pendant toutes ses années au collège Brossolette de Châtenay-Malabry.

En fait, c'était comme s'il n'avait pas été aussi, pas juste heureux, mais carrément *vivant*, depuis longtemps. Et c'était tellement bon qu'il voulait à présent que ça ne s'arrête plus jamais, repoussant le moment où il allait devoir se poser des questions, décider d'une approche. Là, juste il profitait, sans résister, sans réfléchir, n'essayant pas de se raisonner, veillant bien à surtout ne pas mettre de nom sur ce qu'il ressentait, laissant venir. Tout. Même les petits bouts de chansons qui pointaient dans sa tête. Michel Delpech. Il était une fois. D'autres trucs dans ce goût-là, ringards encore ce matin et soudain magnifiques. *I believe I can fly*. Des tubes variètes, comme ça, que jusque-là Jorge ne se souvenait pas d'avoir vraiment aimés, ou même juste retenus. *I believe I can touch the sky*. Chaque fois, Jorge avait envie de tuer le mec. Là, non, subitement, c'était exactement comme ça qu'il aurait décrit l'état où il était.

La comtesse, elle, venait d'attraper un petit panier en osier et en avait sorti son téléphone portable. Depuis, elle écoutait plus qu'elle ne parlait, l'expression neutre, sans humeur particulière. Jorge aurait aimé entendre le son de sa voix. Magnifique, certainement. Peut-être un peu voilée comme parfois les Italiennes.

Là, elle venait de raccrocher. Un serveur était en train de lui parler, sans doute pour lui demander si elle voulait autre chose. Jorge aurait aimé être à la place du mec. Elle avait les yeux levés vers le serveur. Avec un sourire radieux, un mouvement de tête et quelques mots que Jorge ne pouvait pas entendre mais pouvait deviner, elle le remerciait, disait qu'elle n'avait besoin de rien. Le tout, si gentiment. Avec tant de grâce.

Jorge transporté de la voir être aimable avec le personnel. Aimable mais sans en faire trop non plus. Naturelle. Habituée.

Il entendit dans son dos quelqu'un qui s'installait.

Par réflexe, il se retourna, se crispant en reconnaissant le mec, là, le baron de mes deux, là, allongé sur le transat à côté du sien. Le mec là, en maillot boxer, bien foutu, muscles de nageur, à picoter l'écran et le clavier d'une espèce de *BlackBerry* avec un genre de petit cure-dents en plastique. Jorge oubliant un instant la comtesse, du coup, intrigué, regardant le mec faire.

Finalement, le mec finissant sa manipe, refermant son gadget en disant, comme s'il se parlait à lui-même : "Et voilà ! Trois minutes : un million deux cent cinquante mille dollars !"

Là-dessus, s'étirant, soupirant d'aise, comme s'il venait de finir une dure journée de travail, puis attrapant à côté de lui le vieux bouquin qu'il avait déjà la veille et commençant à lire, mais s'arrêtant presque tout de suite et disant, à nouveau pour lui-même, sans regarder Jorge : "Quoique, un million deux cent cinquante, ça me paraît peu, en fait."

Reprenant son petit gadget, du coup, et rebelote, tapotant sur le clavier avant de prendre l'air satisfait et dire : "Voilà. Je préfère : trois minutes, un million quatre cent quatre-vingt mille dollars."

Là-dessus, refermant son bazar et le brandissant devant ses yeux comme un objet sacré avant de le reposer.

Jorge savait qu'en ouvrant la bouche, il tombait dans le panneau du mec, jouait son jeu, mais tant pis. Appuyé sur son coude, il dit : "Oui, c'est commode, hein, ces petits machins."

Le mec répondant sans tourner la tête vers Jorge, "Oh. Tout dépend comment on s'en sert. Il y a des gens pour qui ça restera toujours des Game Boys améliorées." Là-dessus, le mec fermant les yeux, genre le mec décidé à entamer une sieste.

Jorge dit : "Vous savez quoi ?"

L'autre répondant sans ouvrir les yeux, disant, "Non mais je ne suis pas inquiet : vous allez me dire."

Jorge ne relevant pas, disant, "La femme assise là-haut..."

Toujours sans ouvrir les yeux, l'autre dit, "Hmmm ?"

Jorge dit, "En fait, c'est une comtesse."

Les yeux toujours fermés, le mec fit une petite moue et dit, "Ah bon."

"Non je disais ça, vu que vous, il paraît que vous êtes baron. Vous auriez pu me dire des trucs sur elle."

Le mec n'ouvrant toujours pas les yeux, soupirant avant de dire, "Non. Désolé."

Jorge se remit en position pour regarder la comtesse, toujours en train de lire, entendant alors le mec dire dans son dos : "Jolie femme en tout cas."

Jorge dit, "Jo-lie ! Vous avez dit *jolie* !"

L'autre dit, toujours sans ouvrir l'œil, "Oui. Pourquoi ? Vous diriez comment, vous ? Qu'elle est bonne ?"

Jorge se redressa et dit, "Jolie ? Jo*lie* ? Mais faut vous faire télécharger un dictionnaire sur le disque dur de votre Nintendo, là ! Enrichir votre vocabulaire. Jolie ? Moi je vais vous dire, une femme comme ça, c'est pas jolie qu'on dit ! Une femme comme ça, on ressuscite Botticelli à coups de lattes pour qu'il la peigne en pied dans une coquille Saint-Jacques. Une femme comme ça, on lui assure un roulement musical permanent sous ses fenêtres : quatuor à cordes au réveil, mariachis au couchant et mandolines le soir quand elle se brosse les dents. Une femme comme ça, on se traîne les couilles sur des tessons de bouteille pendant un kilomètre jusqu'à une cabine téléphonique, juste pour pouvoir l'écouter faire pipi dans un gobelet métallique à l'autre bout du fil. Vous voyez ce que je veux dire ? Jolie ! Pff !"

Il y eut un blanc, comme si l'autre attendait pour être sûr que Jorge ait fini avant de dire, toujours les yeux fermés : "Ah oui. Elle vous a plu, donc."

Monica avait fait durer sa salade de roquette et langoustines et survolé plusieurs fois le *Vogue* italien.

Là, elle regardait la mer, se disant qu'elle n'allait plus tarder à retourner dans sa suite dormir une petite heure. Après, elle irait voir au spa de l'hôtel s'il y avait de la place pour un soin du visage et un massage californien. A défaut, peut-être un hammam et une manucure. Mais là prenant son temps, regardant au large encore un petit moment, profitant.

Quand finalement elle se pencha pour attraper son panier en osier, elle vit un homme qui approchait d'un pas décidé dans sa direction. Elle mit son téléphone dans le panier, laissant le magazine sur la table, prête à partir. Trop tard. Le type était planté devant elle. *Ecco.* Seule dans un lieu public, Monica restait rarement longtemps sans qu'un homme tente sa chance.

Petit, cheveux bruns. Plutôt bonne tête, d'ailleurs. Un visage gai et engageant. Même là, alors qu'il essayait de prendre une mine grave, secouant la tête, disant, comme s'ils se connaissaient et qu'elle pouvait savoir de quoi il lui parlait, "Je regrette."

Je regrette. Celle-là, c'était la première fois.

Le petit brun était en train de redire, "Oui, je regrette !"

Monica se gardant bien de relever, sachant qu'au premier mot qu'elle prononcerait, ça deviendrait encore plus compliqué de s'en débarrasser. Alors qu'en prenant ses affaires et en se levant sans rien dire, elle pouvait peut-être s'épargner le rituel obligé. Monica pas encore prête, là, venant juste d'arriver. Voulant juste être tranquille, attendre encore un peu avant de recommencer à se laisser draguer.

L'autre option, c'était aussi de prétendre ne pas comprendre le français. Après tout, elle était italienne. Mais le petit brun parlait peut-être italien, latin comme il semblait l'être. Et là, alors, c'était mentir pour rien.

Le type, lui, grimaça et dit pour la troisième fois : "Ah je regrette, je regrette, vraiment ! Si vous saviez comme je regrette !"

Monica réprima un soupir et dit, "Pardon. C'est à moi que vous parlez ?"

Le petit brun répondant à côté, gardant le fil du numéro qu'il avait préparé, disant, "Oui, maintenant que je vous vois de près, je regrette. Je vous prie d'accepter toutes mes excuses."

Ça commençait à durer. Monica prête à lui dire que c'était bon, elle avait compris, qu'il pouvait passer à l'étape suivante. Se retenant et puis, sûre de s'en vouloir après, s'entendant dire au type, "Ah bon ?"

Là le petit brun soupira et dit : "Il y a deux minutes, j'ai failli me battre à cause de vous. Je regrette de pas l'avoir fait."

Se battre à cause d'elle. Le type était peut-être fou. Il n'avait pas l'air, pourtant. Exubérant, plutôt. Comédien de fin de repas. Ces types qui se lèvent de table pour mieux raconter une histoire, font des gestes. Monica, intriguée à présent, disant, "Vous battre à cause de moi ?"

"Oui. Un butor vous avait manqué de respect en ma présence. Je l'ai mouché verbalement." Marquant un temps. “Mais c’est *physiquement* que j’aurais dû le marquer, qu’il se souvienne de la leçon.”

Monica disant alors, mais un peu moqueuse, pas encore plus engagée que ça dans la conversation : “Ah bon ? Qu’est-ce qu’il avait pu dire de si grave ?”

Le type dit, “Que vous étiez ‘jolie’.”

Pas encore engagée mais c’était déjà trop. Le type venait de s’asseoir. Bien fait pour elle. En même temps, il suffisait qu’elle se lève, dise au revoir. Du coup, puisqu’elle contrôlait encore la situation, sa sieste pouvait attendre encore deux petites minutes, juste voir comment il allait s’y prendre.

Le type, lui, en train de prendre une mine désolée. Il était bon, en fait, pour prendre des expressions. Monica trouvant qu’il lui rappelait l’acteur américain, là, Robert Downey Jr, petit brun, lui aussi. Celui-ci plus massif, quand même – plus, c’était quoi le mot ? Plus dodu. Mais la même énergie, la même intensité. Peut-être à cause de leur taille. Une façon de compenser. Et là, avec sa mine désolée et sa tête un peu à la Robert Downey Jr, le petit brun était en train de lui dire : “Mais vous n’êtes pas jolie. Si vous êtes *jolie*, c’est que les mots n’ont plus de sens. Si vous êtes juste jolie, l’Himalaya est un monticule, l’Atlantique une étendue d’eau. Si vous êtes jolie, Michel-Ange avait un coup de crayon, Mozart composait de chouettes mélodies et Jésus-Christ était un mec sympa.”

Monica se demandant si le type parlait tout le temps comme ça ou si c’était juste là, croyant que ça allait plaire. C’était un peu ridicule, tous ces grands mots, son ton, ses gestes, ses mines exagérées, mais pas autant que ça aurait dû, moins que chez un autre. Le petit brun faisait ça bien. Monica lui demandant quand même s’il n’avait pas le sentiment d’en faire un peu trop.

Le type n’écoutant pas, répondant à côté, disant, “Donc je m’en veux ! Le seul moyen de me montrer que vous me pardonnez de l'avoir laissé dire, c'est d'accepter de dîner avec moi ce soir."

Monica se retint de sourire. Tout ça pour ça. Quel long détour. Le petit brun reparti à dire, "Ah, bon sang, si je le tenais, l'autre ! Si je le ten—"

S'arrêtant en pleine phrase, au beau milieu d'un mot. Une main venait de se placer sous son nez, lui présentant une coupe vide en métal argenté.

Le petit brun tout rouge, soudain. Au-dessus de lui, un autre type, pas du tout le même genre. Plus grand, plus mince. Peut-être un peu plus âgé. Le grand type disant au petit brun, "Comme gobelet métallique, c'est tout ce que j'ai pu trouver. J'espère que ça fera l'affaire. Je me suis renseigné : il y a une cabine à deux kilomètres d'ici, en arrivant au village, en face d'un bar-tabac. Pour les tessons de bouteille, en revanche, j'ai peur que vous ne deviez vous débrouiller vous-même." Et se tournant vers elle, à présent, disant, "Pardon." S'inclinant légèrement. "Adrien Laouhénan de Queréon. Mes ancêtres chevaliers auraient vécu en vain si je n'intervenais pas en voyant devant moi une demoiselle en détresse."

Chevaliers, détresse. C'était quoi ? Une troupe de théâtre de passage à l'hôtel ? Monica eut envie de rire et dit, "En détresse ?"

Le grand dit, "Oui, il est clair que ce monsieur se propose de vous inviter à dîner. Je me dois donc d'intervenir et de vous faciliter la tâche au moment de refuser. Plutôt que de mentir, ce dont, j'en suis sûr, vous devez avoir horreur, le plus simple est encore de lui dire la vérité."

Le petit brun leva la tête vers le grand derrière lui, tournant le cou aussi loin que possible, et dit : "A savoir ?"

Monica dit : "Oui. Moi aussi, je suis curieuse."

Ça devenait presque drôle, en fait.

Le grand dit, parlant à Monica avec un petit sourire :

"Qu'hélas, vous auriez été ravie, mais que vous n'êtes pas libre. Puisque ce soir, vous me faites la grâce d'accepter mon invitation et de dîner avec moi. Ainsi, sa susceptibilité sera ménagée et l'embarras d'inventer un prétexte vous aura été épargné."

Le petit brun dit, se tordant toujours le cou : "Je rêve ! Ecoutez-le !"

Le grand posa la main sur l'épaule du petit brun et dit, "Laissez, je fais ça pour votre bien. Vous me remercierez un jour."

Le petit brun venait de se débarrasser de la main du grand, donnant un coup d'épaule, cherchant à présent à se dégager de la table et se lever. Ça allait mal finir. Monica dit : "Vous êtes très aimables l'un et l'autre. Mais je ne peux accepter aucune des deux invitations."

Les deux types l'air déçu. Surtout le petit brun. Monica dit, "Soit je n'en accepte aucune, soit j'accepte les deux." A présent, c'était la surprise qu'elle voyait sur leurs visages. "Dînons donc tous les trois. Disons, vingt heures trente en bas. Je vous laisse réserver."

Et chose qu'elle aurait pu ou dû faire plus tôt, mais que, tout bien réfléchi, elle ne regrettait pas de ne pas avoir faite, elle attrapa son panier, se leva et partit, laissant les deux types derrière elle, le petit toujours assis, l'autre debout derrière lui, entendant dans son dos, alors qu'elle s'éloignait, le petit dire au grand, "Comment c'est déjà votre nom vous avez dit ?"

"Adrien Laouhénan, baron de Queréon."

"C'est une contrepèterie ?"

Monica ne sachant pas ce que c'était, entendant le grand dire, "Non, c'est l'un des plus vieux noms de Bretagne."

Monica ensuite trop loin pour entendre la suite, souriant toute seule en marchant, en repensant au numéro qu'ils venaient de lui faire.

Se disant qu'après tout, même si c'était plus tôt que prévu, son séjour commençait de façon assez drôle. Qu'elle allait peut-être s'amuser.

Six

Vingt heures vingt-sept, le hall de l'hôtel rempli de gens prêts à aller dîner, certains au bout du parc, sur la terrasse du restaurant en bord de mer, les autres à l'extérieur, attendant des voitures qui venaient les chercher en bas des marches.

Le chef voiturier réglait le ballet, brassant l'air, soufflant dans son sifflet, empochant les pourboires. Adrien regardait le défilé de voitures. Et puis la faune, dans le hall : des hommes souvent vulgaires, des femmes trop bronzées et, qu'importe l'âge, habillées trop court. Quelques célébrités que tout le monde mettait un point d'honneur à ne surtout pas regarder. Et le directeur de l'hôtel, en pantalon coquille d'œuf et veste bleu roy, allant de groupe en groupe, riant tout le temps même quand personne n'avait rien dit, donnant de son mieux l'exemple.

Adrien détendu, en jean, chemise en lin et espadrilles, appuyé à un pilier. Attendant la belle Italienne et le petit brun. Se demandant où ça allait le mener. Séduire la belle Italienne, peut-être. Ou à défaut, du moins, empêcher le petit brun de le faire.

C'était lui, là, qui arrivait du bout de la grande galerie, passant devant le bar, Adrien l'ayant repéré du coin de l'œil mais ne tournant pas la tête, le laissant venir. Mais regardez-moi ça, comme il s'était fait beau ! Smoking blanc, carrément. Adrien obligé de faire un effort pour ne pas éclater de rire.

Une fois à sa hauteur, le petit brun dit, "Bonsoir."

Feignant alors d'être sorti d'une rêverie, Adrien tourna la tête et dit : "Si je veux boire quelque chose en attendant ? Ecoutez oui, pourquoi pas. Soyez gentil de m'apporter un thé vert." Se délectant en voyant le petit brun blêmir et disant ensuite, "Pardon ! C'est vous ! Je ne vous avais pas reconnu avec votre déguisement."

Le petit brun pris d'un doute, baissant les yeux, vérifiant sa tenue, disant : "Mon déguisement ?"

"Mais oui : quelle idée de vous habiller en serveur ?"

"En serveur ?"

"Oui. Ça prête à confusion. Surtout ici, dans un palace. Les gens ne vont pas arrêter de vous importuner. Vraiment, à votre place, j'aurais choisi un autre costume."

Adrien partant à la rencontre de la belle Italienne qui avançait vers eux, sortie de l'un des ascenseurs, presque à l'heure et resplendissante. Sobre, décente et élégante, contrastant avec la chair exposée à mauvais escient par la plupart des autres femmes qui se trouvaient dans le hall.

Adrien dit, "Mon Dieu ! Vous êtes magnifique. Venez. Je vous accompagne à notre table pendant que notre ami remonte se changer."

Le petit brun dit : "Me changer ? Mais je ne vais pas—"

Adrien dit, "Ah, vous préférez rester déguisé ? Après tout, c'est vous qui voyez, hein ! Si des gens vous réclament une Evian, vous ne viendrez pas vous plaindre."

La belle Italienne dit, "Mais de quoi parlez-vous ?" L'air amusée.

Adrien dit, "Pour une raison que j'ignore, notre ami a

cru que nous allions à un bal masqué." Lui désignant la longue galerie qui menait jusqu'au parc et à la grande allée conduisant à la mer. L'Italienne commençant à avancer, Adrien à sa hauteur et le petit brun, pris de court, trottinant derrière eux.

La mer en dessous, la baie de Cannes en face. La même table que la veille mais dressée pour trois, cette fois.

Jorge parlait peu, préférant écouter. Admirant la comtesse, Monica comme elle leur avait dit de l'appeler, pendant qu'elle parlait d'elle.

Disant qu'elle était née à Grosseto, en Toscane, père employé des postes, mère au foyer. Que toute petite, elle avait pris des cours de danse. Remarquée à quatorze ans par le rabatteur d'une agence de mannequins de Milan. Quittant l'école après son premier contrat. Un peu de podium, pas mal de catalogue. Dans les années 90, elle avait tourné des petits rôles dans plusieurs feuilletons et téléfilms – "merdiques", pour reprendre le mot qu'elle avait elle-même employé. Mais rencontrant comme ça le comte Umberto Montesi di Sant'Ippolito, vieille noblesse de la région des Marches, sur la côte Adriatique. Un homme "dans les affaires". Confection, alimentation et d'autres choses. Bref, blindé. Vingt-cinq ans de plus qu'elle. Au bout de deux ans, le type épousant Monica Cherichetti contre l'avis de sa famille et de ses amis. Monica se retrouvant alors étiquetée capteuse d'héritage à la Anna Nicole Smith. Abandonnant sa carrière, mimant des guillemets avec ses doigts tout en disant le mot. Prenant la décision faute de vraies propositions – faute de vrai talent, en fait, toujours d'après elle. A partir de là, la jeune comtesse faisant tout pour acquérir l'éducation qui lui manquait. Apprenant les langues, l'histoire de l'art, comme ça, jusqu'à ce qu'Umberto ne se tue en jet-ski à Portofino. Ça faisait un peu plus d'un an et elle commençait juste à voir clair dans sa nouvelle vie, pas encore sortie des démarches engagées par son ex-belle-famille pour lui reprendre l'argent du mort. Là, elle s'accordait quelques jours de repos au *Marina Privilège*, choisissant la Riviera française plutôt que la Sardaigne ou la côte amalfitaine, d'abord pour entretenir sa pratique de la langue et puis aussi parce qu'elle y risquait moins de croiser d'anciennes connaissances de son mari. Voilà. Ils savaient tout : elle avait trente-quatre ans, plutôt en bonne santé, à l'abri du besoin, encore toute sa vie devant elle. Il fallait juste qu'elle décide ce qu'elle voulait en faire.

Alors, c'est pas dur, Jorge avait mais *adoré* chaque mot de ce qu'elle venait de dire. Kiffé, mais alors, d'une force !

Sauf, là, dommage, c'était plus elle qui parlait. C'était le grand con, Monica lui ayant demandé ce qu'il faisait dans la vie. L'autre disant de la finance, mais je veux faire autre chose. Monica évidemment demandant quoi. L'autre faisant durer, restant vague, se rendant intéressant, disant qu'il aimerait exaucer un vieux rêve. Monica jouant le jeu. Ah oui ? Lequel ? Et l'autre : écrire et produire l'adaptation de mon livre préféré, un roman de Stevenson, *Le Maître de Ballantrae*. Le maître de quoi ? Ballantrae. T-r-a-e. Ah Ballantrae, d'accord. Non, Monica ne l'avait pas lu. Evidemment, Jorge encore moins. C'était pas très grave en même temps parce que, à croire ce qu'il venait de leur dire, le grand con, lui, l'avait lu vingt fois. Ça compensait un peu. D'autant que, vingt fois en français, mais là, figurez-vous, il s'y attaquait pour la première fois en anglais. Si ! Et non seulement ça, mais dans une édition originale de 1889. Parfaitement. "Un cadeau d'un ami producteur américain." C'est ça. Et ta connerie, banane, je te demande un cadeau de qui c'est ? Jean-Claude Van Damme ?

"Initialement, c'est d'ailleurs pour ça que je suis à l'hôtel. On devait se retrouver, pour travailler ensemble sur le scénario et le budget, mais il est retenu à Hollywood. J'espère qu'il va finir par arriver, qu'on puisse avancer un peu."

Monica demanda alors le nom du producteur en question. Jorge n'en avait jamais entendu parler, mais le nom disait quelque chose à Monica. Le grand con et elle échangeant quelques titres de films.

"Et vous ?"

Jorge mettant un moment à percuter que c'est à lui que Monica parlait, à présent.

"Et vous. C'est votre tour : qu'est-ce que vous faites dans la vie ?"

Monica l'air vraiment intéressé. Le grand con avec un sourire de lézard, au soleil, attendant, prêt à se moquer. Et lui, Jorge, pour la première fois depuis longtemps, à court de mots, ne sachant pas quoi dire. C'est-à-dire, il n'y aurait eu que le grand con, il n'aurait même pas eu à réfléchir, ce serait sorti tout seul : les armes, la drogue, les êtres humains. La petite pause et, sinon, je vends de tout. Mais là, non. Là, devant Monica, incapable de mentir, subitement, lui qui passait son temps à ça.

Problème, pour dire la vérité, le grand con le gênait. Devant lui, il se voyait pas dire, ce que je fais dans la vie ? Délinquant astucieux, mais depuis que je vous ai vue, j'ai envie d'arrêter : envie de faire cave idiot, plutôt. Blaireau innocent. Pauvre baltringue amoureux – là, voilà : il venait de dire le mot. Tant pis. *Amoureux.* Pauvre baltringue amoureux, pourvu que ce soit réciproque, qu'elle soit amoureuse aussi. Voilà ce qu'il voulait faire dans sa vie tout à coup. Maintenant, ce qu'il faisait en réalité, eh bien...

"C'est pas intéressant. Des affaires. En Asie. Mais là je pense à rentrer." Jorge atterré par la platitude de ce qu'il venait de dire. Bégayant à moitié, en plus. Se sentant rougir, du coup, pour que ce soit complet.

Et le grand con, trop content : "En Asie ? Ah oui ? Où ça ?"

Jorge disant Bali, Singapour, Hong-Kong, Kuala Lumpur. Aimant pas, d'ailleurs, le petit sourire du grand con, l'autre le regardant comme s'il l'avait percé à jour. Jorge se voyant mal faire illusion avec ses quatre références prises dans le *Guide du routard* et des vieux *SAS*. Coupant court, du coup, concluant, "Non vraiment, de la finance, des défiscalisations pour expatriés, je vous assure, ça m'ennuie rien que d'y penser, ne gâchons pas ce bon moment", s'accrochant au concept du mec blindé mais que ça saoule à la longue, fatigué des affaires, comme le grand con, un peu. Sauf que lui, il n'avait pas de projet de film à agiter à la place, pour faire classe.

D'ailleurs, la preuve, Monica était à nouveau tournée vers le grand con, l'écoutant parler nautisme. Jorge se serait giflé.

Vers la fin du dessert, Jorge avait repris la main, retrouvant son jeu, sentant le *groove* revenir. Racontant des trucs vrais, en plus. Des souvenirs d'Ibiza qu'il avait déjà testés, qui faisaient rire à chaque fois et qu'il maîtrisait bien, sachant où mettre l'effet. Monica l'écoutant, riant. Le grand con rongeant son frein. A force, demandant à ce qu'on l'excuse, se levant de table. Mais comment donc, connard. Et prends ton temps, surtout.

A partir de là, Jorge profitant de l'absence de l'autre pour regarder Monica avec plus d'intensité. Faire durer des sourires. Laisser passer des blancs, à ne rien dire, juste en la regardant. Des petits moments d'hésitation qui pouvaient tirer, soit vers une sorte de gêne, soit un début de complicité.

Là, pour l'instant, il n'y avait pas eu de gêne. La complicité, c'était un peu tôt pour dire. Mais bon. Jorge déjà content de voir qu'elle le laissait faire. Sans l'encourager non plus. Mais sans le dissuader. Fâché de voir revenir le grand con. Jorge reprenant alors le fil normal de ses anecdotes. Heureux tout de même d'avoir l'attention de Monica et de la faire rire. Plus que le grand con avec son vieux bouquin et sa marine à voile. Mais dérangé, au moment de la chute, le maître d'hôtel distrayant Monica en arrivant près de Jorge, posant devant lui un parapheur en cuir avec l'addition dedans.

Aussitôt, le grand con dit, avec un grand sourire joyeux : "Cher ami, trop aimable ! Merci pour le bon dîner."

Jorge comprenant, là, ce que l'autre était allé faire.

Monica dit à Jorge, mais de bonne foi, elle, pas du tout pour narguer : "Oui. Merci, c'était vraiment délicieux."

Jorge signa la note sans la regarder et dit à Monica qu'il avait pour sa part passé un moment enchanteur, ignorant exprès l'autre, mais sentant malgré tout son regard d'enfoiré et son sourire pourri.

Monica dit, "Ne m'en veuillez pas, cependant, mais je me suis promis de me coucher très tôt pendant tout mon séjour."

Monica reculant sa chaise, commençant à se lever, le grand con déjà debout, disant : "Je vous raccompagne."

Jorge dit, "Mais non, je vais le faire. C'est bête. Vous, votre bungalow est juste là, près de l'eau. Que moi, je suis comme la comtesse, dans le bâtiment principal. On va au même endroit. C'est pour ça, vous, pas la peine que vous vous dérangiez, faire l'aller et retour pour rien."

Le grand con dit, "Mais non. Pas du tout. Il fait bon.

Je serai content de marcher un peu. La promenade dans le parc va être très agréable."

En fait non. La marche jusqu'à l'hôtel n'eut aucun intérêt. Ils ne se dirent rien, juste deux trois commentaires sur le ciel rempli d'étoiles et des conneries comme ça. Jorge empêché d'échanger avec Monica des regards ou même des phrases à éventuel double sens. Dévasté à l'idée qu'une fois rendus au bâtiment principal, il devrait se séparer d'elle. Et en même temps, pas mécontent de pouvoir enfin aller soulager sa vessie, depuis le début du repas qu'il avait eu envie, s'interdisant pour ne pas laisser Monica seule avec l'autre enfoiré. Là, le détour par sa piaule allait être bienvenu. Il en profiterait aussi pour enlever ce smoking et ce nœud pap qu'il avait eu la bêtise de porter, pensant qu'ils seraient tous super sapés, à voir comme l'autre connard était fringué la veille alors qu'il dînait seul.

Là, donc, dans l'ordre pisser, d'abord, urgemment. Se fringuer plus confort, et vite aller traîner sous les fenêtres de Monica, il avait repéré lesquelles c'était.

S'il faisait vite, elle n'aurait pas encore éteint. Peut-être même serait au balcon, à regarder les étoiles dont elle faisait grand cas, là, pendant que le grand con les lui montrait, disant, quand il était en mer, n'est-ce pas, passer des nuits entières à apprendre leurs noms. Oui, peut-être qu'elle serait là, au balcon, qu'elle le verrait passer et là, mon pote, on savait pas, du coup. Là, tout pouvait arriver. Elle pouvait redescendre, un dernier verre, une promenade dans le parc, mais une vraie là du coup. Peinards, sans l'autre connard. Ou alors, soyons fous, elle lui disait de monter. Peu probable le premier soir, Jorge même pas sûr d'en avoir envie comme ça, si vite. Ou bien juste elle le verrait, lui redirait bonsoir et chacun irait sagement se coucher. Oui mais elle l'aurait vu. Sous son balcon, comme dans les films en costumes de dans le temps. Du coup, normalement, elle penserait à lui un peu avant de s'endormir. Et même si elle le voyait pas, ce serait bien quand même. Il serait mieux sous ses fenêtres, à l'imaginer, à essayer d'agir, au moins, plutôt que de rester dans sa chambre comme un con à tourner en bourrique, se reprojeter tout le repas, les bourdes qu'il avait dites, ou se faire des scénarios à partir des deux trois petits moments où elle avait semblé le regarder gentiment.

Ça y est, ils étaient rendus.

Debout dans le hall, devant les ascenseurs. Monica allait monter à l'étage, Jorge continuer dans la galerie et tourner dans le couloir, sa piaule tout au bout de l'aile gauche. Le grand con, lui, allait faire demi-tour, retourner près de la mer, dans son petit bungalow.

Monica était en train de leur dire bonsoir, les embrassant l'un et l'autre sur les joues, après une petite hésitation charmante. Remerciant encore Jorge. Disant qu'ils se croiseraient sans doute le lendemain, leur souhaitant une bonne nuit, et montant dans l'ascenseur. Jorge content d'avoir été embrassé en dernier, croyant savoir que, dans ces moments-là, on gardait instinctivement le plus important pour la fin.

Les portes de l'ascenseur à peine refermées, Jorge dit bonsoir au grand con et le planta là dans le hall, contrarié de s'en aller avant d'être sûr que l'autre était bien reparti. Mais incapable d'attendre plus longtemps sans pisser dans son benne.

Donc partant vite vers sa piaule, courant aux gogues, pissant comme un cheval pendant deux bonnes minutes, soupirant presque d'aise, décidant de pas se changer, en fait, si Monica le voyait dans une autre tenue, ça risquerait de faire toc, genre trop prémédité. Défaisant juste le nœud pap, le laissant pendre autour de son cou, façon Bogart fin de soirée, assez classe en fait, se brossant les dents, juste, au cas où, et courant vite à la porte de sa piaule, se disant qu'en ne traînant pas, Monica aurait pas eu le temps de se mettre déjà au pieu et d'éteindre la lumière avant qu'il soit posté en dessous de sa fenêtre. Bref, ouvrant la porte, donc, et là, empêché de sortir par le mec qui se trouvait sur le seuil, bloquant le passage : Tortue.

Sept

Claude Calzer dit, “Et donc, à ce moment-là, c’est comme dans un film : t’as je sais plus combien de kilos de coke sur la table et à côté, la mallette avec le cash.” Là, s’arrêtant et disant à Ramponi, “Mais si, je suis sûr. Je t’ai déjà raconté cent fois.”

Ramponi dit, “Oui mais c’était il y a longtemps. Je m’en souviens plus, en fait. Donc vas-y.” Ramponi disant ça sans lever les yeux de la partie de Solitaire en cours sur son écran.

Claude Calzer hésitant une seconde puis disant, “Tant pis pour toi. Donc t’as les kilos de coke, là. Le cash, dans la mallette. Trois millions. Je peux te dire, il y a dix-sept ans, trois briques, c’était encore une somme.”

“Même aujourd’hui.”

“Ouais même aujourd’hui. Cinq cent mille euros, ça commence à être bien. Donc trois briques, sur la table. On est là, le mec des douanes et moi, fringués *Miami Vice*, j’ai encore des photos, sur le bateau du mec. Un trente mètres, beau bestiau. Des mecs enfouraillés partout de l’autre côté de la porte. Et nous dans la cabine avec le mec, ses deux gardes et le matos. Moi, donc, je suis là, le flingue sorti, à dire Personne ne bouge. Je braque les gardes, à bout de bras, les mecs ils en reviennent pas de voir que je suis un flic, fous de haine de s'être fait avoir, depuis des mois et des mois que je traînais avec eux."

"Sérieux ? Les mecs ils se doutaient de rien ?"

"Ah non, c'était de l'infiltre, mon pote, top niveau, la grande classe. Les mecs, j'étais de l'équipe, il y avait pas de problème. Moi, c'est pour ça, j'avais gardé mon gun, pas de souci. Que le mec des douanes, lui, c'était l'acheteur, ils avaient pris le sien, il y a juste que la mallette avec l'oseille dedans qu'ils lui avaient laissée. Et donc, là, à ce moment-là, les douanes, lui, normalement, ce qui est prévu, c'est qu'il doit désarmer les autres et donner le signal, que les gendarmes rappliquent et montent à l'abordage. Okay, les douanes, il désarme bien les mecs, mais il donne pas le signal. Je sais pas ce qu'il fout, il traîne. Moi je suis toujours là, le flingue braqué sur les mecs, coké comme un malade. L'autre, le gros con de narco, qui a voulu qu'on goûte, une fois, deux fois, trois fois. J'aurais pas dit police, on se faisait le paquet. Et le douanier qui glande, tu sais pas bien pourquoi. Je lui dis, qu'est-ce tu fous ? Il dit ouais, tout de suite. Et c'est là que l'autre con, le gros narco, il dit : on peut encore s'arranger. S'arranger genre, nous on fait le flag, on prend la dope, les sbires, le cash, mais lui, il passe à l'as, on le laisse s'arracher. Le mec il montre la mallette, ouverte avec le cash et il dit : 'Ça. Chacun.' L'autre, les douanes, il est là, il bouge pas, il donne toujours pas le signal. Je vois bien qu'il est tenté mais il veut pas le dire le premier. Il me regarde. J'ai trente-trois ans. Il y a trois briques sur la table et le mec qui me dit qu'il me file la même chose, donc en pouvoir d'achat, un million, un million et demi en euros d'aujourd'hui. Tout ce que je trouve à dire c'est, on va rien arranger. C'est toi qui t'arrangeras devant le juge, connard. C'est pas top, mais c'est tout ce qui m'est venu. Là je te mens pas, les douanes, il a été à deux doigts de m'en coller une avec le gun du garde. Chargés comme on était, ça demandait qu'à partir. On s'est regardés. Putain la haine du mec. Même pas de la haine. Le mépris. C'est un comble, ça quand même. Le mépris, parce que je prenais pas l'oseille d'un trafiquant de coke. Mais il s'est dégonflé. Trente millions, ou même dix, je pense qu'il me fumait. Mais pas là. Pas pour trois briques. Il a donné le signal et, une minute plus tard, le délire, hélicos, les Zodiac, une vedette. Les mecs étaient coincés. Pas un coup de feu tiré. On a coffré tout le monde."

Ramponi dit, regardant toujours les cartes sur son écran, "Aujourd'hui tu ferais pareil ?"

"Aujourd'hui ? Ouais. Je pense. Pas avec ces mecs-là. C'était juste trop des nuls. C'est pas le tout, passer de l'autre côté. Faut choisir avec qui. Moi on va dire, j'ai jamais trouvé les mecs qui m'ont donné l'envie."

"Et le mec, le narco, il a mangé combien ?"

"Rien. Ils ont cassé la procédure. Des pièces qui ont disparu des scellés au TGI de Terre-Basse."

"C'est pas vrai ?"

"Si. Je te dis pas comment ça a été n'importe quoi. Le mec c'était le frère d'un élu de Saint-Martin. Donc laisse tomber. C'est moi qui me suis retrouvé un contrat sur ma tête. Il a fallu me rapatrier d'urgence en métropole. Je vais te dire, en fait, j'étais pas mécontent. Pouvoir souffler un peu. Les RG, c'était la planque, tu compares, les stups Antilles-Guyane. A force, j'étais carbo."

Calzer interrompu par trois coups à la porte et la tête de il savait plus son nom, le jeune stagiaire à l'Hébergement, passée dans l'entrebâillement.

Le mec entrant, timide, Calzer le regardant approcher, sans rien dire, voyant du même coup Ramponi lever enfin le nez de son écran et sourire, savourer le malaise. Le jeune mec posant un papier sur le bureau devant Calzer en disant, "Monsieur Calzer, excusez-moi. Le plan de salle de ce soir."

Calzer hochant juste la tête, attendant que le jeune type ait fait demi-tour et soit presque revenu à la porte pour lui dire : "Tiens, au fait ?"

Le môme se retourna et dit, "Oui, Monsieur Calzer ?"

"Monsieur Castric m'a signalé que vous aviez eu une conversation prolongée avec un certain Mario Zoualem."

Ça y est, le môme tout rouge.

"Oui mais Monsieur Castric avait l'air de le connaître, il m'a dit qu'il n'y avait pas de problème."

"A vous, il a peut-être dit qu'il y avait pas de problème – par exemple, parce que Monsieur Zoualem était présent pendant qu'il vous parlait. Mais moi, il m'a dit de vous dire de veiller que ça se reproduise plus. Vous êtes stagiaire à l'Hébergement. C'est le *Marina Privilège*, pas l'*Ibis* de Vesoul. Il y a des *process* à respecter. Sauf cas exceptionnel, les rapports clientèle sont réservés aux personnels qualifiés."

Le jeune stagiaire hocha la tête et sortit. Calzer attrapa le plan de salle du soir à l'*Astérie* et commença à l'étudier.

Rien de vraiment notable. Ou alors si, juste ça, à la rigueur. Penser à demander aux gouvernantes demain matin s'il y avait eu des déplacements d'une chambre à l'autre. Calzer leva le nez vers Ramponi et dit "Au fait ?" Ramponi, lui, faisant juste "Hm ?" sans quitter son écran des yeux, reparti à faire ses réussites. Calzer ne dit rien, attendant. Ramponi leva enfin la tête.

"Oui, pardon. Tu disais ?"

"Tu saurais me dire, toi, ça ?"

Ramponi dit, "Ça dépend. Te dire quoi ?"

"Pourquoi et comment l'espèce de baron, là, tu sais, invité par le juif d'Hollywood—"

"Bungalow numéro trois. Oui ? Et donc ?"

"Donc pourquoi lui et le petit mec espagnol amené par Vande Meerssche avant-hier—"

"Oui, avec une Anglaise qui est repartie ce matin."

“Voilà. Pourquoi et comment tous les deux, ils se sont retrouvés en si peu de temps à dîner avec la belle Italienne qui est arrivée aujourd’hui ?”

Tortue dit, “Putain tu m’as fait peur, là, ouvrir la porte juste quand j’allais frapper. Comment t’as su que j’étais là ?”

Jorge dit, “Je savais pas que t’étais là. Comment j’aurais su que t’étais là ?”

“Ben pourquoi t’as ouvert, alors ?”

“A ton avis, banane. Pourquoi on ouvre une porte. J’ai ouvert parce que j’allais sortir.”

“Ah bon ? Tu vas où ?”

“Nulle part.”

“Ben tu sors, tu vas bien quelque part ?”

“Oui, non mais je veux dire, nulle part en particulier, me promener dans le parc, prendre l’air avant de me coucher.”

Tortue dit, “Qu’est-ce t’as besoin de reprendre l’air, tu viens juste de rentrer ?”

“Non mais attends, c’est quoi, ça ? Je me mêle ! Je fais ce que je veux. Je peux encore prendre l’air le soir si j’ai envie, non ?”

“Oui ben tu prendras l’air plus tard parce que là, faut qu’on parle.”

Jorge dit, “T’es sûr ? Ça peut pas attendre ?”

“Attendre, il va pas bien lui. Tu te rends pas compte l’enfer, arriver à te parler sans que personne me voie ? Là, une heure que je poireaute dans la remise, attendre que Monsieur revienne de son dîner. Donc t’es gentil, maintenant que t’es là, tu vas nulle part, tu restes. Et t’écoutes bien ce que je dis. Parce qu’on fait le coup demain.”

Le coup...

Ah oui. Le coup.

Jorge n'y avait pas pensé de la journée, occupé à autre chose. Tortue était en train de dire, "Ouais, j'ai checké. Il y a des gros départs, demain, du lourd. Et des gars qui ont pas payé d'avance. Donc tout ça, c'est de la fraîche. Sans déconner, demain, ce que j'ai calculé, il y aura au moins quatre, cinq cent mille euros. Peut-être un poil plus, si on a du bol, mais certainement pas moins. Quatre cent cinquante, cinq cents garantis, sans problème."

"Ah ouais, super."

Jorge presque obligé de se forcer pour s'intéresser à un demi-million d'euros. Tout ça soudain lui paraissant, c'était quoi le mot ? Vulgaire. Mesquin, presque. En tout cas, pas important si on le comparait à ce qu'il avait senti tout l'après-midi et pendant le dîner.

Tortue dit : "Ouais mais d'abord, j'aimerais savoir. Qu'est-ce tu fabriques, là, avec la meuf ?"

La *meuf*? Ah non. Ça, désolé, mais ça allait pas être possible. Là, il allait falloir que Tortue fasse bien gaffe à comment il parlait de Monica.

Tortue revenant à la charge, disant, "Ton Anglaise, là ?"

"Ah oui. Meryl." Elle non plus Jorge n'y avait plus repensé depuis la matinée.

"Oui. J'ai vu qu'elle est partie, ce matin. Qu'est-ce qui s'est passé ? Il y a un problème ?"

"Non. Il y a pas de problème. C'est juste, comment dire..." Jorge cherchant, et prenant le premier truc qui lui venait à l'esprit. "C'est juste, j'ai réfléchi, j'ai repensé à ce que tu m'avais dit et, en fait, je me suis dit, c'est toi qui avais raison."

Tortue visiblement surpris, pas habitué à ce qu'on lui dise ça. Mais content, du coup.

"Ah ouais ?"

"Ouais. Meryl, maintenant qu'elle m'a aidé à entrer dans la place en faisant flasher le Belge, ça me sert plus à rien de l'avoir avec moi. Comme tu m'as expliqué, ce serait même plutôt un risque. Donc je l'ai fait dégager. J'ai fait comme tu m'as dit."

Tortue l'air satisfait qu'on ait suivi ses instructions, même celles qu'il n'avait pas données. Jorge le vit hocher la tête, faire la moue et dire : "Mais ouais. Un plan comme ça, tu commences à mélanger des gonzesses, c'est fini, ça va plus."

Jorge dit, "Voilà."

Tortue changeant déjà de sujet : "Au fait, tu t'es entraîné, comme je t'avais dit ?"

Entraîné. De quoi il parlait, maintenant ?

"Tu sais, repérer le boîtier où tu vas déconnecter le câble, minuter le trajet."

Ah oui. Ça.

La veille, un moment, Tortue avait sorti des photos d'une petite armoire grise accrochée à un mur derrière un buisson de fleurs, avec plein de câbles dedans. Tortue disant : "Voilà. On a du bol que Castric soit radin. Il dit que ça sert à rien de s'équiper Wi-Fi tant que l'ancien système donne pleine satisfaction. Donc ça c'est le concentrateur. Tout ça, c'est des cordons de brassage, tu les différencies à la couleur du surmoulé, tu vois, là, sur chaque plug ? Rouge, c'est télévision, jaune c'est audio-vidéo, et ainsi de suite – noir Hi-Fi son, bleu data Internet, vert automatisme GTB. On s'en fout. Toi tu déboîtes le rouge. T'as bien compris ? Le rouge. Tu verras, c'est pas dur, il y a juste à dévisser. Fais juste gaffe à pas laisser tes doigts partout, tu vois ce que je veux dire." Sortant de sa boîte à outils des gants de chirurgien et les posant sur la table basse, à côté des plans de l'hôtel.

"Dès que c'est fait, tu fais le tour par là. Tu rerentres, comme si tu retournes à ta chambre, tu prends le couloir, mais au lieu de t'arrêter à la piaule, tu continues tout au bout, jusqu'à la sortie de secours, et là t'attends que je sois de l'autre côté."

Jorge sur le moment obligé d'écouter et de hocher la tête. C'était l'heure de gloire de Tortue. Son grand air.

"J'ai minuté une fois, une autre panne qu'on a eue : à partir du moment où ça tombe en rideau, le temps que la réception appelle, que les mecs de sécu viennent regarder le boîtier, au minimum, t'as deux minutes quarante."

Jorge avait dit, "Ah bon. Et ça suffit, ça, deux minutes quarante ?"

"Normalement ouais. Largeo. Mais quand même : faudra que tu le fasses une ou deux fois à blanc, en te chronométrant."

Et là, du coup, Tortue insistait, reposant sa question : "Donc tu l'as fait ?"

C'est ça. Avec Monica et tout, Jorge avait eu que ça à foutre, aller jouer les arpenteurs dans le parc de l'hôtel avec l'œil sur la trotteuse. Jorge dit, "Evidemment. Tout roule. Je suis dans les temps."

"T'es sûr ? En dessous des deux quarante ?"

"Si je te le dis."

"Okay. C'est cool, alors."

Tortue l'air rassuré, passant à autre chose, disant : "Putain, deux ans. Tu te rends compte ?"

Jorge voyant pas de quoi il parlait, voyant juste le temps que ça lui prenait, devenant fou, n'ayant pas encore renoncé à l'idée de pouvoir arriver à temps sous les fenêtres de Monica, avoir une chance qu'elle le voie. Tortue, lui, tout son temps, occupé à dire : "Deux ans ! Entre le moment que j'ai eu l'idée et demain, où je vais enfin le faire. Deux ans, tu te rends compte ? J'arrive pas à croire que là c'est bon. Putain, je te dis pas". Jorge se retenant de lui dire non, me dis pas, et barre-toi. On verra ça demain, disant juste : "Je sais pas comment t'as fait. Toi t'es patient comme mec."

Tortue hocha la tête et dit, "Je te le confirme. Ça doit être le placard qui t'apprend à attendre, je sais pas."

Et Monica qui devait être couchée, rideaux tirés depuis longtemps, du coup. Jorge se retenant de regarder sa montre.

Tortue dit, “Enfin, bref, écoute bien : demain soir, vingt heures trente. Cette heure-là, tous les soirs, Castric est dans le hall. Il est là, faire le beau, son show pour les clients. Donc son bureau est vide et reste vide après le temps qu'il aille dîner. Okay, toi, à vingt-cinq, t'appelles la gouvernante pour dire ta douche déconne. Là, c'est moi qui décroche quand c'est répercuté sur l'entretien-maintenance. Comme ça, j'ai une excuse pour être dans les couloirs. Après, pareil : t'as les musclors de la sécu qui fouillent, ils vont juste me trouver en train de faire mon boulot.”

Le mec, tu comprenais pourquoi c'était pas le Lièvre qu'il avait comme surnom. Jorge dit, “D'accord. Vingt heures vingt-cinq, j'appelle. Après ?”

“Vingt heures trente, t'es dehors, à côté du boîtier. Je sors du bureau de Castric avec l'oseille, je t'appelle. Là tu débranches le câble. Et à partir de là, t'as deux minutes quarante pour aller dans le couloir m'attendre de l'autre côté de la porte. T'as bien compris ?”

Jorge dit, “Oui.”

Tortue dit, “Ouais. C'est pas trop dur, en même temps. T'as des questions ?”

Jorge dit, “Non.”

Tortue dit, “Bon ben okay, j'y vais alors.”

Jorge dit, “Super. Bon ben salut alors. Je te propose pas à boire, il y a pas de minibar.”

C'était plus la peine, là. Trop tard pour ressortir. Monica était couchée, l'heure qu'il était, elle dormait depuis longtemps. Jorge essayant d'imaginer comment. Quelle position. Dans quelle tenue. Hésitant entre toute nue, ou alors un petit rien en soie. Léger, court, mais décent, de bon goût, pas une nuisette de pouffe en nylon faite en Chine. Jorge espérant juste qu'elle avait un peu pensé à lui avant. Intriguée, et séduite par ce sympathique inconnu. Latin comme elle. D'origine modeste. Comme elle.

Jorge se mit au lit aussi. Pensant à ce qu'il ferait demain pour pousser l'avantage, éliminer le grand con. Pensant au plan de Tortue, aussi.

Se disant que c'était parfait. Les deux cent vingt-cinq mille qu'allait rapporter le coup n'allaient pas l'emmener loin, mais quand même. De quoi faire illusion pendant quelques semaines. Le temps de vraiment bien accrocher Monica. D'enclencher la relation.

L'autre solution, sinon, c'était de multiplier par deux. Quatre cent cinquante au lieu de deux cent vingt-cinq. Prendre la part de Tortue.

Jorge se disant non, que ça se faisait pas. Enfin, normalement. Et s'endormant là-dessus.

Huit

Mario l'Arabe faisait défiler les photos sur l'écran du PC dans le bureau, avec Sébastien, là, le biker sans moto que lui avait présenté Corinne, pour les lui commenter au téléphone.

La première c'était la comtesse, comment c'était déjà le nom, Montesi de Sant'Ippolito, tôt le matin, dans la piscine de l'hôtel, encore toute seule dans l'eau, avec juste l'employé qui finissait de sortir les transats.

Le paysage tellement beau derrière que même sur une photo volée, comme ça, prise au zoom sur un petit numérique, t'aurais dit une pub Club Med. Mario se faisant la réflexion qu'elle se faisait pas chier, mine de rien, la pétasse. C'était bon d'être comtesse.

La photo d'après, c'était elle encore, mais plus toute seule dans l'eau, quelqu'un d'autre avec elle, à faire des longueurs. Le baron machin, le mec avec qui elle avait dîné la veille. Mais pas passé la nuit. Sébastien au bout du fil disant : "Ils ont nagé comme ça genre pendant vingt minutes, sans faire la course. Juste nagé. Et puis au moment où ils allaient se barrer, l'autre est arrivé."

Mario le voyait sur la photo suivante : le petit avec un nom espagnol. L'autre mec avec qui elle avait dîné la veille. Pas couché avec non plus.

“Et alors ?”

“Alors ils ont parlé deux minutes. Le petit s’est mis à l’eau. Et elle et l’autre, là, le grand—”

“Le baron.”

“Voilà. Ils sont sortis de la flotte. Et ils ont pris leurs serviettes et ils sont partis. Le petit est resté tout seul. Eux, ils sont allés se faire servir un petit déjeuner plus loin.”

“Au restaurant ?”

“Non, sur les rochers, au bord de l’eau, devant les bungalows.”

Effectivement, sur les autres photos que Sébastien lui avait mailées, on les voyait, un peu moins bien à cause de la distance que l’autre avait été obligé de respecter pour pas se faire repérer.

Mario dit, “Et le petit ?”

Au bout du fil, Sébastien dit, “Je sais pas. Je suis resté sur elle. Lui, quand je l’ai revu, il était au restau, avec les Ukrainiens.”

“D’accord. Et elle ?”

“Elle ? Rien. Après, elle est retournée dans sa chambre. Elle est restée une heure. Je sais pas ce qu’elle a foutu.”

Mario ricana et dit, “Ah ben le temps qu’elle fasse sa commission, un brin de toilette, choisisse ses fringues, la petite robe à deux mille, les bijoux qui vont bien et les pompes à six cents, faut compter ça. Les meufes, déjà, c’est lent. Mais ce genre-là ! Les comtesses, tu penses bien. Elles ont que ça à foutre. Et donc ?”

“Après, elle est allée au spa, tu sais, le truc d’esthéticienne.”

“Tu vois ? C’est ce que je te dis. Elle prend soin d’elle. Et là ?”

“Là ? Ben elle y est toujours.”

“Okay. Et les deux mecs ?”

“Les deux mecs je sais pas. Je suis resté sur elle. Les

deux autres tu m'avais pas dit. Tu veux que je les surveille aussi, faudra qu'ils soient les trois ensemble alors. Sinon, ça va pas être commode. Déjà, elle, prendre des photos, je te dis pas l'enfer, avec les mecs de sécu qui patrouillent l'air de rien, matant tout le monde qui a pas l'air d'un client."

"Toi t'en as rien à foutre, t'es pas client, t'es jardinier."

Sébastien embauché à l'hôtel un mois avant, pistonné par Corinne.

"Justement, jardinier, je suis pas censé prendre des photos. Je me fais piquer, prendre des photos, je perds mon boulot."

"Ah non. Ça t'as pas le droit. J'ai besoin de toi sur place."

"Oui mais c'est juste, je t'explique, c'est pas toujours commode."

"T'inquiète. Pour l'instant, c'est très bien. Hey, dis, en attendant, c'est quand même top la classe."

"De quoi ?"

"Ben là, je veux dire, la comtesse, le baron – manque plus que comment il s'appelle, là, l'autre qui faisait *Saga ?*"

"Stéphane Bern."

"Voilà. Bern. Le bouffon du roi. Ben là il manque plus que lui."

Sébastien dit, "Ah bon ? Mais pour quoi faire ?", faisant pas le rapprochement, pigeant pas la petite vanne. En même temps, le mec relation de Corinne. Donc pas s'attendre trop à Einstein non plus.

Mario du coup disant, "Lui prendre un peu d'oseille, à lui aussi, déjà. Et puis, tant qu'il serait là, il pourrait faire l'animation. Electriser l'ambiance. Tu vois ce que je veux dire ? Que là, en fait, tu vas voir que sans tarder, ça va être encore moi qui vais devoir m'y coller."

Ce qui avait frappé Adrien en arrivant à la piscine, c'était l'élégance du crawl de l'Italienne, glissant sans faire de bruit ou soulever beaucoup d'eau, un mouvement calme, régulier, sans effort apparent.

Du coup, lui-même s'était appliqué, veillant à limiter au maximum les éclaboussures, même avec ses battements de pieds, ne cherchant pas la vitesse. Plutôt, comme elle, la fluidité, le délié.

Au bout de dix longueurs comme ça, il s'était arrêté et l'avait trouvée, les deux coudes posés sur le bord, souriant et disant, "J'étais sûre que c'était vous." Jolie malgré le bonnet de bain, ce qui n'était donné qu'à très peu de femmes, même parmi les plus belles. Et encore plus jolie quand elle l'avait enlevé, libérant ses cheveux.

Adrien l'avait complimentée sur sa nage, l'écoutant alors dire qu'elle avait fait un peu de compétition pendant son adolescence, Adrien lui demandant si elle faisait ça tous les matins. L'Italienne disant, "Quand je peux, oui." Désignant du menton l'horizon, derrière eux, la mer dans le prolongement du débordement de la piscine, le soleil matinal reflété dedans, faisant briller l'eau, blanchissant le bleu du ciel.

Adrien dit, "Et quand vous nagez, vous faites combien ?"

"Une vingtaine de longueurs. D'ailleurs là, c'est bon. J'en ai assez."

"Alors on va dire, moi aussi. Vous avez déjeuné ?"

"Non. Vous ?"

Adrien avait dit, "Non plus. Que diriez-vous de nous faire servir sur les rochers, là-bas, devant mon bungalow, que vous puissiez continuer à profiter du paysage."

"C'est très aimable. Simplement, est-ce vraiment bien honnête, comme proposition ?"

"*Devant* mon bungalow."

Et puis c'est là que l'autre était arrivé. Le petit brun. Le boulet espagnol. Essoufflé, disant, "Ah vous êtes là."

Adrien disant, "Non."

Le petit brun ne relevant pas, enlevant sa chemise pour se retrouver juste avec son bermuda de surfer à motif maori un peu jeune pour son âge, mais pas vraiment torse nu pour autant, vu l'épaisseur des poils qui lui couvraient le poitrail et une partie du dos. Adrien ne résistant pas.

"Ah. Et en quoi notre ami s'est-il déguisé, cette fois ?"

Le petit brun prenant la température de l'eau avec le bout du pied, faisant celui qui n'avait pas entendu. Adrien disant, "Ça y est, j'ai trouvé : Demis Roussos !"

Le petit brun plongeant plutôt que d'avoir à répondre. Adrien piégeant le type dès qu'il avait refait surface et dit que l'eau était bonne.

"Vous aussi, alors, vous êtes comme la comtesse ? Vous aimez nager le matin ?"

Le petit brun disant, "Ah ouais. Moi c'est sacré. Surtout un temps comme ça, ce serait bête de se priver."

"Et vous faites combien ?"

"Oh, une petite demi-heure. Plus si je peux. Et vous ?"

"Nous, on va vous laisser, alors. On a fini. Vous allez avoir la piscine pour vous tout seul avant l'arrivée des bronzeurs."

L'Italienne disant, au premier degré, elle, "Vous allez voir, c'est divin."

Adrien, lui, disant, "Vous avez bien de la chance."

Le grand n'était pas si prétentieux que ça, en fait.

S'il n'y avait pas d'autre mâle à proximité pour provoquer chez lui l'esprit de compétition, il était même plutôt agréable. Ne la harcelant pas avec trop de questions, ne parlant pas trop de lui, goûtant juste le moment.

Assez adroit, laissant venir. Galant, mais pas ouvertement séducteur, sans donner l'impression d'être plus intéressé que ça. Moins direct que le petit, ça c'est sûr. Indiscutablement plus distingué, plus aristocratique.

Depuis toujours, Monica trouvait ça injuste. Injuste et intrigant. Elle dit, "Je peux vous poser une question bête ?"

"Mais certainement."

"Quel effet ça fait d'être baron ?"

"Quel effet ça fait d'être baron ? Je ne sais pas. Quel effet ça fait d'être comtesse ?"

"Je peux vous dire l'effet que ça fait de *devenir* comtesse. Le jour où ça arrive, ça fait plaisir. Comme un rêve de petite fille. Mais c'est forcément différent. On sait qu'on n'est pas comtesse, on a juste épousé un comte. Après ce sont les autres qui changent, autour. Des gens vous témoignent du respect sans raison. D'autres vous détestent tout de suite, sans vous connaître. Mais soi-même, on sait qu'on est toujours la fille de l'employé de *Poste Italiane*. Alors que si on naît comme ça, avec le titre et tout ce qui va avec, c'est peut-être différent. Enfin, j'imagine. C'est pour ça, je vous demandais. Quel effet ça fait de *naître* baron ?"

"Justement, je ne saurais pas vous dire parce que je n'ai rien pour comparer. Franchement, je crois que ça ne fait pas de différence. Chez moi, ce n'est pas quelque chose dont on parlait beaucoup. C'était là, c'est tout. Ça faisait partie de l'histoire familiale. Ça se présentait surtout sous forme d'obligations – noblesse oblige, *Dieu et mon droit*, à quatre pas d'ici je te le fais savoir et tout ce genre de sottises. Mais, oui, forcément, ça a des avantages. Une éducation, certaines écoles. Du coup, un réseau, des relations, l'accès à des sphères soi-disant très fermées – pas pour autant qu'on soit heureux d'y être une fois qu'on s'y retrouve, bien au contraire. Un peu comme le carré VIP d'une boîte de Saint-Tropez, en fait. Une fois qu'on y est, on se dit, tout ça pour ça : voir de près Puff Daddy arroser au Crystal les seins refaits d'une Biélorusse. Les hautes castes, c'est pareil. Ça ne va pas très loin."

"Vous exagérez un petit peu, là, non ?"

"Non. Très franchement, je ne sais plus trop ce que ces choses-là veulent dire, à notre époque. Si. A la rigueur, ça sert dans des endroits comme celui-ci. Ou à l'étranger. Aux Etats-Unis, en Australie, ce genre de pays. *French royalty*, comme ils disent, ça marche encore."

Monica dit, "Vous avez un château ?"

En face d'elle, le type éclata de rire et dit, "Non, plus de château. Vendu, à la mort de mon grand-père. Dieu merci. Sinon, à l'heure qu'il est, je me sentirais peut-être obligé de gâcher ma vie à l'entretenir. Je le ferais visiter à des touristes en shorts armés d'un caméscope, posant sous les portraits d'ancêtres, en leur demandant de ne pas oublier le guide. Dehors, des toboggans, pour leurs gamins que les visites enquiquinent. Ou bien alors un zoo. Des girafes et des singes dans le parc. Les pauvres. Des girafes en Bretagne. Non, pas de château ! Surtout pas."

"Donc vous habitez où, alors, si vous n'avez pas de château ?"

"Un peu partout. J'ai une bicoque en Bretagne, une ruine. Un pied-à-terre à Londres, rien de spectaculaire, vraiment. Et le reste, ça varie. Comme je voyage beaucoup, c'est parfois chez des amis, chez le client. Ou alors à l'hôtel."

"La belle vie, donc ? Passer son temps dans des endroits comme celui-ci."

"D'abord ce n'est pas toujours ce genre d'endroit. Et si c'était le cas, franchement, je serais à plaindre."

Un blasé. Elle en avait horreur. Elle montra le paysage face à eux et dit, "Et pourquoi ? Vous ne trouvez pas ça beau ?"

"Si. Mais je pense que c'était encore plus beau il y a cinquante ans. Là, ça devait avoir de la gueule. Mais là, à droite, c'est quoi ? Cannes. Du béton."

"Justement, ici, ce n'est pas bétonné, comme vous dites."

"Oui mais ici, c'est un endroit idiot. Une espèce d'hospice pour millionnaires où on paye très cher le fait que neuf hectares aient été épargnés. Et encore. Pas complètement. Regardez, le château. Ils en ont plein la bouche de leur 'château'. Tout est château, dans la région, dès qu'il y a plus de cinq chambres, trois salles de bain, et que la construction est antérieure au 18 juin 40. Mais celui-ci, franchement, c'est quoi ? La garçonnière d'un prince russe, la villa où il logeait une cocotte dont il s'était entiché. D'où le goût absolument exquis de cette architecture de pâtisserie, chargée et ostentatoire. Oui, à présent, c'est sans doute l'idée qu'un producteur américain ou un marchand d'armes libanais doivent se faire d'un château."

"Vous exagérez. On est très bien, quand même."

"Pour le prix, il ne manquerait plus qu'on soit mal. Les chambres sont laides. Fonctionnelles, spacieuses, certes. Mais d'un goût atroce, presque pire encore que le mauvais goût assumé d'un motel américain. C'est prétentieux, surtout. Voilà ! En fait, c'est *Marina Prétention* que ça devrait s'appeler. Tout est prétentieux, ici. Le décor, le service, le directeur grotesque, les clients. Non, franchement, je sais que vous valez mieux que ça."

L'air soudain sérieux en disant ça. Moins léger. Dès lors, c'était à Monica de décider si elle l'encourageait ou si elle faisait celle qui n'avait pas entendu. Elle préféra revenir sur lui, disant, "Si vous détestez ça à ce point, pourquoi y restez-vous ?"

"J'attends mon ami, celui qui me fait faux bond depuis trois jours."

"Ah oui. Le producteur américain."

“Voilà.”
“Et alors ?”
“Pas de nouvelles.”
“Comment vous faites, alors ? Vous travaillez tout seul ?”
“Oui. Je travaille sur le script. Du moins j’y pense beaucoup. J’en *rêve* beaucoup. C’est le meilleur moment, ça, dans un film, le moment où on en rêve. A ce moment-là, il est parfait. Ni le metteur en scène, ni les acteurs, ni même le public n’ont encore pu venir le gâcher.”
L’air sincère, pour dire ça, de vraiment le penser.
“Et donc, quand vous en rêvez, il est comment, ce film – tant que les acteurs et le public ne sont pas venus le gâcher ?”
“Monstrueux. Enorme. Possédé.”
“Tout ça !”
“Je voudrais que ce soit un film qui coûte cher, dont le budget explose, dont le tournage se déroule mal, un peu comme *Apocalypse Now* ou *Titanic*. Un film qui ruine le studio qui le produira, comme *Heaven’s Gate*, qui a mis United Artists en banqueroute.”
“Vous avez prévenu votre ami producteur ? Il en pense quoi ?”
“Non, lui, je ne lui dis pas ça. Mais vous, je vous dis la vérité. Je veux un film colossal et dément, qui reste dans l’histoire du cinéma comme une anomalie, un projet insensé. Un hommage hors du temps aux films d’aventures comme on en faisait avant, aux romans d’aventures comme on n’en écrit plus, à l’Aventure elle-même, comme il n’y a plus moyen d’en vivre aujourd’hui. Chaque fois parce que les moyens de l’innocence nécessaire ne nous sont plus donnés.”
C’était joli ce qu’il disait. Mais c’était un peu des mots. Il s’écoutait parler, tout bien considéré. Monica eut envie de le faire redescendre un peu.

“Ah oui ? En fait c’est peut-être ça, de naître baron. On regrette de n’être pas né un ou deux siècles plus tôt. Moi, vous me pardonnerez, mais il y a un ou deux siècles, j’aurais été une paysanne de *Pesaro E Urbino*. Je ne trouve pas que c’était mieux avant. Je préfère être aujourd’hui.”

“Ce n’est pas vrai. La vue que vous trouvez si belle, la mer, le ciel, le soleil ? Vous ne préféreriez pas les avoir, les mêmes, mais sans béton en face et sans château derrière ? Juste ça, devant vous, et derrière, un confort minimal et suffisant ?”

“Vous allez me trouver bien écervelée, mais, peut-être là encore parce que je ne suis pas née baronne et aussi parce que je suis une fille, ça me plaît assez de savoir qu’on trouve une boutique Gucci dans un rayon de dix kilomètres.”

“Vous êtes une fausse brune, en fait...”

Monica mit un temps à voir le rapport, disant finalement, “Ah. Qui sait ?”

“Non. Tout bien réfléchi, vous faites trop mal la blonde.”

On dérivait. Elle préféra ne rien dire, laissant le silence s’installer, sachant que c’est lui qui craquerait et recommencerait à parler. Mais non. Il regardait devant lui, l’air tranquille, détaché, comme elle l’avait vu être la plupart du temps depuis la veille qu’elle le connaissait.

Avant, pendant qu’ils parlaient, elle l’avait vu jeter plusieurs fois un coup d’œil vers les cicatrices en haut de ses cuisses, les zébrures bientôt presque cicatrisées. Monica décidant de prendre, comme on dit en français, le taureau par les cornes, disant : “C’étaient mes cuisses ou mes cicatrices que vous regardiez ?”

Lui souriant, assumant, disant : “Les deux.”

Elle dit, “Je faisais de l’escalade, je me suis pris dans les filins et j’ai glissé. En frottant, les cordes m’ont brûlée.”

Elle le vit hocher la tête, l'air très moyennement convaincu par l'explication qu'elle venait de lui fournir. Mais tant pis. C'était comme ça. Monica ne se voyait pas dire à ce charmant baron comment les cicatrices s'étaient retrouvées là. Ils ne se connaissaient pas encore assez.

Neuf

Ce que le grand con savait pas, en même temps, c'est qu'on pouvait faire chier Jorge Gomez. Mais uniquement jusqu'à un certain point. Après, c'était plus pareil. Il y avait des conséquences.

Là, par exemple, le grand con avait bien fait son cake, le matin, l'appeler Demis Roussos et tout, se barrer avec Monica. Jorge partant à leur poursuite, le temps de sortir de l'eau, se sécher et mettre une chemise, arrivant au restau l'*Astérie*, voir s'ils y étaient pas et se faisant harponner par les Russes.

Lève-tôt les Russes, putain, prêts à faire des affaires dès le matin. Le mec, là, Euvgeni Spektor, voulant absolument que Jorge lui refasse mieux les plans immobiliers dont ils avaient parlé l'autre fois. Jorge disant avec plaisir, juste on fera ça tout à l'heure. L'autre disant non, là, tout de suite, l'interprète insistant, Monsieur Spektor veut que vous lui expliquiez maintenant, comme si ça pouvait pas attendre plus tard dans la journée. Les gorilles matant Jorge, genre l'air prêts à le faire asseoir de force. Croire que l'autre enfoiré, là, le baron, leur avait demandé de le neutraliser pour lui laisser le champ libre. Jorge, pas le choix, s'asseyant avec les Russes, regrettant de les avoir si bien appâtés le premier jour, quand il avait fait connaissance avec eux.

Bloqué une heure comme ça, avec ces gros boulets, le mec à la fin faisant dire à son interprète que c'était intéressant, qu'il allait réfléchir. Jorge disant c'est ça, au plaisir, prêt à tout pour s'échapper et retrouver Monica et le grand con.

S'arrachant et une fois dehors repérant au loin Monica, justement, qui rentrait à l'hôtel, toute seule. Jorge rassuré, se disant qu'en une heure de temps, l'autre pourri de baron avait pas pu la choper. Pas comme ça, le matin, après la natation. Le jeu restait ouvert. Mais bon. Ça servait à rien de nier, se mettre la tête dans le sable. Là s'il était honnête, il pouvait dire ce qu'il voulait, bien obligé d'admettre : là, sur le coup de la pistoche, autant le dire simplement, l'autre l'avait bien niqué.

Sauf, ça, c'était le matin. Là, on était le début de l'après-midi et c'était plus le même film. Là c'était le grand con qui allait se faire retourner. Et bien en profondeur. La terrasse de l'*Astérie*, c'était la fin du service, les gens sortaient de table, Jorge ayant pas déjeuné pour pas dépenser trop et surveiller sa ligne, ravi de voir l'autre enculé manger du poisson cru tout seul avec son vieux bouquin. Et dans deux secondes, le grand con allait passer près de lui, Jorge planté sur le promontoire à admirer la vue. Avec au loin des hors-bord qui tiraient des skieurs.

Jorge savait que l'autre ne saurait pas résister, venir le narguer un peu. D'ailleurs c'était pas dur, il était déjà en place, debout à côté de Jorge. Jorge ne tournant pas la tête, ne disant rien, laissant l'autre commencer. Le grand con disant, “Alors ? Bien nagé ?”

Vas-y connard. Profite. Tu vas voir qui c'est qui va nager dans cinq minutes. Jorge dit, “Divin !”, reprenant exprès le mot employé par Monica. Puis montrant les skieurs, à l'horizon, “Elle skie bien, non ?”

L'autre faisant toujours son petit indifférent. "Qui donc ?"

"Ben Monica !"

"La comtesse ? Ah vraiment ? Vous la reconnaissez d'ici ? Vous avez de bons yeux !"

"Alors d'une part, oui. Dix-dix à chaque œil. Mais surtout, je l'ai croisée juste avant qu'elle descende sur le ponton. Elle m'a proposé de l'accompagner. Mais le ski nautique moi, je sais pas trop en faire. Obligé de refuser. Je veux pas être ridicule."

Le grand con fonçant tête baissée, disant, "Un souci légitime et que vous n'aurez jamais assez. Moi-même, voyez-vous, ça fait quelque temps que je n'ai pas pratiqué, mais allez, soyons fou ! Je vais quand même prendre le risque. Si je me donne en spectacle, tant pis ! Au moins, j'aurai essayé."

Jorge presque frustré que ce soit si facile, se retenant de crier de joie, haussant juste les épaules, l'air de dire au grand con qu'il faisait ce qu'il voulait. Le grand con, lui, disant : "Vous me direz, hein ? Vous qui avez de bons yeux. Je compte sur vous pour me parler franchement. Surtout n'ayez pas peur de me blesser."

Jorge prenant alors plaisir à jouer le mec vexé : "Oh, ça va ! Tout ça parce que vous savez skier sur l'eau ! Je me rattraperai plus tard !"

"Je suis sûr. La pétanque. Ou le quatre vingt et un. Reste juste à espérer que la comtesse y joue aussi."

Le grand restant ensuite là-dessus, commençant à s'éloigner, marmonnant pour lui-même, mais assez fort pour que Jorge entende, "C'est quelle année, déjà, que j'ai fini troisième au *Challenge The Pros* d'Okeeheelee, Florida ? 95 ? Non, 96 !"

Jorge le laissa prendre de la distance et dit : "C'est ça, connard. Va te manger des vagues !" Puis, se frottant les mains, "Et maintenant, *Monica mia*."

En même temps, c'était pas le tout d'avoir le champ

libre. Après, toute la question, c'était ce qu'il en faisait. Concrètement, là, l'idée, c'est qu'il avait laissé un message à Monica, le même, deux fois, glissé sous sa porte de chambre et confié au concierge. Jorge à présent impatient de savoir si Monica l'avait eu. Et surtout comment elle l'avait pris. En clair, si elle allait venir au rendez-vous qu'il lui avait donné. Dans dix petites minutes, il aurait la réponse.

En l'occurrence, Monica était bien installée à l'une des tables du bar *Vicomte Eugène*, celle que Jorge aurait choisie aussi, au fond, discrète. Le truc c'est qu'elle n'y était pas toute seule. Il y avait un mec avec.

Le mec fringué décontract mais très mode, donc sûrement assez cher. Costaud, affûté, belle sale gueule, le style brutasse romantique avec grosses lèvres, paupières lourdes et longs cils. En fait, comme un air de famille avec Nicolas Cage. Ou tiens, même, encore plus avec l'acteur espagnol, là, Javier Bardem, mais en un peu plus jeune. Et en reubeu aussi, parce que le mec assis en face de Monica était arabe.

Pour pas gêner, Jorge alla se caler au comptoir, laissant Monica terminer tranquille.

A part elle et l'Arabe, le bar était désert. Le temps qu'il faisait, les gens préféraient être dehors, la piscine ou bien alors à l'ombre, les tables sous les arbres. Là, donc, le salon était vide. Personne derrière le comptoir pour servir les clients. Jorge s'en foutant, n'ayant pas plus soif que ça. Juste, emmerdé de pas savoir quoi faire en attendant que Monica finisse avec le mec. Essayant de pas trop regarder dans leur direction, pas être lourd en les fixant. S'intéressant de son mieux aux clients et aux employés qu'il voyait passer dans la galerie.

En même temps, dans ce bar vide et sans même un Perrier pour se donner une contenance, c'était plus fort que lui, Jorge se retournait et regardait vers leur table toutes les dix quinze secondes, vérifier si le mec était pas en train de se lever ou bien si Monica ne lui faisait pas signe de venir les rejoindre.

Mais non. Monica et le faux Javier Bardem étaient toujours dans leur conversation, parlant en italien, à voix basse, Jorge entendant juste des petits bouts de phrases par moments. Du moins dans les premières minutes parce que là, le ton était en train de changer. Ça se voyait à leur façon de se tenir et puis aux décibels. L'Arabe, lui, restait calme, mais Monica s'était mise à parler plus fort et plus vite, l'air pas contente. Jorge préférant ça, à tout prendre, plutôt que les voir se regarder dans le blanc des yeux et s'embrasser les mains.

A force, le faux Javier Bardem ramassa son portable et ce qui devait être des clés de bagnole sur la table, Jorge se disant bonne pioche, le mec s'arrache enfin. Le mec debout, mais attrapant le bras de Monica, comme pour la faire lever de force. Monica résistant, essayant de se dégager, l'Arabe ne lâchant pas prise, serrant, même, à voir comment Monica grimaçait de douleur.

Jorge déjà descendu de son tabouret, rejoignant leur table en trois secondes, à présent debout devant l'Arabe, le mec tenant toujours le bras de Monica. Jorge disant, "Tu la lâches, là. Tout de suite."

L'Arabe dit, "Qu'est-ce t'as ? T'es pas content ?"

Jorge dit, "C'est toi, tu vas pas être content, tu la lâches pas tout de suite."

L'Arabe dit, "Allez arrête, te mêle pas de ça, dégage."

Et là, Jorge entendant derrière lui un mec dire, "Ça va Mario ?"

Le mec derrière avait dû rester dans la galerie, à faire le pet. Jorge, là, ne se retournant pas, gardant l'œil sur l'Arabe. L'Arabe, lui, disant à Jorge : "Arrache-toi ou je t'éclate." Puis faisant un sourire.

Jorge ne supportant pas le sourire, envoyant un coup

de pied dans la cheville de l'Arabe, aussi fort qu'il pouvait sans avoir pris d'élan. Sauf, la cheville pour faire mal, t'as pas besoin de grand-chose. Là le mec ne tenait plus Monica. Le mec était par terre, les genoux sous le menton, massant sa cheville, gémissant comme un môme.

Jorge se disant, ça c'est fait. Se retournant. Se retrouvant en face d'un grand brun baraqué en tee-shirt blanc trop petit exprès, pour bien mouler ses muscles.

Jorge se disant que ça allait être moins simple, là. Qu'il allait se faire massacrer. Mais sauvé par l'arrivée de quatre personnes dans le bar. Quatre personnes pas ensemble, mais arrivant au même moment. Deux clientes, des vieilles dames, en train de s'asseoir à une table près de l'entrée. Un type en uniforme de l'hôtel qui venait de passer derrière le comptoir. Et le quatrième, que Jorge se serait bien passé de voir, le grand con.

L'Arabe, lui, s'était relevé en s'accrochant aux meubles. Là, debout sur une jambe, il faisait signe au musclé de venir l'aider. Jorge se dégagea pour laisser le mec passer. Appuyé sur l'épaule de l'autre, l'Arabe commença à boiter vers la sortie, disant, pas énervé, très calme : "C'est pas grave, ça. C'est rien. De toute façon, on se revoit très bientôt." S'arrêtant une seconde pour se retourner et fixer Monica, redisant, "Très bientôt", et puis sortant du bar, aidé par le musclé. Les vieilles dames et le barman les regardant faire, se demandant visiblement ce qui venait de se passer.

A ce moment, Jorge croisa le regard du grand con. L'autre, toujours avec son sourire d'enculé, l'air de bien faire comprendre que le plan ski nautique était un truc qui se paierait. Jorge s'en foutant pas mal, ayant plus urgent à s'occuper : debout au milieu du bar et des meubles Louis XV, Monica était en train de sangloter en silence.

Adrien était ravi. Assez content de lui, d'abord, d'avoir vu venir le piège dans le numéro de l'autre. Certes, voulant bien reconnaître que c'était bien essayé. Le petit brun pas si bête, en fait. Sinon intelligent, du moins madré, comme un marchand de *jeans*.

Adrien content de lui, donc, et puis surtout du reste ! Quel était donc ce nouveau développement absolument inattendu ? Cette comtesse Montesi de Sant'Ippolito était décidément un radical remède contre l'ennui.

Non, franchement, n'était-ce pas merveilleux, la veuve plongée dans la détresse ? Tout l'art allait donc consister à profiter de la péripétie à distance raisonnable. Adrien se faisant fort d'y arriver très bien. Dispensé de s'impliquer par le zèle que n'allait pas manquer de déployer le petit brun. Il fallait le voir, depuis deux ou trois minutes qu'ils étaient installés en silence à une table du bar, l'Italienne sur un canapé, le petit brun et Adrien sur un fauteuil de chaque côté, le sieur Jorge Gomez, chevaleresque en diable, brûlant de servir, d'en découdre pour sa belle.

Dès lors, Adrien s'amusait déjà, regardant l'autre hasarder brièvement le bout de ses doigts sur l'épaule ou sur le dos de la main de l'Italienne, demandant si ça allait, si elle voulait boire quelque chose, n'obtenant pas de réponse, attendant quelques secondes puis retirant sa main. Recommençant dix secondes plus tard, avec une autre question sotte. Adrien persuadé que, seul avec l'Italienne, le petit brun n'aurait pas hésité et poussé l'avantage, assis cette fois sur le canapé à côté de l'Eplorée, passant le bras dans son dos ou caressant ses cheveux, tout en lui débitant d'autres sornettes.

Peut-être pour mettre un terme aux caresses tâtonnantes du maladroit Monsieur Gomez, l'Italienne prit une grande inspiration, leva la tête et dit, “Cet homme qui était là, à parler avec moi, Mario, je ne connais pas son nom de famille. En fait, c'est un voyou qui essayait de racketter mon mari."

Le petit brun dit, "Comment ça racketter ?"

"Deux mois après la mort de Umberto, ce Mario est venu me trouver en m'expliquant que mon mari lui devait de l'argent. Que Umberto était mort avant de le lui rendre, donc qu'à présent c'était à moi de lui donner. J'ai demandé s'il avait des documents à me présenter, pour confirmer ce qu'il disait. Evidemment il n'en avait pas. C'était du racket pur et simple. Umberto avait dû l'envoyer se faire voir. J'ai fait pareil, j'ai dit que je refusais de payer. Et que s'il m'importunait encore, je préviendrais la police. Ça a eu l'air de marcher parce que je n'ai plus entendu parler de lui pendant plusieurs mois. Je pensais que c'était fini. Je l'avais oublié et puis il est réapparu il y a quelques semaines. Ça a recommencé. Je fais des courses, je vais au cinéma, je sors de chez des amis, et il est là, il m'attend, sans rien dire, juste pour me montrer qu'il sait où me trouver. Je m'étais dit qu'ici, je serais un peu tranquille, mais visiblement, il a su me retrouver."

Le petit brun dit, "Vous êtes allée à la police ?"

L'Italienne soupira et dit "Non" et détourna les yeux, fixant à présent droit devant elle.

Adrien dit, "Et pourquoi ?"

A nouveau, elle prit une grande inspiration et dit, "Cette fois, c'est un peu différent. Il me réclame des sommes absolument délirantes. Or, je suis riche, c'est sûr. Mon héritage me permet de vivre très confortablement. Mais pas de lui verser les millions qu'il demande."

Adrien dit, "Qu'est-ce qui lui fait penser que vous pourriez les avoir, alors ?"

L'Italienne dit, "D'après lui, ce serait la moitié d'un trésor dont je ne connais ni l'existence, ni du coup l'emplacement. Un, *come se dice*, un magot secret qu'aurait eu Umberto. Vous savez, des comptes à l'étranger, dans des paradis fiscaux ?" Le petit Monsieur Gomez hochant la tête avec un air entendu, une tête d'expert, Adrien faisant un effort pour ne pas éclater de rire.

"Dans ces conditions, avant d'aller trouver la police, maintenant, je veux d'abord savoir de quoi il s'agit, être sûre que je ne risque pas à mon tour d'avoir des ennuis."

Le petit brun dit, "Et alors ? Ce trésor, il existe ?"

"Je ne sais pas. Je n'en ai toujours pas trouvé la trace. Mais plus je me fais expliquer les comptes de Umberto, plus je vois comment il menait ses affaires, et plus je me dis que oui. C'est fort possible." Marquant un temps, hésitant deux secondes puis disant, "Il existe."

En fait, c'était la tuile, ce "trésor", là, le magot, comme elle appelait ça. Ça allait être encore plus difficile de la convaincre, ensuite, que c'était pas après sa fortune que Jorge en avait. C'était bien qu'elle soit riche, mais pas qu'elle le soit trop.

Là, elle avait dit "Il existe" et puis, "Excusez-moi. Je vais aller me reposer un peu." Jorge s'entendant dire, par réflexe, d'une voix presque plaintive : "On dîne quand même ce soir ?" Monica disant, "Je ne sais pas, je vous appelle", se levant et partant. Jorge restant comme ça, en tête à tête avec le grand con et sans rien à lui dire. Jorge se disant que l'autre allait en profiter pour reparler du ski nautique, mais non. Le grand con recommençant juste à le regarder en coin, comme s'il attendait que Jorge en parle le premier. Jorge dit, "Bon, eh bien, bonne fin d'après-midi", se leva et s'éloigna, sortant du bar et partant vers le grand hall.

Un peu plus de seize heures trente.

Puisque dans l'immédiat, il n'y avait rien de plus à faire pour séduire Monica, autant en profiter pour respecter les instructions de Tortue : repérer le trajet entre le placard technique où il devait débrancher le fil et la porte de secours qu'il devait ouvrir après.

D'une part, ça l'occuperait. Déjà. Et sinon, mine de rien et soit dit en passant, c'était ça la raison qu'il avait d'être là, à l'hôtel, à six cents boules par jour : le fait que, lui, là, normalement, dans un peu moins de quatre heures, il allait faire un casse à un demi-million d'euros.

Mario l'Arabe savait pas qui était au bout du fil, mais Corinne était en train de dire, "Non moi, j'ai commencé, c'était en *Miss Fitness*. *Miss Fitness*, si tu veux, on insiste plutôt sur la combinaison entre le comment dire, l'esthétique corporelle et les qualités physiques."

Corinne en tenue d'entraînement, justaucorps débardeur en lycra bleu et jaune. Les pieds sur le bureau, jouant du bout des orteils avec les claquettes qu'elle portait à la salle. Mario assis en face, attendant qu'elle ait fini.

"Bon déjà, *Miss Fitness*, la comment ça s'appelle, l'hypertrophie musculaire, la vascularisation et les muscles striés sont pas acceptés. T'as les muscles trop gonflés ou les veines apparentes, en *Miss Fitness*, ça fait baisser tes notes. Ce qui compte, c'est l'élégance, la féminité, d'être saine et sexy." Corinne se taisant, écoutant la question, puis disant, "Ah non. En *Miss Fitness*, comme d'ailleurs je te ferais dire en *Miss Body Fitness* ou en *Bodybuilding*, en *Miss Fitness* le string est strictement interdit."

Même habitué, Mario levait les yeux au ciel chaque fois que Corinne disait des mots anglais. *Fiteunesse. Baudy Bileuding. Steuring.* Tu m'étonnes qu'il avait été tenté de prendre un prof bilingue. Juste, dommage : le mec, après, Corinne l'avait tué à coups de poing.

Mario repensant à ça, du coup. C'était emmerdant,

quand même. D'abord parce que c'était un mort. Même si Mario voyait pas les condés se mettre trop un doigt pour savoir ce qui s'était passé, un reune gueule défoncée retrouvé dans la flotte. Normalement, les mecs allaient se dire que c'était un clandestin qui avait eu une embrouille et passeraient à autre chose. Non, ce qui lui prenait la tête, là, c'était de pas savoir qui c'était, ce qu'il voulait, pour qui il travaillait. Et de rien pouvoir faire. A part juste être prudent.

"Non mais c'est le règlement de l'*International Federation of Bodybuilding.* Chaque bikini doit recouvrir la moitié de la fesse, et sur toute la durée. Je te donne un exemple : si à force de bouger quand tu fais ta routine, ça te rentre dans le derrière, là c'est tant pire pour toi. Tu perds des points en moins ou t'es disqualifiée. C'est pour ça qu'en Officiel, l'arrière du bikini est toujours vérifié quand l'athlète monte sur scène. Le slip est pas conforme aux normes IFBB, l'athlète a cinq minutes pour aller se changer."

Mario se disant, vérificateur en bikini de compète *Miss Fitness*, ça c'était un boulot. Les jeunes savent pas quoi faire, en sortant de leurs écoles. Là il y avait une filière. Se demandant ensuite si Corinne avait eu des problèmes, elle, avec ses culottes. Sur les agrandissements de photos encadrés, tu pouvais pas savoir, Corinne était de face. Corinne au palais du Travail de Narbonne, Corinne à la salle Jeanne-d'Arc de Saint-Etienne, Corinne au casino de Roscoff. La pesée, en routine ou recevant des prix.

Mais au mur du bureau, pas de photos de ses exhibitions privées et des tournois clandestins que Mario lui organisait pour des vrais connaisseurs : lutte mixte, catch féminin et *fantasy catfight* chez des particuliers. Sur sa brochure, Corinne précisait juste qu'elle était "aussi disponible pour des *guest posing* photos et des vidéo-reportages TV". Pour le mec qui savait lire entre les lignes du charabia de Corinne essayant de faire branchée, ça voulait dire qu'on pouvait prendre Corinne en photo, toute nue ou en costume *fetish.* Ou alors la filmer pendant qu'elle immobilisait une autre meuf musclée et la faisait étouffer, assise sur sa figure.

"Non, le *Miss Body Fitness*, c'est encore différent. Le *Body Fitness*, si tu préfères, c'est le stade intermédiaire entre le *Miss Fitness* et le *Bodybuilding.* D'où le nom, si tu veux : *Body* et *Fitness.* Voilà. C'est un peu des deux. C'est comme une transition, tu vois ce que je veux dire ?"

Mario se dit que c'était à souhaiter. Si le mec ou plus probablement la fille au bout du fil avait pas compris là, c'était râpé. Il comprendrait jamais.

"*Body Fitness*, le juge doit évaluer l'apparence athlétique entière du physique. On prend en considération la beauté du visage et des cheveux, le développement athlétique de tous les groupes musculaires. La présentation d'un physique équilibré et développé avec symétrie. La qualité de la peau et du *tan.*"

C'était un autre kif de Corinne, ça – de dire tout le temps le *tan* à la place de bronzage. Le "tanne" sans doute dans son esprit plus classe que le bronzage. Le bronzage, c'était les touristes, au soleil. Le *tan*, c'était les pros, le *fitness*, sous la lampe.

"Non mais là j'ai repris parce qu'à la fin du mois, j'ai la FBBF à Brest, *Fédération de Bodybuilding française.* Octobre, le championnat du monde à Santa Susanna. Surtout, novembre, j'ai Miss Univers WPF au palais des Congrès de la Grande-Motte. *World Physique Federation.* Voilà, c'est comme la boxe, t'en as plusieurs. C'est pour ça, toute l'année, ça arrête pas."

Mario se demandant qui pouvait bien être au bout du fil. Se disant que le mec ou la fille devait peut-être regretter d'avoir fait le numéro.

"Mais ça, toi t'as encore le temps. Là, ta vraie priorité,

c'est de bien faire le régime. Que sinon, tu vas avoir la personne qui s'entraîne tout ce qu'elle veut, si elle mange pas sainement, c'est certain qu'au miroir, elle aura pas de résultat. Donc toi faut t'accrocher, que surtout pas tu craques. Là, je vais te faire un mail, mes desserts allégés. Tu verras, c'est facile. Voilà. Tu dis à maman qu'elle m'appelle. Moi aussi. Moi aussi. Oui. Je t'embrasse ma petite puce."

Ma petite puce. Donc c'était bien une fille que Corinne venait de saouler. A part Mario et Bernard, hors des clients de la salle, Corinne parlait à très peu d'hommes. Mario le connaissait pas, mais putain, son ex-mari devait être gratiné, laisser Corinne vénère après les mecs comme elle était encore maintenant douze ans après. Mario dit, "C'était qui ?"

Corinne dit, "Magali, la fille à ma cousine Nicole, tu sais je t'ai parlé qu'elle voulait se mettre au *fitness*, en plus de son régime. Je lui ai dit qu'elle attende d'être redescendue autour de quatre-vingts. Là qu'elle est à cent dix, c'est pas encore la peine. Pauvre puce, si je peux l'aider."

Mario la connaissait pas encore mais il y a dix, douze ans, Corinne pesait cent vingt kilos. Son mari venait de partir. Elle, du coup, seule avec sa fille et son salaire de secrétaire au conseil régional de Provence-Côte d'Azur. Se mettant au régime et cette fois-là ça marche. Un an, vingt-cinq kilos. Sauf qu'au miroir, comme elle disait, c'était toujours un thon qu'elle avait en face d'elle. Donc en plus de moins manger, elle s'était mise à la gym. Elle avait chié sa race, ça Mario voulait bien croire quand elle le racontait. Petit à petit, à force, elle avait eu le corps pour s'inscrire en *fitness*. Tu regardais les photos, tu voyais que Corinne avait eu une période où elle était canon. Et qu'elle le serait encore, si elle avait su s'arrêter. Vers 98, 99, sa période *Miss Fitness*, justement, tu la voyais, bien gaulée, musclée juste ce qu'il fallait, la peau lisse, le bronzage raisonnable, les yeux bleus ressortant bien, ses cheveux avec un blond qui faisait naturel ou pas mal imité.

Que là, dix ans plus tard, putain, c'était l'Incroyable Hulk. Les cheveux, t'aurais dit du plastoc, la gueule cramée à la lampe, creusée, tous les muscles apparents, avec les gélules qu'elle prenait, les trucs pour fondre la graisse, fortifier les tissus.

Là, Corinne lui demandait si sa cheville allait mieux.

Mario se trouvant l'air con, la jambe au fond d'un seau, avec le benne Hugo Boss remonté jusqu'aux genoux pour pas le saloper dans le mélange où Corinne lui avait mis le pied, de l'eau chaude et puis une des lotions qu'elle se passait sur elle après les entraînements. Elle avait dit, "Pour pas que ça enfle. Ça enfle encore, je t'emmènerai à Antibes pour qu'ils fassent une radio." Du coup, un gros quart d'heure qu'il était là, pas pouvoir bouger, le pied dans le seau, à écouter les conneries de Corinne. Corinne disant, "Au fait tu m'as pas dit."

"J'ai pas dit quoi ?"

"Et elle, comment elle était habillée ?"

"Qui ça ?"

"Ben tout à l'heure, à l'hôtel. Quand t'es allé la voir."

Corinne qui fantasmait sur l'autre, maintenant. Manquait plus que ça. Mario faisant celui qui avait pas entendu.

"Comment elle était habillée, tu peux bien me dire ?"

Mario dit, "Mais j'en sais rien comment elle était habillée."

"Comment ça t'en sais rien. Elle était pas toute nue ?"

"Non, elle était, je sais plus. Elle était en blanc. Une robe blanche. Genre robe de plage, boutonnée sur le devant. On s'en branle, toute façon. C'est bon, là, je peux retirer le pied ?"

"Attends. Encore dix bonnes minutes, que ça fasse la demi-heure."

Mario dit, “Qu’est-ce que tu veux que je foute, là, comme un con, le pied dans l’eau ?”

Mario se disant, la position qu’il était, là, assis jambes écartées, il y a bien une distraction qui aurait pu convenir, qu’il voie moins le temps passer. Sauf, Corinne, elle, oublie. Merci. Et Mario pas certain qu’elle réagisse trop bien s’il lui demandait cash de lui trouver quelqu’un. Donc gardant ça pour lui. Pas lancer un débat, Corinne et le respect de la Femme. Pitié. Juste, se marrant en douce, imaginer la tête des *desperate housewives*, là, dans le gymnase, en bas, en cours avec Bernard, si Corinne se pointait et leur disait, dites voir, là, il y a Mario qui s’ennuie là-haut, dans le bureau. Donc, pendant que le reste de la classe fait les abdos obliques, il y en a pas une par hasard qui préfère pas monter, plutôt, et se salir les genoux ? La gueule des mémés. Sans compter que va savoir. Pas sûr que ça marche pas, en plus. Sans déconner, la façon que certaines venaient lui faire bonjour ou au revoir chaque fois qu’elles le croisaient.

Et puis sans aucun rapport, Mario dit, “Tu crois que ce sera guéri, ma jambe, après-demain soir ?”

Pour la soirée de combats de filles qu’il organisait dans deux jours, à Mougins, dans la villa du Libanais. Mario se voyait pas traîner la patte un soir comme celui-là. Pas face à Rashoggi. Rashoggi très très dur en affaires, habitué le reste du temps à faire l’intermédiaire pour placer des missiles ou des Mirage 4 000. Alors forcément. Même pour ses distractions, pas le mec que t’allais rencontrer avec une jambe dans le plâtre.

Pensant aussi à Lascar, du coup. Lascar Visanescu, leur contact, tout ce qui était filles de l’Est, lutteuses ou autres. Mario pouvait pas le saquer. Lui non plus, Mario voulait pas qu’il le voie marchant sur des béquilles.

Mario dit, “J’espère qu’elles seront meilleures les Russes, après-demain. La dernière fois, Rashoggi m’a fait dire, elles étaient un peu molles, pas assez agressives. Là, il m'a bien fait préciser, il veut vraiment que ça chie."

Corinne dit, "T'inquiète. Les Russes, là, que fait venir Lascar, elles ont faim les nanas. Elles vont se battre à mort."

Mario dit, "Oui, à mort, t'es gentille, peut-être pas, tu vois. Ce serait mieux qu'elles s'arrêtent juste avant. Un cadavre par semaine, on va dire, ça suffit."

Dix

En fait, le plus dur dans ce que Jorge devait faire pendant le casse du coffre, c'était de ne pas se faire voir en train de bricoler dans le placard, au moment de débrancher le câble. Jorge se disant, sinon, le reste, déplugger le truc, d'accord, dans le contexte, c'était de la délinquance. Mais pour le coup, il y avait pas besoin d'être très astucieux. Jorge s'était dit avant que ça allait être du mission impossible, le bidouillage de fils, la course contre la montre, l'indicatif du feuilleton lui trottant dans la tête, du coup. En fait, à l'arrivée, ça allait plutôt ressembler à la *7ème Compagnie*, en essayant juste de ne pas faire comme dans le film, mélanger les couleurs et de se tromper de fil.

Et là il attendait devant le parterre de fleurs depuis deux trois minutes, debout tout seul en face du bâtiment, à un endroit du parc où les clients de l'hôtel n'avaient en principe pas de raison de se trouver. Pour l'instant, d'ailleurs, il n'avait vu personne, client ou employé. Il en avait profité pour préparer le terrain, enfilant les gants de latex, ouvrant la porte du placard et le couvercle du boîtier pour ne plus avoir qu'à déconnecter le câble quand Tortue donnerait le signal.

Jorge regarda sa montre. Vingt heures trente-six. Il

était prêt, là, sortant de sa poche le portable que lui avait donné Tortue exprès. Un vieux Nokia qui faisait juste téléphone, ni caméra ni rien, deux fois gros comme ceux qui se vendaient maintenant, mais Tortue avait dit, super fiable, une réception d'enfer et près de deux cent cinquante heures d'autonomie en veille. Jorge nerveux, à présent, attendant que l'autre appelle, regardant tout autour, vérifiant dehors, mais faisant gaffe aux fenêtres, aussi, même si *a priori* l'endroit où était le placard, personne pouvait le voir, à moins de se pencher dans le vide.

Le téléphone se mit à vibrer dans sa main. Au bout du fil, Tortue demanda à Jorge s'il était sur zone, comme quand les mecs à la télé parlent comme les militaires, disant ensuite, "Ça y est ! J'ai le blé. Putain je le crois pas, j'ai le blé."

Jorge dit, "Il y a combien ?"

Tortue dit, "Je sais pas. Entre les dollars et les euros, on est comme je t'avais dit. S'il y a pas un demi-million, on est vraiment pas loin. Vas-y, débranche le câble. Le rouge, hein, te goure pas. Tu me dis quand c'est bon."

Tout en parlant, Jorge s'était accroupi devant le placard. C'était vraiment simple de déconnecter le truc. Comme débrancher la Péritel sur un téléviseur. Suffisait de tirer. Voilà. C'était fait. "C'est bon, câble rouge débranché." Se mettant à parler militaire lui aussi, sans faire exprès. Gros mytho.

Tortue dit, "Okay, maintenant, la porte. Dépêche-toi." Tortue coupant la communication après avoir dit ça.

Jorge était déjà relevé, le téléphone rangé dans sa poche, enlevant vite les gants tout en marchant, choisissant de retourner à l'intérieur de l'hôtel en passant par la réception, là où à cette heure-ci il y aurait le plus de monde, donc le moins de chance d'être remarqué.

De fait, devant les marches, c'était le zoo. Les voituriers qui amenaient des Ferrari et des Porsche à plus savoir qu'en faire, des taxis, des chauffeurs de grosses berlines qui attendaient les clients, comme là, une limousine qui bloquait le passage et emmerdait tout le monde.

Se glissant entre les groupes qui guettaient leur voiture, Jorge entra dans le hall, marchant droit devant lui en direction de la grande galerie, d'où partait le couloir qui menait à sa chambre et à la porte de secours, sûr d'être dans les temps, les deux minutes quarante. Soudain s'arrêtant net. Et non, il avait pas rêvé. Là, dans le petit attroupement de clients qui se faisaient appeler un taxi par le chef voiturier, il y avait Monica et le grand con.

Jorge fit un effort pour ne pas se mettre à courir, les rejoignant quand même à très grandes enjambées. Le visage de Monica s'éclairant en le voyant arriver, disant, "Ah vous voilà. On a appelé dans votre chambre, vous ne répondiez pas." Monica semblant contente de le voir, le grand con moins, forcément.

Jorge dit, "Vous faites quoi, là ?" S'en voulant aussitôt d'avoir demandé aussi sèchement.

Monica dit, "On attend une voiture pour aller dîner dans l'arrière-pays."

Jorge dit, "Une voiture ? Pour quoi faire ? On a qu'à prendre la mienne, plutôt." La Rolls à huit cents par jour, qu'au moins il l'utilise.

Attendant pas la réponse, il fit trois pas vers le chef voiturier, interrompant les clients en train de lui parler et disant, "Gomez, chambre 116. Vous annulez le taxi de la comtesse et du baron et à la place, vous m'apportez la Rolls", trouvant au fond de sa poche un billet de vingt euros et le glissant au gars.

Puis pensant à Tortue. Il fallait juste aller lui ouvrir, vite fait, et revenir dans le hall, pile poil au moment où les autres lui amèneraient la Rolls. Et l'alibi parfait, en prime.

Revenant près du grand con et de Monica, il dit, “Le temps que la voiture arrive, vous pouvez pas juste m’attendre deux minutes ?”

Le grand con s’était écrasé jusqu’ici mais là il dit, “Pourquoi ? Vous allez où ?”

Jorge hésita une seconde et dit, se rendant compte en le disant que ça n’allait pas suffire : “Me changer.”

Monica dit, “Mais non. Vous êtes très bien comme ça.”

Le grand con rajoutant son grain de sel. “Oui, pour une fois, ce n’est pas grave si vous ne vous déguisez pas. Là, le temps d’y aller, il fera nuit après. C’est un petit village charmant, je voudrais que notre amie puisse aussi l’admirer à la lumière du jour. Maintenant, si vous tenez absolument à repasser par votre chambre, pas de problème. Juste, à ce moment-là, je vous dis où c’est et vous nous rejoignez.”

C’est ça. Et vous laisser encore seuls tous les deux. Et puis quoi. Jorge insistant, s’entendant dire avec un ton presque suppliant : “Deux minutes.”

L’autre intraitable, disant le contraire de Jorge juste pour le faire chier, se venger d’avoir eu son coup en douce déjoué à la dernière minute.

“Non mais vous savez comment c’est : le temps que vous alliez jusqu’à votre chambre, que vous choisissiez le costume, que vous vous changiez, que vous reveniez. Non, à ce moment-là, on se rejoint là-bas.”

Jorge prenant mentalement Tortue à témoin, qu’on ne puisse pas dire qu’il aurait pas essayé. Mais là, forcé de capituler, disant d’un ton aussi dégagé que possible cette fois : “Non non, tant pis. C’est pas grave. Mais du coup, je n’ai pas un sou sur moi, je vous préviens. Ce soir, c’est le baron qui régale.”

Le grand con dit, “Mais comment donc, avec grand plaisir, cher ami.”

Jorge pensant toujours à Tortue. Il devait être derrière

la porte, là, à taper dedans, son demi-million d'euros à la main. Se souvenant du portable qu'il avait dans la poche. Appeler Tortue pour lui dire qu'il était désolé, qu'il avait un empêchement, un cas de force majeure. Non. Ce serait pire. Tortue comprendrait pas, voudrait des explications. Et Jorge renonçant. Le voiturier venait de leur dire que la Rolls était là.

Rolls *Corniche II* cabriolet, modèle de 1980. Bon okay, métallisée bordeaux avec la sellerie ivoire. Un peu flash. Le grand con faisant une vanne, bien sûr, disant, "Et encore, je suis sûr, vous avez pris ce qu'il y avait de plus sobre."

Mais puni aussitôt de sa méchanceté, envoyé à la niche. Derrière. Obligé, par galanterie, de laisser Monica devant et Jorge au volant, forcément, puisque c'était sa tire. Jorge se sentant revenir au score. Monica avec lui devant, et l'autre enculé derrière. Il allait pas être bien, là. Pas aussi serré que dans un cabriolet normal, mais quand même. Forcé de hurler pour se faire entendre dès qu'ils rouleraient, à cause de l'air avec la capote baissée. Ou de se pencher en avant pour suivre ce que Jorge et Monica se diraient, exclu d'office de la conversation.

Ça y est, tout le monde était installé. L'un des voituriers leur faisait signe d'avancer et de libérer le passage. Jorge eut une dernière pensée pour Tortue. Tant pis. C'était comme ça. Jorge disant à Tortue, par télépathie, comme si Tortue pouvait l'entendre, en train de tambouriner contre la porte de secours, ou si ça se trouve déjà harponné par la sécurité, Jorge lui disant, J'y peux rien, c'est pas de ma faute, c'est plus fort que moi. Un cas de force majeure. J'ai eu un empêchement.

Puis démarrant.

Honnêtement, Monica prenait plaisir à se laisser courtiser, depuis si longtemps que ça ne lui était pas arrivé, s'amusant bien avec les deux, là, mis en concurrence, à s'affronter pour elle. Comme dans le film avec Jeanne Moreau jeune, l'Allemand et le Français qui la draguent en même temps. Ou alors, c'était comment, le titre ? Michelle Pfeiffer et Jeff Bridges ? *Suzy et les Baker boys.*

Là, elle, lequel elle choisirait, si elle devait choisir ? Le grand, lui, serait mieux assorti. Traits plus racés, et puis sa taille. Il dépassait Monica de plusieurs centimètres, même quand elle avait des talons aux pieds. Alors qu'à côté de l'autre, elle aurait obligatoirement l'air d'un trophée, un jouet que le petit se serait payé.

Avec le grand, ils formeraient un joli couple. Avec le petit, elle serait sans doute mieux traitée, mais les gens ne pourraient pas s'empêcher de faire des réflexions.

Pourquoi choisir, d'ailleurs ? Non, l'idéal, là, c'était les deux, le mélange, l'addition. Pour ce qu'elle avait à en faire, c'était parfait. Alors, oui, sexuellement, là, bien sûr, ça aurait pu être compliqué si le problème s'était posé. Mais ça, il ne tenait qu'à elle de retarder les choses. Bref, là, aucune raison de se priver de ses deux *cavaliere.* Bien au contraire. Dans les palaces, les hommes vraiment distrayants n'étaient pas si nombreux. Or ces deux-là la distrayaient. Depuis qu'ils avaient quitté l'hôtel, elle n'avait presque plus repensé à Mario.

Ils étaient arrivés dans un vieux village typique. Grande place avec des arbres. Petit restaurant charmant. Tables dehors. Bonne cuisine. Service aimable.

Et le petit très drôle. Capable de rire de lui. Monica connaissait le genre. Ces hommes qui séduisent en faisant rire, se sentant obligés. Partant quoi qu'il arrive avec une longueur de retard sur les beaux ténébreux. Ceux qui n'ont rien à faire. Juste être là et attendre, comme les belles filles, en fait.

Le grand, là, par exemple, tout le contraire du petit, travaillant la retenue, prenant l'air attendri pendant que l'autre s'agitait. Adulte, au-dessus de ces enfantillages.

Sinon, le petit buvait du vin. Le grand, surtout de l'eau. Monica un peu des deux. Et donc, tôt ou tard, une furieuse envie d'aller se laver les mains, comme elle avait appris à dire. Demandant qu'on l'excuse. Pressée de s'absenter, et en même temps, regrettant de ne pas pouvoir rester, cachée derrière un arbre, et les observer tous les deux, en son absence. Entendre ce qu'ils allaient se dire.

Le bled s'appelait Mouans-Sartoux, sur la route de Grasse, un peu après Mougins. Le grand con avait réservé pour deux, évidemment. Donc serrés à trois sur une petite table en terrasse du restaurant de poissons, avec vue sur une belle place plantée d'arbres, juste en face de l'entrée d'un château dont la façade s'était éclairée quand le jour était tombé.

Le genre d'endroit que Jorge aimait bien, un peu piège à touristes, mais moins balais dans le cul que le restau de l'hôtel. Juste un bistrot normal. Obligé de complimenter le grand con sur son choix.

Il avait été décidé de ne pas parler de ce qui s'était passé l'après-midi, ni des problèmes de Monica. L'idée, c'était de la divertir, l'empêcher de penser à ses soucis. Jorge aurait bien aimé que quelqu'un le distraie, lui aussi, l'empêcher de penser à Tortue, comme ça, toutes les dix secondes. Tortue qui était où, à l'heure qu'il était ? Au poste ? En train de se faire tabasser par les mecs de la sécu, les anciens flics craignos, là, il avait dit les noms mais Jorge se souvenait plus. Tortue, lui, peut-être en train de balancer son complice, pour arrêter les baffes qui pleuvaient sur sa gueule.

Du coup, un comité d'accueil attendrait peut-être Jorge tout à l'heure, quand il rentrerait à l'hôtel. Jorge l'estomac noué, se sentant pas au top, là, au point que Monica s'inquiète, gentiment, demande ce qui n'allait pas. Jorge décidant alors de prendre sur lui, ce qui était facile à dire, mais plus balèze à faire. Jorge y arrivant, pourtant, allant chercher il ne savait pas où la niaque, le peps pour faire son show. Jorge émerveillé d'y arriver encore, comme chaque fois.

Monica écroulée de rire. Le domaine d'Ott aidant sûrement aussi, faut être juste. Jorge adorant la façon dont elle riait, se disant qu'elle riait bien, qu'une femme qui riait comme ça était une femme qui aimait la vie.

Même le grand con obligé de rire deux trois fois.

Jusqu'à ce que Monica s'absente, demande à ce qu'ils l'excusent.

Un blanc, Jorge cherchant ce qu'il allait bien pouvoir dire pour meubler, le grand con réglant la question tout seul, sortant son petit ordinateur et disant, "Vous me pardonnerez, cher ami, je profite. Comme nous n'avons pas non plus milliards de choses à nous dire, n'est-ce pas..."

Jorge dit, "Mais certainement. Faites donc. J'ai remarqué, pendant que vous faites ça, au moins, vous vous taisez."

Jorge se mit à regarder la place, les arbres, le mur d'enceinte du château pendant que l'autre pianotait sur sa petite machine, puis la rangeait avec un sourire satisfait.

"Oh, petite récolte. Juste neuf cent vingt mille dollars."

Jorge se retenant de dire "quand même", mais trop intrigué par le truc pour se taire complètement, tant pis, disant, "Mais c'est quoi votre truc, en fait, sans indiscrétion ?"

Le grand con prit tout son temps, soupirant avant de dire, "Disons, pour simplifier, c'est une chaîne financière d'un genre un peu particulier."

Jorge dit, "D'accord ! Comme les lettres à la con qu'il faut recopier dix fois ou on passe sous un bus ? Vous marchez là-dedans, vous !"

Le grand con sourit et dit, "Non. Là, c'est un peu plus rentable. Mais un peu plus risqué. Ça ne convient pas à tout le monde. C'est, comment dire, pour ceux qui le pratiquent, comme une façon de réintroduire un peu de panache aristocratique dans la mesquinerie bourgeoise de la spéculation ordinaire. En un mot, c'est un jeu de Seigneurs."

Jorge dit, "Ah d'accord. Je vois."

Le grand con fit une petite moue et dit, "J'en doute."

Au point où il en était, Jorge dit, "Et, juste comme ça, pour boucler l'histoire, on rentre comment, dans le jeu ?"

"Cooptation, uniquement. Ensuite, il faut être capable de miser gros, très gros, sans aucune garantie. Au début surtout, ça peut faire mal."

"Gros comment ?"

"Avec cinq millions d'euros, on peut commencer à s'amuser."

Jorge allant pour répondre quelque chose, ne sachant pas encore exactement quoi, mais une voix le fit se retourner. C'était Monica qui disait, "C'est passionnant, votre conversation. Et d'un goût !"

Le grand con dit, "Oh, Monica, *bellissima* ! Pardon !"

Jorge incapable de dire depuis combien de temps elle était là à les écouter, s'en voulant de ne pas l'avoir entendue revenir et disant, "Vous étiez là ?"

Monica dit, "Non."

Jorge fâché de voir Monica répéter les mêmes blagues que le grand con. L'autre, là, occupé à en faire des caisses, disant : "Comment avons-nous pu ne pas vous voir ? Nous sommes impardonnables."

Monica se rassit et dit, "Oh c'est tout bête. Vous étiez aveuglés par quelque chose qui passionne les hommes beaucoup plus qu'une pauvre femme qui a essayé de se faire belle pour eux : l'argent ! Mon Dieu, je crois que je préfère encore quand les hommes parlent de voitures !"

Pour faire le malin, le grand con dit, "Ou football ?"

Monica dit, "Oh non, football, ça ne me gêne pas. Au contraire ! J'adore. Pas vous ?"

Jorge dit, "Une femme qui a vos yeux et qui en plus aime le foot ! Ma parole, mais vous êtes parfaite !"

Elle dit, "Adrien n'en a plus l'air si sûr, tout à coup. Qu'est-ce que vous trouvez le plus vulgaire ? Le football ? Ou les femmes qui aiment ça ?"

Le grand con sortant les avirons pour rattraper sa bourde, faisant son sourire d'iguane et disant, "Je ne demande qu'à être converti. Du moment que c'est par vous."

Monica ne répondit rien, comme si elle n'avait pas entendu ce que l'autre venait de dire. Elle fixait quelque chose loin devant elle, de l'autre côté de la place. Jorge tourna la tête et aperçut le mec de l'après-midi, l'Arabe, là, Mario, debout, appuyé contre un arbre, pile en face de leur table, à une vingtaine de mètres d'eux. Le mec détendu, provocant, trop loin pour que Jorge soit sûr, mais sans doute en train de sourire.

Sans s'être concertés, Jorge et le grand con se levèrent en même temps et se mirent à marcher en direction de l'Arabe. Voyant ça, l'autre fit demi-tour et rejoignit en boitant une Ferrari orange garée derrière lui. Il monta vite dedans et mit le contact, faisant vrombir le moteur. Laissant Jorge et le grand con approcher, leur souriant, attendant qu'ils ne soient plus qu'à quelques pas pour démarrer et les planter là, agitant la main pour leur dire au revoir.

Jorge et le grand con se regardèrent et échangèrent une mimique fataliste, puis firent demi-tour pour retourner à leur table, retrouver Monica.

Ils étaient à peine rassis qu'elle dit juste, "Rentrons." Jorge déçu de lui trouver ce ton las, ces yeux ailleurs.

Le regard de Jorge croisa à nouveau celui du grand con. L'autre semblait être en train de se dire la même chose que Jorge. C'était pas encore ce soir que l'un ou l'autre allait tenter sa chance et, comme on dit, conclure.

Onze

Le retour en silence dans la Rolls recapotée, Monica ayant froid soudain.

A tous les coups, Monica devait penser à ses emmerdes. Jorge pensait aux siens. Le grand con, va savoir à quoi il pensait, Jorge en avait rien à foutre.

Jorge un peu inquiet, mine de rien, maintenant. Se demandant s'il avait raison de rentrer comme ça à l'hôtel, foncer tête la première dans les filets de la sécu, ou carrément des flics.

Jorge du coup se reprochant de pas savourer mieux, comme il aurait dû, Monica et lui, comme ça, côte à côte dans une voiture de luxe. Trop occupé à s'inquiéter. De plus en plus convaincu d'aller se jeter dans les bras de la police au fur et à mesure que la Rolls se rapprochait de Cannes. Tenté de descendre sur la Croisette, déposer Monica et le grand con à la file de taxis devant le *Martinez*. Et puis en fait non. Un peu plus tard, arrivant en vue du panneau Cinjus-Tésauris. Continuant à rouler. Peu après, engageant la Rolls sur la route qui faisait le tour du cap jusqu'à la grande entrée du *Marina Privilège*. Voilà. Il n'allait pas tarder à savoir ce qui l'attendait, puisqu'ils roulaient à présent sur l'allée goudronnée qui menait au bâtiment principal. Jorge regardant tout autour, guettant des lumières de voitures de police. Mais non. Rien. Se disant, normal. Ils sont plus malins que ça, ils vont me cueillir discrètement, dans ma chambre, pas faire de vagues, pour la réputation de l'hôtel.

De fait, rien de suspect ni d'alarmant dans le comportement des voituriers ou la façon dont ils le regardaient.

Pareil, tout semblait normal dans le hall. Jorge à présent convaincu que c'était bien dans sa chambre que ça allait se passer.

Au moment de les quitter, lui et le grand con, devant les ascenseurs, Monica dit : "Vous pensez qu'il va venir me relancer à l'hôtel ?" Comme ni Jorge ni le grand con ne répondaient rien elle dit, "Après tout, il est déjà venu une fois. Je devrais peut-être prévenir la sécurité."

Jorge dit, "Non, il paraît que le responsable est très mauvais."

Le grand con dit, "Ah bon ? Vous sortez ça d'où ?"

Qu'est-ce ça pouvait lui foutre. Jorge dit, "On me l'a dit. Puis vous avez bien vu cet après-midi, Monica a été importunée au bar et ce n'est pas la sécu qui est intervenue. C'est moi. La preuve que c'est des nazes."

Le grand con dit, "Concrètement, vous proposez quoi ? Ce Mario joue visiblement la guerre des nerfs. Vous allez dormir sur le canapé de notre amie ? Sait-on jamais, si Mario devait apparaître à la fenêtre ?"

Monica dit, "Vous n'êtes vraiment pas gentil de plaisanter avec ça."

Le grand con dit, "Je ne plaisante pas, chère amie. Mais je crois sincèrement que vous ne risquez rien. Est-ce que vous avez des calmants ou des somnifères dans votre trousse de toilette ?" Et comme Monica hésitait, il dit, avec son petit sourire, "Allons, vous avez bien une petite boîte verte dans vos bagages ? Ce serait comme de me dire que vous n'avez pas de dentifrice."

Jorge ravi de voir le grand con être aussi odieux, se griller. Monica dit, "Oui. Peut-être. Et alors ?"

"Et alors, au besoin, avalez un quart ou un demi-Lexomil pour être sûre de dormir. Et si vraiment, vraiment, vous ne trouvez pas le sommeil, à ce moment-là, appelez-moi."

Appelez-*moi*, l'autre. Comme s'il était tout seul. Que Jorge était pas là. Jorge dit, "Oui. Au cas où, nous sommes là." Pensant *je*.

"Je sais. Merci. Merci pour tout. Pardon de vous embêter avec tout ça. Là, je gâche vos vacances."

Le grand con protesta plus vite que Jorge. "Mais non. Vous les ensoleillez."

Monica monta dans la cabine, appuya sur le bouton de son étage et dit, "Merci pour tout. Vraiment. Heureusement que vous êtes là. Bonne nuit."

Les portes se refermèrent. Resté seul avec l'autre, comme la veille, Jorge dit, "Tôt ou tard, un moment donné, faudra quand même qu'on parle."

Le grand con dit, "Très volontiers. Pourvu que ce ne soit pas ce soir. Vous nous avez fait tant rire à table. Ça m'a épuisé." Le mec, autrement dit, traitant Jorge de bouffon, et de bouffon saoulant en plus. "A demain, cher ami. Je suis sûr que vous allez faire de beaux rêves." Disant ça avec juste le début de son sourire d'enculé et un regard en coin vers la porte d'ascenseur qui venait de se refermer sur Monica. Jorge se disant que le mec méritait la mort. Mais lente et douloureuse. Et disant juste, faute de mieux, "Ouais, normalement tant que je rêve pas de vous, tout devrait bien se passer. A plus tard."

Jorge marchant droit devant lui d'un pas décidé et brusquement se souvenant de ce qui risquait de l'attendre dans sa chambre. Mais obligé d'avancer, sentant le regard du grand con dans son dos. Arrivant au début du couloir qui desservait son aile. Et une fois qu'il était dedans, continuant d'avancer, en direction de sa chambre, se traitant de tous les noms, se disant de se barrer. Qu'il allait se jeter dans un guet-apens. Tout ça pour quoi ? Pour rester avec Monica. Monica qui ne le calculait pas. Ou alors à peine. Jorge débattant avec lui-même alors que sa porte approchait. Non. On pouvait pas dire ça. On pouvait pas dire qu'elle ne le calculait pas. Elle le calculait, mais pas encore assez, ça c'était vrai. Il fallait lui laisser le temps. C'est-à-dire, aussi, s'il n'y avait pas l'autre, là, le grand con, en permanence.

Là, voilà. Il était devant sa porte.

Il colla l'oreille contre. Pas un bruit.

Le ventre serré, le cœur battant, les joues chaudes, les sphincters partis en *live*, il introduisit sa clé électronique dans la fente et ouvrit la porte.

La chambre dans l'obscurité, à part pour la veilleuse laissée par la femme de chambre après le service du soir.

Tant pis. Au moins comme ça, il saurait.

Il entra.

Dans le mail, Cy Rothenberg disait à Adrien qu'il était décidément fort peu probable qu'il puisse se libérer et le rejoindre au *Marina Privilège*, des problèmes ayant surgi pendant le début de tournage du film que sa société était en train de financer, *"Colin et Reese étant décidément à la hauteur de leurs réputations respectives."* Adrien lisant ça et, sans rien connaître du dossier, prenant instinctivement fait et cause pour Reese Witherspoon, primesautière et piquante, contre Colin Farell, tête de lard évidente.

Cy disait ensuite qu'il était sûr qu'Adrien avait bien avancé tout seul sur la simplification du scénario et la réduction du nombre de lieux de tournage. Il l'encourageait donc à continuer à réfléchir ainsi quelques jours, jusqu'à la fin du temps qu'ils auraient dû passer ensemble à l'hôtel, aux frais de *Miracle Mile Entertainment*. Jusque-là, tout allait à peu près. Là où ça se gâtait, c'était dans le choix des termes de la suite, pourtant inoffensive et urbaine d'apparence. Cy Rothenberg disait à Adrien qu'il espérait qu'ils pourraient se rencontrer un jour très prochain pour reparler ensemble de la possibilité de monter le film dès qu'ils auraient un scénario filmable. Un Européen ignorant des codes et protocoles de l'industrie du divertissement américaine n'aurait rien trouvé d'alarmant à cette fin de courrier. Adrien, lui, savait à quoi s'en tenir. Entre autres, l'imprécision des dates, les mots *consider*, *possibility*, et la notion, subjective et fluctuante entre toutes, de *shootable script* ne lui laissaient aucune illusion.

A l'inverse, Adrien connaissait assez la brutalité des mœurs d'Hollywood pour prendre acte des formes presque délicates que Cy Rothenberg s'appliquait à mettre pour signifier son désengagement.

De même, seul un Européen tatillon se serait offusqué de l'aumône qui lui était faite, en consolation et pour solde de tout compte, de trois ou quatre nuits d'hôtel supplémentaires. De la part d'un *Brooklyn Jew* transplanté à Los Angeles, c'était à interpréter comme un geste d'absolue prévenance, un égard, un dernier témoignage de respect. Un peu comme le petit mot qu'on laisse en s'éclipsant à l'aube sur la pointe des orteils, quand la fille dont on ne connaît pas le prénom dort encore. Le même genre, mais en mieux : là, Adrien était un homme. *European royalty or something*. Et surtout Cy Rothenberg avait fait sa connaissance à un *meet and greet* chez un *studio mogul* extrêmement influent. Adrien avait donc le droit de garder la chambre encore pendant trois nuits. Sérieusement, de quoi être flatté.

Il saurait peut-être un jour ce qui avait fait changer l'Américain d'avis. Pour l'instant, ce n'était pas le problème. Dans l'immédiat, le problème, c'était qu'il n'y avait plus de film. Supprimant du même coup ce qui, ces derniers temps, lui avait fait l'effet d'être une sortie possible. Une reconversion honorable, toutes choses égales, et épanouissante.

Là, il était de retour à l'étape précédente : son *hésitation* de milieu de vie. Disant hésitation, plutôt que crise. Quoi qu'il en soit et qu'importe le terme, lassé de la finance “créative à hauts risques”, pour appeler ça comme ça, qu'il pratiquait depuis tant d'années. Mais trop vieux, à l'heure qu'il commençait à être, et trop habitué à un certain confort pour s'embarquer comme simple matelot sur un cargo parti pour croiser le cap Horn, à supposer que ces choses-là existent encore.

Qu'allait-il faire de lui ?

Pour commencer, il allait tout bonnement profiter de l'offre de l'Américain et occuper la suite pendant encore trois jours. Trois jours pendant lesquels il aurait peut-être une idée.

Trois jours pendant lesquels il pourrait encore s'amuser un peu avec l'Italienne et le petit Monsieur Gomez.

Si follement épris que c'en était presque touchant, à force d'être ridicule.

Fou amoureux. Raide dingue. Coup de foudre que l'Italienne, femelle comme elle semblait être, ne pouvait pas ne pas avoir remarqué.

Pauvre Monsieur Gomez. Si drôle à taquiner. Adrien se promettant d'ailleurs, lors d'un de leurs prochains “ménages à trois”, de lui demander, comme ça, pour rire, voir la tête qu'il ferait, des nouvelles de la blonde à gros seins qui était avec lui le premier jour, s'étonnant même de ne pas l'avoir déjà fait.

Jorge entra dans la chambre et... personne.

Juste la lampe de chevet allumée et un chocolat Pierre

Hermé sur le coin du drap plié par la femme de chambre.

Mais à part ça, rien. Ni flics. Ni mecs de la sécu. Ni Tortue.

Jorge d'abord rassuré de ne pas trouver les flics ou les mecs de la sécu à l'attendre dans sa chambre. Mais ensuite, assez vite, déçu de ne pas y voir Tortue. Espérant que l'autre allait s'arranger pour au moins lui faire signe. Repensant au portable qu'il lui avait donné. Jorge très tenté de l'appeler avec, puis se ravisant, se disant que c'était dangereux. Si Tortue était avec des flics, Jorge aurait pas l'air con. Autant aller se dénoncer direct au poste. Non. Obligé d'attendre que Tortue se manifeste.

Jorge sortit le Nokia de sa poche. Trouvant aussi les gants de chirurgien roulés en boule. Il allait falloir qu'il se débarrasse de tout ça. Ç'aurait été idéal au bled, là, Mouans-Sartoux, c'était con qu'il y ait pas pensé.

Une chose sûre, en attendant, c'est que, tout ce qu'il avait en tête, Jorge était bien trop agité pour rester dans sa chambre. L'état où il était, aucune chance de dormir. Et même pas de minibar pour s'assommer.

Il resta encore un moment, comme ça, debout sans bouger au milieu de la pièce, puis alla jusqu'à la porte et ressortit dans le couloir, partant d'un pas déterminé jusqu'au bar, là où l'après-midi il avait eu l'embrouille avec l'Arabe et son copain musclé. Beaucoup plus animé à cette heure-ci, presque toutes les tables prises, Jorge s'installant au comptoir, commandant une double *Absolut* glacée au barman.

Quand le type revint poser le verre devant lui, Jorge dit d'un ton super décontract, “Et sinon, la soirée, calme ? Rien de particulier ?”

Le barman dit, “Non. On a eu beau temps. Ça a fraîchi en fin de soirée.” Puis il partit à l'autre bout du comptoir prendre une commande. Jorge se dit qu'en même temps, même si le gars savait qu'il y avait eu un casse de la recette quelques heures plus tôt, il allait pas lui dire. Un établissement comme ça, ils avaient des consignes, une confidentialité dans le contrat de travail.

Jorge se leva de son tabouret et s'éloigna du comptoir, emportant son verre et sortant du bar, pour aller se poster dans la galerie, réfléchissant à son affaire tout en regardant les clients qui allaient et venaient, comme il aurait regardé les passants depuis la terrasse d'un café. Pris dans sa gamberge, il faillit ne pas voir Castric, le directeur, qui avançait vers lui, venant de la réception. Le mec marchant d'un pas tranquille, pas du tout l'air du mec qui vient de se faire soulever un demi-million. Jorge se dit que le plus simple, puisque le mec était là, c'était de lui demander. Il se plaça dans le chemin, barrant le passage. D'abord surpris, Castric fit ensuite comme s'il était super content de voir Jorge, disant, "Ah ! Monsieur, monsieur..." S'arrêtant là, ayant clairement oublié le nom de Jorge.

"Gomez."

Riant tout seul, maintenant, comme si Jorge venait d'en sortir une bien bonne juste en disant son nom, disant, "Monsieur Gomez bien sûr. Alors ? Bon séjour ? Tout va comme vous voulez ?"

"Nickel. Et vous ? La soirée ? Calme ?"

"Paisible. Comme d'habitude." Très fort. Le mec, on lui chauffe un demi-million et il laissait rien voir. Balèze. "Enfin, pas tout à fait comme d'habitude."

Jorge tout ouïe, soudain, pendant que son estomac se nouait. "Ah ?"

"Non, je suis allé dîner à Mougins. Avec mon ami Aman Rashoggi. Vous connaissez bien sûr." Jorge cherchant le rapport avec le cambriolage. "Mais si, vous savez, qui travaille beaucoup avec les industries de la défense. Très vieux client de *Privilège*. Il a acheté un domaine sur les hauteurs, mais il vient encore très souvent déjeuner ou dîner chez nous. Là donc, c'est lui qui m'invitait au *Moulin de Mougins* et franchement, ce serait grossier de dire "comme d'habitude". Chaque fois, c'est un enchantement. Un raffinement. Un soin. C'est exquis. Vraiment. Je vous recommande. En principe, c'est impossible d'avoir une table mais par notre concierge, vous aurez peut-être une chance. Bonne fin de soirée, cher ami."

Lui aussi, donnant du cher ami à Jorge. Avec le grand con, ça faisait deux. C'était bizarre, cette manie qu'avaient des mecs qu'il pouvait pas piffer de l'appeler cher ami. Jorge regarda Castric continuer en direction de son bureau, se disant que ce mec-là ne s'était pas fait chourer un demi-million d'euros en début de soirée, c'était pas possible.

Et pourtant si. Tortue avait dit à Jorge qu'il avait pris l'oseille, des dollars, des euros. Donc, le mec s'était bien fait refaire. Juste, il le savait pas encore.

Jorge poussant même le raisonnement plus loin. Si le mec ne le savait pas encore, c'est que pour l'instant, personne le savait. Si quelqu'un s'en était aperçu, pas possible qu'il n'ait pas immédiatement prévenu Castric, *Moulin de Mougins* exquis ou pas. Là, le mec rentrait seulement maintenant, c'est qu'on l'avait laissé finir de dîner tranquille. Tout bêtement parce que personne n'avait eu de raison de le déranger. Donc que personne ne s'était encore gaffé de la disparition de l'oseille.

Donc là, si Tortue disait vrai et que le mec allait effectivement recompter la recette tous les soirs avant de dormir, il allait seulement s'apercevoir du casse maintenant. Donc seulement donner l'alerte maintenant. Donc Tortue avait pu se barrer tranquille avec les cinq cent mille.

Ce qui voulait dire que Jorge n'avait plus à redouter ni flics ni sécurité.

En trois enjambées, il fut de retour au comptoir, posant son verre dessus, disant, "Garçon."

Le barman leva la tête. Jorge fit tourner son index au-dessus de son verre vide. Le barman dit, “Tout de suite monsieur.”

Plus rien à craindre ni des condés, ni des vigiles. Il y avait juste Tortue qui devait être vénère. Salement vénère, même. Le flip qu’il avait dû se faire, tout seul derrière la porte, le pognon à la main. Le stress avant de finalement décider de chambouler complètement son plan et de s’arracher avec le blé tout de suite, au lieu de le planquer dans la chambre 116.

Après l’inquiétude, Jorge sentant venir le remords, maintenant, rapport au coup de salaud qu’il avait fait à Tortue.

En même temps, là, l’autre s’était barré avec le butin entier, du coup. Jorge se disant que ça compensait largement. Peut-être même trop, en fait. Jorge espérant à présent qu’en représailles pour son absence au moment voulu, Tortue n’allait pas décider de tout garder. Jorge ne niant pas ses torts, mais se disant qu’il trouverait ça quand même injuste. Okay, il avait pas ouvert la porte comme prévu. Mais il avait déconnecté la vidéo. Ça fallait pas l’oublier, non plus. Peut-être ça valait pas la moitié, mais à ce moment-là, un tiers. Okay, un quart. Cent vingt-cinq mille euros, au moins de quoi couvrir les frais engagés.

Il verrait ça avec Tortue, le lendemain, se disant que si Tortue était malin, il se pointerait pour bosser normalement, comme si de rien n’était, histoire de pas éveiller les soupçons. Peut-être Tortue le contacterait avant, pour prendre la température, voir comment est l’ambiance. Ou alors juste le traiter d’enculé. C’est là, quand il verrait Tortue, il allait falloir savoir garder ses nerfs. Laisser passer l’averse.

Forcément, au début, Tortue allait le pourrir, le traiter de tous les noms. Puis lui demander pourquoi. Pourquoi il avait pas été foutu d’aller ouvrir la porte. Là, Jorge voyant pas bien quoi dire, à part la vérité : j'ai eu un empêchement. Un cas de force majeure. Imaginant Tortue. T'as eu un *quoi* ? Un empêche*ment* ? Jorge disant oui. Tortue disant, un empêchement, mais tu te fous de ma gueule. Un empêchement, c'est tout ce que tu trouves à me dire ? Oui. Un empêchement. Un cas de force majeure. Répétant la même phrase, sachant que s'il commençait à dire quoi que ce soit d'autre, rentrer dans le détail, essayer d'expliquer, il était foutu. Là, Tortue le prendrait vraiment pour une trompette. Que par contre le mec en boucle, qui répète le même truc, ça pouvait impressionner, à force.

Tout ça ce serait demain. Là, juste, ce qui était bon, c'était se dire que tout avait roulé, malgré son empêchement, son cas de force majeure. Tortue s'était pas fait prendre et il avait l'oseille. Et malgré ça, lui, Jorge, il avait quand même pu dîner avec Monica, marquer le grand con à la culotte et l'empêcher de prendre la main.

Monica. Jorge se sentait en chance, là, soudain, après les deux doubles vodkas. Il se déplaça jusqu'au bout du comptoir, attrapant un téléphone réservé aux appels internes. Il composa le numéro de la chambre de Monica, se donnant trois sonneries avant de raccrocher. Elle décrocha à la fin de la troisième, disant, "Allô ?"

Jorge dit, direct, sans dire que c'était lui ni rien, "Juste pour vous dire, si vous me cherchez, je ne suis pas dans ma chambre, je suis au bar."

Silence.

Jorge se disant qu'il avait peut-être eu tort d'appeler, en fait. L'heure qu'il était et tout. Mais là trop tard pour reculer.

Jorge dit, "Je prends un dernier verre. Donc je dis ça au cas où vous réussiriez pas à dormir..."

Monica dit, "Eh bien écoutez, en fait, si. Là, j'avais pris un cachet, je venais juste de sombrer quand le téléphone a sonné."

Jorge se maudissant, disant, "Ah, d'accord. Je raccroche tout de suite alors. Je vous laisse vous rendormir. Vous allez voir, dans dix secondes vous redormez si je raccroche maintenant. Dormez bien. A demain."

"A demain."

Jorge allant pour raccrocher, mais soudain se ravisant, hurlant presque.

"Hé !"

"Oui ?"

"Mais si jamais vous y arrivez pas, donc, là je suis au bar, okay ?"

"J'ai cru comprendre, oui. A demain."

Monica raccrochant. Sans brutalité. Mais raccrochant. Jorge se demandant s'il venait de reculer de quelques cases, là. Et si oui, de combien.

Mais se disant aussi que quoi qu'il arrive, là, même Monica fâchée, il était mieux que Castric. Sans déconner, Jorge pensant à ce que vivait le mec à cet instant précis. Sa gueule en trouvant plus son blé. Jorge se disant, le pacemaker du mec avait intérêt à sortir du contrôle technique, si on voulait pas que la sirène du SAMU réveille la clientèle.

Douze

Jean-René Castric dit à Claude Calzer, “Vous savez combien il y avait dans le coffre ?”

Claude Calzer dit, “Non. Comment voulez-vous que je le sache ?”

Castric toujours en veste melon glacé, mais la cravate vert pomme dénouée, sous le coup de l’émotion. Claude Calzer l’écoutant dire, “Moi non plus je ne sais pas exactement, parce que je n’avais pas eu le temps de tout bien recompter. Mais à vue de nez, entre ce qui était rentré dans la journée et ce que je laisse toujours au cas où, il y en avait pour au moins un demi-million. Pas loin de six cent mille, même, si vous voulez mon avis.”

Claude Calzer dit, “Ah oui. Quand même.”

Ils étaient dans le bureau de Castric, là. La porte de l’armoire blindée ouverte, les étagères vides à l’exception de quelques dossiers que le cambrioleur n’avait visiblement pas touchés. Calzer, lui, les aurait feuilletés. Mais ça c’était lui. Un flic va forcément pas s’intéresser aux mêmes choses qu’un voleur. Là, juste, Calzer regrettait de ne pas avoir été là quand le vieux avait découvert son coffre vide. Ça, sans déconner, ça avait dû valoir la peine. La tête qu’il avait dû faire. Le bruit aussi. Calzer se retenant de lui demander quel genre ça avait été : un cri ? Un gémissement ? Un juron ? Un sanglot ? Au téléphone, en tout cas, quand il avait appelé pour lui dire de venir tout de suite et raccroché sans un mot de plus, il n'avait pas sa voix normale. Juste "Claude, vous pouvez venir tout de suite s'il vous plaît ? *Tout de suite.* Merci." Une minute après, Calzer était entré dans le bureau, l'autre n'avait rien dit, juste montré le coffre vide, disant simplement "Voilà", avec un grand soupir.

"Voilà quoi ?"

"Voilà. Je viens de rentrer. J'étais à Mougins pour dîner et voilà. J'ai ouvert la porte, j'ai allumé, et tout était comme ça."

"C'est-à-dire ?"

Castric dit, perdant patience, "Vous voyez pas ? Comme *ça*. Le coffre. Vide. On a volé l'argent."

Calzer faisant exprès, voulant obliger Castric à dire les choses, disant, "Comment ça on a volé l'argent ? Quand ?"

"Ben là ! Entre tout à l'heure, huit heures vingt-cinq, quand je suis parti et maintenant, quelle heure il est ? Une heure et demie. Voilà."

Calzer sentant bien que l'autre allait vouloir passer ses nerfs sur lui. Par exemple, là, Castric en train de dire, "Maintenant je vous écoute. Qu'est-ce que vous avez comme explication à me fournir ?"

Calzer dit, "Heu, là, pour l'instant, aucune. Sinon qu'effectivement, à vingt heures trente-quatre, on a eu une panne du circuit vidéosurveillance, les écrans sont restés noirs pendant deux minutes et vingt-six secondes, très exactement, l'image ayant été rétablie à vingt heures trente-six zéro trois, pour être précis. Dès qu'on m'a signalé la panne, j'ai dépêché plusieurs agents pour vérifier les différents branchements. C'était un câble dévissé dans l'armoire extérieure – vous savez, celle que je vous avais dit de remplacer par une installation Wi-Fi."

Castric dit, “Oh ça va, hein. Et vous avez eu une panne de vidéosurveillance, vous n’avez pas eu l’idée de venir vérifier que l’argent était là ?”

Calzer dit, “Ah oui ? Et vérifier comment ? C’est votre bureau. Votre coffre. Vous refusez que quiconque puisse l’ouvrir à part vous. Cela dit, pour vous répondre, oui, quand on m’a signalé le câble dévissé, j’ai immédiatement envoyé deux agents pour vérifier votre bureau. Ils m’ont rappelé pour me faire leur rapport, il devait être vingt heures quarante, quarante et une, pas plus tard. Tout était en ordre, lumière éteinte, la porte de l’armoire fermée.”

Calzer très calme, Castric lui s’excitant petit à petit.

“Oui, sauf qu’à ce moment-là, le mal était déjà fait ! Quelqu’un était parti avec un demi-million. Envolé, par votre faute.”

“Par ma faute.”

“Evidemment par votre faute ! Vous êtes directeur de la sécurité. Donc, on nous vole un demi-million d’euros, c’est que la sécurité était mal assurée. Donc mal dirigée. Donc votre faute.”

Claude Calzer faillit dire que dans sa vie, jusqu’à présent, il avait tenu tête à des *narcotraficantes*, des ministres de l’Intérieur et des présidents de groupes audiovisuels. Il n’allait pas se laisser emmerder par un aubergiste en veste sorbet aux fruits. A la place, il dit, “Attendez, attendez, je veux être sûr de bien comprendre ce qui est de ma faute. Quand j’ai pris mes fonctions il y a un an, la première chose que je vous ai dite, c’est de moderniser votre système vidéo. La deuxième chose que j’ai dite, c’est de ne pas garder autant de liquide sur place. Là, c’est délirant : vous avez presque le cash d’un casino Partouche avec le système d’alarme d’un charcutier traiteur. C’était évident qu’un jour, il y allait avoir un problème.”

Castric secoua la tête. “Mais pas du tout. La preuve,

ça a très bien fonctionné pendant des années sans le moindre souci."

"Oui, juste, le jour où il y en a un, c'est un souci à cinq cent mille euros."

Castric ne trouva rien à répondre à ça. Calzer enchaîna, disant, "C'est quoi cette obsession à vouloir du liquide, d'abord ? Expliquez-moi l'intérêt, parce que moi, tout ce que je vois, c'est un nid à emmerdes. Rien d'autre. C'est pas dur, juste à cause de ça, le fisc vous a deux fois plus à l'œil que les palaces normaux. Donc si ça se trouve, à l'arrivée, vous faites pas plus de black que l'*Ibis* de Juan-les-Pins. Quand c'est pas le fisc qui recompte, c'est des mecs qui vous braquent. Tout ça pour le plaisir de palper de la fraîche. Merci. Parlez d'un avantage. Vous prendriez les cartes, vous seriez moins emmerdé. A la fin de la journée, vous feriez autant de black, personne casserait votre coffre et vous seriez plus heureux. C'est juste ça que je dis."

Castric dit, "Vous dites n'importe quoi. Vous n'y connaissez rien. La règle du versement en liquide est l'une des traditions du *Marina Privilège.* C'est pour *ça* que les gens reviennent. C'est pas pour l'eau, le parc ou la couleur des draps. C'est pour devoir s'emmerder au moment de régler. Les clients adorent ça. Payer *eux-mêmes*, physiquement, comme chez le psychanalyste. C'est une contrainte, mais c'est un plus. Ça confirme le caractère unique et exclusif de l'établissement. Je ne devrais pas être obligé de vous l'expliquer. Croyez-moi. Ça fait trente ans que je fais ça, je sais comment ça se passe. On commence avec les cartes bleues et on finit avec des forfaits week-end payables en tickets-restaurant. Si vous aimez tant les facilités de règlement, faites-vous donc embaucher par le groupe Lucien Barrière. A *Privilège*, c'est différent. On est nulle part ailleurs."

Calzer dit, "Même. En admettant, votre cash, vous êtes vraiment obligé de le garder si longtemps dans les locaux de l'hôtel ? Vous ne pouvez pas avoir des fourgons de la Brink's qui viennent vous le chercher, une ou deux fois par jour, comme les hypermarchés ? Au lieu d'attendre le lendemain comme vous faites là et on voit le résultat."

Castric dit, "On dirait que ça vous amuse."

"Non, je peux vous assurer que ça ne m'amuse pas du tout. C'est juste, je ne veux pas faire le gars qui dit je l'avais bien dit, mais je vous l'avais bien dit."

"Qu'est-ce que vous comptez faire, donc ?"

"Eh bien je ne sais pas. Déjà, par acquit de conscience, je vous pose la question : voulez-vous appeler la police ?"

Castric leva les yeux au ciel. "Pourquoi pas la rédaction de France 3 Côte-d'Azur, aussi ? Vous n'êtes pas malade ?"

Calzer dit, "C'est ce que je pensais, je voulais juste être sûr. Donc là, ce que je vais faire, c'est dès que vous m'aurez dit tout ce que vous souhaitez me dire, je vais examiner la porte de l'armoire, à tout hasard, même si à voir, comme ça, il ne semble pas qu'il y ait eu d'effraction."

"Comment ils ont ouvert alors ?"

"En faisant la combinaison. Je ne vois pas d'autre moyen."

"La combinaison, mais comment ? Je suis seul à la connaître."

"Oui. Seul à la connaître. Seul, avec tous les gens à qui vous avez donné le moyen de la connaître aussi."

"Mais pas du tout. Qu'est-ce que vous racontez ? Je n'ai rien dit à personne. Je vous dis que je suis seul—"

"Oui. Et vous la changez tous les mois depuis dix ans et malgré ça, vous n'avez jamais de problème pour vous en souvenir."

"Oui parfaitement. Et alors ? Précisément ! Comment ont-ils bien pu ?"

Calzer dit, "Ecoutez, pour ma part, je ne suis là que depuis un an, et j'ai dû vous entendre au moins trois fois dire ça à des interlocuteurs différents. J'imagine que ces trois fois-là n'ont pas été les seules, donc ça fait malgré tout un certain nombre de gens en possession d'une piste commode pour deviner votre petit système de mois et d'années."

Le vieux changeant de couleur. "Quoi, vous saviez? Mais comment?"

"Donc c'était bien ça. Voyez, j'étais pas sûr. Je disais ça au flanc. Eh bien vous me demandiez comment ils avaient fait, voilà donc la réponse."

"D'abord vous exagérez, je n'ai pas dit ça trois fois, j'ai dû le dire deux fois, et je sais très bien à qui. Et ensuite, si vous saviez qu'on pouvait percer mon code à jour, pourquoi ne pas me l'avoir dit?"

"Mais je vous l'ai dit, cher monsieur. Je vous ai dit plusieurs fois de changer votre système de code. Pas le code, le système. Et même idéalement, de ne pas avoir de système. Parce qu'on ne sait jamais."

Le vieux fermant sa gueule, sachant bien que c'était vrai. Calzer en profitant, disant, "C'est comme pour les fourgons ou le système Wi-Fi. Vous ne m'avez pas écouté. Donc, moi, à partir d'un moment, ça cesse d'être mon problème. Je veux dire, c'est vous le patron."

"Dites-moi plutôt comment vous allez vous y prendre. C'est ça qui compte, maintenant."

Calzer prit son ton le plus patient pour dire, "Regarder la porte, comme je vous ai dit. Puis revisionner toutes les bandes des dernières vingt-quatre heures. Voir si elles ont enregistré une présence suspecte. Ou un comportement étrange chez l'un des employés, ou chez l'un des clients."

"Des clients, s'il vous plaît, ne dites pas n'importe quoi."

“Notre chance, c’est qu’à mon avis, ils étaient sans doute deux. Ça multiplie les possibilités d’erreurs.”

“Pourquoi deux ?”

“A moins d’être très rapide, un type tout seul aura eu du mal à dévisser le câble dehors puis à venir ici ouvrir la chambre forte et repartir sans être vu, tout ça pendant les deux minutes d’interruption de l’image. Donc celui qui a ouvert le coffre avait vraisemblablement un complice. Un complice à l’hôtel. Et qui y est donc toujours, avec un peu de chance.”

Castric dit, “Qu’est-ce que vous attendez, alors ? Il faut interroger tout le personnel, savoir où ils étaient à l’heure de la panne.”

“Bien sûr. Sauf que c’est peut-être un des clients.”

“Mais arrêtez, enfin, accuser les clients ! Vous êtes assommant, avec ça. Je vous ordonne de ne rien faire, j’ai bien dit rien, qui puisse perturber le séjour de la clientèle sans m’en parler avant. Vous avez compris ? Rien.”

“Oui, Monsieur.”

“Rien, on est d’accord ?”

“Oui, Monsieur.”

“Bien.”

“Juste, si vous permettez, j’aimerais savoir pourquoi ?”

“Pourquoi quoi ?”

“Pourquoi le complice du braqueur ne pourrait pas être un client.”

“Mais enfin, un client, mais vous n’y pensez pas ! Vous avez vu la catégorie de gens qui viennent à *Privilège* ?”

“Oui, et vous savez comme moi que dans le tas, il y en a certains qui ne sont pas blanc bleu.”

“C’est ce que je vous dis. C’est exactement ce que je dis ! S’ils viennent à *Privilège*, c’est qu’ils sont soit assez riches pour se permettre d’être honnêtes. Soit qu’ils volent et qu'ils fraudent, mais dans des proportions bien supérieures à un pauvre demi-million d'euros. Et certainement pas en cambriolant une chambre forte ! Chez nous, si vous préférez, on contourne les embargos, on va empocher des aides ou blanchir de l'abus de bien social, mais on ne perce pas les coffres. C'est de l'émir, ici ! Du marchand d'armes, des gens de cinéma, du chef d'Etat africain. C'est pas des monte-en-l'air ! Vous confondez avec la *Brise de Mer* ou un bar à hôtesses."

C'était bon, là, peut-être. Calzer se disant, le supplice de Castric avait assez duré. Le moment était venu de dire à ce pauvre vieux con que son oseille était pas perdue, que Calzer avait intercepté le mec et récupéré l'argent.

Et juste quand Calzer allait dire quelque chose comme, "Allez, arrêtez de flipper maintenant, mais tenez-vous-le pour dit, tâchez de m'écouter, dorénavant", un truc comme ça, le vieux dit, comme s'il se parlait à lui-même, pensant à haute voix, avec un ton de lopette qui faisait dans son froc : "Je ne préviens pas le siège tout de suite, hein. On ne sait jamais. Si vous retrouvez l'argent."

Calzer s'entendant dire dans sa tête, "Eh ben justement, l'argent, je l'ai retrouvé", mais les mots ne sortant pas. L'autre vieille merde continuant son raisonnement, disant, "Si vous le retrouvez, pas besoin de leur dire. Et si vous ne le retrouvez pas, au point où j'en serai, de toute façon. Ce n'est pas d'avoir différé l'annonce de quelques jours qui aggravera mon cas."

Castric brisé, se voyant perdre sa place. C'était sûr que là, un demi-million dehors à justifier au siège, il allait pas s'en tirer en leur faisant de Funès. Finies les simagrées, là, la bise à Madonna et à Uma Thurman. Il allait dégager. Et très vite.

Et là, Calzer comme au cinéma, voyant plein d'images défiler devant ses yeux. Le vieux foutu dehors, viré comme un malpropre. Et puis se voyant, lui, Claude

Calzer, sur d'autres images. L'impression, tout à coup, de lire son horoscope.

Calzer décidant que c'était quand l'autre avait parlé du siège – et puis le *je vous ordonne*, aussi, peut-être – que ça s'était fait dans sa tête, que l'idée avait germé, tout venant en même temps.

Non seulement de garder le liquide, mais en plus se servir de la disparition du demi-million pour compromettre Castric, lui faire perdre sa place. Et la prendre.

En même temps, même inconsciemment, l'idée de garder l'argent avait dû être là depuis le début, dès le moment où il avait croisé le gars dans le couloir avec son sac rouge à la main. Tout ce qu'il avait fait après, ne pas donner l'alerte, dire au gars de se barrer et de plus jamais revenir, c'était pas ce qu'un directeur de la sécurité devait faire normalement.

Appeler les flics, peut-être pas, par discrétion. Mais en principe, le directeur de la sécu rameutait ses agents, faisait tabasser le voleur, allait remettre l'argent en place tout de suite, prévenait son supérieur.

Sauf que tout ça, là, Claude Calzer bien forcé de constater, il ne l'avait juste pas fait.

Un demi-million d'euros, trois millions de francs. Ceux qu'il avait refusés dix-sept ans plus tôt.

Mais là, Claude Calzer se disant, directeur de la sécurité, ce n'était plus digne de lui, pas d'un mec de sa classe, avec ses antécédents. Tandis que directeur du *Marina Privilège*, la bise à Sharon Stone et à Nicole Kidman, ça par contre, pourquoi pas. Juste, il porterait des vestes d'une autre couleur.

Quoique même ça, en fait : s'il n'y avait que ça, je vais te dire, pourquoi pas. Le melon glacé, le fuchsia et la fraise écrasée, peut-être pas. Mais le bleu roy, tu regardes bien, ça rehaussait le teint.

Treize

Tôt le matin, Jorge était allé attendre Monica à la piscine. Poireautant sans voir venir personne, ni Monica, ni le grand con, se disant qu'ils étaient peut-être ensemble, du coup s'inquiétant.

Rassuré peu après en voyant le grand con, tout habillé, venir prendre son petit dèj tout seul à l'*Astérie.* Jorge se gardant bien d'aller lui dire bonjour, se faisant tout petit dans son coin de la piscine.

Là, on était plus tard, Jorge allongé en terrasse, bien en évidence, au cas où Tortue le chercherait. Jorge laissant commencer une autre journée glorieuse au *Marina Privilège.* Obligé de reconnaître que ça en jetait, quand même. Le soleil, la mer, le ciel, okay, Jorge les connaissait. Mais, déjà, on s'en lasse pas. C'est toujours beau. Et là, en fait, avec le luxe, le soleil et la mer étaient encore mieux que d'habitude. Surclassés, d'une certaine façon. Pas la même mer que les pauvres des plages publiques de Cannes. Pas le soleil qui donnait chaud aux cantonniers. Un soleil de riches, bien dosé, chaud juste ce qu'il fallait.

Jorge, du coup, se reprochant de flipper, au lieu de kiffer le truc.

Jorge faisant les comptes de ce qu'il avait déjà dépensé. Le *Marina Privilège* nettement plus cher que les établissements où il opérait d'habitude.

Pour résumer, si on calculait bien, il était venu pour empocher deux cent ou deux cent cinquante mille euros. Ensuite, pour plein de raisons, ça servait à rien de revenir dessus, ça c'était pas passé exactement comme prévu. En conséquence de quoi, il avait empoché peau de zob. Il était amoureux d'une comtesse qui avait d'autres soucis. Et il en était sévèrement de sa poche.

Donc, en arrondissant, entre l'hôtel, la Rolls, les sapes et ce qu'il avait lâché à Meryl pour qu'elle veuille dégager sans lui faire un psycho, il avait déjà cinq ou six mille euros dehors. Une option possible, évidemment, c'était de se barrer sans payer. Même s'il devait abandonner ses fringues, il serait gagnant au bout du compte, le montant de la note allant pas tarder à dépasser le prix de ses bagages.

L'autre solution, c'était de rentabiliser tout ça en progressant clairement avec Monica.

Autrement dit, aller la trouver et lui dire cash qu'il voulait boire l'eau de son bain à la paille tous les jours que Dieu fait jusqu'à ce que mort s'ensuive. Voilà. Je vous aime. Vous êtes comtesse, je suis escroc. Délinquant astucieux. Bref, si c'est la thune qui compte, pour vous, mieux vaut vous taper l'autre, là, le baron de mes deux. Lui, il a hérité. Pas moi. Les comptes à Saint-Vincent, les *Singapore Airlines*, tout le kit, c'était du flanc, j'en ai pas. Donc voilà. Qu'est-ce qu'on fait ? Et comme ça, il saurait.

Avec du coup le risque qu'elle le base, et que lui, il retourne juste à ses petites carambouilles, ses TVA truquées, ses ventes d'appartements sur des brochures bidons, piquer leurs Caisse d'Epargne à des vieux à la retraite. Jusqu'à présent, ça lui avait très bien convenu. Mais là, allez savoir pourquoi, il sentait bien que le cœur y serait moins.

A cause de Monica.

Monica pour laquelle il allait avoir besoin d'argent.

Par exemple, de l'argent qu'il allait piquer au grand con, là. Le baron de mes deux.

Oui. Voilà. C'était clair.

Il allait prendre son pognon au grand con.

Calzer était en train de visionner les bandes de vidéosurveillance. Ravi de ne s'y trouver nulle part, dans aucun axe. Ni dans le couloir, quand il était tombé nez à nez avec le mec de la maintenance qui sortait du bureau de Castric, ni juste après, quand il était allé déposer le sac rouge plein de pognon dans son propre bureau. Après, en revanche, on le voyait beaucoup, courant dans tous les sens, donnant des instructions, vérifiant tous les sites. Professionnel, irréprochable.

Ramponi venait d'entrer dans le bureau, voyant Calzer se repasser les bandes et disant, "Qu'est-ce qu'il y a ? Un souci ?"

Claude Calzer dit, "Ouais. Assieds-toi."

Ramponi prit la chaise en face du bureau de Calzer. Calzer dit, "Je le dis qu'à toi parce qu'il faut surtout pas que ça se sache et Castric m'a fait promettre de rien dire." Ramponi intéressé, forcément, la façon dont Calzer lui amenait l'affaire. "Tu sais, hier soir, il y a encore eu une panne des caméras vidéo. Pendant deux minutes, il y avait rien sur les écrans."

"Non je savais pas."

"En fait, pendant la panne, il y a un mec qui a tapé le coffre de Castric."

"Non !" Claude Calzer hocha la tête. "Fort ?"

Calzer dit, "Un demi-million."

"Merde."

"Comme tu dis."

Ramponi donna un coup de menton vers les écrans, les images figées, mises sur pause.

“Et on le voit quelque part le mec ?”

Claude Calzer dit, “Zobi la mouche. Le mec en deux minutes et demie, il a vidé le coffre et il s’est arraché. Tu regardes les bandes tout de suite avant et plus d’une heure après, il y a rien d’anormal.”

Ramponi dit, “Et donc ? Qu’est-ce tu vas faire ?”

“Ben je sais pas, justement. Je t’en parle. C’est ça que je fais. Les idées sont bienvenues.”

Ramponi, “Je dis ça juste pour être sûr, faire venir la PJ évidemment c’est niet ?”

Calzer dit, “Devine.”

“Donc on enquête nous-mêmes.”

“Ouais. Si t’appelles ça enquêter. On peut pas interroger les clients. On peut pas interroger le personnel. Donc l’un dans l’autre, ça va être vite plié.”

Ramponi dit, “Effectivement.” Ramponi l’air déçu.

Claude Calzer dit, “N’empêche. On se remate les bandes. On sait jamais. Toi tu vas peut-être repérer un truc qui moi m’a échappé.”

Jorge avait passé deux coups de fil et là, il était assis dans la cuisine d’un pavillon derrière Villeneuve-Loubet, chez le gars qu’on lui avait recommandé : Pinceau. Jorge connaissant pas le nom du gars, juste le surnom. Le mec en face, en train de servir les cafés, cinquante ans, mauvaises dents, plusieurs fois du placard pour escroquerie, faux et contrefaçon.

Le mec, Pinceau, dit, “C’est le Toulousain alors, qui t’a branché sur moi ?”

Jorge dit, “Ouais, je l’ai appelé tout à l’heure. Je lui dis, il me faut un artiste peintre en urgence, région PACA de préférence. T’as pas ça ? Il me dit, si. Pinceau. Donc voilà.”

Pinceau dit, “T’as du bol de m’avoir eu tout à l’heure parce que normalement, cette heure-ci, je suis déjà au chantier.”

“Au chantier ?”

“Ouais. Je travaille dans une entreprise de peinture décorative. Du faux bois, du faux marbre. Je fais ça pour m’occuper la main. Puis comme ça, ma juge elle est contente. J’ai une source de revenus.”

Jorge hocha la tête, but une gorgée de café. Pinceau dit, “Le Toulousain m’a pas dit pour quoi ça serait faire.”

Jorge dit, “J’aurais besoin d’un beau tableau. Une belle toile qui vaut cher.”

Pinceau dit, “Oui, d’accord, ça, tout le monde. Mais quel style ?”

Jorge dit, “Comment ils s’appellent les keums, je crois que c’est des Russes, qui font une seule couleur. Tu sais le mec qui a fait un tableau, c’est juste la toile repeinte en blanc, le mec il se prend un million de dollars ?”

“Si c’est le *Blank White Canvas* de Ryman ou *Carré blanc sur fond blanc* de Kasimir Malevitch dont tu parles, tu peux même rajouter un zéro. C’est ce genre-là que tu veux ?”

“Ouais. Peut-être. Je me disais, c’est pas trop dur, ça, à faire, normalement.”

Pinceau dit, “Tu t’y connais en peinture, toi.”

Jorge dit, “Heu non, pas trop.”

Pinceau dit, “Ouais, c’est ce que je voulais dire.”

Jorge dit, “Non parce que voilà, moi, en fait, le genre du tableau, en fin de compte, peu importe. Moi, ce que j’ai juste besoin, là, c’est un truc qui puisse être prêt dans les trois jours et qui cote au-dessus du million.”

Pinceau hocha la tête et dit, “Ouais. Trois jours. Pas de problème.”

Jorge dit, “Super.”

Pinceau dit, “Pourquoi pas tout à l’heure, aussi ? T’es

malade, c'est infaisable. Entre l'exécution, je veux dire, l'œuvre en elle-même, et après, le séchage et le vieillissement, c'est pas jouable."

"Attends, en trois jours, c'est pas sec, la peinture ?"

"Trois jours ? Ça met des mois, certaines peintures à l'huile, à sécher complètement. Mais il y a pas que ça. Fonction de l'époque que tu veux, ça va pas être la même toile ancienne qu'il va falloir trouver. Pareil pour les châssis. Après, selon ce que tu cherches au final, t'as le passage au four, le vernis jaune, les traces de mouche, la lampe à UV. Faut pas croire, c'est du faux, mais tu te fais presque autant chier que si c'était du vrai. Le vieillissement, c'est un bordel, t'as pas idée."

Jorge bien obligé d'admettre, là, super déçu : "Non. J'avais pas idée. Ça c'est sûr." Soupirant et disant, "Fait chier quand même. Là, pour mon truc, j'avais absolument besoin d'un tableau."

Le mec, Pinceau, dit, "Un tableau ? N'importe lequel ?"

Jorge dit, "Ouais. Je m'en branle. Juste, je t'ai dit, seul truc, il faut qu'il puisse coter au-dessus du million. Le reste, après, c'est Picasso, Goya ou la chapelle Sixtine, je m'en cogne."

L'autre faisait des mines, genre le mec qui hésite. Jorge dit, "Pourquoi ? Tu penses à un truc ?"

Pinceau dit, "Non, c'est pas ça, mais je veux dire, si vraiment c'est juste un tableau que tu cherches, que tu t'en branles du style ou de l'époque, j'ai peut-être un truc qui pourrait faire l'affaire. "

Jorge dit, "Eh ben voilà. Super".

Le mec en face moins convaincu que lui, disant, "C'est-à-dire, en même temps, c'est un truc, après, ça va pas forcément être le goût de tout le monde."

Jorge dit, "Mais si ! Mais si !"

Pinceau dit, "Attends d'avoir vu. C'est un Delvaux. Paul Delvaux. Tu connais ?"

Jorge secoua la tête.

“Surréaliste belge. Mort en 94. Quand je suis tombé, j’étais en train de finir un truc très bien, tout à fait dans son style. J’étais à Lille à ce moment-là. Je te dis pas, super commode pour passer la frontière, aller chez les mêmes fournisseurs que lui. J’avais un Ricain de l’OTAN à Bruxelles chaud bouillant sur le coup, le mec qui allait y voir que du feu. Pis bon, je suis tombé. Inutile de te dire, le Ricain a plus donné de nouvelles. Mais j’ai toujours le truc. Tu veux voir ?”

Jorge dit, “A ton avis ?”

Des bonnes femmes, toutes nues ou presque, dans un décor bizarre, des colonnes genre grec et puis des arbres sans feuilles, bien alignés. Les meufes, toutes un peu la même tête, des gros yeux ronds toujours noirs, quelle que soit la couleur des cheveux. Et des touffes très poilues.

Toute façon, Jorge s’y connaissait pas des masses en peinture, mais le peu qu’il avait vu, il avait remarqué, les femmes nues des tableaux, en fonction des époques, les mecs leur faisaient soit des tabliers de sapeur, des moquettes pas possible, des bénouzes de guenon, juste pour bien montrer que eux ils osaient le poil. Ou alors, bon esprit, perversité sympa, c’était le maillot intégral, mais au passage, les pauvres meufes, c’était comme si en arrachant la cire, l’esthéticienne avait tiré trop fort et leur avait enlevé leur petit matos en prime. Du coup, sur les tableaux, après, elles pouvaient bien se trimbaler cul nu devant tout le monde, ça risquait plus de choquer : elles avaient l’espace détente qui ressemblait à un genou. Donc c’est pour ça, Jorge venait une fois de plus de se faire la réflexion, pour le mec connaisseur, le mec sérieux, vraiment intéressé par le corps féminin, la photo restait de loin ce qu’il y avait de mieux.

A part ça, c’était pas mal, le faux Delvaux que lui

montrait Pinceau. *Le Gynécée magique.* Pas désagréable. Jorge dit, “C’est ce genre-là, Delvaux ?”

Pinceau dit, “Tout craché. Soit ça : des femmes, comme ça, presque toujours nues, muettes, en train d’esquisser un geste. Tu vois ? Comme une sorte de synthèse entre l’Eve charnelle et la Vierge, dans des décors oniriques et figés. Soit ça, donc. Ou alors des trains de nuit.”

“Des trains de nuit ?”

“Ouais : quand il peint pas des gonzesses à poil dans un décor de ruines gréco-romaines, c’est des trains qui arrivent dans une gare — ou qui en partent, parfois c’est dur à dire. Mais toujours en pleine nuit.”

Jorge dit, “Ah ouais.” Et puis, plus fort que lui, disant aussi : “T’as des mecs qui ont reçu, quand même.”

Pinceau pas plus choqué que ça par ce que Jorge venait de dire sur les peintres un peu jetés. Ou habitué, peut-être, disant, “Ah ben oui. Ça, c’est sûr, c’est les surréalistes. C’est un trip, faut rentrer dedans.”

Ouais. Juste, Jorge était pas sûr d’avoir le temps. Il dit, “C’est-à-dire que, au bout du compte, le truc, là, forcément, c’est pour vendre. Mais au départ, l’argument qui sert à enclencher l’histoire, c’est que c’est pour offrir. C’est pas clair ce que je dis, pardon, mais moi je me comprends.”

Pinceau dit, “Un tableau pour offrir ? Ben oui. Un faux vrai Delvaux, ça s’offre. Je dirais même, c’est un beau cadeau. Un peu moins qu’un authentique, c’est sûr. Mais la personne sait pas que c’est un faux qu’elle reçoit, elle a de quoi être contente. C’est pour offrir à qui ? Un monsieur ou une dame ?”

“Une dame.”

“Ouais. Alors évidemment. Je vois ce que tu veux dire. C’est moins féminin, en principe. Quoique. Il faut dire comme je t’ai dit : synthèse de l’Eve charnelle et la Vierge Marie. Ça passe très bien, après.”

“Okay. Et ta synthèse, alors, ça cote dans les combien ?”

“Ben t’as qu’à voir. *La Vénus endormie*, une toile de 43, vendue chez Christie’s à Londres pour deux millions deux cent cinquante six mille euros en 2005.”

Jorge prit deux secondes pour digérer le chiffre, deux millions deux cent cinquante mille, regardant la toile qu’avait faite le mec, voyant pas comment ça pourrait valoir deux millions deux cent cinquante mille euros, mais se disant qu’il y connaissait rien et dit, puisqu’on parlait argent, “Et là, donc, ton faux vrai Delvaux, toi, t’en voudrais combien ?”

“Cent cinquante mille.”

Jorge dit, “Wow !”

Pinceau dit, “T’es pas obligé, hein. C’est toi qu’es venu me voir.”

Jorge dit, “Oui, je sais, mais bon, moi, pour te dire, je pensais cinquante. Je peux monter jusqu’à soixante-dix, mais pas plus.”

“Cent mille.”

“Cent mille t’es fou, je peux pas. J’ai aucune garantie du prix que je vais réussir à en tirer, de ton truc.”

“Alors ça, je vais te dire, la garantie, je te la donne, moi : un vrai faux comme ça, aussi bien imité, moins d’un million d’euros, tu te fais arnaquer.”

Jorge répétant comme un perroquet, être sûr d’avoir bien entendu : “*Je* me fais arnaquer.”

Le mec, Pinceau, disant, “Ah ouais. Toi, le tableau, c’est un faux. Mais le mec, lui, c’est un vrai qu’il achète. Donc faut lui vendre le prix. Lui gâche pas son plaisir !”

“T’as raison”, dit Jorge, “ça serait vraiment salaud.”

Quatorze

Normalement Castric ne venait jamais dans le bureau de Calzer et Ramponi. Il convoquait dans le sien ou n'importe quel endroit où il se trouvait dans l'enceinte du complexe, appelant sur les talkies, pas bonjour, rien, juste Claude vous pouvez venir s'il vous plaît, merci. D'une traite, exaspéré d'avance.

Que là, dis donc, méconnaissable : Ramponi était pas là, parti vérifier l'emplacement de tous les employés à l'heure du casse, et Castric venait d'entrer après avoir frappé, bien poliment et tout, disant, mon cher Claude, excusez-moi, je peux vous déranger deux secondes ? Mon cher Claude. Rien que ça. C'était dingue comment les mecs parlaient meilleur, tout de suite, de s'être fait étouffer un demi-million d'euros.

Une fois assis en face de Calzer, Calzer en position d'autorité, là, l'inverse de d'habitude, Castric dit : "Donc voilà, mon cher Claude, j'ai bien réfléchi. J'ai repensé à ce que vous m'avez dit cette nuit. Peut-être, en effet, ai-je, malgré moi, une part de responsabilité dans le drame d'hier soir. J'aurais sans doute dû vous écouter, moderniser le système vidéo, mieux protéger le coffre, moins conserver d'espèces. Bref. Comprenons-nous bien : je ne me sens pas fautif à titre personnel. Mais d'un strict point de vue théorique et administratif, je veux bien accepter d'être, comment dirais-je, hiérarchiquement responsable en tant que manager." Calzer émerveillé par les détours compliqués que faisait le mec au lieu de juste admettre qu'il avait bien merdé. "Dès lors, puisque je suis administrativement responsable, je suis obligé d'en tirer les conséquences : c'est à moi qu'il incombe de compenser la perte et de remplacer cette somme."

Calzer se disant, d'accord. Juste, cinq cent mille euros, il allait devoir casser son PEA, papy. "C'est très élégant de votre part, monsieur le directeur."

"Jean-René. Nous sommes entre nous, là."

"C'est très élégant, Jean-René. Simplement, je me permets de vous rappeler qu'il s'agit quand même de cinq cent mille euros. C'est pas rien."

Castric dit, "Oui, enfin, cinq cent mille, pas tout à fait. Dans ce montant, j'inclus environ cent mille de caisse noire, pour les cas d'imprévus. C'était du black total, ça, qui n'a aucune existence comptable. Donc qui n'a pas forcément à être réintégré en caisse."

Ben voyons. Calzer dit, "D'accord. Ça laisse quand même pas loin de quatre cent mille."

"J'entends bien. J'entends bien. C'est pourquoi je ne vais pas pouvoir restituer l'intégralité en une fois. Il va falloir que j'étale sur plusieurs mois, quitte à devoir annuler certains placements au pire moment et perdre beaucoup d'argent du fait de ces cessions anticipées. Mais bon, que voulez-vous ? Je ne peux pas aller voir les Suisses avec un demi-million de trou, on est bien d'accord ?"

Voilà. C'était ça, le fond de l'histoire, en fait. Le vieux chameau tenait trop à sa place. Plutôt casquer un demi-million de sa poche que se retrouver à la retraite comme un con, sans personnel à humilier, sans vedettes à flatter.

Cinq cent mille ! Fallait que la place soit bonne, quand même, que le mec soit prêt à lâcher ça pour la garder.

Castric dit, “Tout ça, évidemment, à moins que vous ne retrouviez la somme.”

Calzer dit, “Nous faisons de notre mieux, Jean-René, je vous assure. Vincent est en train d’interroger le personnel. Moi j’épluche les dossiers, voir si quelque chose de suspect nous aurait échappé, à moi et à mon prédécesseur, lors des embauches.”

Castric fit un geste de la main pour l’arrêter et dit, “Oui, oui. Je sais bien mon cher Claude, je sais bien. Vous faites le maximum. J’ai une entière confiance en vous. C’est bien pour ça que j’ai pris la décision suivante : si vous deviez retrouver l’argent, j’ai décidé de vous récompenser personnellement pour l’immense service que cela me rendrait. Je m’engage à vous verser, de mes deniers, une prime de vingt mille euros.

Calzer voulant être sûr d’avoir bien entendu. “Si je vous retrouve l’argent et que du coup vous n’avez plus besoin de rembourser un demi-million, vous me donnez vingt mille euros.”

“Oui je sais, c’est une grosse commission.” Une grosse commission ! Quatre malheureux pour cent, une grosse commission ? C’est ce qu’il avait dans le crâne à la place du cerveau qui était une grosse commission. Se la jouant, en train de dire, “Absolument. Je trouve ça normal. Vous réglez mon problème. A moi ensuite de savoir me montrer généreux.”

Calzer dit, “Non, vingt mille euros si je retrouve le demi-million, Jean-René, vraiment je ne peux pas accepter.”

L’autre vieux con ne captant pas l’ironie, disant, “Taratata ! Laissez-moi juge, voulez-vous ? Ce qui est juste est juste et je ne serais pas là où je suis aujourd’hui si j’avais avancé dans la vie en me comportant comme un ingrat. Comme je dis toujours, les gens qui te traitent bien, il faut bien les traiter. C'est tout. Si vous me rendez service, il est normal que vous soyez récompensé en conséquence. C'est comme ça que ça marche, avec moi."

Calzer dit, "Non mais vraiment ça me gênerait."

Castric dit, "Pas un mot. C'est décidé. C'est ainsi. Je ne vous demande pas votre avis. Je vous dis ce qui va se passer. Point à la ligne, tiret !"

Calzer fit semblant de réfléchir et dit, "Si vous insistez." Marquant un temps puis disant, "En même temps, pour l'instant, c'est pas la peine de nous disputer là-dessus, puisque jusqu'à présent, hélas, le problème se pose pas. Il sera bien temps de reprendre la discussion si par miracle je venais à retrouver l'argent."

Castric changeant de tête, se mettant à regarder Calzer, comme s'il lui en voulait de ne pas avoir encore retrouvé le pognon. "Oui, là, évidemment, il faut d'abord que vous retrouviez l'argent. Ça, pas d'argent, pas de prime !"

Disant ça, le vieux radin, sans se douter que son oseille était à même pas deux mètres, juste en face de lui, dans un sac de sport rouge, rangé dans l'armoire en fer contre le dos de Calzer.

Calzer regrettant de ne pas pouvoir filmer la scène avec son portable pour pouvoir se la repasser après autant de fois qu'il voudrait.

Jorge regardait le grand con assis à une table près de la rambarde juste au-dessus des rochers et de l'eau, en train de boire son thé en regardant la mer. Jorge se sentant sourire, voir l'autre, comme ça, qui se doutait de rien.

Arnaquer le grand con.

L'utile de lui prendre sa thune conjugué à l'agréable de le lui faire à l'envers, voir s'il roulait autant sa caisse, après. Jorge sachant déjà exactement comment il allait s'y prendre.

Pour arnaquer un mec, il faut qu'il soit cupide. L'autre, ce que Jorge pouvait en voir, il nageait dans la thune. La veille, Monica les avait engueulés parce qu'ils parlaient de ça, quand un moment ils étaient partis sur les comptes numérotés, *offshore*, les meilleurs paradis fiscaux. L'autre parlant des îles Caïmans comme du troquet du coin ou son médecin traitant. Ça, les fortunes qu'il gagnait tous les jours avec son petit ordinateur de poche, Jorge voyait pas bien comment il allait ferrer le mec avec du défiscalisé fantôme en banlieue de Pointe-à-Pitre.

Le mec avait de la thune, donc c'était pas par là que Jorge allait l'avoir.

De la thune, mais une faille. Une grande : sa manie de se la jouer, ses petits airs supérieurs, le mec folle de son corps. Et ceux-là, okay, c'était un peu plus dur, mais tu te les faisais quand même avec un peu de patience. A la vanité.

Fallait juste les flatter, s'humilier devant eux, leur demander conseil. L'autre, il allait tomber et ça allait faire mal.

D'où il était, Jorge le voyait qui venait de se lever et traversait la terrasse, sa petite foulée relax, passant entre les tables. Tranquille. Là il venait de s'arrêter, une table avec trois mecs et des filles plus jeunes qu'eux, genre femmes de footballeur. La tête d'un des mecs disant quelque chose à Jorge avec ses lunettes masque et son chapeau de cow-boy. Le grand con en train de discuter avec lui. Pas longtemps. Main sur l'épaule et au revoir.

Le grand con avançant vers Jorge à présent, Jorge sûr que l'autre l'avait vu mais faisant semblant de rien. En même temps, Jorge beaucoup moins agacé par les plans snobs de l'autre depuis qu'il savait qu'il allait le rouler. Au contraire, même. Jorge prenait presque du plaisir, maintenant, à le voir faire son show, se disant, plus le mec roulait maintenant, plus il aurait l'air con après.

Ça y est, le mec était à sa hauteur, feignant de le découvrir. "Ah tiens ! Monsieur Gomez !" Disant bonjour à Jorge, jouant le mec étonné, l'appelant Monsieur Gomez pour se foutre de sa gueule, parlant comme à un gol. Jorge se laissant faire, deux trois phrases comme ça, pour rien dire puis Jorge dit, "Au fait, je me demandais – vous sauriez pas où est Monica par hasard ?"

Le grand con fit une moue et dit, "Non. Pas vue." Détaché.

"Propos de Monica, justement, qu'est-ce que vous diriez qu'on se parle franchement, là, tant qu'on est que tous les deux ?"

"Mais certainement. Parler de quoi exactement ?"

"Entre vous et moi, vous le sentez comment ? Vous diriez quoi, là, vous ? C'est vous qui avez la cote ?"

Le grand con faisant le mec qui réfléchit. "Hm – Oui et non."

"Comment ça oui et non ?"

"Eh bien, c'est étrange. Là, même en faisant la part de vos interventions intempestives, c'est curieux qu'elle résiste si longtemps."

Jorge dit, "Si longtemps ! Ça fait juste deux jours."

Le grand con dit, "Vous je ne sais pas. Mais pour moi, en principe, ça ne traîne jamais autant."

Le mytho que c'était pas, Jorge dit, "Ah oui, mais elle, elle est spéciale. Vous vouliez pas me croire."

Le grand con dit, comme s'il se parlait à lui-même, "On dirait que quelque chose la retient." Ça allait être de la faute de Monica, bientôt. Une déficience chez elle, pas être capable de succomber au charme de l'autre.

Jorge dit, changeant de sujet, "Dites-moi, le gars que vous parliez avec, là, c'est bien qui je pense que c'est ?"

"Pardon ?"

"Le mec, là, que vous discutiez tout de suite, il y a pas

deux minutes, la table près du bord. C'est pas Bono par hasard ?"

Le grand con dit, "Ah, Paul ? Oui, pourquoi ?"

Jorge dit, "Quoi Paul ? Non, Paul, c'est un autre groupe. Mais ça fait trente-cinq ans qu'ils se sont séparés à cause d'une Japonaise. Moi, là, je vous parle du chanteur de U2."

Le grand con dit, "Oui. Moi aussi. Paul."

"Pourquoi vous l'appelez Paul. Tout le monde l'appelle Bono."

"C'est possible, mais en ce qui me concerne, je me refuse à appeler qui que ce soit Bo*no*." Le grand con disant *Beu-neu*, l'air dégoûté.

Jorge dit, "Ah. Et du coup, vous, c'est Paul."

"Oui."

"Juste, à ce moment-là, pourquoi Paul ? Il y a plein d'autres prénoms."

"Sûrement. Mais lui, c'est le sien. Paul David Hewson. Bono, comme vous aimez à dire, ce n'est qu'un sobriquet. Un nom de scène, si vous préférez. Un peu comme Jean-Philippe Smet et Johnny Hallyday."

"Oui, ça je savais, merci. Et vous le connaissez bien ?"

"Jean-Philippe Smet ? Du tout."

"Non. Bono. Enfin, *Paul*."

"Paul ? Ah oui. Un peu."

Jorge dit, "Ah bon. Vous êtes fan de musique ?"

Le grand con dit, "La sienne ? Non, pas exactement. Mais j'ai donné mon avis au moment où il a rejoint *Elevation Partners*, il y a deux ans."

C'était quoi, ça, encore ? "Elévation Partenaires ?"

"Un groupe de *venture capitalists*. Ils renflouent des sociétés cotées en perte de vitesse ou rachètent des catalogues de contenus, musique, films ou jeux vidéo. C'est l'un de ses associés, d'ailleurs, à la table, avec lui."

Jorge dit, "Ah bon. Ben voyez comme on se trompe. Moi qui pensais qu'il faisait de l'humanitaire."

“Eh bien ? Ça n’empêche pas. Ensuite, humanitaire bien ordonné...”

“Ah, ça, à qui le dites-vous. Et donc Elévation, là, c’est le même genre de truc que vous faites sur votre *Game Boy* ?”

“Pas exactement, non.”

“C’est quoi la différence ?”

“*Elevation*, c’est comme je vous ai dit, du *Venture Capitalism*. Mon domaine, moi, c’est le *High Yeld Investment*, investissements à haut rendement, garantis par la Fed.”

Jorge content de se souvenir d’avoir déjà entendu des mecs à la télé dire la Fed pour parler de la Banque fédérale américaine, pas être obligé de demander au grand con ce que c’était.

Le grand con en train de dire, “Il y a moins de cinquante opérateurs dans le monde agréés pour prêter à la Fed. Chaque fois, on parle d’un minimum de vingt millions. Une semaine, un an. A cinq, six, même parfois dix pour cent par jour, ça chiffre vite, comme vous pouvez imaginer.”

Jorge dit, “Et elle emprunte souvent, la Fédérale Banque ?”

“Assez. Mais le plus souvent, elle n’intervient qu’à titre de garant pour d’autres institutions. Des gens sérieux et respectables mais qui se trouvent avoir besoin d’un peu d’argent rapidement et discrètement. Uniquement des opérations hors budget, si vous voyez ce que je veux dire.”

Jorge ne voyait pas, mais ça, c’était pas grave, pour l’instant, un détail. “Mais si la Fed, là, garantit, c’est sans risque, du coup ?”

“A quelques exceptions près, oui.”

Jorge réfléchissant deux secondes puis disant, “Ah ouais c’est pas mal votre truc.” Le grand con fit une mimique modeste. Jorge dit, “Ah si ! Je veux dire, moi, c'est garanti par la Fed, je veux bien prêter aussi. La Fed qui garantit, c'est sûr, c'est plus pareil. Faudrait que vous m'expliquiez comment on peut prêter. Sérieux, ça m'intéresse."

Le grand con dit, "Une autre fois, si vous voulez bien." Genre le mec qui pouvait pas rester, attendu quelque part.

"Ah bon ? En fait, là, vous faites quoi ? Vous déjeunez pas ?"

L'autre répondant comme si Jorge venait de l'inviter. "Non merci. Paul et ses amis viennent déjà de me proposer, mais je leur ai dit que j'avais plutôt prévu d'aller nager un peu. Je les rejoindrai pour le café. Vous, je vous fais confiance, je risque de vous recroiser."

Et le mec s'éloignant après avoir dit ça, traité Jorge de pot de colle. Toujours sa petite démarche de mec qui se balade dans la vie.

Oh il allait tomber, lui. Il allait tomber fort.

Les pieds sur le bureau, Claude Calzer lisait la carte de visite du mec qu'il était en train d'appeler, August Schroeder, *managing director, hôtel, resorts & services division, Friskel Gruppe.* Le mec devait pas être à Zurich parce que les sonneries étaient anglaises. Au bout de quatre, le type décrocha à l'autre bout, disant allô mais comme s'il mettait un H devant. "Hâllo ?"

Calzer dit en français qu'il voulait parler à August Schroeder. Le type demanda qui appelait. Le mec suisse allemand de naissance, mais parlant sans l'accent de Stephan Eicher, sûrement d'avoir fait une école à Paris, HEC, Sup de Co ou une connerie comme ça.

Calzer se présenta, disant, "Claude Calzer, directeur de la sécurité du *Marina Privilège.* On s'est vus il y a six mois, après votre nomination, quand vous êtes venu visiter l'hôtel et rencontrer Monsieur Castric."

Le mec ne disant rien, Calzer l'imaginant en train de chercher à se souvenir, Calzer lui laissant le temps, le mec sûrement surpris d'entendre Calzer sur son portable. Calzer dit, "En repartant, vous m'aviez donné votre carte et vous m'aviez dit, en cas de problème, pas hésiter à vous appeler."

"L'ancien policier, absolument. Je vous écoute." Direct. Business. Le mec concret, précis, concis ou va te faire foutre. Le mec, pas quarante ans, déjà patron d'une des plus grosses divisions du groupe. Le genre de petite merde assoiffée de pouvoir que Calzer connaissait par cœur, entre la place Beauvau et la chaîne de télé.

Calzer dit, "Il y a un problème avec la gestion du *Marina Privilège*. Un problème qui avoisine le demi-million d'euros." Voir comment le mec digérerait ça, dans le genre concret, précis, concis.

A nouveau, sentant le mec réfléchir. Pas longtemps, en même temps, Calzer forcé de reconnaître. Les mecs formés à décider vite dans leurs écoles d'enfoirés, pas hésiter des plombes avant de fermer des sites et de délocaliser. Le mec, pulvériser Castric, ça allait pas lui prendre plus d'une nanoseconde. Là, le mec disant, "Très bien. Je vais essayer de faire escale à l'aéroport de Cannes-Mandelieu demain. Laissez-moi votre portable. Je vous communiquerai l'heure dès que je la connaîtrai."

Calzer dicta son numéro. Le mec dit très bien et raccrocha. Calzer un peu frustré, le mec n'ayant posé aucune question à propos de Castric. Le mec rapide, en même temps, comprenant tout de suite que si Calzer l'appelait, c'est que Castric merdait.

Juste, à être si malin, privant Calzer du plaisir de savonner déjà un peu la planche de l'autre.

Calzer se disant que c'était mieux comme ça, en fait. Surtout ne pas donner l'impression d'une rivalité perso. Laisser les chiffres faire tout le boulot pour lui.

Un demi-million dehors. Inutile de faire long derrière.

Quinze

En allant demander sa Rolls au voiturier, Jorge vit Monica en haut des marches, attendant un taxi pour aller à Cannes. Jorge, tout de suite, proposant de l'accompagner.

Monica dit, "M'accompagner, je ne vous conseille pas. Vous allez vous ennuyer. Et moi, ça va me stresser, savoir que vous patientez, je ne vais pas oser prendre mon temps, tout bien regarder, hésiter. Faire du shopping, quoi. Donc m'accompagner, je ne suis pas sûre. Mais me déposer, *certo.*"

Donc voilà : un petit billet pour le voiturier, à garder pour lui, un autre pour le taxi quand il arriverait, et là, ils roulaient sur la RN 98, Monica profitant du paysage. Jorge ne sachant pas comment amener l'air de rien la conversation sur les peintres, donc décidant d'y aller franco, demandant à Monica comme ça, sans raison, qui étaient ses préférés.

Monica lui sortant deux noms : "Quelque chose Lampica" et "Fridacalo", un nom comme ça. Jorge se dégonflant de lui faire répéter les noms.

"Et Delvaux, non ?"

"Qui ?"

"Paul Delvaux. Surréaliste belge, qui fait beaucoup de

femmes dans des décors bizarres, genre des synthèses entre l'Eve charnelle et la Vierge. Ou alors des trains de nuit."

Monica dit, "Non. Je ne connais pas bien."

Jorge dit, "Ah mais, ça vous plairait, je suis sûr. Laissez-moi vous faire découvrir."

Ce que le petit Monsieur Gomez avait vu plus tôt, c'était ça : Adrien s'arrêtant à la table où se trouvait Bono le chanteur avec deux autres types et deux jeunes femmes, mais le petit Monsieur Gomez trop loin pour entendre Adrien dire à Bono le chanteur : "Excusez-moi juste une seconde. Je suis désolé de vous déranger. C'est juste que j'ai un cadeau pour vous dans mon bungalow là-bas. Est-ce que ça vous ennuie si je vous l'apporte tout à l'heure, quand vous avez fini de déjeuner, au moment du café ?"

Bono le chanteur un peu intrigué quand même, Adrien n'ayant pas l'air du fan transi de base, celui qui offre une broderie ou un journal intime, donc Bono le chanteur disant, "Eh bien oui. D'accord. A tout à l'heure, alors."

Là on était tout à l'heure.

Bono le chanteur en bout de table, coup de bol. Sa femme à côté de lui, Alison Hewson, belle, assez classe, connue pour son *agit prop* humanitaire. Un type en face de Bono qu'Adrien croyait reconnaître. A côté du gars, une fille plus jeune et plus vulgaire que Madame Bono. Et à l'autre bout de la table, faisant face à Adrien, un autre type, français, lui, à voir comme ça – tropézien, même, pour être encore plus précis : le genre à avoir un prénom composé, sans nom de famille derrière, et un statut de roi de la *night*, d'orga de soirées vipes. Celui-là ne disait rien, gardant juste une main posée sous la table sur la cuisse de la fille assise en face de Madame Bono.

Bono le chanteur voyant arriver Adrien et disant, “Ah. Le cadeau.” Prudent, encore sur la réserve, mais déjà plus détendu qu’au début du repas. Peut-être le rosé.

Adrien adressa un bonjour collectif, n’obtenant qu’un signe de tête du type assis en face de Bono, Madame Bono, la fille en face et le type en bout de table lui jetant juste un regard puis l’ignorant, protecteurs et méfiants comme le sont toujours les *entourages*. Adrien connaissait ça par cœur.

Ces dames avaient recommencé à discuter entre elles, la fille en face de Madame Bono parlant avec l’accent français. Le type au look tropézien les écoutait tout en fixant Adrien, l’air soupçonneux.

Adrien tendit à Bono le chanteur le paquet qu’il avait emballé avec le papier fourni par le concierge. Bono l’attrapa et commença à déchirer l’emballage. Cool comme le sont les types après un certain nombre d’années de stades qui scandent leur nom. Mais ne disant pas à Adrien de s’asseoir pour autant. Du coup, pour l’instant, Adrien se sentant un peu con, debout, comme ça. L’impression d’être un petit Romano qui passe de table en table aux terrasses en été.

Bono sortant enfin son cadeau, surpris par ce qu’il avait en main : un vieux livre, datant du XIXe siècle. Bono lut ce qui était inscrit sur la couverture : “R.L. Stevenson... *The Master of Ballantrae*.”

Adrien dit, “Vous l’avez déjà lu, peut-être.”

“Non, je peux pas dire que c’est le cas.”

Bono visiblement surpris par le cadeau, cherchant le rapport avec lui et n’en trouvant aucun. Adrien se disant : et pour cause.

Bono dit, “Eh bien merci. C’est – hésitant, cherchant quoi dire. C’est un beau cadeau.”

Montrant le livre à ses amis. Les autres attendant de voir comment la vedette allait réagir avant de se prononcer eux-mêmes. Adrien s'amusant en voyant leurs mines perplexes.

Bono dit à Adrien, "Et pardon, c'est très gentil, c'est un très beau cadeau. Mais juste, je me demande, pourquoi vous m'offrez *ça* ? Je veux dire, à *moi* ?"

Adrien dit, "C'est simple : je travaille ces jours-ci à la production d'une version cinéma de ce livre et je me suis dit qu'il y avait peut-être un rôle pour vous."

Adrien vit alors le reste de la table, un instant intrigué, retourner à sa conversation, renseigné sur son compte : un solliciteur, comme d'habitude. Le genre que les services d'ordre, les secrétaires, les assistants et les *personnal publicists* sont normalement payés pour tenir à l'écart. Adrien sachant ce qu'ils étaient en train de se dire. Si même à la terrasse du *Marina Privilège*, au sein de la clientèle, il se cachait des emmerdeurs, où allait-il falloir aller pour être riche et célèbre tranquille.

Bono dit, "*Really ?*", retourna le livre, comme si des éclaircissements avaient été inscrits au dos, n'en trouva pas et le remit à l'endroit, disant finalement, "Hm !"

"Oui, là, normalement, je devais être rejoint par Cy Rothenberg de *Miracle Mile Entertainment*, pour travailler sur ce projet, justement. Mais il est retenu sur un tournage avec Colin Farrell et Reese Witherspoon."

"Oh je l'adore", dit Madame Bono, coupant la fille en face d'elle en pleine phrase pour se tourner vers Adrien. "C'est quoi comme film ?"

Adrien dit : "Une comédie romantique. Très bien écrite, très Katharine Hepburn, tout à fait pour elle. Elle est brune dedans, comme dans *Walk the Line*.

"Katharine Hepburn ? J'adore", dit Madame Bono.

Adrien sentant Bono attentif à l'attitude de sa femme, la voyant, là, tout à coup, parler avec Adrien, l'écouter répéter comme ça des potins du *movie business*. Bono peut-être content aussi, de cette petite distraction surprise. Un peu d'inattendu, mais contrôlé, bordé. L'inattendu entre clients du *Marina Privilège*. Bref, Bono prenant un ton confus, soudain, et disant, “Mais pardon, prenez un siège”, montrant une chaise inoccupée à une table voisine.

Adrien s’asseyant à côté de Bono, juste en face du Tropézien à l’œil torve.

Bono ouvrant le livre à présent, feuilletant les vieilles pages, épaisses comme du bristol, disant, “Ils faisaient de beaux livres, à cette époque-là. Il date de quand exactement ?”

Adrien dit, “1885. C’est l’édition originale américaine, chez Scribner.”

Bono dit, “1885 ! Ah oui. C’est un beau cadeau. Ça doit être rare, non ? Une pièce de collection.”

Adrien fit la moue et dit, “Sûrement. Mais moi j’ai un problème avec les collections. Donc avec les pièces de collection.”

“Un problème ?”

“Oui. J’ai grandi dans une maison où il n’y avait que ça. Des collections, des pièces de collection. Depuis, moi, je déteste m’encombrer de choses. J’aime que tout tienne dans un sac de marin.”

Bono dit “Ah”, ne sachant pas trop quoi répondre à ce qu’Adrien venait de dire. En même temps, à présent, Adrien était assis à côté de lui. Bono dit, “Et donc, vous êtes producteur ?” Essayant de s’intéresser, d’être poli.

Adrien dit, “Non. Là, j’aimerais l’être sur ce film parce que c’est un rêve d’enfant. Si j’y arrive et que c’est un succès, qui sait ? Peut-être vais-je y prendre goût. On verra bien. Mais pour l’instant ce n’est pas l’idée. Là, l’objectif prioritaire, le seul, c’est essayer de monter celui-là. Même si je n’y arrive pas d’ailleurs, ce n’est pas grave. Rien que le fait d’essayer, ça me change de ce que je fais normalement et ça c’est déjà énorme.”

“Ah bon ? Qu’est-ce que vous faites, normalement ?”

“Alors vraiment, ça n’a aucune espèce d’intérêt. Je

vais du consulting en *high yeld investments*. Rien de passionnant, je vous assure."

Bono, feignant l'indignation, rentrant le menton et poussant le ventre en avant, prenant une voix d'usurier dans un conte de Dickens : "Comment ça aucun intérêt ! Investissement à hauts revenus, c'est très intéressant !"

Le type en face de Bono demandant alors à Adrien de bien vouloir "redire son nom", disant *what did your say you name was again*, quand bien même Adrien ne s'était pas encore présenté, justement. Adrien ayant fait exprès, préférant que la question vienne d'eux, comme là.

Adrien dit, parlant directement au type pour la première fois, le regardant dans les yeux, disant d'un ton aussi chaleureux et détaché que possible : "Adrien Laouhénan de Quéréon. Ravi de vous connaître."

Bono faisant alors les présentations, disant, "*Well Adrian, meet Roger*, un membre de mon nouveau groupe : *Elevation*", l'expression "nouveau groupe" faisant glousser autour de la table. Le dénommé Roger disant, "C'est ça : je suis le batteur du nouveau groupe de Bono", déclenchant d'autres rires. Une *private joke* entre eux. Adrien ne s'en mêlant pas, attendant qu'ils aient fini.

Bono se mit à feuilleter le livre, disant à Adrien : "Et donc, faire ça au cinéma, c'est un rêve de gamin ?"

Adrien dit, "Oui, tout petit, je sais pas, dix, onze ans ? J'avais lu le livre. Je l'avais adoré. C'était de loin mon Stevenson préféré. Et un jour, peu après ça, ils ont passé à la télé une adaptation qui date de 1953, avec Errol Flynn déjà un peu usé et bouffi par l'alcool. Et j'ai trouvé ça très mauvais. Scandaleux. Un tel gâchis. Je me suis dit, un jour, je m'attellerai à une vraie adaptation du *Maître de Ballantrae* au cinéma. Enfin, si je peux."

Roger dit, "Et là, donc, vous pouvez ?"

La conversation intéressant la table, à présent.

Adrien dit, “Je ne sais pas. On va voir. En tout cas, aujourd’hui, le doute m’est permis. Alors que pendant longtemps, c’était clair : je ne pouvais pas. Là, j’ai un peu de temps. Du moins, j’ai décidé de le prendre. J’ai un peu d’argent à perdre. Mes investissements à hauts revenus, justement. Donc je me suis dit, tant pis, à l’âge que j’ai, si je ne le fais pas maintenant, je ne le ferai jamais.” Puis disant en français, comme aiment faire les Anglais : “*Voilà.*”

Voyant le serveur arriver vers eux pile quand il s’apprêtait à dire au revoir, disant d’abord à la tablée, “Ecoutez, je ne vais pas vous déranger plus longtemps. Ça m’a fait très plaisir de discuter avec vous. Qui sait ? Peut-être à bientôt.” Puis à Bono, “Mes coordonnées sont à la fin du livre, si jamais il vous plaît et que vous arrivez jusque-là.”

Adrien allant pour se lever, mais retenu par le serveur venu se placer près de lui, le gars s’excusant de déranger, lui disant, “Monsieur le baron, la réception me charge de vous dire que le nécessaire a été fait.” Adrien hochant la tête d’un air entendu et remerciant le gars, le laissant faire demi-tour, puis se levant et disant au revoir et bon après-midi à toute la table.

La fille en face de Madame Bono dit à Adrien en français, “Pourquoi il vous a appelé Monsieur le baron ?”

Adrien répondant en anglais, “Pour me faire plaisir, je pense. Personnellement, je m’en moque. Mais dans ce genre d’endroits, ils sont habitués à une clientèle très attachée à ses titres.”

Bono dit, “Vous êtes vraiment baron ?”

Adrien dit, “Oui. Pour autant que cela puisse avoir un sens de porter le titre sans posséder la terre ni le château qui vont avec.”

Roger, le type en face de Bono dit, “Et si vous aviez des terres, ce serait où ?”

"A Queréon, un petit village, près de Pontivy, en Bretagne. A l'origine, mes ancêtres venaient d'Irlande, chassés par Cromwell.

Bono disant à Adrien, "Irlande ? Vraiment ?"

Adrien dit, "Oui. Mon grand-père, celui qui a vendu le château – Dieu merci sinon je serais obligé aujourd'hui de m'en occuper –, avait fait faire des recherches généalogiques et retrouvé leur trace jusqu'en 1640, à Slieverue dans le comté de Kilkenny."

Bono dit, "Oh je vois très bien. Magnifique région. Vous y êtes déjà allé ?"

Adrien dit, "Non, c'est quelque chose que je me suis promis de faire dès que j'aurai fini avec le film. Mais pour l'instant, quand j'ai un moment libre, c'est plutôt en Ecosse que je fais des repérages. Stevenson oblige."

Bono dit, "Vous êtes à l'hôtel encore quelque temps ?"

Adrien dit, "Je ne sais pas. Deux ou trois jours, au moins."

Bono dit, "Ecoutez, nous, là, on va reprendre le bateau pour aller à Saint-Tropez, on a une fête ce soir. Mais on s'arrêtera peut-être ici au retour, après-demain ou le jour d'après. Si c'est le cas, je vous appelle, d'accord ? Et on reparle de tout ça", levant le livre.

Adrien redisant, "Avec plaisir. Bonne fête à Saint-Tropez", commençant à s'éloigner à reculons pendant que Bono disait, "Je vous parlerai de Kilkenny et de Waterford Harbour." Adrien disant à nouveau, "avec grand plaisir" et puis leur tournant le dos et s'éloignant sans se presser.

Adrien quittant la terrasse, entrant dans le restaurant, croisant le serveur qui était venu le trouver à la table. Le serveur dit, "Ça va ? C'était ça, Monsieur le baron ?"

Adrien dit, "C'était parfait." Glissant un billet de vingt au serveur, en plus de celui qu'il lui avait déjà donné avant. "Absolument parfait."

"A votre service, Monsieur le baron."

Le type partit avec son plateau, Adrien continua en direction de la sortie.

Là. Voilà. Ça, il savait le faire. *No problem.* Après, juste, il fallait réussir à y trouver encore de l'intérêt, après toutes ces années.

En attendant, lassé ou pas, en l'absence d'autre chose, il fallait bien vivre.

Boutique après boutique, pendant que Monica passait les portants et les présentoirs au peigne fin, Jorge s'était fait la réflexion : s'il n'avait pas déjà été si amoureux, il le serait devenu à ce moment précis. Là. Juste à voir Monica si à l'aise depuis une demi-heure. Discrète, classe, précise chez Gucci. Les vendeuses lui foutant vite la paix, sentant tout de suite à qui elles avaient à faire. Gracieuse mais ferme chez Saint Laurent. Et là, éconduisant gentiment la blonde du *55 Croisette* qui venait lui prendre la tête, la blonde décrochant des trucs et disant j'ai ça qui va très bien vous aller ou j'ai aussi ça qui serait parfait pour vous, comme si elle connaissait Monica depuis longtemps, intimement. Monica disant juste merci, tout à l'heure peut-être. Pour l'instant je regarde, avec un petit sourire, très aimable, mais la blonde comprenant qu'il fallait pas faire chier.

Jorge émerveillé, conquis par tant d'assurance et si peu de frime, par cette aisance tout en discrétion.

Entre deux grandes marques de luxe, sur le trottoir de la Croisette, Monica avait dit, “Je vous préviens, je suis une vraie fille. J'aime tout. Les vêtements, les chaussures. Même les bijoux. Je sais. Ça fait un peu, comment on dit, mémère, mais j'adore les bijoux.”

Jorge avait dit, “Vous en portez peu, pourtant.”

“C'est exprès. Je me mets de force au régime. Un peu comme quelqu'un qui adore les pâtisseries mais qui se prive pour ne pas trop grossir.”

Un peu plus tard, ils s'étaient trouvés devant la vitrine de chez Cartier.

Jorge avait dit, montrant du menton une bague que Monica regardait depuis un petit moment. "On n'a qu'à dire que c'est votre anniversaire."

"Oh non, mon anniversaire, c'est le mois prochain, on a le temps."

Jorge avait dit, "Eh ben voilà : en avance."

Monica avait dit, "Mais non, voyons. Non, vraiment, je ne peux pas accepter. Ça, c'est une bague qu'on offre à une fiancée. Pas à une inconnue."

Jorge avait dit, "Ça dépend. Il y a inconnue et inconnue."

Monica avait dit, "Oui, alors, peut-être une autre fois, quand on se connaîtra mieux."

Jorge avait dit, "J'ai hâte."

Là. On ne pouvait pas être plus clair.

Seize

Après un certain nombre de boutiques sans avoir rien acheté, Monica avait dit à Jorge Gomez, "Mais au fait, vous, vous n'aviez pas des rendez-vous ?" Il avait dit "Si, mais ça peut bien attendre. C'est des maisons à visiter. Elles ne vont pas s'envoler." Elle avait fait la petite fille excitée. Des maisons à visiter ? J'adore ! Et donc, là, ils étaient sur les hauteurs de la Californie, allant de pièce en pièce dans une villa que la blonde de l'agence avait annoncée à cinq millions d'euros.

Jorge Gomez visiblement ravi d'être là avec elle, consultant Monica. Pas *buzzurro* au point de lui demander comment elle aimerait décorer leur chambre, mais laissant planer une ambiguïté à propos de leurs rapports devant la blonde de l'agence. Au début, en visitant la première maison, la blonde s'était surtout adressée à elle, comme si c'était elle qu'il fallait convaincre, pensant visiblement que Monica était l'épouse ou la nouvelle maîtresse. Jorge Gomez laissant faire. Du coup, sur la deuxième maison, Monica s'était arrangée pour préciser qu'elle n'était qu'une amie, que c'était Monsieur qui achetait. Jorge Gomez protestant alors que pas du tout, qu'elle était là pour le conseiller, que surtout elle n'hésite pas à donner son avis, qu'elle fasse comme si c'était pour elle. Monica, là, le trouvant presque limite quand même.

Sinon, pendant les trajets en voiture ou quand la blonde de l'agence les laissait seuls tous les deux dans une pièce, Monica avait bien senti qu'une ou deux fois déjà, il hésitait, guettait une occasion, prêt à tenter quelque chose. Monica se tenant alors à distance, de façon à ne pas se trouver forcée de le repousser. Se disant, on a le temps.

A part ça, dans l'ensemble, elle trouvait décidément ce petit Jorge Gomez assez sympathique. Plein d'énergie. Amusant. D'une bonne humeur assez communicative. Avec juste un défaut : cette manie qu'il avait de vouloir étaler sa richesse. Typiquement nouveau riche. Alors oui, elle voulait bien comprendre la joie enfantine de celui qui a manqué, la fierté de celui qui s'était fait tout seul, cette jubilation, comme ça, bruyante et décomplexée. Mais tout de même, à la longue, ça commençait à la fatiguer. Monica trouvant ça d'autant plus dommage que le reste du temps, le petit Jorge Gomez était plutôt craquant. Monica se disant qu'en fait, s'il s'était contenté d'être riche et de rester naturel, il aurait juste été parfait. Juste être riche et s'en tenir là, au lieu de vouloir faire le riche en prime.

Donc là, entre le cinéma qu'il faisait à la blonde de l'agence et les moments où elle le sentait prêt à se déclarer, en arrivant à la troisième maison, une propriété annoncée dix millions, Monica avait dit qu'elle en avait assez de visiter, qu'elle préférait se promener dans le parc et admirer la vue.

Et depuis dix minutes, c'est exactement ce qu'elle faisait.

Monica était dans le parc, Jorge seul avec sa copine Agnès, de Riviera Immo Luxe. Agnès ayant attendu que

Monica soit hors de portée pour dire à Jorge, “T’es obligé d’être odieux, comme ça ?”

Jorge disant, “Mais ouais.”

“Ah bon ? Et pourquoi ça ? Je serais curieuse de savoir.”

Jorge dit, “C’est pour faire pété de thunes. Tu sais comment ils sont, les mecs blindés, ils parlent mal à tout le monde. Et puis, le prends pas mal, mais avec les agents immobiliers haut de gamme, la meilleure des défenses, j’ai envie de dire, c’est l’attaque. Si t’es le mec trop sympa, ils te traitent comme de la merde.”

Agnès dit, “Ah oui ? Ben tu devrais voir, nous, les spécimens qu’on se trimbale. Acheteurs ou vendeurs, pas un pour racheter l’autre. Les seuls gentils, c’est simple, c’est les peigne-culs qui n’achètent pas. Donc ceux-là, si tu veux, je préfère qu’ils soient gentils ailleurs. J’ai pas de temps à perdre. D’ailleurs, à ce propos, tu saurais me dire ce qu’on fait, là ?”

“Je t’ai dit au téléphone : j’ai besoin d’une villa, cinq millions minimum. Décorée pas trop plouc, c’est censé être chez un amateur d’art, le genre collectionneur. C’est pour faire une fausse vente. “

Agnès dit, “Ah ben voilà. Ça tu m’avais pas dit. Vous serez combien ?”

“Je sais pas. Une vingtaine, max.”

“Oui ben faudra faire attention à pas me saloper tout comme l’autre fois.”

“L’autre fois, c’était pas moi. C’est le pigeon qu’a pas tenu l’alcool. Mais c’était différent, c’était une fête du soir. Forcément, c’est plus risqué. Que là, je te dis, c’est juste une vente. Un truc d’après-midi.”

“Ça durerait combien de temps ?”

“Une heure, une heure et demie. Un peu de ménage derrière et ni vu ni connu.”

“Et moi je gagne quoi ?”

“J’aimerais te donner plus, mais j’ai beaucoup de frais.

Même moi, déjà, ça se trouve, je vais pas me salarier ce que j'aurais voulu. Donc c'est pour ça—"

"Tu me dis un chiffre ou pas ?"

"Vingt mille."

"Le ménage à tes frais ?"

"Pas de problème."

"Bon ben d'accord."

Jorge dit, "Eh ben, on roule comme ça, alors. Juste là, devant la fille qui est avec moi, je vais te dire que rien me plaît, ça fait partie du jeu, mais je pense que celle d'avant pourrait assez convenir."

"D'accord. Il te la faut quel jour ?"

"Je sais pas encore, mais dans les trois ou quatre qui viennent."

"C'est qui le pigeon ? C'est elle ?"

"Non. Elle c'est le prétexte. Le pigeon, c'est un grand con prétentiard qui va pleurer sa mère."

Monica était au bord de la piscine, face à la vue, la baie de Cannes et au-delà. Les beaux jours, on devait voir jusqu'à Monte-Carlo d'un côté et quasiment Saint-Tropez de l'autre. Monica se demandant tout de même si ça valait les dix millions que coûtait la maison.

Dans la voiture, entre deux maisons à visiter, roulant derrière la *Golf* décapotable de la blonde de l'agence, elle avait dit, "Et vous, alors, ce n'est pas comme Adrien ? Ça ne vous ennuie pas, la finance ?"

Le petit Jorge Gomez avait dit, "Ça dépend de ce qu'on appelle la finance."

Monica avait fait une mimique pour réclamer davantage d'explications. Il avait alors dit, "Je veux dire, ce que j'aime, c'est la négo. La négociation, pardon. Convaincre, emporter le morceau, vendre. J'aime la vente."

"Donc l'argent."

"Non, l'argent, c'est juste des jetons, une façon de

compter les points, savoir où on en est dans la partie. Ce qui est important, c'est pas de l'avoir. C'est d'avoir su le prendre au gars d'en face. C'est pas clair ce que je dis ?"

Monica avait dit, "Si, si. Je crois que je vois. C'est-à-dire, je l'ai déjà entendu plusieurs fois dans ma vie. Ça m'aide."

Un peu cassante, en disant ça. Plus qu'elle ne l'avait souhaité. Mais le petit Jorge Gomez ne semblait pas l'avoir mal pris. Là, par exemple, il l'appelait gaiement et lui faisait de grands signes pour qu'elle les rejoigne, lui et la blonde de l'agence. Qu'est-ce qu'il allait lui annoncer ? Qu'il achetait la maison à dix millions d'euros ?

Monica prit encore quelques secondes pour profiter de la vue incroyable, puis remonta l'allée en direction de Jorge Gomez et de tout son argent.

La journée de Claude Calzer d'abord très calme, comme une journée normale. Jusque vers les seize heures. Et puis à seize heures quinze, ça s'était mis à s'exciter. D'abord, Ramponi, de retour au bureau, son enquête bouclée, tout nickel, disant à Calzer, "J'ai localisé tout le personnel qui était en service hier soir à l'heure du casse. Ils sont tous clean. A part un à qui j'ai pas parlé, un certain Benjamin Muselier, ça te dit quelque chose ?"

Calzer avait secoué la tête. Ramponi avait dit, "Un gars de l'entretien maintenance ? Non ? Tu vois pas ?"

Claude Calzer disant, "Entretien maintenance, t'as dit ?", prenant l'air intéressé.

Ramponi avait dit, "Ouais. Hier, l'heure de la panne, il était en vadrouille dans les couloirs. Soi-disant pour une intervention en chambre. Mais personne n'a su me dire laquelle. Et la caisse à outils a pas réintégré le local."

"Et le mec, lui, il est où ?"

"Justement. Il aurait normalement dû venir prendre

son service à quinze heures. Il ne s'est pas présenté. J'ai appelé le numéro sur sa fiche, un portable. Je tombe sur le répondeur."

"Ah oui, il est chelou, ton gars, là, dis donc. Comment tu l'appelles ?"

"Benjamin Muselier."

Ramponi tendant la fiche employé à Calzer, Calzer reconnaissant le mec de la veille.

Calzer avait dit, "Tu devrais appeler quelqu'un, qu'ils nous le passent au STIC, voir si Benjamin Muselier a des antécédents police."

Ramponi disant, "C'est fait. Il en a."

Plus tard, Castric avait dit, "Il a fait de la pri*son* ?"

Oui, après Ramponi, forcément, Castric.

Au début, Castric en joie, manquant d'embrasser Calzer, disant, "Vous savez qui c'est ? Déjà ? Mais c'est formidable. Vous êtes formidable, mon cher Claude. Franchement, vous m'épatez. Quand je vous disais d'accepter la récompense, ce matin ! Vous les valez, la preuve ! Et c'est qui, donc ?"

"*A priori*, on suspecte un employé du service entretien maintenance."

"Ah ? Vous voyez ? Je vous avais dit. C'était un ouvrier. J'étais sûr ! Et vous qui racontiez que c'était un client. Un client ! Pff ! Bref. Il est où, ce salopard, maintenant ?" Voyant la fiche que Calzer tenait à la main, faisant signe de la lui donner, impatient, la lui arrachant presque des mains, commençant à lire et très vite disant : "Mais c'est quoi, ça ? Il a fait de la pri*son* ?"

Calzer disant oui, récitant ce que Ramponi lui avait dit plus tôt. "Violence volontaire en 95, vingt-huit mois à la maison d'arrêt de Melun, rien depuis."

Là, Castric survolant la fiche et redisant exactement ce que Calzer venait de dire. "Vingt-huit mois à la maison d'arrêt de Melun ! Mais c'est horrible ! Et vous ne pouviez pas vous en apercevoir avant ?"

"Moi ? Ah non. Je ne vois pas comment. Il a été embauché par mon prédécesseur. Il n'a jamais posé de problème. Je n'avais pas de raison de refaire d'enquête à son propos."

Castric s'était mis à battre des bras et à parler à des gens qu'il était seul à voir, les prenant à témoin. "Un repris de justice violent au service maintenance du *Marina Privilège* ! On marche sur la tête !" Calzer attendant, puis disant, "Cette fois, voulez-vous que je prévienne la police ?"

"La police ? Mais enfin, malheureux. Pour quoi faire, la police ? Puisque vous savez qui c'est, retrouvez-le vous-même et reprenez l'argent avant qu'il ne s'envole pour je ne sais où, Caracas, les Seychelles ou un endroit comme ça !"

Et voilà. Là, Calzer et Ramponi venaient d'arriver à l'adresse du mec, Benjamin Muselier, une résidence en principe plutôt conçue pour les retraités, un pâté de maisons au-dessus de la RN 7, juste après la sortie de Saint-Laurent-du-Var. Une douzaine d'immeubles de quatre étages avec des petits balcons et les voitures garées devant.

Sur le premier bâtiment à gauche après avoir passé le portail, un panneau marqué gardien était accroché à côté de la porte du rez-de-chaussée.

Mais avant d'aller cuisiner le pipelet, ils firent leur tour de piste, montant à l'étage du gars, sonnant chez lui, insistant, puis sonnant chez le voisin, pas de réponse non plus. Regardant sur le parking si la Nissan *Micra* du mec y était, Ramponi sortant son carnet, comme dans le temps, pour comparer avec l'immatriculation que le mec avait fournie sur sa fiche. Tout ça pour rien aussi. Et finalement allant trouver le gardien. Plutôt la gardienne, en fait. Soixantaine qui luttait, cheveux blonds à reflets, la bouche peinte, une casquette blanche sur la tête, tout un tas de trucs brillants agrafés à son jean, tee-shirt rose décolleté, et hauts talons aux pieds. A Aulnay ou à Marne-la-Vallée, ça aurait pu surprendre, une gardienne d'immeuble qui ressemblait à la Foire du Trône. Là, ils étaient entre Nice et Cannes.

Ramponi attaqua, très poli, demandant après le mec. La gardienne leur disant, "Si vous sonnez chez lui, ça répond pas et que sa voiture est pas garée en bas, moi j'ai envie de vous dire, ça doit être qu'il est pas là."

Calzer ne se vexant pas, d'accord avec la vieille. Prêt à rentrer, annoncer à Castric, qu'il allait pouvoir garder son aumône à vingt mille, en fait. Oui, puisque finalement, tel que ça se dessinait, le demi-million de la caisse ne prenait pas le chemin d'être récupéré.

Et là Ramponi, faisant du zèle, demandant à la gardienne si par hasard elle aurait pas les clés de l'appartement du mec. Calzer lui faisant des signes de se calmer, qu'il voulait s'arracher. Le mec était pas là, le mec était pas là et puis c'est tout. Calzer refaisant signe à Ramponi, pensant, Allez viens, Colombo, ça suffit, là. On se casse.

Plus tard, ils étaient dans la BM, de retour vers l'hôtel, Calzer qui conduisait et était en train de dire : "Ben voilà. Comme ça c'est clair. Le mec a décampé. Maintenant, va le retrouver !"

"Faudrait tâcher de voir où il a de la famille, ou une petite amie. Enfin, la totale."

Ramponi concentré, à bloc sur le dossier, visiblement content de reprendre du service. Calzer se disant allons bon, ce serait le comble. Repensant à tous les films où le flic fait semblant d'enquêter et envoie ses collègues sur des fausses pistes pendant qu'il supprime tous les indices qui existent contre lui. Certains d'entre eux, si le gars est coupable, c'est son fidèle second, le mec qui payait pas de mine, qui fait tout basculer et démasque son chef. Le mec qu'on prenait pour un simplon, au départ, pas si simplon que ça en fait. Ramponi serait parfait dans ce rôle-là. Juste, non, pitié.

Ramponi dit, "Et bon, Castric, du coup ?"

"Quoi Castric ?"

"Ben je me disais, qu'est-ce qu'on va lui dire ?"

"La vérité. Qu'est-ce tu veux qu'on lui dise ? On a pas retrouvé le mec, on a pas retrouvé le blé. On va pas les inventer."

Ramponi le regardant du coin de l'œil, l'air soupçonneux, gambergeant, c'était clair, mais gambergeant à quoi ? Calzer dit, "Quoi ? Qu'est-ce qu'il y a ?"

"Non, rien."

"Je te connais, il y a quelque chose. Qu'est-ce tu me regardes comme ça ?"

"Non, je me disais, t'as pas l'air trop triste, en fait, que le mec ait piqué le blé."

"Ah non ?"

"Non. Pourtant, on pourrait croire, directeur de la sécurité, normalement, tu vas prendre ça à cœur, te sentir responsable. Que là, non. Même, je te trouve super détendu du gland, tu me passes l'expression. Et franchement, pour te connaître quand même un petit peu, depuis le temps, ça te ressemble pas."

Calzer haussa les épaules et dit, "Ben déjà, va savoir, c'est peut-être l'âge, à force."

"Allez !"

"Si. On mollit, on se lasse. Et puis surtout, quand tu dis 'responsable', je te réponds, pas vraiment."

"Ah non ?"

"Non. Parce que, okay, je suis chef de la sécu, mais chef de la sécu dont le supérieur a systématiquement ignoré les recommandations en matière de manipulation d'argent liquide dans l'enceinte de l'entreprise. Et ça depuis un an."

Calzer laissa Ramponi digérer ça, puis dit, "Donc là, il se fait casser un demi-million, je vais pas te dire je suis content. Mais je dois avouer, je vais pas me faire harakiri non plus."

Du coin de l'œil, il vit Ramponi hocher plusieurs fois la tête avant de dire, "C'est bien ce que je me disais. Mais du coup, il y a juste un truc que je comprends pas."

"Ah ouais ? C'est quoi ?"

"C'est comment tu vas faire pour que, le jour où ça explose, ça éclabousse Castric, mais toi tu restes nickel ?"

"Ça c'est facile mon pote. Franchement, depuis le temps, je suis même étonné que tu poses la question."

"Alors vas-y ? C'est quoi ?"

"La trace écrite, mon vieux. Archivée et classée. Les dossiers. Le secret de mon succès, tu devrais savoir, pourtant. Les dossiers. Claude Calzer, comme on dit, c'est un homme de dossiers."

"Okay mais là, qu'est-ce que t'as comme dossier pour dire que l'autre a merdé ?"

"Tous les mails, tous les mémos que je lui ai adressés. Et qu'il a jamais lus en me disant ça m'emmerde vos paperasses, j'ai pas le temps, résumez-moi ce qu'il y a dedans. Eh ben dans le dossier, il y a la preuve que je les ai envoyés. Et lui, il y a la preuve qu'il a pas répondu."

"Ça veut dire que depuis le début, tu cherches à le piéger."

"Pas du tout. Moi, j'ai juste fait comme d'habitude. J'ai pris une assurance, juste couvert mes fesses. C'est lui qui s'est foutu dans la merde tout seul. J'y suis pour rien, ça, moi, je regrette."

Ramponi souriant, plus du tout soupçonneux.

"Voilà. Okay. C'est bon, je l'ai. Je comprends mieux, maintenant."

Calzer se disant, et voilà. Danger Ramponi écarté. Calzer se trouvant assez bon, depuis bientôt vingt-quatre heures, en fait.

Dix-sept

En définitive, le problème de Jorge était super simple.

D'un côté, il avait toutes ces démarches pour enclencher son projet d'arnaquer le grand con. De l'autre, il pouvait pas laisser Monica seule avec l'autre enfoiré à lui tourner autour. Du coup, c'était pas dur : la solution, c'était emmener Monica avec lui sur ses préparatifs.

L'après-midi, par exemple, la visite des maisons, ç'avait été tip top. Monica avec lui et le grand con ailleurs. Donc le soir, là, qu'il avait besoin de passer voir quelqu'un au théâtre Alexandre-III, il avait voulu faire pareil, et convaincu Monica qu'elle vienne avec lui encourager les élèves comédiens de l'atelier "adultes troisième année", classe de Mathieu Seynard.

Du coup, elle était là. Okay, le grand con aussi. Mais bon, on fait pas toujours ce qu'on veut non plus. Jorge un peu vengé du désagrément de la présence de l'autre, en même temps, rien que de voir la gueule qu'il faisait, se demandant ce qu'il foutait là.

Les trois au douzième rang, Monica entre eux deux, la salle à moitié remplie, et au programme scènes et extraits d'auteurs contemporains : Reza, Obaldia, Zorms, Sartre, Moissy, Dahou, la liste complète était sur le petit prospectus disponible à l'entrée, les mecs faisant des scènes qu'ils avaient travaillées en cours, comme ça, dans le désordre, comme une compile, en fait. Jorge se disant du coup, comme quoi le théâtre tu pouvais pas gagner : tu voyais le truc en entier, tu te faisais chier à hurler. Mais t'en voyais qu'un bout, tu comprenais que dalle, tu te faisais chier aussi.

Au bout du troisième élève, en attendant le suivant, le grand con commença à se dissiper et à faire le malin, se penchant pour dire à Jorge, "Vraiment, on se régale ! Quelle bonne idée vous avez eue."

Jorge faisant comme s'il avait pas capté l'ironie, disant, "N'est-ce pas ? Il faut soutenir les arts."

Le grand con dit, "En anglais, soutenir, ça se dit *supporter*. C'est assez approprié."

Monica dit, "Soyez plus généreux. C'est dur, ce qu'ils font. Quand on a essayé une fois, on est moins sévère, après."

Jorge dit, "Voilà ! Pis on sait jamais. Pour votre film ? Peut-être il y a le nouveau Depardieu, la prochaine Adjani dans le lot." Regardant le grand con avec un petit sourire, chacun son tour. "Je pensais vous faire plaisir. Ça peut vous donner de bonnes idées de casting."

"Pour des animations d'hospices ou des ateliers découverte pour jeunes en réinsertion, à la rigueur. Et encore. Mais une coproduction à cent cinquante millions, je vais continuer à chercher de mon côté si vous le permettez."

Jorge dit, "Attendez. C'est pas fini." Sur scène, deux mecs s'engueulaient à propos d'un tableau tout blanc que l'un d'eux avait acheté. Jorge y vit comme un signe et dit, "Excusez-moi, je reviens."

Jorge était en coulisses avec le mec, Mathieu le Théâtreux, Seynard de son vrai nom. Jorge connaissant le mec d'avant, donc parlant librement, disant : "C'est tes troisième année, ça ?"

Le Théâtreux soupirant et disant, "Ouais."

Jorge dit, "Putain, c'est ça les troisième année, ça donne pas envie de voir le cours grands débutants. Pourquoi tu les laisses faire un spectacle ?"

"Qu'est-ce tu veux que je te dise ? Ça fait plaisir aux proches."

"Ouais ben t'es gonflé de faire payer ! Leurs sketches, là, c'est eux qui les écrivent ? J'ai vu la liste des noms. A part Jean-Paul Sartre, je connais personne."

"Ça c'est parce que t'es inculte. Obaldia, Yasmina Reza, ils sont quand même connus. Les autres, ouais, normal que tu saches pas. La plupart, c'est des membres de l'Association des Amis du Théâtre. Ils filent de l'oseille et du coup, en échange, on les inscrit au répertoire. Pas des pièces à l'affiche, juste pour les ateliers. Je vais te dire que c'est la moindre des choses, au prix qu'ils payent. Comme ça, ils sont contents, ils peuvent dire qu'ils sont joués. Et moi, je préfère que ce soit eux que les élèves massacrent plutôt que Shakespeare ou Marivaux. Ça me fait moins mal aux seins."

Jorge dit, "Moi c'est pareil, je suis ami du théâtre. Je voudrais faire une donation en échange d'une petite représentation dans les jours à venir."

"Répertoire ou ligue d'impro ?"

"Disons figures libres sur un thème imposé. Une représentation unique. Unité de lieu, unité de temps, et le tout en un acte. Juste le temps de faire acheter un tableau à un con qui prétend s'y connaître. J'ai même trouvé le titre : *La Vente du faux Delvaux au grand con de baron.*"

Mathieu le Théâtreux hocha la tête et dit, "Combien de personnages ?"

Sur scène les deux mecs avaient fini de s'engueuler à cause du tableau blanc et allaient retourner en coulisses, obligés de passer devant leur prof et Jorge. Jorge vit Mathieu le Théâtreux leur faire des compliments alors qu'il avait pas écouté la moitié de leur numéro, occupé à parler avec Jorge. Du coup, Jorge leva le pouce et fit une mimique admirative aux deux mecs.

Une jeune femme aux longs cheveux frisés les avait remplacés et déclamait un truc, super vénère après quelqu'un qu'on voyait pas. La fille s'énervant toute seule, essayant de montrer qu'elle faisait super bien la colère.

Ils la regardèrent faire un petit moment et puis le Théâtreux dit, “Ouais, tu me disais, donc ? Combien de rôles, ta pièce ?”

Jorge dit, “Ah, c'est un beau plateau, déjà. Une bonne quinzaine de rôles. D'abord, il faut le vendeur. Cinquante ans, un peu classe. Un mec qui soit crédible en esthète combinard qui a un revers de fortune. Sa gonzesse en facultatif, mais je pense quand même c'est mieux s'il en a une. Ça lui file une contenance, quelqu'un à qui parler. Ça le protège du pigeon. Là tu prends une bimbo qui en jette, pas trop vulgue non plus. Après il faut deux domestiques. Un qui sert les sodas et de l'eau minérale – l'heure qu'il sera, il sera trop tôt pour l'alcool et je veux personne qui se murge. L'autre, c'est pour placer les gens, accueillir, faire asseoir.” Le Théâtreux avait commencé à noter sur les petites fiches normalement destinées à ses observations sur le jeu des élèves. “Après, il faut un commissaire-priseur. Prends un gars qui connaît les manipes et le jargon. Si tu trouves pas, j'en ai un vrai qui a été radié qui vit à Monaco que je peux toujours appeler. Après, cinq, six acheteurs, avec dans le tas un Libanais, Saoudien, ce genre-là. Un Russe, obligatoire. Et mettons un Allemand. Ou un Anglais, comme tu veux. Certains avec gonzesse, les autres avec secrétaire. Je m'arrangerai pour avoir les tires qui vont bien, garées devant la villa.

Les Français, comme c'est plus dur de faire milliardaire dans ta langue, on dira qu'ils sont mandatés par des gars qui insistent pour rester anonymes. Ils seront sur leurs portables, à prendre des ordres d'achat. Pareil, tu me colles deux, trois filles qui parleront anglais au téléphone avec des étrangers bidons. T'en trouves une qui parle japonais, évidemment, c'est le top."

Le Théâtreux fit une moue avant de dire, "Ah ouais, dis donc. Ça fait du monde. C'est quoi ce délire à la Robert Hossein ?"

Jorge ignorant la vanne, pas là pour rigoler, disant, "Ecoute-moi bien : prends-moi que des super pointures. Le pigeon a l'habitude du monde, il est sorti de son trou. Surtout les étrangers, il verra si c'est toc."

"T'en fais pas. Je vais te faire une distribution, mon pote, à un million de dollars. D'ailleurs, propos de dollars, c'est quoi l'enveloppe casting ?"

"Cinquante mille. Je peux pas plus. Je te laisse la gérer."

Le Théâtreux dit, "Pas de problème."

Jorge dit, "Mais je te redis : prends-moi que des cadors. Mais pas non plus des mecs qui partent en *live* tout seuls. Ce sera pas des agents ou des gros producteurs qu'ils auront en face d'eux. Donc pas la peine non plus de se faire trop remarquer.

"T'en fais pas", dit Mathieu le Théâtreux. "Ils joueront sobre."

"Dernier truc. Va pas me prendre des mecs que le pigeon aurait déjà pu voir à la télé. Surtout, pas de tête connue. Ou qui pourraient le devenir. C'est compris ? Je veux surtout pas des mecs qui auraient peut-être une chance de faire carrière un jour, tu vois ce que je veux dire ?"

Mathieu le Théâtreux dit à Jorge en lui posant la main sur l'avant-bras, "Alors ça je te rassure. Il y a aucun danger."

Les lumières s'étaient rallumées pour l'entracte. Monica ayant dit qu'elle n'avait pas soif, le baron et elle étaient encore assis à leurs places, le baron lui disant, "Alors vous avez passé une bonne après-midi ?"

Monica dit, "Assez bonne, oui."

"Notre ami devait être heureux d'être seul avec vous."

"Il avait l'air, oui."

"Et vous ?"

"Et moi ?"

"Ça a été, seule avec lui ? Il s'est bien conduit ?"

"Aussi bien que vous, jusqu'à présent."

"C'est sur le point de changer."

"Ah oui ?"

"Oui. On y va ?"

"On y va où ?"

"Ailleurs."

"Sans notre ami ?"

"Il ne s'en apercevrait pas, il est trop occupé à soutenir les arts."

Monica presque tentée. "On ferait quoi ?"

"Je ne sais pas. Les touristes. Les gens normaux. Des plaisirs simples. Un restaurant du Suquet. Faux italien, par exemple, avec les bougies dans les bouteilles de chianti. Une petite bohémienne viendra proposer des roses, je vous achèterai la botte. Non, on a dit des gens normaux. Je vous achèterai une rose et vous serez bien embarrassée de la trimbaler tout le reste de la soirée. Un violoniste passera de table en table, il s'attardera à la nôtre. Puis nous irons marcher sur le quai, derrière le Palais, regarder les bateaux."

Disant tout ça, un peu moqueur, cherchant la connivence. Elle, répondant sur le même ton. Complice. A la fois au premier et au second degré.

"Effectivement. C'est tentant."

Et puis lui, sérieux, brusquement – pas grave, mais sérieux – pour dire, avec juste le ton qu'il fallait : "Je ne sais pas encore à quel moment je vous embrasserai."

Là. Comme ça. Monica se retenant de dire "Maintenant." Pas sûre de savoir gérer derrière, juste pour s'être fait le plaisir d'une bonne réplique. Sauvée d'une certaine façon par le brave Jorge Gomez qui revenait, ne s'asseyant pas et disant : "Allez, c'est chiant, non ? On va dîner ?"

Ils avaient dîné sur le port, sympa, mais aucune évolution dans l'équilibre des forces. Jorge et le grand con continuant à se neutraliser l'un l'autre et Monica à côté qui les regardait faire sans pencher plus d'un côté que de l'autre.

Puis de retour à l'hôtel le rituel de l'ascenseur. Sauf là, une fois les portes refermées sur Monica, quand le grand con allait pour se barrer, Jorge dit, "Attendez. Il faut que je vous parle d'un truc. C'est important."

Le grand con faisant son petit sourire, disant, "Allons bon !", genre se foutant de la gueule de Jorge, se doutant pas de ce qui l'attendait, le pauvre. Jorge laissant faire et disant, "Venez, on va s'asseoir, on sera mieux." Et une fois sur les banquettes de la grande galerie, disant, "Croyez bien que ça m'emmerde mais j'ai un service à vous demander."

Le grand con dit, "En effet. Je détesterais l'inverse. Et de quoi s'agit-il ?"

Jorge dit, "Voilà, je voudrais faire une surprise à Monica."

"Faire vos valises, disparaître et la laisser tranquille ? Elle n'ose pas en rêver, mais elle sera ravie, j'en suis sûr."

"Vous voulez savoir ou vous voulez faire vos petites vannes ?"

Le grand con gomma son petit sourire, pas complètement, mais presque, et dit, “Je vous écoute.”

Jorge dit, “Voilà. J’ai reçu un coup de fil d’un ancien client qui habite la région, juste au-dessus de Cannes. C’est un collectionneur d’art, mais surtout, il est joueur. Donc là, il est un peu pendu, il faut qu’il vende un truc, très vite. Donc il vend son Delvaux, voyez qui c’est Delvaux ?”

“Très bien. Enfin, ça dépend de quel Delvaux vous parlez. Si c’est bien Paul Delvaux, peintre surréaliste belge mort il y a quelques années, oui, je vois très bien qui c’est.”

Jorge soulagé et inquiet en même temps. C’était bien que l’autre voie qui c’était, connaisse de nom. Mais juste ça : juste culture générale. Niveau *Questions pour un champion.* Surtout pas en expert. Ça, ça foutrait la merde.

Jorge dit, “Ouais. C’est celui-là. Donc là, mon client est pressé, il va le vendre aux enchères, chez lui, les jours qui viennent.”

“Vente aux enchères chez lui ? Ça se pratique assez peu, les “ventes publiques privées” – peut-être parce que c’est illégal.”

“Oui non mais là, c’est différent. Le mec est *vraiment* pendu. Il a besoin que ça aille vite, discrètement, que le fisc meure idiot, voyez ce que je veux dire ? C’est bien pour ça qu’il y a une affaire à faire. Payer le truc la moitié de ce qu’il vaut. Un million au lieu de deux.”

“Bon. Admettons. Et ?”

“Delvaux, c’est le peintre préféré de Monica. Je voudrais lui faire la surprise de le lui offrir.”

“Vous voulez lui offrir un tableau à plus d’un million d’euros ?”

Jorge dit, “Ouais. Je suis comme ça, moi. Quand j’aime, je compte pas. L’argent, c’est fait pour se faire plaisir.”

Le grand con fit une mimique et dit, “De fait, là, en principe, elle devrait être contente. C’est un beau cadeau, on va dire.”

Jorge laissant l’autre se croire malin. “Ecoutez, oui, je trouve. Et justement, c’est là où j’ai besoin d’un service.”

“Ah. Nous y voilà !”

“Oui. Et malheureusement, là, dans l’urgence, je connais personne d’autre à part vous à qui je peux le demander.”

“Demander quoi ?”

Jorge dit, “Voilà : je me suis renseigné, le Delvaux, s’il était mis en vente à Drouot ou Sotheby’s, la mise à prix serait d’un million cinq, minimum, avec de fortes chances de dépasser les deux millions, comme a fait la *Vénus endormie*, là, deux millions deux cent cinquante-six mille euros chez Christie’s à Londres en 2005. Sauf que l’autre, là, du fait qu’il est pendu, il va démarrer les enchères à la moitié. Sept cent cinquante mille euros. Bien sûr, ça va grimper un peu. Mais c’est pas grave. Jusqu’à un million et demi, un million huit cent mille, c’est encore une affaire. Donc moi, je suis prêt à monter, le problème, c’est pas les fonds, je les ai. Mais tel que mes placements sont organisés, je vais pas avoir accès aux sommes avant quinze jours, au moins. Donc c’est pour ça, j’aurais besoin que vous achetiez le tableau pour moi. Mais attention ! En me signant un papier !” Laissant pas le grand con réfléchir, court-circuitant ses soupçons en étant encore plus méfiant que lui. “Ah oui. Le prenez pas mal, mais un papier où vous vous engagez à me le revendre avant la fin du mois au prix que vous l’avez acheté. Hein ? Vous faites pas le salaud en allant l’offrir vous-même à Monica en votre nom. Ça ce serait dégueulasse.”

“Indéniablement, ce serait inélégant, quoique drôle. Et en admettant, j’achète cette toile, quelle garantie puis-je avoir que vous n’allez pas changer d’avis ?”

Jorge dit, “Quelle garantie ? J’en sais rien. Je vous signe ce que vous voulez, moi, une promesse d’achat, n’importe quoi.”

L’autre faisant la moue, pas convaincu.

Jorge dit, “Toute façon, même si je vous le rachète pas – pas parce que je change d’avis, hein. Je changerai pas. Mais, disons, je sais pas, je passe sous un camion en traversant la rue, je dis n’importe quoi, c’est un exemple que je donne. Je passe sous un camion, vous, c’est pas un problème. Vous, vous avez le tableau. Et si vous le revendez à quelqu’un d’autre que moi, vous vous faites une culbute, je vous raconte même pas ! C’est pour ça que je veux un papier. C’est pas pour vous froisser, mais j’ai moyen confiance en vous. Je préfère que tout soit bordé.”

“N’est-ce pas ?”

“Oui. Comme j’ai dit, allez pas vous vexer. C’est juste, moi, en affaires, j’aime bien que tout soit carré, noir sur blanc, qu’on puisse pas dire après. S’il y a un papier signé, du coup, c’est moins facile de raconter n’importe quoi. Souvent, vous croisez des mecs qui vous la jouent, moi, ma parole, elle vaut tous les écrits. Ben je m’excuse, mais non. Ça marche pas avec moi. Moi c’est l’inverse que je dis. Vous êtes pas d’accord ?”

Le grand con éclata de rire. Jorge dit, “Qu’est-ce qu’il y a ? Qu’est-ce j’ai dit de drôle ?”

“Non, non. Rien. Poursuivez, je vous en prie.”

“Non mais si c’est pour que vous vous foutiez de ma gueule, c’est pas la peine.”

“Non, non, je vous en prie, continuez, ne faites pas attention, je ne cherchais pas à être désobligeant.”

Jorge se retenant de lui dire, Oui ben c’est votre problème dans la vie, je vais vous dire. Même quand vous cherchez pas, vous l’êtes. Et l’autre repartant à rire sans raison et disant, “C’est donc ça que vous êtes en fait, Monsieur Gomez.”

“Ça que je suis en fait quoi ?”

“Cher Monsieur Gomez, vraiment, vous me faites plaisir.”

“Ah. Ben, j’ai envie de dire, tant mieux, alors. Je veux dire, tant qu’à faire.”

“Non, vraiment. Vous n’avez pas idée du plaisir que vous me faites.”

“Ah oui ? A ce point-là ? Et pourquoi donc, en fait ?”

“Vous me faites confiance. Vous pouvez raconter ce que vous voulez avec votre papier, pour me proposer ça, c’est que vous me faites confiance.”

Jorge disant au mec ce que, apparemment, le mec avait envie d’entendre : “Ben en fait ouais, si on regarde. Au moins un minimum. Je veux dire, c’est sûr, je vous demanderais pas ça si quelque part, d’une certaine manière, je vous faisais pas un peu confiance, quand même.”

“Ah, Monsieur Gomez, c’est tout à fait réjouissant ce que vous venez de me dire.”

Jorge n’y croyant pas. Trop beau pour être vrai. Le mec trop con, décidément. Jorge disant, “Ah ben super alors. Donc, on dit que c’est d’accord. Vous allez me rendre ce petit service ?”

“Je ne sais pas. Peut-être. Il faut que je réfléchisse.”

Le mec pas si con que ça, en fait. Ou du moins pas si vite. Jorge le sentant bien ferré, quand même. Quasiment dans le sac.

Le grand con dit, “Vingt-quatre heures ça ira ? Ça ne vous fait pas trop tard ? Je veux dire au cas où je dirais non, on ne sait jamais, que vous ayez le temps de vous retourner et de trouver quelqu’un d’autre.”

Le mec reparti à se marrer, se faisant rire tout seul à tout ce qu’il disait, Jorge, lui, ne voyant pas ce qu’il y avait de drôle, mais décidant de ne pas brusquer l’autre, disant, “Heu oui. Vingt-quatre heures, mais pas plus, hein ? Traînez pas. Parce que moi, comprenez, faut que je sache. Que j'aille pas rater l'affaire de votre faute. Ça, pardon d'être vulgaire, mais vraiment, ça me ferait mal au cul."

"Je vous comprends parfaitement, dit le grand con. Si j'étais à votre place, je dirais ça aussi."

Adrien était debout sur la terrasse du bungalow, la mer deux mètres en contrebas. Repensant à la proposition du petit Monsieur Gomez. N'était-ce pas succulent ? Le petit Monsieur Gomez le prenait, lui, Adrien Laouhénan, pour un cave absolu. Le gogo idéal. Le pigeon achevé.

Ce qui, en soi, était assez réjouissant.

Ou pas.

Adrien en venant presque à douter, se disant, le stratagème était si éculé, c'était tellement énorme, chaussé de si gros sabots, que si ça se trouve, c'était vrai. Ou plutôt, le petit Monsieur Gomez était sincère et innocent. Le vendeur, lui, en revanche... Mais, bref, dans les deux cas, c'était amusant.

Donc Adrien se dit qu'il allait s'amuser.

Jorge tournait et retournait dans son lit, se reprochant plus encore que les soirs précédents de ne pas avoir su être plus entreprenant avec Monica. Se trouvant des excuses. Se disant que c'était normal, l'amour ça rend timide. Se jurant de faire mieux le lendemain.

S'endormant, à force.

Dix-huit

Bien décidé à passer à l'action, Jorge s'était réveillé tôt, allant se poser près de la piscine, regardant les deux mecs habillés tout en blanc en train de filtrer l'eau avec des épuisettes, attendant Monica. Ne la voyant pas arriver. Se disant, soit elle est déjà venue, ce qui semblait peu probable, soit elle est pas encore levée, ce qui ne lui ressemblait pas.

Et puis, finalement, à dix heures, levant le camp, retournant à sa chambre.

Se disant, encore raté.

Adrien sortit de la FNAC de Cannes après avoir acheté deux compilations de U2, histoire de faire illusion, le cas échéant. Etonné, pour tout dire, que ce groupe qu'à tort ou à raison il avait jusqu'ici préféré ignorer ait sorti autant de disques. Adrien content, en tout cas, de ne pas avoir téléchargé les titres sur son *power book* ou demandé au concierge d'envoyer quelqu'un acheter les CD à sa place. Pas fâché de sortir, en fait, hors de l'hôtel, tout seul, sans devoir en permanence être à deux cents pour cent devant le petit Gomez ou la belle Italienne. Après plusieurs jours d'affilée, comme ça, il commençait à trouver au *Marina Privilège*, à son parc, à sa vue et à sa clientèle, un côté un peu "village du Prisonnier".

Là, c'était l'heure parfaite, fin de matinée, les bourgeoises désœuvrées en shopping de proximité, quelques touristes de queue de saison, pas trop de monde sur les trottoirs alors qu'il redescendait vers la Croisette, tranquille.

Arrivé au bout de la rue du Commandant-André, il allait traverser pour marcher côté mer et c'est là qu'il crut reconnaître Monica qui sortait de la boutique Yves Saint Laurent, portant un grand sac orné du logo de la marque. Oui, pas de doute, c'était bien elle derrière les grosses lunettes. Immédiatement repérable au milieu des élégantes locales, beaucoup plus avenue Montaigne ou faubourg Saint-Honoré que rue d'Antibes, en fait. Sobre et raffinée avec un pantalon noir un peu pattes d'éléphant et un chemisier en soie blanc. Ça faisait tout juste vingt secondes qu'Adrien l'observait et trois passants s'étaient déjà retournés sur elle.

Adrien resta où il était, pensant d'abord que Monica l'avait vu, elle aussi, pendant les quelques secondes où, derrière ses grosses lunettes noires, elle avait semblé regarder droit dans sa direction. Mais en fait pas du tout. Là, elle venait de passer devant lui sans le remarquer et marchait à présent en direction du Noga. Adrien se mit à la suivre, du coup, marchant à longues enjambées pour la rattraper, mais ralentissant presque aussitôt en voyant qu'elle avait sorti un portable de son Kelly Hermès, parlant tout en marchant. Adrien, bien élevé, attendant qu'elle ait fini avant de la rejoindre. Voilà. Elle venait de ranger l'appareil. Adrien, sans vraiment savoir pourquoi, n'accélérant pas le pas pour autant, se prenant au jeu de la filature, sans raison claire pour ça. Ralentissant quand elle s'arrêtait quelques secondes devant une vitrine, puis repartant, se laissant guider, comme ça, voir où ça le menait, attendant le meilleur moment pour l'aborder en feignant la surprise. Lui proposer de déjeuner avec lui sur le port. Reprendre les choses là où ils les avaient laissées la veille, avant d'être importunés par le petit et à présent très probablement malhonnête Monsieur Gomez. Le soupçon de filouterie à son propos volatilisant d'ailleurs les scrupules d'Adrien, à supposer qu'il en ait eu, au moment de damer le pion de son malheureux rival, pourtant à l'évidence plus épris de l'Italienne qu'Adrien ne prévoyait de le devenir un jour.

A suivre comme ça Monica à distance, il se retrouva à quitter la Croisette un peu avant le *Carlton*, pour remonter vers la rue d'Antibes. A partir de là, la filature cessa vite d'être drôle, Monica s'arrêtant tous les deux mètres devant une vitrine, quand elle ne rentrait pas pendant quelques minutes dans le magasin. Comme là, par exemple, obligeant Adrien à s'arrêter aussi et à s'intéresser à des vitrines de mode féminine ou de bijoux fantaisie. En voyant enfin Monica ressortir de la boutique sans avoir rien acheté, Adrien se dit que ça suffisait comme ça, qu'il allait cesser de jouer à cache-cache et qu'au prochain arrêt de l'Italienne, il en profiterait pour la rattraper et l'accoster.

Il fit dix mètres comme ça quand Monica s'arrêta à nouveau. Cette fois, Adrien continua, répétant dans sa tête la surprise qu'il allait contrefaire en voyant Monica. Mais le comportement d'un type devant lui le fit s'arrêter net. Adrien pris d'un doute, tout à coup, ayant comme l'impression de n'être pas le seul à suivre l'Italienne.

Concentré sur Monica, il n'y avait d'abord pas pris garde, mais alors qu'ils marchaient encore sur la Croisette, un type avait doublé Adrien et s'était intercalé entre lui et la jeune femme. Après, le même type avait tourné en même temps qu'eux pour rejoindre la rue d'Antibes. Adrien, sur le coup, trouvant plutôt bienvenu d'avoir comme ça quelqu'un entre eux deux. Ne faisant alors pas attention à l'apparence du bonhomme, son physique et sa tenue ne présentant de toute façon rien de particulier, sinon peut-être des cheveux prématurément grisonnants, par rapport aux trente-cinq, quarante ans qu'on pouvait lui donner. Or là, le type était toujours devant lui, ce qui était normal. Mais derrière Monica, alors qu'avec les multiples arrêts de l'Italienne, il aurait pourtant dû la doubler depuis longtemps.

Par exemple, il venait de s'arrêter en voyant Monica entrer dans la boutique et feignait de façon peu convaincante de s'intéresser à la vitrine d'un magasin de bibelots. Dix mètres derrière le gars, Adrien attendit que Monica reparte et aussitôt le grisonnant précoce se remit à marcher aussi.

Incapable de dire si le mec était juste un dragueur d'occasion, fâcheux mais inoffensif, un dangereux prédateur sexuel ou un acolyte de l'Arabe qui harcelait Monica, Adrien se dit qu'il allait suivre le suiveur. Et aviser ensuite.

En s'arrêtant souvent et en changeant de trottoir au gré des enseignes qui intéressaient Monica, ils firent quelques pâtés de maisons, comme ça, à la queue leu leu, Monica ouvrant la marche, le grisonnant précoce dix mètres derrière elle et Adrien fermant le cortège, dépassant les galeries du Grey, puis le magasin Jacques Loup.

Bientôt, ils arrivèrent en vue du bout de la rue d'Antibes et de cette esplanade dont Adrien ne connaissait pas le nom mais où il avait toujours vu des groupes d'hommes jouer aux boules. Et brusquement, au lieu de rester à distance, le grisonnant précoce se mit à presser le pas et rattrapa la jeune femme, se mettant à lui parler une fois à sa hauteur. Monica, elle, continuait à avancer, pressant le pas, cherchant à l'évidence à s'en débarrasser.

Adrien avait commencé à accélérer, décidé quand même à intervenir, là. Ravi du rôle de sauveur qu'il allait se retrouver à jouer, sûr de pouvoir en tirer avantage d'une façon ou d'une autre. Mais Monica venait de prendre le grisonnant par surprise – et Adrien avec, du coup – en montant dans un taxi qui venait de déposer un couple devant l'hôtel *Splendid.*

Le grisonnant précoce resta donc planté, sur le trottoir, à regarder le taxi s'éloigner. Puis rebroussa chemin pour très vite se retrouver nez à nez avec Adrien qui lui bloquait le passage.

Surpris, le type fit un pas de côté pour le contourner, mais Adrien s'était lui aussi décalé et empêchait à nouveau le grisonnant de passer. Le type changea d'expression, sur le point de parler, mais Adrien dit avant lui, “Alors, on drague ?”

Le type plissa le front et dit, “Pardon ?”

Adrien dit, “Je vais faire court : je vous reprends à importuner cette femme, je vous casse la figure.”

Le type dit, “Pourquoi pas. Mais d'abord, il faut que je vous montre un truc. C'est plus loyal.” Disant ça et sortant de son blouson une carte de commandant de police judiciaire.

“Bertrand Monastorio, SRPJ de Nice. Si par je ne sais quel miracle vous arriviez effectivement à me “casser la figure”, comme vous dites, j'ai oublié combien d'années de taule ça vous vaudrait, mais je sais que c'est quelques-unes. Donc réfléchissez.”

Adrien pris de court. Le grisonnant précoce en profitant pour dire, “En principe, les gens un peu malins me repèrent au premier coup d'œil. Ça prouve que vous êtes *très* innocent. A titre personnel, je trouve ça dévalorisant, mais en tant que flic, je suis censé considérer que c'est une qualité. Donc continuez. Qui que vous soyez. D'ailleurs, vous êtes ?”

Adrien, pour le coup, se trouvant obligé de dire,

“Adrien Laouhénan de Queréon.” Ajoutant, “Mais si vous voulez voir mes papiers, il faut que je repasse à mon hôtel.”

“Ah oui ? Il est où votre hôtel ?”

“Cinjus-Tésauris. *Le Marina Privilège.*”

Le flic dit, “Eh bien retournez-y vite. Profitez du séjour. Au prix où on me dit que c’est.” Le flic se foutant clairement de sa gueule, à présent. “Bonne journée.”

Le flic allant pour faire demi-tour. Adrien le retint par le bras, disant, “Non, attendez.”

Là, le flic se dégagea, doucement, et regarda Adrien droit dans les yeux avant de dire, “La prochaine fois que vous portez la main sur moi, je vous fais très mal.”

Adrien retira sa main et dit, “La jeune femme, là, qu’est-ce que vous lui vouliez ? Pourquoi vous la suiviez ?”

Le flic dit, “Demandez-lui à elle.”

“Je vous demande à vous.”

“Et je n’ai aucune raison de vous répondre. Mais bien que les gens trop riches et trop oisifs pâtissent toujours chez moi d’un *a priori* défavorable, je vais vous faire un cadeau et vous donner un conseil gratuit : restez à l’écart de cette femme. Elle ne vous attirera que des ennuis.”

Pendant que le flic parlait, une Renault grise était venue se garer à leur hauteur, bloquant une voie de circulation, le conducteur laissant le moteur tourner, sûrement un adjoint du flic attendant que son supérieur ait fini de discuter. Adrien allait répondre, demander des précisions, mais le flic dit, “Si vraiment les histoires d’escroquerie mettent du piment dans votre existence dorée, offrez-vous *L’Arnaque* en DVD. Ils viennent de le ressortir en coffret *collector*. Croyez-moi, c’est moins dangereux.”

Adrien dit, “*L’Arnaque* ? Mais de quoi vous parlez ?” Le flic commençait à l’emmerder, avec sa commisération.

Le flic dit, “Elle vous a dit qui était son mec ?”
Adrien dit, “Oui. Pourquoi ?”
“Oh, pour rien. Bonne journée.”
Montant dans la *Scenic*, plantant Adrien là, un peu con, sur le trottoir, à regarder la voiture s’éloigner.

Le soleil était radieux, la mer brillait de partout. Monica avait à peine touché son carpaccio de poulpe. Jorge dit, “C’est pas bon ? Vous voulez autre chose ?”
“Non, non, ça va. Je n’ai pas très faim, c’est tout.”
Jorge se demandant s’il fallait décommander le risotto qu’elle avait pris après, du coup. Il dit, “C’est ce Mario, toujours, qui vous tracasse ? Regardez, depuis qu’il a vu que vous étiez avec moi, il ne se montre plus.”
Monica dit, le regard tourné vers l’horizon, “Je me demande ce que je vais faire de ma vie. Il faut que je prenne des décisions. Ce qui m’attend dans les prochains mois ne m’enthousiasme pas. Pour autant, je n’ai pas vraiment de solution de remplacement.”
Jorge dit, “Ah ben oui mais bon, c’est là où le hasard fait parfois bien les choses.”
“C’est-à-dire ?”
“Ben, le hasard qui vous a fait me rencontrer. Peut-être que je peux vous proposer des choses, moi.”
“Vous êtes gentil. Vous mériteriez mieux que moi, là, pour vos vacances.”
“Mieux que vous ? Mais pas du tout.”
“Mais si. Je sais bien. Et d’ailleurs je m’en veux. Je devrais être plus gaie, profiter de cet endroit, me détendre, me reposer, rire avec vous. Par moments, j’y arrive. Grâce à vous. Pas tout le temps, hélas. Comme là.”
Son regard repartit au large. Jorge l’observait pendant qu’elle fixait l’horizon. Comme si la solution allait venir de la mer, un débarquement allié, un truc comme ça. Jorge pris d’une furieuse envie de lui prendre le visage

entre ses mains et de lui attraper la bouche. A la place, il lui prit la main. Elle ne la retira pas mais dit, sans le regarder, “Je ne sais pas si vous avez raison. Je ne crois pas être en état, en ce moment, d’être heureuse avec un homme. Ou de rendre un homme heureux.”

“Je suis sûr du contraire.”

Toujours sans le regarder, elle dit, “Vous êtes gentil.” Marquant une pause. “Vous êtes très gentil, Jorge.”

Mais ? Jorge, après *gentil*, pouvant s’attendre au pire.

Elle ramena enfin ses yeux vers lui et dit, “Vraiment. C’est le *timing* qui n’est pas bon. Croyez-moi si je vous dis que je ne suis pas en mesure, en ce moment, de répondre à votre...” Cherchant le mot, mais Jorge faisant exprès de ne rien faire pour l’aider, trop curieux de voir quel mot elle allait employer d’elle-même. Un peu déçu quand elle reprit après avoir choisi, disant, “De répondre à votre proposition comme elle le mériterait.”

Proposition. Jorge dit, “On peut essayer, je vous dirai.”

Elle soupira. Le regarda avec un petit sourire peiné, un air attendri.

Jorge comprenant soudain tous ces héros dans des films, en costumes la plupart, des films d’amour de l’ancien temps. Ces mecs que, en les voyant, il avait toujours trouvés un peu tarlouzes d’être là, à genoux aux pieds de l’héroïne, à gémir qu’elle les laisse espérer, ne dise pas non tout de suite, les autorise à l’adorer en silence le temps qu’elle se décide.

Oui, Jorge sur le moment trouvant les mecs plus cons que cons, trop tebés même pour voir que c’était foutu d’avance, leur truc. Que les filles c’est tout de suite ou alors c’est jamais, à l’usure c’est pipeau. Là, que c’était juste eux qui refusaient de comprendre ce que la fille voulait dire. Que la fille prenait des gants, essayant de pas vexer en disant non direct.

Soit ça, donc. Ou bien la meuf à gifler, allumeuse, qui minaudait, faisait des simagrées pour mettre les mecs à terre. Dans les deux cas, les mecs top mal barrés. Et trop cons pour le voir.

Eh bien, là, les mecs, Jorge les comprenait. Monica n'avait pas dit oui, mais elle avait pas dit non, et rien que ça, mon pote, c'était déjà énorme. Ce qu'elle avait dit, en fait, si on résumait, c'est que, elle aussi, là, elle aurait eu envie – si ! Désolée. Elle avait presque dit ça ! – mais que là, du fait de ses soucis, elle était pas sûre de pouvoir assurer, elle craignait de décevoir. C'est ça qu'elle avait dit. Mais fallait pas qu'elle s'inquiète. Lui Jorge était sûr que tout allait très bien se passer.

Doucement, elle retira sa main pour attraper son verre et le porter à ses lèvres.

Elle dit, "Qu'est-ce que vous allez faire cet après-midi ? Visiter des maisons, encore ?"

"Oui, non, je pense pas. J'ai juste une course à faire. Mais je vous propose pas de venir. C'est barbant. Mais j'aurai vite fini. Pourquoi ? Vous aimeriez faire quoi ?"

Et quand elle allait répondre le grand con arriva, disant pas bonjour ni rien, attrapant une chaise vide à la table d'à côté, sans demander, s'asseyant avec eux et disant, "Bon. Faut qu'on parle."

Monica lui dit, "Mais avec plaisir. Joignez-vous à nous." La façon qu'elle avait dit ça, c'était comme si elle était vraiment contente de le voir. Ça contraria Jorge. Il fit la grimace et dit, "Oui. Joignez-vous à nous."

Le grand con dit à Monica, "Qu'est-ce que vous avez dit qu'il faisait, déjà, comme métier, votre mari ?" Jorge surpris par la dureté du ton.

Un blanc. Monica regardait le grand con, sans rien dire. Jorge se disant, soit – tout comme lui – elle se demandait où l'autre voulait en venir. Soit elle savait très bien et c'était pour ça qu'elle disait rien.

Le grand con dit, "Ce matin, sur la Croisette, j'ai fait la connaissance d'un dénommé Bertrand Monastorio, officier de police judiciaire."

Jorge sentant tout de suite Monica se crisper, détourner la tête, le rouge aux joues. Le grand con continuant, lui, disant, “Drôle de type. On dirait qu’il ne vous connaît pas sous le même jour que nous.”

Le grand con ayant dit ça avec son petit air supérieur et le sourire que Jorge ne pouvait pas supporter.

Il y eut un blanc, un long blanc, Jorge n’osant rien dire et surtout ne sachant pas quoi.

Et puis Monica soupira et dit, “Peut-être parce que je préfère qu’on me connaisse sous le jour que je vous ai donné à voir.”

Jorge dit, parlant aux deux, mais regardant plutôt en direction du grand con, “Bon attendez, là. De quoi vous parlez ?”

Un autre blanc. Monica semblait réfléchir, hésiter, puis prendre une décision. Elle soupira et dit, “Quand j’ai rencontré Umberto, je croyais que c’était juste un homme d’affaires prospère. Ce n’est qu’au bout de plusieurs mois que j’ai commencé à avoir des soupçons. Il s’enfermait pendant des heures, chez nous, avec des types bizarres. Après, il refusait de me dire qui c’était ou de quoi ils avaient parlé. C’est comme ça que j’ai vu Mario pour la première fois. Il venait participer à ces ‘réunions’, avec Umberto. Après sa mort, j’ai appris par les journaux qu’il avait des liens avec la mafia. En Italie, mais aussi en France. Et que Mario était en fait l’un de ses contacts.”

Jorge dit, “Mais là, votre mari est mort. Qu’est-ce qu’il vous veut ?”

“Même du vivant de mon mari, il me faisait des avances. J’avais été obligée d’en parler à Umberto. Ils ont eu une dispute très violente. Mario a alors disparu pendant un bon moment. J’étais soulagée. Et puis Umberto a eu son accident – si c’est vraiment un accident.”

Le grand con dit, “Vous croyez que c’est Mario qui—”

Monica le coupa. “Je ne sais pas. Je ne peux rien

prouver. Mais peu de temps après la mort de Umberto, Mario est réapparu. Toujours pour essayer de coucher avec moi, mais aussi pour réclamer sa part d'une affaire que soi-disant, ils auraient montée ensemble. Mais, je vous l'ai dit l'autre soir : je ne sais pas de quoi il parle. Si je savais où est cet argent, je le lui donnerais, pour ne plus jamais le voir. Mais je ne sais pas. Et depuis quelque temps, il commence à me menacer."

Le grand con dit, "Et la police, justement ? Le type que j'ai vu ce matin ?"

"Ils pensent que j'étais complice et que je ne leur dis pas tout. Mais comment je peux leur dire des choses que je ne sais pas ? Je n'étais pas la complice de Umberto, j'étais son trophée. Ça n'a rien à voir."

Jorge ravi de l'entendre parler de son mari comme ça. Persuadé que c'était bon pour lui, même sans savoir comment. Il dit. "Vous parliez de menaces, à l'instant. Qu'est-ce qui est censé se passer si vous ne cédez pas ?"

Monica dit, "C'est ça qu'il est venu me dire hier."

Le grand con dit, "Il vous tue, c'est ça ? C'est du bluff. S'il vous tue, il perd toute chance de récupérer l'argent." Le grand con se trouvant visiblement très malin d'avoir trouvé ça tout seul.

Monica dit, "Non. Il ne me tue pas."

Le grand con dit, "Ah !", ravi d'avoir vu juste.

Monica dit, "Il me laisse profiter de l'argent qu'il croit que j'ai. Mais infirme."

"Ah", dit le grand con.

"Oui, il a dit qu'il me casserait d'abord un genou. Puis l'autre. Puis un coude. Puis l'autre. Puis un œil. Et ainsi de suite tant que je n'aurai pas payé."

"Ah oui", dit le grand con, faisant moins le malin.

"D'accord", dit Jorge. "Je vois."

Et, en le disant, pensant, d'accord. Je vois. C'est pour ça qu'elle se sent pas en mesure de s'engager ces jours-ci. C'est pas parce que je lui plais pas. Au contraire. Je lui plais. Mais c'est juste qu'elle a l'autre qui menace de lui niquer les genoux.

Jorge se disant, je préfère ça, en fait.

Jorge presque content que le Mario existe, pour un peu.

Dix-neuf

Le type que Corinne avait tué à coups de poing était dans *Nice Matin*, retrouvé la veille au soir dans des buissons sur les berges du fleuve asséché à Saint-Laurent-du-Var. Mario ayant envie à son tour de taper sur Bernard et Corinne pour leur apprendre à pas avoir mieux largué le cadavre. Mais se disant que s'il les tuait, ce serait son tour d'être emmerdé, du coup, pour dégager les corps.

Corinne avait dit, On en a rien à foutre, qui c'est qui va faire le rapprochement entre nous et ce bamboula ? Mario préférant changer de sujet.

Là, dans l'après-midi, il était chez Rashoggi, bien vérifier si tout était en place pour les combats du soir.

Aman Rashoggi. Le mec, c'était pas dur : chaque fois que t'avais une embrouille de vente d'armes par la France, style malgré l'embargo sur un pays pourri, ou rétrocommission louche avec des comptes en Suisse et des hommes politiques convoqués par le juge, l'embrouille, n'importe laquelle, si on savait regarder, le mec était dedans. Mario obligé de respecter ça.

Respecter ça, et, surtout, respecter le résultat : la propriété de folie que se payait le mec tout en haut de Mougins.

Là c'était quoi ? Six mille, sept mille mètres carrés de terrain, dont deux mille de plat autour de la villa principale. Le reste c'était le jardin paysager en escalier, avec bassins, pergolas, fontaines et des statues de femmes à poil imitation antique. Une superficie comme ça, à cet endroit-là, Mario préférait même pas calculer combien ça pouvait valoir.

Et encore, pour l'instant, Mario était même pas dans la maison de maître, l'espèce de petit château. Là, en fait, il inspectait ce qui allait servir de loges aux filles dans l'une des deux maisons d'amis, celles où le reste du temps vivaient les gardes du corps du mec. Les deux, attention, avec chacune sa terrasse et piscine privative. Rien que la cage des gorilles, déjà, chacune, t'étais à trois millions d'euros, facile. Donc l'ensemble, laisse tomber.

Tout ça pour dire, avec le temps qu'il faisait, ça aurait pu être agréable. Juste que Mario n'était pas tout seul, obligé de se tarter Lascar. Lascar Visanescu, le Roumain qui leur fournissait les Russes. Dès que les filles étaient de l'Est, donc roumaines, polonaises, estoniennes, tous ces bleds à la con, Corinne disait les Russes et c'était devenu l'appellation qu'ils employaient entre eux.

Mario haïssait le mec.

La seule chose que Mario trouvait bien chez lui, c'était son prénom. Le mec qui s'appelle Lascar, au moins, les choses sont claires.

Là, le mec en train de lui parler des nouvelles attractions. Le mec parlant français avec son accent de Roumain de merde, mais content de lui je te dis pas ! Le mec s'écoutant dire chaque syllabe, sûr d'être trop distingué, le ton snob et les mots compliqués – alors que, excuse-moi, le mec était trafiquant de bonnes femmes. Là, donc, le mec disant, “La séquence *fantasy fight*, on a choisi la thématique *Le Diable s'habille en Prada.*”

Mario dit qu'il savait pas de quoi le mec parlait, faisant aucun effort pour être aimable.

Le mec dit, “Mais si ! Le film. Avec Meryl Streep. C’est sur Anna Wintour, la directrice de l’édition américaine de *Vogue magazine*. Il était présenté au festival de Deauville, qui vient juste de finir. Le livre a été un grand succès international. Tu ne vois pas de quoi je parle ?”

T’as raison. Comme si les mecs qui venaient voir les combats venaient pour faire le rapprochement avec Meryl Streep ou avec Corinne Touzet. Les mecs, tu pouvais leur faire des références à n’importe quel film. Du moment que les mémés se griffaient les nichons, le reste ils s’en battaient. Mario allant pour répondre ça et puis se retenant, se disant pour quoi faire, disant juste, “Ouais. Et sinon, t’as quoi ?”

Le Roumain lui parlant alors de la grosse Russe que Mario avait vue descendant du 4 × 4, la meuf faisant penser à Gérard Depardieu, juste, avec des gros nibes. Lascar disant qu’elle jouerait la méchante face aux lutteuses françaises que Mario mettrait contre, quasi sûr de la voir arriver en finale du concours de ce soir. Mario disant qu’on verrait bien.

Et puis sans prévenir, le Roumain dérivant tout à coup sur l’immobilier, les prix dans la région, disant, montrant du menton l’endroit où ils étaient, “C’est tout à fait ce genre de chose-là qu’il me faudrait. Une petite maison, avec piscine, propre, confortable, mais sans, comment dirais-je, la folie des grandeurs cependant, combien ça peut coûter ces jours-ci ?”

Mario se disant, attends, t’es gentil, la dernière fois que j’ai vu ma gueule, il y avait pas *seloger-point-com* marqué dessus. “Pourquoi ? Tu veux acheter ?”

“Mais oui. Tu sais, dans quelques mois, la Roumanie va faire partie de l’Europe. Pour les visas, la résidence, toutes ces choses-là, tout sera beaucoup plus simple.”

Attends, l’autre il était roumain, il voulait vivre en France, maintenant. Mario dit, “Je comprends, pas. Tu veux venir vivre ici ?”

Le Roumain dit, “Oui. Crois-moi, c’est mieux que Bucarest.”

Mario dit, “Ça, je te crois, cousin. Juste, qui c’est qui fournira les Russes, du coup ?”

“Moi. Moi je fournirai les Russes.”

“Heu, excuse-moi, mais si t’habites ici, comment tu vas faire pour repérer les pauvres malheureuses de ton pays de merde qui préfèrent venir ici pour se batailler cul nu plutôt que rester chez vous à manger que de la terre ?”

Le Roumain se vexant pas, répondant normalement, disant, “C’est très facile. Je ferai comme aujourd’hui. J’irai chercher les lutteuses et je reviendrai avec. C’est tout. Simplement, entre deux voyages, je résiderai ici.”

Et Mario percutant. Repensant au reune, là, Andrew Eyles, que Corinne avait tabassé à mort. Le mec qui voulait copier les disques durs. Mario regardant la gueule de donneuse du Roumain et se disant mais c’est ça. Forcément. Va pas chercher plus loin. Pas la peine de se prendre la tête. C’était l’enfoiré de Roumain qui voulait s’implanter, piquer leur clientèle. Le Reune travaillait pour lui, en fait. Mario prêt à le parier. C’était évident. D’abord le reune se pointait genre le mec qui cherche du boulot comme entraîneur bilingue. Voulant se faire embaucher pour mieux les espionner. Dommage, Corinne le tèje. C’est pas grave, on le lourde par la porte, le mec attend quelques jours et revient par la fenêtre, prendre les listings clients. Sauf qu’il se fait gauler. Et qu’il meurt comme une merde après juste quelques gifles.

Mario émerveillé de voir qu’il se retenait d’égorger le Roumain tout de suite, se disant non, patience. C’est mieux qu’il se doute de rien. Qu’il sache pas que je sais.

Mario continuant à parler maisons avec le mec, l’air de rien, top faux cul, tout en se disant, là, voilà : c’est *ça* ce qui se passe. Il a envoyé l’autre pour piquer nos contacts. Il anticipe sur le moment où il sera dans l'Europe. Pan ! Le lendemain, il s'imagine qu'il arrive, lui, tranquille, il s'installe et il prend notre business. C'est ça qui s'est passé, putain, je suis sûr. C'est cet enculé de Roumain.

Le Roumain dit, "Toi ou Corinne, certainement, vous connaissez des agents de, comment dirais-je, d'immobilier. Vous pourriez me recommander."

Mario regarda le mec et lui dit, "Pas de problème. T'en fais pas. Je vais m'occuper de toi."

Là pour faire ce qu'il avait à faire, Jorge avait jugé préférable de changer de voiture, laisser la Rolls sur le parking intérieur de l'entreprise de plomberie de son copain Moktar. La *Corniche* stationnée au milieu des *Kangoo* et des *Partner* diesel. Jorge partant ensuite faire ses démarches avec une des camionnettes du mec.

C'était plus raisonnable que d'aller se trimbaler dans des coins à gens normaux avec la tire à deux cent mille. Juste, là, forcément, l'utilitaire Pigeot sans transition derrière la Rolls *Corniche*, ça faisait drôle. Mais bon.

Un peu comme ça devait faire drôle à Tortue tous les soirs, sa résidence bas de gamme, après une journée passée au *Marina Privilège*.

Tortue, Jorge avait essayé de l'appeler sur son portable, plusieurs fois, la veille et l'avant-veille. Pas de réponse. Messagerie. Jorge raccrochant à chaque fois, sans rien laisser.

Dans l'autre sens, c'était pareil : le vieux Nokia que lui avait donné Tortue n'avait pas sonné une fois. Tel point que là, Jorge l'avait pris avec lui pour s'en débarrasser, avec les gants de chirurgie. Et puis, à la dernière minute, jetant juste le latex, rangeant le portable dans la boîte à gants de la Rolls, se disant qu'il verrait plus tard. Que c'était bête de jeter un téléphone, comme ça, encore en état de marche.

Essayant autre chose : le matin, il avait appelé l'hôtel, le numéro des services administratifs, et demandé à parler à Tortue. Disant pas Tortue, bien sûr. Demandant Benjamin Muselier. On lui avait dit de pas quitter et on lui avait passé un mec, le mec lui demandant de se nommer et pourquoi il appelait, Jorge aimant pas ça et raccrochant vite fait. Du coup, à tout hasard et vraiment sans y croire, il était allé sur le site des pages blanches dans un cybercafé d'Antibes et lancé une recherche dans les communes voisines. Coup de bol, Tortue faisait partie de ces gens qui continuent à payer une ligne fixe pour rien en plus de leur portable et c'est comme ça, Jorge s'était retrouvé avec l'adresse à Saint-Laurent-du-Var, juste un pâté de maisons au-dessus de la RN 7.

D'abord, il alla sonner chez Tortue. Plusieurs fois. Insistant. Pour rien.

Ensuite, histoire de pas regretter après, Jorge alla voir à la loge du gardien. De la gardienne, en fait, puisque par la porte entrouverte, c'est une dame qu'il voyait, soixante ans, très bronzée, les cheveux teints blond-roux, en train de téléphoner.

Jorge se dit qu'il valait mieux attendre qu'elle ait fini, plutôt que de l'interrompre. Du coup, restant devant la porte sans frapper ni rien, entendant sans faire exprès la gardienne en train de dire, “Là ils me disent si par hasard j'aurais pas une clé de chez lui. Je lui dis, et alors, même que j'en aurais une ? Ils disent pour nous faire voir chez lui. J'ai dit certainement pas. J'ai pas à vous laisser voir chez les locataires. Je dis, encore vous seriez la police. Mais là il y a pas de raison. Et il y en a un qui a dit à l'autre, tu vois ça c'est fou quand même, la force de l'habitude, j'arrive pas à m'y faire. L'autre lui dit à quoi ? Il dit à plus avoir la carte.”

Jorge se disant qu'en fait il poireautait pour rien, là.

La bonne femme n'allait pas lui dire où se cachait Tortue. Elle n'en savait probablement rien. Jorge se donnant encore une minute avant de repartir si elle n'avait toujours pas raccroché.

"Là il me dit qu'il était policier pendant près de trente ans et que là il travaillait à l'hôtel milliardaire, là, au bout du cap Cinjus, et que l'autre avec lui, c'était son directeur, lui aussi un ancien de la police judiciaire."

Jorge décidant de rester, finalement.

"Je lui dis c'est marrant ça quand même. Il me dit, quoi ? Je lui dis, en fait j'en étais sûre. Il me dit, sûre de quoi ? Je lui dis, je vous ai vus arriver, je me suis dit ça c'est soit des voyous, soit c'est des policiers, je savais pas dire lequel. Mais voyez comme j'ai l'œil quand même. J'étais pas loin."

Les deux flics à la retraite dont Tortue lui avait parlé. Exactement comme Tortue l'avait dit. C'étaient eux qui enquêtaient. Et ils étaient venus ici, demandant après Tortue.

"Il me dit, oui mais vous ? Je lui dis, quoi mais moi ? Il me dit, vous voulez pas, vous, y aller voir dans son appartement, s'il y a pas des fois quelque chose de bizarre ? Je dis, quoi par exemple ? Il dit, ben je sais pas, s'il est pas chez lui, mort, par terre, ou dans sa salle de bain, je dis n'importe quoi, plutôt qu'attendre quinze jours que ce soit l'odeur qui alerte. Je dis, vous croyez qu'il est mort ? Il dit, c'est ce que je dis : on sait pas. Pour ça, si vous, vous allez voir, comme ça on sera fixés, on en aura le cœur net. On serait tous rassurés après. Si vous montez voir, que vous le trouvez pas mais que par contre, sans fouiller, évidemment, mais juste là, comme ça, en regardant dans les pièces, vous venez à remarquer, sa valise est plus là et il manque des affaires. Eh ben voilà, comme ça, c'est juste qu'il est parti en voyage, peut-être rencontré une fille, j'en sais rien. Mais du coup, on s'inquiète pas. Ça, je suis sûr, ça le dérangerait pas que vous, vous alliez voir chez lui. La preuve, je suis presque certain, il vous a laissé une clé. C'est une marque de confiance. J'y dis, non mais ça, la clé, ça c'est pas la question. J'ai une clé des appartements de tous les locataires, c'est pas eux qui décident, c'est dans le règlement. Il me dit, ben voyez, c'est dans le règlement. Donc c'est pas contre le règlement si vous montez pour voir dans son appartement si le locataire est mort. Au contraire ! C'est exprès, même ! C'est pour des cas comme ça que le règlement prévoit que vous avez une clé. Il me dit, j'ai pas raison ? Je lui dis oui, peut-être. Il me dit, alors vous voulez bien ? Vous allez monter voir ? Ah je lui dis, pas question. Il me dit mais pourquoi ? Je lui dis, ah ça non. Ça, s'il est mort là-haut, là, comme ça depuis deux jours, ça c'est hors de question que je monte chez lui toute seule. Je dis, toute seule là j'y vais pas. Il me dit, comment on fait alors ? Je lui dis, c'est très simple, je vais vous dire : vous venez avec moi."

La gardienne s'arrêtant un moment, la personne au bout du fil en train de parler. Puis disant, "Ah non. Il était pas là. Et ses valises non plus. Et sa voiture était pas garée à sa place. C'est ce que je leur avais dit. Il ouvre pas quand on sonne, sa voiture est pas là, il doit pas être chez lui."

Jorge fit demi-tour, se disant, la mauvaise nouvelle : si Calzer et Ramponi recherchaient Tortue, c'est qu'ils le soupçonnaient plus que très fortement. La bonne nouvelle : si Calzer et Ramponi le cherchaient, c'est qu'ils l'avaient pas chopé. Tortue avait disparu. Donc il ne risquait pas de balancer son complice à qui que ce soit. Un petit souci en moins.

Après, évidemment, ça voulait dire aussi que Tortue était parti en emportant sa part.

Plus tard, Jorge était stationné de l'autre côté de la rue, presque en face de chez Pinceau, attendre que l'autre veuille bien rentrer de sa journée à peindre du faux marbre sur des cloisons de pavillon.

Vers dix-sept heures trente, Jorge le vit radiner au volant d'une Opel toute cradingue, Jorge ne se montrant pas tout de suite, laissant le mec entrer chez lui, pisser un coup, aller au frigo et ouvrir ses factures. Il laissa comme ça passer cinq minutes, puis descendit du *Partner*, en prenant avec lui un porte-documents à fermeture éclair, le genre tout simple, sans poignées, qui se porte sous le bras, un peu cheap et ringard. Mais justement. Parfois, c'était bien d'avoir l'air un peu ringard, que le mec en face se croit un chouille supérieur. On gagnait de l'argent, comme ça.

Pinceau vint ouvrir et, au lieu de dire à Jorge d'entrer, resta comme ça, debout sur le pas de la porte avec Jorge en face de lui, allant droit au but, donnant un coup de menton en direction du porte-documents coincé sous le bras de Jorge et disant, “T'as mon argent alors ?”

Jorge tapota le porte-documents et dit, “En quelque sorte.”

Pinceau dit, “Comment ça en quelque sorte ? T'as le pognon ou tu l'as pas. Moi mon vrai faux Delvaux, il est pas en quelque sorte. Cherche pas à m'embrouiller.”

Jorge dit, “Je t'embrouille pas, t'énerve pas. Juste, laisse-moi te poser une question.”

Pinceau dit, “Vas-y.”

Jorge dit, “Est-ce que t'es familier avec les possibilités de défiscalisation offertes par la loi Girardin ?”

Vingt

En l'admirant comme ça, de loin, assise seule en terrasse, Adrien se refit la même réflexion que le matin en la voyant sur la Croisette sortant de chez Saint Laurent : Gomez, d'une part, mais aussi l'Arabe, là, Mario, ou encore feu le mari, qui lui avait donné son titre et sa fortune contre l'avis de sa famille, tous ces types et sûrement un tas d'autres avaient une bonne excuse.

Adrien, pour autant, heureux de pouvoir se dire qu'il n'en était pas entiché, lui. Surtout pas, merci bien. Mais se disant aussi, en la regardant, qu'à l'occasion, si elle se présentait, un petit moment d'intimité aurait sûrement son charme.

Il descendit tranquillement l'allée qui menait à la mer, tournant juste avant le rivage pour rejoindre la terrasse qui surplombait la piscine.

Si l'Italienne l'avait vu arriver, elle eut la coquetterie de ne pas le laisser paraître et sa surprise, lorsqu'il la tira de sa contemplation de l'horizon, était soit sincère, soit merveilleusement contrefaite. Adrien demandant si elle l'autorisait à s'asseoir avec elle, elle disant qu'elle serait ravie, *et cetera*.

Il attendit qu'ils aient échangé quelques banalités et

dit, “J’ai repensé à votre histoire et je me suis dit que – pardon, peut-être que vous n’avez pas envie d’en reparler.”

“Vous vous êtes dit ?”

“Non, d’abord, en fait, je me suis demandé ce que ce flic vous voulait.”

“Je vous ai dit. Il veut des informations sur Umberto, ou sur Mario. Mais je n’ai rien à lui dire. C’est la même chose qu’avec Mario, en fait. Il veut que je donne quelque chose que je n’ai pas. La différence, c’est que la police, eux, au moins, ils ne menacent pas de me rendre infirme.”

“Et vous leur avez dit ? Vous leur avez parlé des menaces de Mario ?”

“Bien sûr. J’ai essayé. Aussi bien ici qu’en Italie, ils me disent, pour résumer, que tant que Mario ne m’a rien fait, ils ne peuvent rien contre lui. J’ai surtout l’impression qu’en fait ils ne me croient pas. Ou alors, peut-être qu’ils me croient, mais c’est juste qu’ils s’en moquent. Ou même, ça les arrange. Ils se disent que si Mario s’en prend à moi, j’aurai une bonne raison de témoigner contre lui.”

Adrien dit, “C’est aberrant. Il doit pourtant bien y avoir un moyen de vous sortir de là !”

Elle le regarda avec un petit sourire et dit, “Un autre moyen que deux millions d’euros, vous voulez dire ?”

“Pourquoi deux millions d’euros ?”

“C’est le montant auquel Mario prétend avoir droit. L’argent que Umberto lui devait, soi-disant.”

“Et vous ne les avez pas ?”

“A lui donner ? Non, sûrement pas ! Comme je vous ai dit l’autre jour, la fortune d’Umberto me permet de mener une vie très confortable, mais rien d’extravagant non plus. Je suis à l’aise, comme on dit. Très à l’aise. Mais pas richissime. Donc deux millions d’euros, excusez-moi, mais au risque de vous décevoir, oui, pour moi, ça reste de l’argent.”

"Vous ne me décevez pas. Vous me rassurez, plutôt."

Elle dit, "Cela dit, si je voulais être tranquille, me débarrasser de Mario, il faudrait que je réunisse cette somme."

"Avec le risque que dans six mois, Mario revienne à la charge et vous en redemande. C'est ça, le problème avec les racketteurs ou les maîtres chanteurs : ils ne savent pas s'arrêter."

"Oui. Peut-être que vous avez raison. Sûrement même. Mais moi, parfois, quand je craque, j'ai envie de le payer. Je me dis, si j'avais l'argent, je le lui donnerais, je tenterais ma chance. La minuscule chance que ça suffise à le faire disparaître de ma vie."

Après ça, comme Adrien n'enchaînait pas, il y eut un blanc. Elle avait tourné la tête et s'était remise à regarder l'horizon. Le soleil avait un peu commencé à baisser. Finalement, Adrien dit, "En même temps, deux millions, c'est à peu près le prix d'un Delvaux."

Elle ramena son regard sur lui et dit, "Je vous demande pardon ?"

Adrien dit, "Donc vous aimez beaucoup Paul Delvaux ?"

Elle se mit à chercher. "Paul Delvaux ? Oui, c'est un peintre, c'est ça ? C'est amusant. Jorge m'en a parlé hier, justement."

Pour sa part, Adrien réentendait distinctement le vilain petit Monsieur Gomez lui affirmer combien le surréaliste belge ravissait l'Italienne. Le *peintre préféré de Monica*, ou quelque chose comme ça. Monica qui était en train de dire, "Personnellement, je ne connais pas bien, mais notre ami Jorge m'a promis qu'il me ferait découvrir."

Malgré lui, Adrien se sentit sourire et dit, "Vraiment ? Comme c'est aimable à lui ! Ah mais, tenez : le voilà justement."

Le temps de récupérer la Rolls et de revenir après de la Bocca à Cap-Cinjus, il était pas loin de sept heures quand Jorge arriva à l'hôtel.

L'heure exquise, comme ils appellent ça. Et de fait, là, ça avait de la gueule. Juste la bonne lumière, juste la bonne température. Se disant qu'il allait se poser en terrasse, au bord de l'eau. Un Campari Perrier. Puis un deuxième. S'accorder un petit break, avec tout ce qu'il avait pas arrêté de faire depuis deux jours.

Il descendit l'allée vers la mer et vit devant lui un attroupement, comme des badauds, après un accident ou une arrestation sur la voie publique. Les gens encore sous le choc.

En arrivant plus près, Jorge reconnut le groupe d'Américains qu'il avait vu arriver plus tôt, deux filles et un mec jeune et un vieux à cheveux blancs avec des lunettes rondes, le premier mec que Jorge voyait porter un blazer avec un bermuda et des mocassins pieds nus. Les Ricains discutaient avec quelques clients français et puis aussi les Russes, enfin les Ukrainiens. Eux aussi venaient de voir Jorge et là, le mec, Evgueni, et l'interprète lui faisaient des grands signes. Jorge se disant, et merde, impossible de leur échapper sans vexer. Il s'approcha d'eux et demanda à l'interprète ce qu'ils faisaient tous là.

Au lieu de répondre, la fille dit à Jorge, “Monsieur Spektor veut vous inviter à dîner ce soir.”

Jorge dit, “Heu c'est sympa, mais ce soir, je suis pas libre. A déjeuner plutôt.”

La fille traduisit et Spektor fit une mine chagrinée, le mec pas habitué à la contradiction. Jorge s'en foutant, pour le coup, l'esprit déjà assez occupé comme ça par d'autres trucs. Spektor dit quelque chose à l'interprète qui à son tour dit à Jorge, “Monsieur Spektor propose demain, alors.”

Jorge dit, “Voilà. Demain. C’est beaucoup mieux.” Se disant qu’au cas où, il serait toujours temps de décommander juste avant. Redemandant ensuite à l’interprète ce qu’ils foutaient tous là, attroupés dans l’allée.

La fille dit, “Vous n’avez pas vu ?”

Jorge dit, “Non. J’arrive juste.”

“Ah, ça a été rapide, mais très impressionnant.”

“Ah bon ? Qu’est-ce qui s’est passé ?”

“Deux agents de la sécurité de l’hôtel qui ont appréhendé un *paparazzo* déguisé en jardinier. Mais une interpellation musclée, comme on dit. Ils l’ont empoigné, ils lui ont tordu le bras, dix secondes c’était fini.”

Jorge dit, “Mais comment ils ont su que c’était un *paparazzo* ?”

L’interprète dit, “C’est les Américains, là, le monsieur en veste et bermuda. Ils l’ont vu qui prenait des photos. Donc ils l’ont dénoncé.”

“Ah bon ? Mais pourquoi ?”

“Ils ont dit que ce n’était pas juste. Eux, ils travaillent pour je ne sais plus, j’ai oublié le nom du magazine. Ils sont là pour faire un sujet sur l’hôtel, ils ont des contraintes et des consignes très strictes et là, il y avait quelqu’un qui faisait tout ce qu’ils n’ont pas le droit de faire sans être contrôlé. Donc ils l’ont signalé à la sécurité.”

“Ah bon ? Et il shootait qui, le gars ? Le footballeur anglais avec la noire ?”

L’interprète dit, “Non, le couple, là-bas, voyez, qui prend un verre sur la terrasse. Je ne sais pas qui c’est. C’est des gens connus ?”

Jorge tourna la tête dans la direction indiquée par l’interprète, l’interprète disant, “Voyez là-bas, tout au bord ? Vous savez qui c’est, vous ?”

La fille lui disant ça en pointant le doigt vers Monica et le grand con.

D'après la fiche que Claude Calzer avait sous les yeux, le mec s'appelait Sébastien Garnison, était employé par le *Marina Privilège* comme assistant jardinier depuis un peu plus d'un mois. Le mec avec un BEP d'aménagement paysager et des références. Bossé pour la municipalité de Grasse et plusieurs golfs, dont le Royal Mougins. Calzer se disant aussi qu'avant tout ça, le mec avait fait un séjour en cabane. Calzer prêt à parier. Quelque chose sur la gueule du mec et sa façon de se tenir.

Le mec avec un catogan, moustache, le bouc et des gros favoris. Des tatouages sur les bras si on relevait ses manches. Le genre gang de motards. Rien qu'au niveau du look, Calzer se demandait comment un tel lascar avait pu être embauché au *Marina Privilège*, même pour biner les parterres et arroser les pelouses. Calzer demandant à Ramponi comment il avait laissé passer celui-là, pourquoi il l'avait pas checké plus et Ramponi disant, Castric. Instructions de l'embaucher. Calzer décidant de garder ça pour plus tard.

Là, il y avait Calzer, le mec, et puis Ramponi et les deux agents qui étaient intervenus, après la plainte des Ricains à Castric. Castric appelant Calzer sur le talkie pour dire, on me signale que vous avez laissé un *paparazzo* s'introduire dans l'enceinte de *Privilège*, faisant le show pour frimer le client.

Bref, le mec, là, assis, face à Calzer, dans la réserve où il avait dit aux deux agents de l'amener, plutôt que dans le bureau. Les deux agents de sécu encadrant le jardinier, debout de chaque côté, le jardinier s'étant laissé faire pour l'instant. Les agents de sécu ravis d'avoir pu jouer du muscle, impatients de recommencer.

Calzer dit, “Vas-y, alors ? C'est pour quel journal ?”

Le mec haussa les épaules et dit, “C'est pas pour un journal.”

"C'est pas pour un journal, c'est pour qui alors ?"
"C'est pour moi. J'ai le droit de prendre des photos."
"D'abord non. T'as pas le droit. Pas dans l'enceinte de l'établissement. Pas pendant ton service. Et ensuite, pourquoi juste ces trois-là – la brune, là, toujours avec ces deux mecs, les deux ensemble ou séparément ?"

Sur la carte mémoire du numérique du gars, il y avait que ça. La brune depuis son arrivée, toute seule ou alors toutes les fois où elle avait été accompagnée d'un des deux types ou par les deux ensemble.

En même temps, sur les photos, rien de compromettant. Juste des gens qui dînaient, prenaient un verre. Même celles à la piscine, franchement, il y avait rien à redire. La fille, maillot une pièce, même pas les seins à l'air, les deux mecs à distance. Calzer ne pigeait pas l'angle.

"Alors vas-y ? Je t'écoute. Pourquoi tu la mitrailles, la brune ? Et me dis pas que c'est parce que tu bandes pour elle. Les photos de voyeur, ça ressemble pas à ça. Ça, c'est de la surveillance, faut pas me la raconter."

Le mec dit, "Vas-y c'est bon. Au pire, qu'est-ce que vous pouvez faire ? Me virer ? Ben virez-moi, puis c'est tout. J'ai pas à répondre à vos questions. Et vous avez pas à me retenir comme ça."

Calzer tentant une autre approche.

"Je vais te dire, c'est dégueulasse en fait. Parce que là, c'est toi qui vas morfler. Deux fois ! Je veux dire, d'abord, les mecs du canard : là, les photos, tu vas pas leur donner. Donc moi, si tu veux, ça m'étonnerait qu'ils payent. Déjà là t'es marron. Mais en plus, toi, ici, tu vas perdre ton boulot. Eux, les mecs, rien à foutre. Ils auront toujours le leur, tu comprends ? Eux, ça leur coûte rien. Donc je dis c'est pas juste. Tu te fais avoir, là. Ces enculés de *Voici* ou *Closer* ou je sais pas quel torche-cul. Moi c'est ça qui m'énerve, tu vois ? Que ce soit toujours les mecs comme toi qui prennent. Alors qu'eux, ces mecs-là, ils s'en foutent, ils passent entre les gouttes. Ça m'énerve, c'est tout."

Le mec ne disait rien. Calzer dit, "T'es pas d'accord ?"

Le mec dit, "Si."

Calzer dit "Ah !"

Le mec dit, "Juste, j'arrête pas de vous le dire, vous voulez pas me croire : c'est pas pour un journal, je les ai faites, les photos."

Calzer dit, "Alors c'est qui, bordel ? Hein ? C'est quoi, là, qui mérite que tu perdes ton boulot ?"

"Mais c'est rien. C'est pas un plan *people* ou vipe ou toutes ces conneries-là. C'est juste un mec, là. C'est rien."

"Quel mec ?"

"C'est un mec, je sais pas, qui m'a juste demandé de prendre la brune, là, et tous les mecs qui discutaient avec."

"Des photos de tous les mecs qui parlent à l'Italienne. Il t'a dit pourquoi il voulait ça, le mec ?"

"Non, j'en sais rien moi. Ça doit être sa gonzesse. Il veut savoir si elle le fait cocu, qu'est-ce j'en sais moi ?"

"Et alors ?"

"Alors quoi ?"

"Elle le fait cocu ?"

"Ça j'en sais rien. Moi j'ai juste pris les photos quand ils bouffent ou qu'ils prennent l'apéro ou qu'ils tapent la discute au bord de la piscine. Le reste je sais pas, je peux pas dire."

"Et c'est qui alors ce mec ? C'est qui ? C'est un client de l'hôtel ? C'est un mec du dehors ? C'est qui ?"

"Mais non mais c'est le mec, là, vous savez, l'Arabe."

"L'Arabe, tu me fais marrer, t'as vu combien ils sont maintenant dans la région ? L'Arabe ! Quel Arabe tu me parles ?"

"Mais l'Arabe, là, qui traîne ici des fois, avec le nom italien. Marco."

Jorge dit, “Vous vous étiez rendu compte de rien ? Vous ne saviez pas qu’on vous photographiait ?”

“Non.”

Le grand con tombant des nues. Jorge disant, “Eh ben bravo. Je m’absente quelques heures”, se retenant de dire, je vous confie Monica, mais disant à la place, “Je me dis que vous assurez et voilà : je reviens, c’est le bordel.”

Le grand con dit, “Qui c’était, ce type ?”

Jorge dit, “On va aller demander à la sécurité, ils vont nous le dire”, disant ça et voyant Monica qui regardait ailleurs, comme ennuyée par la proposition, pas concernée. Le grand con aussi devait avoir remarqué parce qu’il lui dit, “Vous n’êtes pas d’accord ?”

Monica ne répondait pas. Jorge dit, “Qu’est-ce qu’il y a ?”

Monica secoua la tête, puis soupira et dit, “Je crois que je vous en ai parlé l’autre jour : je suis en procès avec la famille de Umberto à cause de l’héritage. Ils contestent le testament.”

Le grand con dit, “Classique”, l’air de savoir de quoi il parlait.

Monica dit, “Je ne sais pas. En tout cas, le juge leur a donné tort dans les jours qui ont suivi la mort de Umberto. Mais ils ont déposé, je ne sais pas comment ça s’appelle, une nouvelle plainte, un recours, peu importe. Et cette fois, leur avocat a dans l’idée d’attaquer sur le terrain de ma personnalité et de mon mode de vie. Ils veulent me présenter comme une mauvaise veuve, qui ne porte pas le deuil, qui n’aimait pas son mari. Donc depuis des mois, je suis surveillée, harcelée et photographiée comme si j’étais Paris Hilton ou Britney Spears par les détectives que l’avocat a embauchés.”

Jorge dit, “Mais ils veulent quoi, exactement ?”

"Je pense qu'ils espèrent me surprendre avec des amants. Ils doivent se dire que ça scandalisera le juge. Je ne sais pas. Tout ce que je sais, c'est qu'ils ne me lâchent pas. Et ça fait des mois que ça dure."

Là, comme on dit, une question brûlait les lèvres de Jorge.

"Et alors ?"

"Et alors ?"

Monica le regardait. Le grand con aussi, avec son petit sourire. Jorge se sentant rougir, obligé de préciser : "Je veux dire, ils ont réussi à, comment dire, à vous surprendre ?"

"Avec des hommes vous voulez dire ? Non. Ils ne m'ont pas surprise. Parce qu'il n'y avait rien à surprendre, tout simplement."

Le grand con dit, "Et notre ami Mario, dans tout ça ?"

Monica ferma les yeux pendant quelques secondes, puis les rouvrit et dit, "Excusez-moi."

Elle se leva et quitta la table. Jorge et le grand con la regardèrent s'éloigner. Sans le grand con, Jorge lui aurait peut-être couru après. Sans le grand con, il y a déjà tant de choses que Jorge aurait faites.

Ils restèrent un instant en silence, un peu nœuds, il faut bien dire, et puis le grand con dit, "Je me disais aussi !"

Jorge ne releva pas, se disant que lui, d'un sens, même si c'était égoïste, il aimait presque mieux ça. Là, il comprenait mieux pourquoi elle ne lui avait pas encore cédé, pourquoi elle l'avait tenu à distance jusqu'ici, mais pas complètement non plus. Tentée, mais empêchée.

Le grand con, lui, était en train de dire, "Moi, j'ai tout de suite vu que quelque chose l'empêchait de se laisser aller."

Jorge ne dit rien. Le grand con continuant à penser à haute voix, disant, "Ça veut dire que depuis la mort du mari... Quel gâchis ! Vous vous rendez compte ?"

Jorge ne le disant pas à l'autre, mais Jorge se rendant *très* bien compte. Jorge se disant, le grand con pouvait même pas s'imaginer à quel point, en fait ! Jorge se voyant déjà : leur première nuit ensemble, une fois que Jorge aurait réussi à la débarrasser de Mario, de la belle-famille et de tous ses soucis, une fois qu'ils seraient enfin heureux et seuls, leur première nuit à eux, donc sa première à elle depuis longtemps, depuis le temps qu'elle en aurait pas eue, elle allait pas comprendre ce qui serait en train de lui arriver ! Elle allait tout vouloir, elle allait faire trembler les murs, il allait falloir la bâillonner. Sans déconner, ça allait être dément.

Jorge laissant le grand con parler. Jorge se disant que la vie était belle.

Vingt et un

Mario aurait bien aimé être plus sur ce qui se passait à l'hôtel, suivre le truc, voir comment évoluait ce qu'il avait déclenché. Mais là, avec les combats et tout, il pouvait pas être partout.

Le spectacle proprement dit ne commençait pas avant neuf heures, neuf heures et demie. Mais les gens arrivaient avant, pour le cocktail dînatoire, se mettre dans le mood en picolant des coupes et profiter un peu de la vraie vue d'enculé avant qu'il fasse nuit noire. Donc là, vingt heures quinze, Mario regardait les invités descendre de voiture. Mario se disant, laisse tomber. Rien que les bagnoles, déjà, oublie. Les Bentley, les Mercos, les limousines ricaines longues comme un minibus, t'étais à trois millions d'euros.

Au total, ça allait faire quarante, cinquante invités, max. Pas plus. Certains avec leur gonzesse, des tassepés que ça allait exciter de voir d'autres tassepés se déchirer les habits et s'arracher les yeux. Mais la plupart, les mecs juste accompagnés d'un balèze qui portait la valise, la mallette pleine de cash, pour les paris du mec.

Ça aussi, à force, ça finissait par faire un paquet, tout ce que les mecs avaient sur eux. Entre les dix mille cash que chaque voiture versait en passant le portail et les sommes que les mecs apportaient pour parier, t'avais plus d'un million et demi, deux millions, en liquide, comme ça, ce soir sur la pelouse. Mario se disant, c'est sûr, ça aurait pu inspirer des mecs, donner envie à une équipe.

Des suicidaires, de préférence, alors. Chez Rashoggi, les soirs comme ça, okay, t'avais de la foune, t'avais du cash, mais surtout t'avais du gun. Les mecs à mallette, déjà, mais eux encore c'était rien. Le vrai truc, c'était la sécu de Rashoggi. Que de l'ancien militaire. Les mecs pas là pour rigoler. Plus tôt, Mario avait encore essayé d'engager la converse. Pensant que les mecs allaient se décoincer, à force de le voir revenir. Je t'en fous.

Les Français, encore, les ex-GIGN ou commando Marine, tu pouvais échanger trois phrases. Que les Palestiniens ou Saoudiens, rien à faire. C'étaient les pires. Eux terminé. Les mecs, rien à branler que Mario leur parle en arabe, les mecs, clairement, regardant les Maghrébins comme même les potes FN de Corinne oseraient pas. Les mecs contents d'eux, putain, tout ça à cause de leur pétrole ou de leurs camps de réfugiés. Mario se disant qu'ils pouvaient tous aller se faire mettre. Et puis venir après lécher son doigt de mec né à La Manouba, banlieue nord de Tunis, voir le goût que ça avait.

Dans l'ensemble, c'était un peu ça le reproche que Mario faisait à ces soirées, en fait. Okay, il prenait de l'oseille. Mais en échange, il fallait supporter d'avoir tous ces gens, Rashoggi, sa sécu, ses invités, qui le traitaient comme un bougnoule. Alors que c'était grâce à lui que la fête était réussie, que les gens étaient là.

En même temps, même quand Rashoggi et ses invités jet-set le prenaient de haut, Mario savait que c'était lui qui s'en tirait le mieux. C'était pas lui qui payait les dix mille, juste voir des bonnes femmes en maillot se tordre les nénés. Donc ils étaient gentils, mais fallait pas qu'ils viennent trop la ramener non plus. Lui, Mario, dans l'affaire, finalement, il était juste prestataire, organisateur de spectacle vivant. C'étaient eux, les malades.

Mario un peu vénère. Se trouvant trop vieux pour devoir accepter ça. Traité comme un larbin et passer par l'accès fournisseurs. Heureusement, là, sachant déjà comment il allait passer ses nerfs.

Mario revenu dans la maison d'amis, les *backstages* du spectacle, allant trouver Corinne, occupée à aider une Russe à se mettre en body, profitant pour peloter, la vieille goudou pourrite, Mario disant, "Dis voir un truc."

Corinne s'interrompant, se rapprochant, disant, "Oui ?"

Mario baissant la voix, disant, "Là, après les combats, ça te dit de buter un mec ?"

Calzer conduisait la Mercedes 500S, Castric à côté de lui. S'il avait pu, Castric aurait sûrement préféré être à l'arrière, jouer le mec avec chauffeur.

La première fois, un an plus tôt, juste après l'arrivée de Calzer, Castric était venu le trouver, lui donnant du mon cher Claude, comme quoi le chef de la sécu d'avant venait avec lui deux trois fois la saison quand il allait à certaines fêtes privées avec beaucoup de liquide sur lui, est-ce que ça vous embêterait mon cher Claude. Les premières fois, Castric remerciait, reconnaissant. Mais plus là. Là, le pli était pris. L'autre trouvant ça normal. Calzer s'en foutant puisque ça allait plus durer longtemps.

Calzer ramant avec la 500S sur les petites routes étroites de la Californie, pensant aux mecs qui conduisaient des limousines, se demandant comment ils faisaient.

Castric pendant ce temps-là parti à expliquer à Calzer

qu'il allait regagner en pariant sur les lutteuses un peu de ce qui avait été volé. Calzer pas très inquiet. Un an qu'il accompagnait Castric à ses combats de bonnes femmes, toujours vu Castric perdre, pas gagner une seule fois. Donc là, les cent mille boules que l'autre se vantait d'avoir sur lui, Calzer était presque sûr qu'elles seraient plus là au retour. Calzer se retenant de demander d'où il les avait sorties. De son Codevi à lui ou de la caisse de l'hôtel. Calzer priant pour la deuxième solution, que l'autre s'enfonce encore un peu.

Castric changeant de sujet, disant, “Vous, mon cher Claude, ça ne vous amuse pas plus que ça, j'ai l'impression, ces petites compétitions. Je me trompe ?”

Sans cesser de regarder la route, Calzer dit, “Non, c'est sympa. Une fois de temps en temps, je veux dire, pourquoi pas ? C'est différent.”

Castric dit, “Oui alors, la façon dont vous dites ça, on sent bien : ce n'est pas votre tasse de thé.”

“Ça, c'est sûr, ça me plaît moins qu'à vous, par exemple, on va dire.”

“Ah moi j'avoue : c'est simple, j'adore ! Il y en a, c'est la danse aquatique. D'autres c'est le kabuki. Moi c'est deux femmes qui se battent. Impossible d'expliquer à ceux qui n'aiment pas ça. C'est comme pour la musique atonale : on le sent ou on ne sent pas. Moi, dès la première fois, j'ai été conquis. Pourtant, je déteste la boxe et tous les sports violents. Et jamais vous ne me verrez dans une boîte de strip-tease, je ne vois pas l'intérêt. Mais le *catfighting*, comme ça, pour moi, c'est le sommet. Du sport et de l'érotisme. Ces athlètes sont de grandes artistes, en fait. Hélas pour elles, la discipline est injustement méprisée. Comme la tauromachie, un peu. Toujours les bien-pensants qui parlent sans savoir. Et encore, les corridas, au moins, elles, se déroulent au grand jour. Tandis que nous, vous voyez bien, nous sommes réduits à la clandestinité. Clandestinité de luxe, je vous l'accorde. Soyons francs, ça rajoute même quelque piment. Mais quand même. Pour ces filles, c'est dommage. Là, seuls quelques connaisseurs apprécient à leur juste valeur les prouesses qu'elles accomplissent. Alors que si elles pouvaient concourir officiellement, elles seraient comme Mauresmo, Laure Manaudou, ou la belle mulâtresse qui était à l'hôtel récemment, Serena Williams ! Elles auraient des sponsors. Des contrats publicitaires. Elles gagneraient leur vie. Enfin bref, comme j'ai dit, moi, c'est le spectacle le plus intense que je puisse imaginer. A la fois primitif, reptilien et d'une totale perversité, donc d'une ultime sophistication."

Calzer embarrassé de savoir quoi répondre, soulagé d'entendre Castric repartir tout seul. "Il va y avoir de belles lutteuses ce soir. Des Russes très motivées, semble-t-il. Mario me l'a garanti tout à l'heure, au téléphone – Mario Zoualem, vous voyez qui c'est ?"

Calzer se disant, tout le monde lui parlait de l'Arabe, décidément. Disant à Castric, "Très bien. C'est ses coordonnées que donne le concierge chez nous, quand un client a une demande, on va dire, qui va au-delà des compétences de notre personnel."

Castric dit, "Voilà. Exactement. Un garçon très capable. Très discret. Depuis trois ans qu'on travaille avec lui, jamais eu le moindre ennui, jamais la moindre fuite."

A part bien sûr les photos des clients qu'il faisait prendre par les jardiniers. Mais ça, Castric ne le savait pas encore. Calzer n'avait pas trouvé utile de lui dire. Calzer dit, "Pourtant l'autre jour vous étiez mécontent qu'il ait parlé avec le stagiaire hébergement."

"C'est vrai, je n'aime pas trop qu'il traîne à *Privilège* parce que, comment dire, question de style, voyez ? Par rapport à l'établissement, il est quand même un peu, ce serait quoi le mot ? Un peu vulgaire, si vous voulez. Ou, je ne sais pas, *voyant*. En même temps, je ne peux pas à proprement parler lui interdire de venir, ce serait délicat. Mais je ne tiens pas à ce qu'il se sente trop à son aise non plus. Vous voyez ce que je veux dire ? Mais comme je vous disais, c'est un garçon intelligent. Il comprend ces choses-là. Je pense que, de lui-même, il saura rester à sa place. Vous ne croyez pas ?"

Calzer sans opinion, ne connaissant pas le mec, faisant donc juste une moue. Castric disant, "Non ? Vous ne croyez pas ? Vous ne le trouvez pas intelligent ?"

"Aucune idée. Pour tout vous dire, je ne lui ai encore jamais parlé."

"Ça par exemple ! Comment est-ce possible ? Et pourquoi ça ?"

"Je ne sais pas. C'est toujours le concierge qui a vu avec lui. Et c'est comme vous disiez : il n'y a jamais eu d'ennui. Du coup, jusqu'à présent, il n'y a jamais eu de raison que je fasse connaissance."

"Ah bon ? C'est étrange, ça. Je ne sais pas pourquoi, j'aurais pourtant juré que vous vous connaissiez."

Calzer disant, "Oh, ça va bien finir par se faire. Tôt ou tard, il y aura bien un prétexte."

Monica n'était pas descendue pour dîner et le standard avait reçu la consigne de bloquer tous les appels pour elle. En même temps, vu l'ambiance, Jorge n'était pas sûr que ce soit une bonne idée d'aller frapper à sa porte, comme ça, pas invité. Donc un peu en *stand-by* au niveau de ses amours et du coup profitant pour régler ses affaires. Là, à la table des Russes, fin de repas arrosé, en train de terminer le survol de sa carrière, un CV avec pas un seul truc vrai dedans, arrivant au moment où il disait chaque fois, "Et c'est ainsi que j'ai fondé..." Ecartant les bras. "Tada ! *Prospero Consulting* : conseils en fiscalité et gestion de patrimoine, spécialisé dans le loi de Robien, loi Girardin, LMNP. Simulation fiscale gratuite pour les non-résidents ou l'étranger tenté par une implantation française."

Attendant que l'interprète ait fini avant de rembrayer. "Et du coup, j'ai envie de vous dire, c'est ça le concept *Prospero Consulting* : vous apporter la sécurité nécessaire à tout investissement en sélectionnant pour vous le meilleur placement immobilier, le meilleur financement et la meilleure gestion. Tout ça évidemment, dans le défiscalisant."

La fille commença à traduire, mais le chef des Russes, là, Evgueni, la coupa. La fille attendit qu'il ait fini puis se tourna vers Jorge. "Monsieur Spektor veut savoir si vous souhaitez nous accompagner ce soir."

Aucun rapport avec ce que Jorge avait expliqué. Mais bon, les Russes c'était les Russes. Jorge dit, "Heu oui. Enfin, ça dépend. Où ça ?"

La fille dit, "Nous allons à Mougins chez un marchand d'armes libanais assister à des combats de catch féminin dans l'huile." Disant ça comme elle aurait dit autre chose, genre la fille habituée, à force de traduire ce que disaient des Russes.

Jorge prit le temps de faire une petite moue et de hocher trois fois la tête avant de dire, "Catch féminin dans l'huile chez un marchand de canons. Ah, écoutez, ma foi, ce n'est pas une offre que je reçois tous les jours."

Le truc, maintenant, c'était comment dire non au mec sans trop le vexer.

"Monsieur Spektor dit, ce sera agréable de conclure notre affaire en regardant les lutteuses."

Jorge tout de suite percutant sur "conclure notre affaire". Se disant, en même temps, c'est ça le truc : en affaires, de temps en temps, pour "conclure", il faut faire un petit effort. Catch féminin dans l'huile, marchand d'armes libanais. "Eh bien, dites à Monsieur Spektor que j'accepte avec plaisir et que je le remercie."

Le Russe redit un truc. L'interprète retraduisit, disant : "Monsieur Spektor dit pas de quoi."

"Et donc, du Girardin, vous en voudriez combien ? Un par personne ? Le Girardin, ce qu'il faut voir, c'est que, c'est comme le de Robien, mais en plus intéressant, en fait, si on regarde : au lieu juste d'une diminution du montant des revenus passibles d'imposition sur les personnes physiques comme le loi de Robien, le Girardin, c'est carrément—"

Le Russe coupa Jorge, disant un truc à l'interprète. Puis l'interprète dit à Jorge, "Monsieur Spektor dit qu'il était plus intéressé par le premier projet dont vous avez parlé, celui près de Marseille."

Jorge dit, "Près de Marseille, oui bien sûr..." Près de Marseille, attends voir. Jorge se souvenait plus. Ah si. "Tout à fait ! Près de Marseille. Vous avez complètement raison ! C'est près de Marseille. Absolument."

L'interprète avait fini de traduire. Le Russe regardait Jorge, attendant. Jorge dit, "Juste, ça, près de Marseille, c'est un poil différent. Je dirais même, rien à voir. On n'est plus dans l'épargne, là, on est dans l'aventure. Là, c'est uniquement, je dirais, l'investisseur corsaire, le bâtisseur qui aime gagner, mais qui sait aussi perdre, juste pour le frisson. Voyez ce que je veux dire ?"

L'interprète traduisait, Jorge préférant pas savoir à quoi ça ressemblait une fois devenu du russe. Spektor dit un truc, puis l'interprète dit à Jorge, "Monsieur Spektor dit, d'accord. Mais juste réexpliquez du début les grandes lignes."

"Mais volontiers. Là, comme je disais l'autre fois, l'état actuel des choses, c'est juste un marais salant, une réserve d'oiseaux avec des noms à la con. Or, pour l'instant, c'est secret, mais dès l'année prochaine, ils vont y entamer les travaux d'un aéroport. Et alors là, je vous dis pas, les terrains en bordure, les prix au mètre carré."

Jorge laissant l'interprète traduire, voyant le mec,

Spektor, intéressé comme il l'avait encore jamais été depuis trois jours que Jorge essayait de le baratiner. Jorge réenchaînant dès que la fille eut fini, disant, "Là, les parcelles autour, le type serait vendeur. Il y a cinq ou six hectares – pour l'instant que de la flotte, de la vase et des roseaux, mais ça va pas durer. Le gars, me demandez pas pourquoi, il me fait totale confiance et il veut parler qu'à moi. Le tout, évidemment, c'est de faire ça en billets. Normalement, deux ou trois millions cash, on emporte l'affaire. Maintenant, c'est sûr, je mesure bien, c'est des sommes, ça se trouve pas comme ça, juste en allant tirer de l'argent dans un distributeur."

Jorge laissant un peu la fin de sa phrase en suspens, venant d'apercevoir le grand con à la porte du restaurant, qui lui faisait signe de le rejoindre. Jorge dans un premier temps décidant de l'ignorer. D'une part, de façon générale, il était pas aux ordres de l'autre, radiner dans la seconde, au moindre coup de sifflet. Et puis surtout, là, tout particulièrement, c'était juste pas le moment.

Le grand con insistait, faisant des grimaces d'urgence. Le mec, décidément, acharné à lui gâcher tous ses coups. Même là, dans le business, devant les Russes ! Jorge allait être obligé. Recadrer le mec, et une bonne fois pour toutes, pas plus tard que tout de suite, comme ça, ça serait fait et ça serait plus à faire. Il soupira et dit à l'interprète, "Dites à ce cher Evgueni, juste une seconde, je m'excuse. Là, je reviens de suite."

Adrien dit, "Par ailleurs, j'ai vérifié auprès du *Corpo della Nobiltà Italiana* et dans le *Libro d'Oro della Nobiltà Italiana.*"

Le petit Monsieur Gomez plissa les yeux et fronça les sourcils avant de dire, "Dans quoi ?"

Adrien dit, "L'équivalent italien du Catalogue de la noblesse française et de l'ANF."

"L'ANF ?"

"Association d'entraide de la noblesse française."

"Super. Et alors ?"

"Il n'y a pas de comte Montesi de Sant'Ippolito inscrit sur ces registres. Notre amie est donc peut-être la veuve d'un sieur Montesi. Mais il n'était pas plus comte que vous et moi."

"Ah ben vous, je croyais que vous étiez –"

"C'est ce que je dis : moi, dans le meilleur des cas, je suis baron. Cela dit, l'usurpation de titres de noblesse est un péché véniel extrêmement répandu. L'usurpation de casier judiciaire, en revanche, est plus rare."

"Comment ça ?"

D'où il était, Adrien voyait les Ukrainiens avec lesquels le petit Monsieur Gomez avait dîné quitter le restaurant. Suivant le regard d'Adrien, Gomez tourna aussi la tête et vit à son tour le groupe qui remontait vers le bâtiment principal de l'hôtel. Visiblement fâché de les voir partir, se disant à lui-même, "Roh, les autres qui se barrent, maintenant !" Puis se tournant vers Adrien, hostile soudain, disant, "Alors, bordel, c'est quoi cette histoire de casier ?"

Adrien dit, "Nulle trace d'un Umberto Montesi de Sant'Ippolito dans aucun des articles parus en Italie sur la mafia depuis dix ans. Du moins, ceux que j'ai pu consulter en ligne."

"Et alors ?"

"Et alors, tous ces petits mensonges finissent par faire un gros bobard."

"D'accord mais, et alors ?"

"Et alors, je crois que la belle Monica, à supposer seulement que ce soit son vrai nom, est une ravissante aventurière qui pêche au gros dans les palaces. Donc j'ai une nouvelle pour vous, en vous laissant le soin de juger si elle est bonne ou mauvaise : le champ est libre. Elle est à vous."

Le petit Monsieur Gomez prenant un air méfiant pour dire, “Comment ça, elle est à moi ?”

Adrien dit, “Si, pendant quelques jours, nous avons pu nous trouver engagés dans une courtoise rivalité pour les faveurs de la dame, considérez-vous comme vainqueur par forfait. Je me retire du jeu. Vous êtes libre d’aller vous faire escroquer en toute tranquillité. Je vous souhaite bon courage.”

Ayant dit ça, Adrien commença à s’éloigner en direction de son bungalow, mais après quelques foulées il se retourna et dit, “Ah, au fait, aujourd’hui : huit cent mille. Bonsoir.”

Cette fois Adrien repartit pour de bon, laissant ce bon Monsieur Gomez tout seul, debout sous un cyprès, Adrien regrettant presque de ne pouvoir assister aux débats forcément animés qui n’allaient pas manquer de s’engager sous le crâne du malheureux margoulin espagnol.

La porte s’ouvrit et Jorge vit Monica, debout devant lui, portant un genre de déshabillé peignoir en soie, comme dans les films avec Rita Hayworth.

Jorge se sentit presque manquer d’air, face à tant de classe, réussissant juste à dire, “Je vous assure, c’est urgent.”

Monica s’écarta pour le laisser passer. Il entra dans la chambre immense, encore plus grande que celle qu’il occupait au rez-de-chaussée. Jorge le cœur battant, l’impression de pénétrer dans un endroit magique et sacré, repérant sur le lit et les fauteuils du coin salon des vêtements et du linge. Jorge se retenant d’aller s’enfouir le visage dedans pour y sentir les parfums de Monica. Délivré de la tentation, en même temps, puisqu’elle était en train de ramasser ses affaires, allant ensuite les jeter dans la salle de bain attenante, refermant la porte derrière et disant à Jorge de s’asseoir.

Il attendit qu'elle soit revenue et installée dans le canapé en face de lui pour dire, "Voilà", et lui cafter tout ce que le grand con pensait vraiment d'elle. Se trouvant un peu ballot, cela dit, après avoir fini, en repérant la larme qui coulait sur la joue de Monica. Jorge tentant de la consoler, disant, "Mais non. Lui, il dit ça parce que c'est un enfoiré d'aristo. C'est un snobinard méprisant. Mais moi, je vous comprends. Moi je vois bien que vous êtes une bonne personne. Parce que on est pareils vous et moi : on est pas nés avec une cuiller à caviar dans la bouche. Il a fallu qu'on se débrouille."

Monica séchait ses larmes avec la manche de son peignoir en soie, Jorge se demandant une fois de plus si ce serait une bonne idée à ce moment précis de la rejoindre sur le canapé et de passer un bras par-derrière son épaule. Se disant non, que c'était trop tard pour ça. Qu'il était con. Qu'il aurait dû tant qu'elle pleurait encore. Du coup, cherchant autre chose à faire, presque sur le point de lui dire que même si c'était vrai, ce que le grand con avait dit, au fond, c'était pas grave. Que lui aussi, en fait, il était du métier. Oui, que si on regardait bien, ils étaient des collègues. Qu'elle pouvait lui parler, tout lui dire, se confier. Jorge, donc, prêt à tout déballer lui-même. Mais Monica le surprit en se levant brusquement pour aller près du lit décrocher le téléphone, appuyant sur une touche, attendant une seconde, puis demandant à ce qu'on lui passe la chambre du baron de Queréon.

Jorge détruit d'entendre ça, se disant, Mais non, putain ! Pourquoi elle faisait ça ! Là, coup de bol, pas trop tôt, le grand con était enfin sorti du jeu. Qu'est-ce qu'elle avait besoin d'aller le rechercher !

Jorge dit, "Mais qu'est-ce que vous faites ?"

Monica ne répondit pas, parlant dans le téléphone, disant, "Je vous réveille ? Je suis avec Jorge, là. Vous pouvez nous rejoindre dans ma chambre une minute ? Merci."

Vingt-deux

Sur le tapis, c'était n'importe quoi. La grosse brune à peau blanche avait arraché son string à la petite blonde tatouée au niveau des lombaires et à présent lui faisait des trucs avec. Calzer chaque fois surpris de ce que les filles allaient chercher. L'imagination tordue !

Le plus souvent, les types qui recevaient faisaient se dérouler les combats au fond de leur piscine vidée, comme dans une fosse aux lions. Ou alors des grands bacs qu'ils installaient exprès, avec les mecs autour, gueulant comme des chinetoques en agitant leur thune. Mais ce soir, chez le Libanais, les lutteuses s'affrontaient sur un grand tapis rond, dix, douze mètres de diamètre. Le truc en caoutchouc, comme dans les salles de gym. Clean. Pas de boue, de confiture ou de gelée à la menthe. Calzer trouvant ça mieux, personnellement.

Au total, dix combats, en comptant la finale. Plus de deux heures et demie de spectacle fournies par une douzaine d'*athlètes*, comme les appelait le mec qui faisait l'animation. Très sérieux, le mec, parlant des filles comme il aurait présenté des boxeurs ou des skieurs alpins. Le mec essayant de prendre le style Nelson Monfort : Combats *titanesques*. Violence *inouïe*. Adversaire *redoutable*. Et le mec disant son nom à lui, plusieurs fois au cours de la soirée, comme si quelqu'un allait avoir envie de le retenir.

Entre les combats, Castric brassait, connaissant tout le monde ou presque. Faisant le baise-main aux *escorts* qui accompagnaient les mecs comme si c'était toutes Lady Di, les mecs avec flattés. Castric riant tout seul, même quand personne n'avait rien dit de drôle. Recevant, par habitude, alors qu'il était pas chez lui. Disant pareil à tout le monde, “Comment va cher ami ? Très bien, merci. J'ai failli ne pas pouvoir venir. Une équipe de journalistes américains. Ils ne me lâchent plus depuis ce matin. Vous savez, le magazine *Vanity Fair* ? Une autre publication j'aurais dit non, mais là ! *Vanity Fair*, moi, pour moi, je m'en fiche, vous me connaissez. Mais c'est vis-à-vis de l'hôtel, vous comprenez ? Je me sens obligé.”

Chaque fois, Castric oubliant de présenter Calzer, ou alors presque pire, disant, “Oui, pardon, Claude Calzer, mon directeur de la sécurité.” Entre *mon* directeur et le ton qu'il avait pour le dire, les autres comprenaient. C'est rien, c'est mon gorille, faites juste pas attention.

Ces façons de faire, jusque-là, Calzer s'en était toujours foutu, habitué depuis le temps à opérer dans l'ombre. Mais là, ça prouvait bien qu'il y avait un truc changé, maintenant qu'il avait décidé de garder l'argent : là, il aurait bien aimé que ce soit lui que les sublissimes gonzesses regardent. Se laisser prendre au jeu, lui aussi, le temps de la soirée, faire comme si.

Sur le tapis, la grosse brune à peau blanche faisait littéralement bouffer à la petite blonde le string qu'elle lui avait arraché plus tôt. Tout autour, les mecs étaient debout, gueulant dans plusieurs langues.

Calzer secoua la tête et marcha jusqu'à la villa, sachant où se trouvaient les toilettes invités. Et puis, après avoir pissé, en repartant vers l'extérieur, il repéra l'Arabe, là, Mario Zoualem, juste devant, dans le salon, en train de parler avec un autre gars. Calzer se disant, ben voilà. Pourquoi pas maintenant, en fait ? Décidant d'attendre que le mec ait fini de discuter.

Depuis le début de la soirée, il y avait une beurette qui mettait la pâtée à toutes les grosses de l'Est. Putain, la cousine, enragée. Comment elle te les massacrait. Mario forcé d'être un peu fier, du coup, comme chaque fois que des reubeus cartonnaient, Zidane, Debbouze, Nâdiya, peu importe le domaine. Là, le ringard qui faisait le présentateur demandait au public d'applaudir Aïcha la Hyène des Quartiers Nord, traduisant ensuite, comme si ça allait dire quelque chose aux étrangers, *Aïcha the hyena from the north districts of Marseille.* Mario se disant qu'il prendrait un autre mec, la fois d'après, pour faire l'anime. Celui-là était trop relou.

Les serviteurs passaient avec des plateaux d'amuse-gueules. Rashoggi, pas Rashoggi, plein de trucs avec du bacon ou du jambon de Parme. Mario regardait les invités bouffer du porc, les enculés, trop de bol. Lui obligé de s'en tenir aux petites crudités. Se demandant si Rashoggi en bouffait, lui, de ces trucs au cochon mort, genre le mec au-dessus des lois, même celle-là. Ou bien si c'était juste pour régaler tous ses amis chiens d'infidèles.

Juste, à force, ça avait fini par le gaver, tout ce monde qui parlait fort. Il était allé se mettre un peu dans la villa du mec, au calme, admirer le grand séjour, faisant pendant deux minutes comme si c'était à lui.

Restant pas tranquille longtemps, n'importe comment, avec l'autre tache, Jean-Pierre Skoblar, le médecin en réserve que Mario prévoyait, qui était venu lui prendre la tête avec la nouvelle classification commune des actes médicaux. Mario disant vite au mec de retourner à la villa d'amis, avec les filles, la façon que la beurette déchiquetait la gueule aux autres, il risquait d'avoir du taf. Mario disant ça et sentant qu'on l'observait. Tournant la tête et voyant dans l'entrée un mec debout qui le fixait, Mario mettant deux trois secondes à reconnaître le mec, se rappelant plus son nom, mais voyant bien qui c'était : le chef de la sécu du *Marina Privilège*. L'ancien flic.

Mario savait pas combien de temps le mec était là à le fixer, le mec faisant exprès, le matant ouvertement, sans chercher à se cacher, même maintenant que Mario s'en était aperçu et le fixait aussi. Les deux coincés, du coup, à celui qui baisserait les yeux le premier. Le mec provoquant Mario, sans que Mario ait la moindre idée de pourquoi. Décidant d'aller demander au mec, c'était encore le plus simple. Mario marchant vers le mec, sans le quitter des yeux, s'arrêtant à cinquante centimètres et disant, "Bonsoir. C'est quoi l'idée ?"

Le mec disant, "Rien. Je te regarde. C'est tout."

Fixant toujours le mec dans les yeux, Mario prit une grande inspiration avant de dire, "Bon, alors, désolé, mais va falloir qu'on remette ça une autre fois. Là, ce soir, je peux pas, j'ai trop d'autres trucs à faire."

L'autre en face disant rien, sans arrêter de fixer. Mario dit, "Juste, autant que tu saches, t'as des mecs qui sont morts de vieillesse avant d'être arrivés à me faire baisser les yeux. Tu vois ce que je veux dire ? Donc pose tes RTT, mon pote, parce que si tu commences, je peux te dire, t'es pas couché."

Le mec de la sécu dit, "Généralement, c'est les mecs qui ont été en cabane qui ont eu le temps de s'entraîner à ça."

Mario pas gêné que le mec sache. Le mec était plus condé, là. Juste vigile. "Trois ans à Potenza. C'est au sud de l'Italie, juste au-dessus de la Calabre, je sais pas si tu vois." Le mec hocha la tête. Mario dit, "La cour, à Potenza, pour ce genre de conneries, crois-moi, c'est comme tu fais Polytechnique ! Tu vois ce que je veux dire ? Tu sors, t'es *diplômé*."

"Potenza, Potenza... Où j'ai vu, récemment, qu'ils parlaient de Potenza ?"

"Victor-Emmanuel de Savoie."

"Victor-Emmanuel de Savoie, c'est ça."

"Ouais. Il a fait une semaine, avant de sortir sous caution. Proxénétisme et corruption. C'est pas énorme, ça ? Le beau-père à Clotilde Coureau."

Le mec de la sécu dit, "Un bon client de l'hôtel, à ce qu'on m'a dit."

"Ça, Potenza, je peux te dire, ça a dû le changer. C'est pas le même genre d'étoiles. J'ai vu ça, j'ai pas cru. Ils l'avaient mis à l'isolement, pas possible autrement. Sinon, les mecs l'auraient bouffé. Victor-Emmanuel de Savoie, Potenza, laisse tomber."

Il y eut un blanc. Mario sachant plus de quoi ils étaient partis à parler avant de dériver sur Potenza. L'ancien flic en face de lui disant rien, fixant toujours. Mario dit, "Qu'est-ce qu'on disait ? Je sais plus, là."

"Que pas baisser les yeux, Potenza, ça t'avait entraîné."

"Voilà. Mais d'ailleurs, c'est quoi, là, en fait ? Qu'est-ce tu me fixes comme ça ? C'est malpoli, de faire ça ! Qu'est-ce tu cherches ? Les embrouilles ?"

L'ancien flic prenant un air innocent pour dire, "Non. Pas du tout."

"Eh ben c'est quoi, alors ?

"C'est rien. C'est juste, tout à l'heure, ça m'est venu, toi tu fais du bizness avec les clients de l'hôtel, moi je dirige la sécu et malgré ça, je veux dire, on se connaît pas, nous deux."

Mario dit, "Ben non. Ça s'est jamais trouvé, en fait. C'est ça."

"Voilà. Donc, je me suis dit, c'est trop bête, va quand même bien falloir. Je veux dire, toi et moi, faire un peu connaissance."

Un condé, même recasé dans le privé, tu pouvais être sûr, t'avais une enculerie derrière. Mario dit, "Donc toi, tu veux faire connaissance, pour aborder un mec, c'est ta méthode, tu le fixes ? Faire connaissance, chercher l'embrouille, pour toi c'est la même chose ?"

L'ancien condé disant, "Ça, ça dépend du mec."

"Attends, on va gagner du temps. Autant me dire tout de suite. Tu vas être un problème dans ma vie, c'est ça ?"

L'autre reprenant l'air innocent, celui qu'il avait dû apprendre en voyant les voyous le faire. "Ah non. Franchement, c'est pas l'idée. Là, j'ai aucune raison." Marquant un temps et disant, "Enfin, à ma connaissance."

Le mec voulait un truc, ç'aurait été plus simple qu'il le dise juste tout de suite, au lieu de jouer comme ça. Mario dit, "Eh ben c'est bon alors. Donc on n'a pas de problème. Juste là, comme je te disais, je peux pas rester longtemps. Mais tu veux qu'on discute, tu me dis quand, tu me dis où, on se pose et on bavarde."

Mario revissant bien une dernière fois son regard dans celui du mec, puis disant tout en commençant à s'éloigner, "Quand t'es prêt, c'est pas dur : tu demandes à ton patron, il a mon numéro."

"Jorge vient de me dire ce que vous pensiez de moi."

Monsieur Gomez. Monsieur Panache.

Au lieu de répondre à l'Italienne, Adrien porta son regard sur le petit, le décidément tout petit Monsieur Gomez, sans rien dire, juste en lui souriant. Le petit Monsieur Gomez un peu péteux, quand même, baissant les yeux.

L'Italienne, elle, était allée se placer devant la fenêtre, leur tournant le dos. Voyant ça, le petit Monsieur Gomez se leva et alla se poster derrière sa chère *Monica*, lui posant les mains sur les épaules avant de lui dire, “Voyons, ça vaut pas la peine de vous mettre dans un état pareil à cause de lui. Je suis là, moi.”

En entendant ça et le ton quasi geignard que l’autre venait de prendre, Adrien ne put tout à fait réprimer un gloussement amusé. Surtout qu’en guise de réponse, l’Italienne s’était dégagée et décalée d’un pas.

Adrien se dit qu’un autre aurait compris le message, mais pas le petit Monsieur Gomez, visiblement décidé à boire son calice jusqu’à la dernière goutte. Et là, donc, le petit Monsieur Gomez, le *pauvre* petit Monsieur Gomez, en fait, complètement à côté de la plaque, croyant malin de dire, “Mais voyons, il est désolé. Il va s’excuser.” Puis se tourna vers Adrien pour lui adresser des grimaces pressantes.

Adrien, évidemment, ne broncha pas, obligeant l’autre à se répéter, “Il *va* s’excuser !”

Adrien jugea que ça cessait d’être drôle. Même l’Italienne dut le penser car elle se tourna tout à coup et, criant presque, dit au pauvre petit Monsieur Gomez : “Assez ! Arrêtez ! Arrêtez !”

Il aurait fallu photographier la tête que fit le pauvre petit Monsieur Gomez en s’entendant crier dessus par l’élue de son cœur. L’Italienne, elle, prit une grande inspiration, sa poitrine gonflant les presque riens en soie qu’elle avait sur elle et dit, désignant Adrien, “Il a raison.”

Adrien regarda le petit Monsieur Gomez froncer le sourcil, prendre l’air du type qui pense avoir mal entendu, qui veut être sûr avant de s’affoler.

L’Italienne, elle, lui portant le coup de grâce, redisant, “Il a raison.”

Le pauvre Monsieur Gomez saisi, refusant toujours d’y croire.

Elle dit, “Mario se sert de moi pour faire l’appât et escroquer des millionnaires. Il me fait descendre dans des palaces pour que j’y côtoie des hommes riches et que je les séduise. Ensuite, ça varie : soit il me charge de leur soutirer de grosses sommes d'argent. Soit, en cas d'échec, il les fait chanter lui-même. Par exemple en se servant de photos compromettantes."

Sinon pour dire qu'il avait donc vu juste, ce qui eût été balourd, Adrien n'avait, en entendant les aveux de l'Italienne, aucun commentaire particulier qui lui vînt à l'esprit. Contrairement à l'excellent petit Monsieur Gomez qui était en train de dire, "Et du coup, donc, en fait, je veux dire, vous êtes pas vraiment comtesse ?"

Mario dit à Corinne, "Le mec de l'hôtel, là. Il m'énerve."

Sans lever la tête, Corinne dit, "Qui ça ?"

Corinne occupée à ajuster le costume d'Aïcha, la Hyène des Quartiers Nord, avant le combat final. Aïcha la jouant Mille et Une Nuits pour le clou de la soirée, voile et cape transparente et tout, Corinne accroupie devant elle pour bricoler un truc au niveau de la boucle de ceinture.

Tout ça pour un costume que l'autre allait garder juste une minute, pas plus. Pour aller sur le ring, les filles étaient habillées flashy, certaines, comme des personnages de *PlayStation*, les jeux de bagarre que jouaient les mômes maintenant. Elles se faisaient applaudir et puis elles enlevaient tout juste avant de se friter, gardant juste un bikini ou maillot une pièce, se retrouvant vite nichons à l'air de toute façon, dès le premier round souvent.

Mario dit, "Le mec qui dirige la sécu au *Marina Privilège*, celui qui était flic avant."

Toujours sans lever la tête, Corinne dit, "Eh ben ?"

"Il est là avec ton copain, là, Castric."

Corinne se releva et fit signe du menton à la beurette pour lui dire que c'était bon et qu'elle pouvait y aller, lui collant une petite tape sur les fesses au passage.

"Il m'énerve."

Corinne dit, "Pourquoi ça ?"

"Il était là, à me mater, tout à l'heure, il voulait me provoquer. Je sais pas ce qu'il a, mais ça va pas le faire."

"Qu'est-ce t'en as à foutre ? Tu t'en fous."

"Non, je m'en fous pas, justement. C'est ce que je t'explique. Lui, il me cherche, il va me trouver, cet enculé. Je sais où il habite."

"Ah bon ? Il habite où ?"

Corinne toujours intéressée, savoir où habitaient les gens, pour les situer, socialement. Mario restant patient pour dire, "J'en sais rien où il habite."

"Faudrait savoir. C'est toi-même qui viens de dire—"

"Comment veux-tu, je sache où le mec habite ? Je dis ça, c'est une expression. C'est pour dire, je sais où le retrouver. Pas que j'ai son adresse. Tu comprends ce que je veux dire ? Le mec, je sais pas où il habite. Mais si je veux, je peux le choper. C'est ça ce que ça veut dire, je sais où il habite."

"C'est lui que tu veux qu'on bute ce soir ?"

"Non, dit Mario. C'est un autre."

"Qui ça ?"

"Tu verras bien", dit Mario.

Soit à cause de la question en elle-même, ou bien alors à cause du ton sur lequel le malheureux Gomez l'avait posée, l'Italienne ne put se retenir et éclata de rire. "Comtesse ? Non. Pas exactement." Elle fit un petit sourire triste. "Vraie garce, sûrement. Mais fausse comtesse. Désolée."

Le petit Monsieur Gomez, lui, ne disant rien, mais Adrien trouvant qu'il avait l'air presque content soudain, curieusement.

Une question bêtement pratique vint alors à l'esprit

d'Adrien. “Mais dites-moi, à force, vos séjours doivent lui coûter une fortune. Sans parler de votre garde-robe.”

L'Italienne dit, “Non. Il s'arrange toujours pour ne pas payer. Ici, c'est le directeur qui a des dettes de jeu. Mario oublie la dette en échange du séjour. Et mes tenues, je ne sais pas, mais la plupart, il doit s'agir de marchandises volées.”

Le petit Monsieur Gomez était allé s'asseoir sur le canapé, visiblement engagé dans une intense réflexion, tout à coup. La fausse comtesse, elle, vidait tout son sac, à présent qu'elle avait commencé, disant, “Mais je n'en peux plus. Je me dégoûte. Et j'ai peur. Peur du jour où la police va réussir à nous coincer. Ce policier que vous avez vu, Monastorio, il ne nous lâchera pas ! Je ne veux pas aller en prison. Quoique. Parfois je me dis que ça ne serait pas pire que la forme de captivité où je me trouve pour l'instant.”

Adrien hésitait. Le couplet avait l'air récité. Mais peut-être était-ce à force d'avoir été ressassé, le soir, allongée à côté d'un riche pigeon endormi. Il dit, “Et Mario, lui, vous lui avez dit que vous vouliez arrêter ?”

“Bien sûr.”

“Et ?”

Elle haussa les épaules. “Il refuse, évidemment. La dernière fois, il l'a même très mal pris.”

En disant ça, peut-être par réflexe inconscient, elle resserra les pans de son peignoir. Adrien repensa aux cicatrices qu'il avait vues pendant qu'ils prenaient un petit déjeuner devant son bungalow. L'Italienne dit, “Je suis son instrument de travail. Le seul moyen pour moi de pouvoir le quitter, c'est de le dédommager du manque à gagner.”

Adrien dit, “Et sans indiscrétion, il évalue ça à combien ?”

L'Italienne dit, “Je ne sais pas. Je ne lui ai pas demandé.”

Le petit Monsieur Gomez dit, “Mais comment êtes-vous tombée entre ses pattes ?”

Elle soupira et dit, “Quand je l’ai rencontré, il m’a proposé d’être mon manager. Au départ, il s’agissait de cinéma. Mais très vite, au lieu d’un manager—”

Elle laissa sa phrase en suspens. Le petit Monsieur Gomez se leva et se mit à marcher vers elle, sans doute avec l’intention, à nouveau, de la prendre dans ses bras. Et à nouveau, Adrien le vit en être pour ses frais. Elle leva la main pour le tenir à distance, détourna la tête et dit, “Je ne sais pas comment il va réagir quand il apprendra que je vous ai tout dit. Il espérait faire un gros coup, avec vous deux.”

Adrien sentit le petit Monsieur Gomez qui essayait d’accrocher son regard à lui, comme si le fait d’avoir été tous deux les victimes désignées d’une aventurière et de son souteneur créait on ne sait quelle confraternité d’armes. C’était saugrenu.

L’Italienne dit, “Voilà. Je vous ai tout dit. Je suis désolée pour le temps que je vous ai fait perdre.”

Gomez commença à dire, “Mais non, ça n’était pas—”

Elle le coupa et dit, “Le mieux, je pense, c’est que vous partiez, maintenant. Ça ne vous regarde plus.”

Gomez recommençant à dire, “Mais non. On ne va pas—”

Elle le coupa encore. “Si, je vous assure. C’est mon problème. Je vais me débrouiller toute seule.” Se déplaçant vers la porte et l’ouvrant, les foutant dehors, en fait, disant, “Au revoir. Et pardon.”

Les combats étaient finis. La grosse Russe ayant fait très mal entre les jambes à Aïcha la Hyène des Quartiers Nord puis manqué de l’étouffer, assise sur sa figure. Mario alla trouver Corinne qui finissait de remballer et dit, “On va buter le Roumain.”

Corinne dit, “Qui ça, le Roumain ?” Un temps, et puis “Lascar ?” Comme s’ils avaient d’autres Roumains dans leurs relations. “Pourquoi ? Elles étaient bien les Russes qu’il a amenées ce soir. C’est parce que l’autre, la grosse, elle a battu l’Arabe ?”

T’as raison que Mario allait buter un mec pour ça. “C’est pas la question des Russes qu’il a amenées ce soir. C’est la question du reune qu’il nous a envoyé l’autre fois.”

“Comment ça ?”

“Le reune, là, le rosbif, que t’as tué il y a quatre jours.”

“Le négro, tu veux dire ?”

Justement, Mario essayait d’éviter le mot. “Oui.”

Corinne dit, “Ouais eh ben ?”

“C’est le Lascar Visqueux-du-cul, là, qui nous l’avait envoyé.”

“Ah bon ? T’es sûr ?”

“Si je te le dis.”

“Mais comment tu le sais ?”

“Je te dirai après. Là, je te dis qu’il nous l’a envoyé, t’inquiète comment je le sais, l’important c’est que je le sais.”

“Mais pour quoi faire, il nous a envoyé le négro ?”

“Pour espionner. Pour copier nos fichiers clients. Pas nos clientes du club. Nos clients du bizness. Et pouvoir les piquer dans six mois, quand il serait installé ici, une fois que son pays de merde sera rentré dans l’Europe, force de mendier à la porte, là, comme un clodo qui pue.”

“Mais t’es sûr ? T’es vraiment sûr ?”

“Evidemment ! Je te dirais pas ça si j’avais pas tous les éléments en main.”

Corinne dit, “Qu’est-ce qu’on va faire, alors ?”

“On n’a pas le choix. Il faut le buter.”

“Mais comment on aura des Russes après ?”

"Mais t'en fais pas, les Russes ! Tu vas là-bas, n'importe quel mec, tu demandes, le mec il te vend sa femme, le mec il vend sa sœur – il te vend même ses filles, le mec. Je vais te dire, il te vend pas sa mère juste parce qu'elle est trop vieille. Les mecs dans tous ces pays-là, toutes leurs meufes, ils les vendent. C'est pas comme au Maroc, qu'ils ont le shit et le tourisme. Eux les Roumains, les Russes, t'as pas d'autres industries, dans leurs pays pourris, à part vendre les bonnes femmes. Donc, je vais te dire, te bile pas. Des Russes, tu trouveras toujours un autre enculé de Roumain pour t'en vendre tant que t'en veux. C'est leur métier, ces enculés. Mais lui, là, celui-là, il doit crever."

Corinne dit, "Non."

"Comment ça, non ?"

"Non, moi je tue pas de Roumain. Des Noirs et des Arabes, tout ce que tu veux. Mais les autres, pas question."

"C'est parce que c'est des Blancs, c'est ça ?"

"Non. Parce que c'est des fous. Les Russes, les Roumains, les Ukrainiens, les Yougoslaves, j'ai pas peur de te le dire, ils me foutent trop la trouille. Tu veux buter un Roumain, tu le fais toi. Mais tu me laisses en dehors."

Mario comme un con, du coup. L'autre enculé, il allait pas le buter lui-même. Il allait falloir trouver autre chose.

Corinne dit, "Au fait, à la salle, je t'ai pas dit : il y a le *Stairmaster* qui recommence à déconner. T'as une des marches qui se coince. Faudrait que t'appelles le gars."

Le grand con tenait pas mal, mine de rien, le nombre de vodkas qu'ils s'étaient envoyées, Jorge et lui, l'un comme l'autre.

Jorge avait plus idée de l'heure mais il était super tard. Plus de clients, à part eux, et les chaises du bar *Vicomte*

Eugène tête en bas sur les tables. A l'autre bout du comptoir, le barman bâillait et regardait sa montre, attendant qu'ils aient fini. Jorge dit, "Même temps, on regarde bien, sauver une pute, c'est un classique."

Il se mit à chercher des exemples qu'il connaissait, sentant bien qu'il était pas à cent pour cent de sa mémoire, là, disant quand même, "Ouais : *Carmen... Irma la douce...* Un film avec Gabin, je sais plus comment ça s'appelle... Et l'autre, là, anglais, avec le petit chauve qui joue bien, Bob Hoskins, et Michael Caine : *Mona Lisa.*" Essayant de se souvenir d'autres titres, l'impression qu'il y en avait plein, des films où le mec essaie de sauver une pute.

Le grand con dit, "Oui. On peut aussi citer *Manon Lescaut*, *Splendeurs et Misères des courtisanes*, *Un amour de Swann...*"

Jorge dit, "Ah, je les ai pas vus, ceux-là."

Le grand con fit son petit sourire, celui qui donnait envie de le taper et dit, "De fait. Au départ, il s'agit plutôt de livres."

Jorge haussa les épaules.

Le grand con dit, "*La Dame aux camélias* ?"

Jorge dit, "Ah oui, je connais, ça."

Le grand con dit, "C'est plausible. Ils en ont fait un film."

Jorge haussa encore les épaules. "Oui, bon. Ça reste la même histoire."

Le grand con dit, "Ça ! Dans le film comme dans le livre, ça finit mal ! D'ailleurs, tous les titres qu'on a cités, en fait, ça finit mal."

"Pour la pute ou pour le gars qui veut la sauver ?"

Le grand con dit, "Les deux, en général."

Vingt-trois

Plus tard, on était le matin du jour suivant et après avoir dormi quatre petites heures et près d'une demi-heure sous une douche d'abord chaude, ensuite tiède et presque froide à la fin, Jorge était en place au bord de la piscine, attendant Monica, bien décidé à lui dire certaines choses.

Mal à la tête, mon pote, une horreur, sentant ses yeux se fermer tout seuls, luttant, allongé sur le transat. Ne voyant venir personne, en fait, à part le mec en blanc avec son épuisette. Mais pas de Monica. Jorge se disant qu'elle devait pas être encore levée, sentant ses yeux de fermer, cessant de lutter.

Mario était dans la salle de bain, le couteau à la main, impossible à reconnaître à cause de la cagoule. Monica visible derrière la porte vitrée de la cabine de douche. Toute nue, évidemment, se doutant de rien, entendant rien à cause du bruit de l'eau, trop occupée à bien se savonner. Les seins, entre les jambes, les bras, se rincer et recommencer, comme ça pendant bien deux minutes avant que Mario décide que ça avait assez duré et ouvre la porte de la cabine.

Monica terrifiée, hurlant, les bras levés devant la figure, le reste du corps exposé, tout, les nibes, la foune, dégagés. Mario en profitant, la lardant de coups de couteau partout jusqu'à ce qu'elle s'écroule sur le carrelage, au milieu d'une mare de sang. Tellement épaisse la flaque que toute l'eau qui continuait à tomber de la douche suffisait pas à l'éclaircir, les noms du générique apparaissant sur le sang mélangé d'eau qui s'évacuait par l'écoulement, même Mario capable de dire que c'était du copié/collé pompé direct de, comment c'est son nom, qui se met dans tous ses films ? Hitchcock. Ni Monica ni Mario cités au générique, en fait. Monica morte au bout de trois minutes vingt-deux secondes de film, à poil tout le long et pas une ligne de texte à part ses hurlements. Mario faisant juste la doublure masquée du comédien qui jouait le *serial killer*, embrouillé avec la prod avant la fin du tournage. Le film sorti direct en vidéo. Une merde. Mais Mario aimant bien se repasser ce passage-là : Monica à poil sous la douche et lui avec le couteau.

Mario torse poil et pieds nus, avec juste un futal de jogging sur lui, allongé sur le grand lit, deux mètres sur deux, face au plasma géant, encastré dans le mur en face, dans la chambre au premier, la plus grande, celle avec un peu de vue. Mario se trouvant bien dans le lit du mec, l'ami de Corinne, le propriétaire. Imaginant sa tête s'il savait qu'un Arabe était dedans.

Là, Mario se figeant et tendant l'oreille, ayant entendu un bruit en bas, au rez-de-chaussée de la villa. Entendant un autre bruit. Quelqu'un était dans le salon. Sauf que Mario avait invité personne. Et pas entendu sonner au grand portail sur la rue, celui avec l'interphone et la caméra.

C'était comme dans la scène qu'il venait de revoir, en fait, mais à l'envers. Là c'était pas lui l'intrus. C'est chez lui qu'on entrait. Sauf que lui, là, il était pas à poil, il prenait pas sa douche, et il avait pas dit d'accord à se faire poignarder au bout de trois minutes.

En faisant gaffe à pas faire de bruit, Mario se leva et alla chercher le Beretta dans le tiroir de la commode. Mario pas dingue des flingues en temps normal, mais tout à fait capable de loger des bastos dans le buffet d'un mec rentré chez lui sans qu'il l'ait invité. Mario autodéfense à fond, sur ce sujet-là d'accord deux cents pour cent avec Corinne et Sarkozy. Clic-clac, armant le gun, plus excité qu'inquiet.

Mario sur le palier à présent, en haut du grand escalier, et le Beretta prêt à tirer à la main, écoutant les bruits qui venaient d'en bas. Du grand salon, d'abord. Et de la cuisine, maintenant. Mario descendant quelques marches sur la pointe des pieds.

C'était le problème, la maison du copain à Corinne, en fait : sa taille. T'avais trop de pièces, à force.

Mario arrivant en bas sans voir personne. Entendant toujours des bruits venant de la cuisine. Comme quelqu'un qui se ferait un en-cas ou se servirait à boire. C'était quoi. Un clodo ? Un sans-papier, roumain à tous les coups, qui croyait que la maison était vide ? Il allait pas être déçu le mec. Le mec inconscient, faisant aucun effort pour être un peu discret, le mec faisant comme chez lui.

Mario se disant alors que c'était peut-être l'autre, là, justement, le proprio, le copain de Corinne. Si c'était lui, le mec risquant de pas comprendre, se faire braquer chez lui par un reubeu en survêtement qui lui demande ce qu'il fout là.

Ou bien alors Corinne, tout bêtement. Peut-être c'était juste Corinne. Mario cherchant à se rappeler si elle avait gardé une clé, se souvenant plus. Pour faire autant de raffut, ça devait être Corinne.

Mario entrant dans la cuisine, le flingue braqué et le baissant aussitôt, disant, “T'es conne ou quoi. Tu vas te faire fumer, un jour, entrer comme ça chez les gens, sans prévenir. Comment t'as pu ouvrir d'abord ?"

L'autre conne très calme, à la table, buvant une longue gorgée de thé avant de lui répondre : "Avec la clé. Celle que tu m'as donnée."

Exact, Mario se souvenait, maintenant. Juste, s'attendant pas à ce que ça soit elle. C'était drôle, en fait : exactement la scène du film, mais complètement à l'envers. Là, c'était lui qui avait eu peur et elle qui avait fait l'intrusion.

Mario posant le Beretta sur la table et s'asseyant en face d'elle, disant : "Qu'est-ce tu fous là ? Il y a un problème ?"

"Non, pourquoi ?"

"Ben je sais pas. C'est à toi de me dire. Qu'est-ce tu veux ? Pourquoi t'es là ?"

Et là, Monica Cherichetti se beurrant un toast et disant, "Il faut qu'on parle."

Quand il était venu la chercher, pas le matin à sa sortie de Rennes, mais quatorze heures plus tard, après le changement à Lyon, à la gare de Cannes, dans la Ferrari orange, Mario avait dit à Monica : "Tu vas voir, c'est canon. C'est une villa qu'un mec prête à mon associée, mais elle, elle s'en sert pas. En fait, elle et moi, là, ça va faire deux ans, on est cinquante-cinquante ensemble dans un gymnase pour meufes qui veulent garder la ligne. Corinne, elle au départ, c'est une culturiste de compétition. Tu la verras, tu croiras pas, je te jure, le monstre que c'est, entre les muscles et le bronzage. En plus, je te dis pas, elle vote FN et tout. Mais à part ça, super. On s'entend hyper bien."

Mario lui parlant de lui, très détendu, normal, donnant de ses nouvelles, la mettant à jour sur les derniers développements, comme si de rien n'était, un peu comme si elle rentrait d'un long séjour à l'étranger, parlant comme il avait toujours fait avec elle un mélange d'italien et de français.

“La salle, en fait, c'est une super façade pour toutes mes autres affaires. Bon, il y a toujours les remontants, un peu, pour rendre service, quand on me demande. Pareil, de temps en temps, il y a quelques jeunes femmes, comme ça, que j'essaye d'aider à rencontrer des gens, on va dire.”

Monica retrouvant Mario intact, telle qu'elle l'avait laissé : donc pas vraiment dealer, mais pouvant tout t'avoir. Pas proxénète non plus. Juste touchant sa com sur tous les rendez-vous qui se prenaient grâce à lui. “Mais mon gros truc, en fait, tout le temps que t'étais pas là, c'est que je fais venir des filles de l'Est. Mais pas pour tapiner, je précise tout de suite. Pour des combats privés.”

Filles de l'Est et combats. Monica pas sûre de tout comprendre tout de suite, mais se retenant de poser des questions. Mario disant, “Je suis manager d'athlètes, promoteur de spectacles sportifs. Tu vois qui c'est Don King ? Ben voilà : c'est ce que je fais. Plus petite échelle, c'est sûr. Et puis en clandestin. Mais sinon, c'est l'esprit.”

En arrivant à la villa, même prévenue, Monica avait d'abord été surprise de le voir logé comme ça. Et puis en y repensant, pas vraiment. Mario avait toujours des formules pas possibles pour vivre comme un prince et faire payer les autres. Sauf, là, Monica devait admettre, il avait fait très fort. La villa dans un parc, le portail électrique qui s'était ouvert tout seul devant la Ferrari grâce à un petit boîtier électronique.

Mario tout fier, disant, “Et là encore, c'est rien. Attends de voir l'intérieur. Le jacuzzi de la chambre, tu vas pas croire le truc.”

La Ferrari roulant entre les arbres, vers une grande

maison blanche, Mario donnant à Monica des détails dont elle se moquait.

“C’est un mec, au départ, Corinne elle l’a connu au Front. Le mec est plus FN maintenant, passé à l’UMP pour entrer sur les listes à la mairie de Nice. Mais pote avec Corinne quand même. Il lui a passé les clés, vu qu’il s’est fait construire encore plus beau à Nice. Corinne, elle, elle trouve ça trop grand. J’ai dit moi je la veux bien. Elle m’a dit c’est d’accord, juste de faire attention, pas salir, et de fermer ma gueule, pas faire des teufs dedans ou de le dire à tout le monde.”

Garant la Ferrari devant le porche, prenant le sac de Monica et la précédant en haut des marches, ouvrant la porte et lui montrant le grand living, tout fier.

“D’accord ? Tu mords l’esprit ? T’as compris, quand je te dis que là, ça marche pour moi ? Mais tu vas voir. Toi aussi, ça va le faire. Maintenant que t’es là, les affaires vont reprendre. J’ai déjà tout gambergé, tout prévu, tu verras : un super plan pour toi.”

Là, Monica repensant à ses histoires de catch avec les filles de l’Est, disant, “T’es gentil, me battre avec une autre fille, je sors d’en prendre pendant trois ans. J’aimerais bien lever le pied.”

Et là, Mario s’émerveillant, disant, “*Lever le pied.* Putain, genre ! Comment tu parles français maintenant ! Tu parlais pas comme ça avant d’aller au trou.”

Monica dit, “Il y avait des cours de français pour les détenues étrangères. Une classe de vingt, pendant six mois. J’étais la seule Blanche, avec une Polonaise. Après, j’ai beaucoup lu.”

L’institutrice, plus la bibliothèque, plus les codétenues pour l’argot et le verlan. Au total, Monica parlait maintenant mieux que des filles nées en France. Juste l’accent qui s’accrochait encore sur certains mots, ou quand elle s’énervait.

Mario parlant français, du coup, “Oui non mais c’est

ça que j'aime chez toi. Tu mets tout à profit, toujours t'améliorer. Tu fais trois ans de placard, toi t'en profites pour ressortir bilingue."

"J'ai passé mon CAP de couture, aussi."

"Ton CAP couture. Putain les trucs qu'ils font pas faire dans les prisons, maintenant. Mais ça c'est les prisons de meufes, aussi. J'aime mieux te dire, à Potenza, j'avais pas ça."

"Ne rêve pas. C'était pas des vacances non plus."

Mario ne l'écoutant pas, redisant, "Comment tu parles maintenant, je le crois pas. Putain ça fait trop bizarre, là, t'entendre parler français sans faire trois fautes par mot."

"Tu veux que je parle italien, comme avant ?"

"Non, non, français ! C'est top. Faut surtout pas que tu perdes. Ah ouais, c'est bon, ça. Ça va servir. C'est encore mieux, du coup. Pour le truc que je veux te faire faire, je veux dire."

"Oui alors, si tu veux, mes trois ans d'études m'ont fatiguée, là. J'aurais besoin d'un peu de remise en forme, d'abord."

"Mais c'est *ça* que je te parle. C'est exactement ça. La *remise en forme.* Tu vas voir. Tu vas adorer. Toi, là, tu veux te reposer, c'est tout à fait normal, après trois ans de cabane. Moi, c'est normal aussi, j'ai besoin que tu nous fasses de nouveau rentrer un petit peu de maille." Mario disant ça comme si c'était elle qui avait décidé de partir en congé les trois dernières années. "Ben là, c'est idéal : Le truc je te parle, tu pourras faire les deux. Te reposer la tête et nous faire un peu de plâtre. L'utile et l'agréable."

La semaine d'après, le temps de rebronzer et de passer deux trois après-midi chez le coiffeur et l'esthéticienne, Monica arrivait au *Marina Privilège.*

Mario disant, "Après, fonction du mec, on décide, on le fait juste chanter, on rackette, ou carrément t'épouses.

Il faut être réactif. Pas être psychorigide avec un plan tout fait. Mais le truc bien, là, *Marina Privilège*, c'est tu peux pas te gourer. C'est une mine, cet endroit. Il y a de l'or. Suffit juste de se baisser."

"Oui. Et pendant que je me baisse, toi, en fait, tu fais quoi ?"

Mario étonné de la question.

"Moi ? Ah ben moi – moi je suis là."

"Ah."

"Non mais moi, je veux dire, je suis là, je suis *là* : t'as le moindre problème, j'interviens, ou dès que le mec est mûr, tu vois ce que je veux dire ?"

Ça, voir, Monica avait vu. C'était pas dur, en même temps. Là, ce qu'il disait, en fait, c'est qu'ils allaient recommencer comme avant, tout pareil. Comme ça avait été, tout le temps, avant que Mario ne la laisse partir en prison à sa place.

Vingt-quatre

Arrêté dans sa BM une centaine de mètres avant la station Total, Claude Calzer attendit que la Rolls ait disparu à l'horizon pour aller se ranger sur le parvis, n'y tenant plus, trop curieux de savoir ce que magouillaient les deux types depuis une heure qu'il les suivait, à s'arrêter comme ça dans les stations-service sans jamais prendre d'essence.

Il alla trouver le gérant, prenant le ton qui avait toujours marché pendant ses vingt ans de maison, et disant, "Commandant Claude Calzer, Renseignements Généraux. Les deux types dans la Rolls, là, vous pouvez me dire ce qu'ils voulaient ?"

Le pompiste hésita une seconde et dit, "Oui. Ils m'ont demandé si je connaissais une Ferrari orange."

Calzer surpris, s'attendant pas à ça. "D'accord. Et ils ont dit pour quoi faire ?"

"Oui. C'est pour tourner dans un film."

C'était quoi, ça, encore ? Calzer dit, "Et vous leur avez dit ?"

"Je leur ai dit quoi ?"

"Où ils peuvent la trouver ?"

"Ah non. Je le connais pas, leur gars."

Calzer prenant sur lui.

"Quel gars ?"

"Le gars, là. Qui a la Ferrari orange, comment ils l'ont appelé ? Mario."

Calzer se disant, l'autre les prend en photo, eux ils cherchent sa bagnole. A quoi ils jouent ces cons ? Il remercia et retourna vite à sa voiture, repartant dans la direction qu'avait prise la Rolls. Roulant vite et doublant sur des lignes jaunes, il revint en vue de la *Corniche*.

Il était moins une, en même temps. Deux petites minutes de plus et il ratait le moment où les deux autres tournaient à droite vers Vallauris.

Son portable sonna. Calzer prit l'appel avec son oreillette, disant, "Oui ?"

"Claude Calzer ? August Schroeder. Je viens d'atterrir à Mandelieu."

Le Suisse du siège. "Ah, déjà ? Mais vous aviez dit—"

"Oui je sais, mais en fait je dois être à Zurich pour le déjeuner. Ça m'arrange donc si on se rencontre un peu plus tôt. Ça vous pose un problème ?"

Calzer se retenant de lui dire, oui, ça me pose un problème. C'est après déjeuner qu'on avait rendez-vous. Là je suis sur un autre truc. Lui disant à la place, "Non non, j'arrive. Pas de souci."

"C'est très aimable. Je redécolle dans trois quarts d'heure, au plus tard."

Le mec raccrochant là-dessus. Calzer du coup jurant à haute voix tout seul dans la BM, disant, "Merde ! Merde !" plusieurs fois. Ralentissant, laissant filer la Rolls devant et puis faisant demi-tour sur la nationale, comme dans un film, dans un grand crissement de pneus.

Monica but le reste de son thé et puis débarrassa la table, plaçant ce qu'elle avait utilisé dans le lave-vaisselle, sentant Mario qui la regardait faire, l'entendant lire à haute voix l'heure sur l'horloge du four et dire, "Putain, faut pas que je traîne. Viens, je vais monter me saper, on discutera là-haut."

Monica suivit donc Mario à l'étage, se demandant si c'était pas un plan pour la jeter sur le lit. Arrivant dans la grande chambre où elle avait refusé de dormir le premier soir, disant que ce qui lui ferait vraiment plaisir, après trois ans, c'était de dormir toute seule, sans personne d'autre dans la pièce. Mario disant, "Ah ouais, genre Steve McQueen dans *The Getaway*, au début, tu sais, quand il sort ? Il lui faut un peu de temps, avant de se remettre en route. Je respecte. C'est normal." Mario l'installant alors dans une autre chambre, plus loin dans le couloir, immense aussi. Mario ne pouvant quand même pas s'empêcher de dire, "Que moi, putain, en sortant, tu te souviens ? Dans la bagnole, la petite Fiat, là, on avait pas fait cinq cents mètres, tout de suite, je t'avais dit, trouver un coin tranquille. Pas pu attendre qu'on arrive à l'hôtel."

Monica se souvenait très exactement. La nuit d'avant, incapable de dormir. Les heures, devant la glace, choisir ce qu'elle allait mettre. Ce jour-là, c'était bien simple, Mario n'aurait rien dit, un kilomètre plus loin, c'était elle qui garait la voiture et se jetait sur lui.

Mais là, quand ça avait été son tour d'être libérée après trois ans, elle n'avait pas eu envie de faire la fête, comme il le lui proposait, les restaurants, les boutiques, les discothèques. Elle avait juste voulu dormir, dormir seule, dans une pièce où elle allait être toute seule, prendre des longs bains toute seule dans une salle de bain rien que pour elle, et le tout à son rythme, aux heures qu'elle allait décider. Ça pendant quelques jours, sans qu'il le prenne pour lui, nécessairement. Et après on verrait.

Cela dit, si après, les jours qui avaient suivi, il avait insisté, elle ne l'aurait pas repoussé, aurait fait ce qu'il fallait. Mais à sa grande surprise, Monica avait vu Mario la laisser tranquille, lui disant juste, une fois, le deuxième ou troisième jour, “C’est marrant, j’aurais pourtant cru que ça t’aurait manqué.”

“Ça m’a manqué, c’est pas la question.”

“C’est quoi la question, alors ?”

“Pas maintenant, sois gentil.”

“Moi ça m’a manqué en tout cas.”

“Je suis sûre.”

“Pourquoi tu dis ça comme ça ? Sérieux, ça m’a manqué. Quoi ? Tu crois pas que ça m’a manqué ?”

“Si, je te crois. Bien sûr, je te crois.”

“Et même salement manqué, je peux te dire !”

Monica trouvant qu’il devenait lourd, à force. Du coup ne se retenant pas de dire, “Oui. Cela dit, toi, c’est différent. Toi, t’as dû facilement trouver de quoi t’aider à patienter.”

“Ah ben trois ans, oui, heureusement, je vais te dire ! Mais bon, ça c’est rien, ça. Tu sais bien, ça compte pas.”

Mario disant ça et laissant tomber le sujet, passant à autre chose. Monica, inutile de dire, ne faisant rien pour le relancer.

Une autre fois, un soir, il avait dit :

“Attends, t’étais pas là, d’accord. Je me faisais une raison. J’avais pas le choix. Mais là, t’es là et t’as envie de rien. Ça fait drôle.”

Elle, n’ayant pas envie d’en reparler encore, avait dit, “Ben tu n’as qu’à faire comme si je n’avais pas eu la remise de peine. Si j’étais toujours à Rennes, comment tu ferais ? Tu patienterais.”

Mario avait dit, “Ouais mais bon, justement, maintenant que t’es là, c’est quand même un peu con que j’aille en tirer une autre, non ? T’es pas d’accord ? Sans déconner, je veux dire, même par respect pour toi, ce serait naze. Moi, ça me gênerait.”

Elle avait dit, “Ah bon ?”, forçant sur la mine et le ton étonnés.

Du coup, il était parti avec sa Ferrari. Elle ne l’avait pas entendu rentrer. Et le lendemain matin, il était de bonne humeur.

Une autre fois, encore, il avait redit que ça avait pas de sens, qu’elle soit là, et qu’elle dorme toute seule dans une piaule et lui seul dans une autre.

Là, elle lui avait dit, “Ecoute, quand j’étais à Rennes, tu disais c’était trop loin, que c’était pas commode pour venir me voir. Ben là, pareil. Dis-toi que je suis trop loin.”

Regrettant aussitôt d’avoir dit ça comme ça, Mario comprenant tout de travers, comme d’habitude. Mario disant, persuadé tout à coup d’avoir l’explication, “Ah, d’accord ! Okay. C’est ça, l’histoire, en fait ! C’est bon, je l’ai.”

Monica soupirant, essayant de dire, “Mais non.” Mais lui la coupant, disant, “Mais si, bien sûr. J’avais pas compris, au début, mais là c’est clair : tu me fais payer un truc. C’est ça. Parce que je suis pas venu te voir. Attends, t’as vu une carte de France, déjà ? T’as vu Cannes ? T’as vu Rennes ? Douze heures de caisse aller, douze heures de caisse retour, vingt minutes de parloir à même pas se toucher. Excuse, mais alors ouais, j’avoue, je l’ai pas fait beaucoup, je voyais pas l’intérêt.”

Monica ne répondant pas que Potenza non plus c’était pas très commode, quand c’est lui qui y était et qu’elle venait chaque fois, chaque visite, de Milan ou de Rome. Ne disant rien, ne voulant surtout pas l’encourager dans la comparaison, l’idée qu’elle se vengeait. Parce que ce n’était pas ça. Laissant courir, attendant qu’il se fatigue tout seul.

Il avait déliré un petit moment et puis, comme la fois d’avant, il était parti avec sa voiture de sport, faisant gronder le moteur. Pareil, elle dormait quand il était rentré. Et le lendemain, c'était le jour où elle devait partir pour l'hôtel. Donc Mario, là, n'avait plus parlé que de business, des recommandations, comme si elle n'avait jamais fait ça.

Bref, là, ils étaient dans la chambre géante et Monica se dit, autant pour moi, qu'elle avait eu tort de suspecter le traquenard. Une fois en haut, tous les deux dans la pièce, Mario n'avait rien tenté, pas la moindre allusion. Au lieu de ça, il avait juste commencé à s'habiller, ne restant pas nu devant elle plus longtemps que nécessaire, lui disant que la veille, le directeur de la sécurité de l'hôtel était venu lui parler. "Le mec ancien flic et tout. Un moment j'ai flippé, je voulais tout arrêter. Puis là, d'avoir dormi, je me suis dit, mais non, le condé, on l'encule. Il peut rien contre nous. Toi, par exemple, jusqu'ici, il t'a pas embrouillée ? Si ?" Monica lui disant qu'elle ne voyait même pas qui c'était. Mario disant, "Voilà. Et toi, donc ? T'es venue me parler de quoi ?"

Mario posant la question d'un ton léger, insouciant. Là Monica lui disant qu'elle s'était retrouvée obligée de tout dire aux deux types, le grand baron moqueur et l'autre, le petit nouveau riche. Mario pas plus choqué que ça par la nouvelle, continuant à se préparer dans la salle de bain.

Tout en lui parlant, Monica s'était promenée dans la chambre. Longeant les portants chargés de vêtements de marque. Aucun livre, nulle part. Mais beaucoup de DVD. La plupart, des coffrets de séries américaines dont Monica connaissait juste le nom, diffusées pendant qu'elle était à Rennes. Et puis des vieux classiques, des films en noir et blanc, Mario surprenant, par moments, dans ses goûts. C'est comme ça, par exemple, qu'elle eut même la surprise de reconnaître la jaquette d'un boîtier qui traînait près de l'écran : l'affiche hyper vulgaire d'un film de série Z intitulé *Terrore alla clinica del sesso 2*.

Dans son dos, elle entendit Mario revenu de la salle de bain lui dire, “Je suis tombé dessus, hier soir, en rangeant des vieux trucs.”

Monica se disant qu’elle, il faudrait la payer pour qu’elle se repasse ça. Mario disant, “95 ! On était jeunes, putain. T’as pas tellement changé, toi, en fait. T’as de la chance. Enfin, je dis ça, pour être sûr, faudrait que je te revoie à poil. Mais comme t’as pas voulu depuis que t’es revenue.”

Ah. Voilà. Comme quoi ses soupçons n’étaient pas si déplacés que ça.

“C’est quoi, l’idée, d’ailleurs ? T’as pris goût au gazon, là-bas ? Il te faut du temps pour te déshabituer ? Réapprendre à aimer la bite ?”

Monica se contentant de le fixer, veillant bien à n’afficher aucune expression.

Mario dit, “Non, je déconne, ça va. Pas la peine de me regarder comme ça.”

Monica ne dit rien. Mario, lui, poursuivant son idée, s’écoutant parler : “Non mais sérieux, chapeau. Je dois dire, c’est bien vu, ton scénar, là, les deux en concurrence. Comme ça tu gagnes du temps. Pas obligée de coucher tant que t’as pas choisi. Là, moi, je dis respect.”

Il fallait l’esprit tordu, quand même, sortir des théories pareilles. Monica renonçant à lui dire que non, elle n’avait rien arrangé. Ça s’était fait comme ça. Les deux types décidant de lui faire la cour à peu près au même moment.

“Le seul emmerdement, ton truc à trois, là, c’est que tu choisis l’un, forcément tu perds l’autre. Et là, c’est dur de te dire lequel prendre, j’arrive pas à savoir lequel a le plus d’oseille.”

Monica n’en avait pas la moindre idée non plus. Mario dit, “Et toi, comme je disais, c’est ce qui t’arrange, en fait. De pas pouvoir choisir. Pas être forcée de coucher. Non, pour toi, c’est super, je comprends bien. Seul truc, c'est qu'à ce compte-là, tu vois, ton petit manège, dès l'instant que tu couches pas, forcément, tu vas pas te faire payer non plus. Et ça, tu te rends bien compte, c'est juste pas possible."

Monica en venant à se dire qu'il ne l'avait pas écoutée, en fait, pendant qu'elle racontait la séance de la veille. Elle, avouant aux deux types qu'elle avait voulu les piéger sur instructions de Mario. A l'heure qu'il était, là, la question n'était plus de savoir lequel des deux ils allaient escroquer. C'était raté pour les deux.

Mario, lui, disant, "Donc, du coup, je me suis dit, puisqu'on sait pas lequel, c'est pas dur, le seul moyen, être sûr de pas se gourer, c'est de piquer aux deux."

C'était bien ça : il n'avait pas écouté.

Mario dit, "Donc là, tu viens me prévenir, t'as été obligée de tout déballer. Je vais te dire, tant mieux. C'était un peu ça l'idée."

Alors si, en fait : il l'avait écoutée. Mais c'était pire. Il n'avait pas compris. Mario disant, "Ben oui. Sinon, à quoi ça servait que je m'arrange hier pour qu'ils flairent une arnaque ?"

"Que tu t'*arranges* ?"

"Oui. Que tu te trouves obligée de leur cracher le morceau, leur expliquer ta vie. La gentille Monica et le méchant Mario qui te force à faire des trucs. En plus, là, pas prévenue, en panique, t'as dû être parfaite. Tu veux tout savoir, je pensais pas que ça irait si vite."

"Que quoi irait si vite ?"

Il était retourné dans la salle de bain, se regarder dans la glace. Monica l'entendit dire, "Là, il y a plus qu'à attendre. Mais ça devrait pas tarder. Putain, sans déconner, sur celui-là, c'est pas juste bon, que je suis."

Monica ne relevant pas, laissant Mario parler à son miroir et dire, "Sérieux, je suis génial."

Vingt-cinq

Roulant vite sur l'A8 en direction de la sortie *La Bocca-Cannes Ouest-Mandelieu Est*, Claude Calzer répétait dans sa tête le pitch qu'il allait faire au petit August Schroeder, sa candidature pour se faire confier la direction de l'hôtel.

Le jeune August Schroeder, d'abord pas convaincu, allait commencer par lui dire, en employant d'autres mots, mais le sens revenant au même, “Oui mais vous comprenez, pour diriger un établissement comme *Privilège*, c'est sûr, la rigueur gestionnaire est capitale, indispensable même. Mais il y a l'autre versant : le rapport clientèle, le relationnel *jet-set*, les acteurs, les chanteuses, les altesses. Là, il faut du glamour, du charisme, de l'entregent, comme on dit. Ça, je veux pas vous vexer, mais je vous imagine pas. Vous, le prenez pas mal, mais, comment dire, c'est pas pour rien que vous étiez policier, vous voyez ce que je veux dire ? Il y a des emplois comme ça, on peut dire ce qu'on veut, le physique joue quand même. Et vous, la tête que vous avez, pour diriger un camp, là dans la seconde, je signe. Mais un hôtel de luxe, flatter la clientèle, souhaiter la bienvenue à Madonna ou à Nicole Kidman ? A leur place, en arrivant, c'est vous que je vois m'attendre debout en bas des marches, je dis à mon chauffeur de pas couper le moteur et de faire demi-tour. Après tout, le *Martinez* est pas fait que pour les Russes. Vous voyez ce que je veux dire ? Allez pas le prendre perso, surtout."

Et là Calzer, très calme, très posé, lui dirait, "Il y a pas de mal. Je vois très bien. Je savais que vous diriez ça. Et je vais vous mettre à l'aise tout de suite. J'ai eu le cas dans mes boulots d'avant, aussi bien à l'Intérieur qu'à la télévision."

"Vraiment ? "Calzer voyant d'ici August Schroeder le regarder en coin, faire un petit sourire. "Expliquez-moi."

"Toutes les célébrités, pipoles, vedettes, les vipes et compagnie, vous dites comme vous voulez, ils respectent qu'un seul truc : le pouvoir. Le taulier. Le mec qui fait les listes. Par exemple, au ministère, tous les deux ans, le mec change. C'est pas grave : c'était toujours les mêmes qu'on voyait revenir, faire sauter leur PV ou leurs histoires de coke. Là pour l'hôtel, pareil. C'est simple : ce qu'ils veulent tous ces pauvres cons, c'est, quoi qu'il arrive, être dans l'endroit le plus cher où personne peut aller. Après, savoir qui le dirige, du moment qu'il y a la mer, le soleil et que ça coûte un bras, tout le reste ils s'en foutent. Il y a que Castric d'assez con pour croire une demi-seconde qu'il est pote avec eux, que les autres tiennent à lui, que c'est possible d'être *ami* avec des gens comme ça. Pour eux Castric c'est quoi ? Juste un loufiat un peu amélioré qui se prend au sérieux. Une mascotte. Du folklore. Un genre de porte-bonheur. Il serait bossu, on lui toucherait la bosse. Là il est mégalo, on le laisse prendre une photo. Il les amuse, en fait, le petit Français lèche-cul en blazer de couleur. Le jour où c'est plus lui, que c'est un mec plus sobre, les langues vont se délier. Vous aurez Madonna qui trouve que ça soulage, Sharon Stone qui dira que ça lui fait des vacances et Nicole pour avouer qu'elle le trouvait collant. Ecoutez bien ce que je vous dis : il faut jamais tabler, ni pour compter dessus ni pour en avoir peur, sur le courage ou la fidélité d'une vedette ou d'une star. Tenir parole, rendre service, ces connards et ces pouffes, ils savent même pas ce que c'est. Ils pensent juste qu'à leur gueule. Et là, moi, je les niquerai avec un autre concept. Après le directeur pot de colle, je serai l'hôtelier mystère. Le directeur fantôme. Celui que personne a vu. Et j'aurai un RP pour leur faire des courbettes le jour où elles arrivent. Du coup, eux, ils se battront pour être l'un des rares à voir le vrai patron, le grand vizir occulte. Je vous le signe. C'est pas plus compliqué."

Il aurait pu continuer comme ça encore longtemps, préparer des parades, imaginer des arguments que le mec lui opposerait. Juste, dommage, là, il était obligé d'arrêter leur débat. Il venait d'arriver à l'entrée du parking de l'aéroport Cannes-Mandelieu.

Il allait voir s'il était aussi brillant en vrai, avec le mec en face, que tout seul dans sa tête.

Au bout de la quatrième station-service visitée sans résultat, Adrien avait dit au petit Monsieur Gomez, "Ça n'aurait pas été plus simple de demander à votre amie Monica de nous donner l'adresse ?"

Le petit Monsieur Gomez catégorique, disant, "Non, non ! Il faut pas qu'elle sache ce qu'on est en train de faire. Sinon, elle risque de s'affoler."

Adrien ne voyait pas pourquoi, mais n'avait pas demandé, soucieux de s'épargner une explication qui serait sûrement oiseuse.

Finalement, un jeune type dans une station Shell leur avait dit, je sais pas si c'est la bonne, mais, temps en temps, il y a une Ferrari orange qui vient pour faire le plein. Evidemment, le pompiste ne connaissait ni le nom ni l'adresse du conducteur. Mais en cherchant, croyait se souvenir qu'une fois, un collègue avait dit que le gars travaillait dans une salle de sport, derrière l'aéroport. L'aéroport ? Nice ? Non, pas Nice. Cannes-Mandelieu.

Il y avait plusieurs salles de sport derrière l'aéroport, au milieu des hangars et des entrepôts, Adrien ne perdant pas de temps à se demander pourquoi, et comme de juste, ils en visitèrent deux pour rien avant de trouver la bonne, *Azur Body Espace*, un grand hangar de stockage reconverti en gymnase géant, avec, sur le parking devant, la Ferrari garée au milieu des *roadsters* BMW, des coupés Mercedes et des 4 × 4 monstrueux. Adrien se demandant ce que l'*Azur Body Espace* proposait de si spécial pour que sa clientèle cossue n'hésite ainsi pas à venir de loin jusqu'aux faubourgs de la Bocca pour entretenir son corps. En même temps, ces dames ne devaient pas avoir grand-chose d'autre à faire. Et puis c'était pour elles l'occasion de piloter leurs élégants petits bolides décapotables. Le temps que Gomez et lui allaient passer à l'intérieur, la Rolls tape-à-l'œil serait en bonne compagnie.

La main sur la poignée, il allait ouvrir la portière et descendre de voiture quand il remarqua le petit Monsieur Gomez penché vers lui, abîmé dans la contemplation de la moquette. A son tour, Adrien regarda par terre, ne voyant que ses pieds, chaussés de vieux mocassins italiens en daim qu'il aimait porter sans chaussettes, se demandant ce que l'autre pouvait bien leur trouver de si intéressant.

Le petit Monsieur Gomez leva le nez et dit, "Dis donc."

La main toujours sur la poignée, Adrien dit, "Oui ?"

"Il y a une question que je voulais te poser."

Se réservant de s'étonner ultérieurement du tutoiement subit, Adrien incita du menton Jorge Gomez à poursuivre.

"Tes tatanes, tu les talques ?"

Adrien pas très sûr d'avoir bien entendu, plissant le front, cherchant à comprendre. Le petit Monsieur Gomez disant, "Non parce que, moi, je mets comme ça trois jours de suite la même paire sans fumantes, c'est terminé. Le soir, j'ai les pinceaux qui vaunent, faire dégueuler un rat. Et les godasses, je te dis pas l'infection à l'intérieur."

Ne croyant pas ce qu'il venait d'entendre, Adrien dit juste, "Vraiment ?"

"Fatalement, bout d'un moment, l'odeur traverse le cuir. Je suis en train de discuter avec quelqu'un, je sens mes salsifis qui emboucanent ! Après, ça dépend qui ça va être. T'as des mecs, je m'en fous. Mais d'autres, des clients, c'est embarrassant."

Adrien cherchant à voir pourquoi l'autre lui parlait de ça à cet instant précis, cherchant le sens caché, n'en voyant qu'un possible, disant, "J'ai les pieds qui sentent ? C'est ça ?"

"Non, *justement*, c'est *ça* que je te demande : comment tu fais pour qu'ils puent pas. T'as un truc ? Tu te mets un produit ?"

Adrien décida de ne pas répondre. Parler chaussettes avec Monsieur Gomez était au-dessus de ses forces. Surtout à la deuxième personne du singulier.

Il ouvrit la portière et descendit de voiture.

Derrière lui, il entendit le petit Monsieur Gomez descendre à son tour, claquer la portière et dire, "Okay, j'ai compris, tu veux pas me dire, c'est bon."

Ils entrèrent ensemble dans l'établissement, passant le hall d'accueil et un guichet désert pour pénétrer dans l'immense salle de sport. D'un côté, des clients des deux sexes s'entraînaient sur des machines. A l'autre bout, face à un miroir géant, le grand brun musclé qui était avec Mario deux jours avant faisait lever la jambe à une vingtaine de femmes, presque toutes blondes.

Plutôt qu'interrompre la leçon, Adrien désigna du menton trois espèces de Chippendales surbronzés qui leur tournaient le dos, occupés à regarder une compétition de culturisme sur un téléviseur accroché au mur. Adrien étonné de voir les types le cul quasiment à l'air, portant juste des strings qui leur passaient dans la raie des fesses et des espèces de débardeurs à la fois trop amples et trop courts, qui s'arrêtaient au milieu de leurs dos sculptés en V. Tout en marchant vers eux, Jorge Gomez derrière lui, Adrien prit la résolution de s'interdire de rire quand il les verrait de face, avec leurs strings moule-burnes et leurs regards intelligents.

Arrivé à un mètre derrière les trois musclés, il dit, "Excusez-moi messieurs."

Les trois se retournèrent et là, surprise, Adrien vit qu'il s'agissait de femmes. Des femmes aux corps musculeux à la limite de la monstruosité. Adrien aurait été bien en peine de leur donner un âge précis, mais elles avaient toutes les trois atteint ou dépassé la quarantaine. Aucune n'avait l'air très heureuse de s'être fait appeler Monsieur.

La plus âgée des trois, un colosse à cheveux jaune citron dit, "Pardon ? Qu'est-ce que t'as dit ?"

Décidément, tout le monde le tutoyait, soudain. Adrien n'eut pas le temps de s'excuser. Le petit Monsieur Gomez avait pris les devants, disant à la culturiste, "Mesdemoiselles, mesdames, veuillez excuser ce garçon. Sans ses lunettes, c'est limite s'il lui faut pas une canne blanche et un boy-scout serviable pour traverser la rue. Problème, il les oublie constamment. Moi je dis, un jour, comme ça, ça va finir qu'il va vexer quelqu'un."

La culturiste dit, "Ses lunettes, c'est pas ici qu'il va les trouver."

Jorge Gomez essayant d'enchaîner sur le mode bon

enfant. “C’est d’ailleurs pour ça qu’ici, c’est pas ses lunettes qu’on cherche. C’est Mario.”

La culturiste blonde dit, “Mario ? Ah ben, Mario, il est là.”

“Super ! Et là où, s’il vous plaît ?”

La culturiste dit, “Je viens de te le dire”, tendant le cou et le menton devant elle, “*Là!*”

Quasiment en même temps, Adrien et le petit Monsieur Gomez tournèrent la tête. Effectivement, l’Arabe était là, à deux mètres dans leur dos.

Un grand sourire, comme si c’était la première fois qu’ils se voyaient et qu’il y avait jamais eu le moindre problème entre eux, disant, “Messieurs bonjour. Mario Zoualem. Qu’est-ce que je peux faire pour vous ?”

Calzer avait déjà vu des mecs à avion. Des trafiquants, des grands patrons. Et des mecs à bateau, aux Antilles beaucoup et puis là, évidemment, sur la Côte, depuis qu’il bossait au *Marina Privilège*. Pareil, des trafiquants, des grands patrons. On pouvait dire ce qu’on veut, les avions, c’était la classe. Mieux que les yachts, encore. Après, bien sûr, t’avais les mecs qui avaient les deux. Le jet pour travailler, le yacht pour les loisirs. Mais à choisir, Calzer se disait, mieux valait être un mec à avion.

Comme là, le jet du mec, August Schroeder. C’était le top du top, le mieux sur le marché. Calzer pas spécialiste, mais capable de reconnaître un *Falcon Jet 900*, triréacteur, vingt mètres de long, douze places, les fauteuils pivotants en cuir beige, les tables en bois verni, le canapé couchette. Calzer faisant la comparaison avec le *Falcon 50* qu’utilisaient les mecs de la chaîne où il avait bossé et qui était déjà le top. Le *900*, c’est pas dur, c’était juste encore mieux.

L’appareil était stationné à l’écart près de la petite

aérogare, le mec, Arthur Schroeder, prenant même pas la peine de descendre. Personne pourrait dire après qu'il l'aurait vu à Cannes ce jour-là. Ce qui pour l'instant arrangeait Calzer. Notant quand même, quand il serait patron de l'hôtel, de jouer serré avec August Schroeder.

August Schroeder qui, là, écoutait les enregistrements que Calzer lui jouait, hochant juste une ou deux fois la tête en entendant Castric dire, "Ce soir je joue gros. J'ai cent mille avec moi. Si je gagne, je vais pouvoir un peu remettre dans les caisses de l'hôtel. Peut-être pas rembourser les cinq cent mille qui manquent, mais quand même. Arriver à une somme peut-être un peu plus facile à justifier au siège." C'était dans la voiture entre l'hôtel et chez Rashoggi. Castric creusant sa tombe tout seul avec sa trop grande bouche. Disant plein de trucs comme ça qui pouvaient être mal pris. Et puis après, au retour, disant, "Putain la connasse, la petite beur, là ! J'avais près de deux cent mille dessus ! Deux cent mille. Les cent que j'avais amenés, plus tout ce que j'avais gagné pendant toute la soirée. Là, je repars, j'ai plus rien. Tout ça à cause de cette vilaine petite Fatma de merde."

Entre deux fichiers son, Calzer faisait regarder les photos à Schroeder : Castric tout excité, au bord de la piste, à hurler pendant que les filles se battaient. August Schroeder feuilletant les premières photos et disant, "Je ne comprends pas bien le concept."

"C'est simple. C'est des filles qui se battent."

"Oui, ça, je vois mais bon ? L'intérêt ?"

"Un peu comme des catcheurs, en fait. Sauf qu'en principe, les catcheurs cherchent pas à s'arracher leurs slips pour se l'enfoncer où je pense et se le faire bouffer. Mais sinon, c'est l'esprit. Du catch un peu porno, si vous voulez."

August Schroeder dit, "Vous aussi vous aimez assister à ces combats de femmes ?"

Sournois, demandant ça sans lever les yeux des photos. Calzer dit, “C’est Castric qui veut que je l’accompagne. Pour sa sécurité et aussi pour la frime, je pense. Tous les autres invités ont des secrétaires ou des gardes du corps. Donc il aime bien me montrer.”

L’autre, comme ça, regardant tout, écoutant tout, les enregistrements et les explications de Calzer, puis gardant le silence un petit moment, regardant à l’extérieur, à travers le hublot, et finalement disant, “Bien. Vous avez monté un dossier solide, comme on dit. On sent que ça fait longtemps que vous y travaillez, que vous avez fait ça avec méthode.”

Le truc tourné comme un compliment mais disant tout le contraire. Pas un reproche non plus, mais quand même, disant en substance que Calzer était un traître. Le comble ça. Se faire traiter d’hypocrite par un Suisse. Un Suisse allemand en plus. Avec leur chocolat et l’or nazi jamais rendu aux juifs et tout l’argent de la drogue. Venir lui faire la leçon.

Calzer dit, “Vous auriez préféré que je m’abstienne. Que ça continue ? On peut faire ça, aussi. Après tout, à la fin de la journée, le *N+1* de Castric, dans la chaîne de commandement du groupe, il me semble que c’est vous.”

Là, l’autre souriant pour la première fois depuis les vingt minutes que Calzer était à bord. Un petit sourire amusé. “Ne soyez pas susceptible. Je ne disais pas ça pour vous vexer.”

“Je ne me vexe pas. Je n’ai rien à me reprocher. C’est Castric le tricheur. Ça fera bientôt trente ans que chaque jour qui se lève, je combats des voyous, j’arrête des trafiquants, je démasque des voleurs. Vous n’avez pas besoin de me dire que j’ai raison de le faire. Et vous aurez du mal à me prouver que j’ai tort. Je n’ai pas non plus besoin de vos compliments faux jeton pour savoir que je le fais bien. Je sais très bien ce que je vaux, depuis le temps que je le fais." Le Suisse prenant une petite mine faussement impressionnée. Calzer faisant comme s'il ne l'avait pas vue, enchaînant. "Pendant vingt ans, les preuves que j'ai en main, c'est un juge qui les aurait reçues. C'étaient mes patrons à l'époque, les juges. Après, le grand groupe où j'ai travaillé, j'ai eu d'autres patrons et j'ai pris l'habitude d'aller les voir d'abord et de leur laisser le choix. Que ce soit eux qui décident de la suite à donner. Aujourd'hui, si je regarde l'organigramme, mon supérieur c'est vous. Je pense que vous préférez que je vienne vous voir vous, plutôt que la police. Ou le directoire du Friske Gruppe à Zurich. Donc je ne crois pas mériter vos petits sous-entendus. Je ne réclame pas de médaille non plus. En repérant que Castric prend dans la caisse pour satisfaire ses vices, je fais juste mon travail. En vous informant discrètement, je fais preuve d'esprit *corporate*. Simplement, vous devez comprendre une chose : à mon âge et à l'heure qu'il est, ce genre de loyauté n'a plus d'intérêt que si elle est pratiquée à double sens."

"C'est-à-dire ?"

"C'est-à-dire, si vous décidez d'assainir la direction du *Marina Privilège*, je me plais à penser que vous aurez bonne mémoire."

August Schroeder faisant alors semblant d'être étonné.

"Ah bon ? Vraiment ? Le poste vous intéresse ?"

Vingt-six

Au début, Jorge s'était demandé pourquoi la culturiste à cheveux jaunes était venue avec eux quand l'Arabe avait dit d'aller dans son bureau, qu'ils seraient plus tranquilles. Une fois à l'étage, au-dessus des douches et des vestiaires du truc, Jorge avait mieux compris. En entrant dans la pièce, la mémé était partout, avec plein de photos et d'affiches d'elle à divers âges. Montrant qu'à une époque, peut-être, elle avait été pas mal.

Sans doute de voir Jorge regarder les photos, l'Arabe dit, "Corinne a été championne de *Miss Fitness, Body Fitness* et *Bodybuilding.* Maintenant, elle fait beaucoup de *posing* privé et de présentation en discothèque. Mais ça l'empêche pas de continuer la compétition en senior. Toutes les coupes et les plaques, là, c'est elle qui les a gagnées. C'est pas vrai Corinne ?"

La Corinne fit un petit sourire et dit, "Oh arrête." Ravie, en fait.

Jorge, lui, se sentit obligé de hocher la tête avec une moue impressionnée, voyant le grand con faire pareil. Jorge sentant que le grand con était comme lui, qu'il se retenait de se marrer.

Mario alla se placer derrière l'un des deux bureaux et

leur fit signe de s'asseoir sur les deux chaises en face. Corinne alla se planter à côté de Mario et Mario dit, "Vous pouvez parler librement devant Corinne. C'est mon associée."

Jorge hocha à nouveau la tête, ne sachant pas si c'était lui qui devait parler le premier, le grand con et lui ne s'étant pas mis d'accord sur la façon de le jouer.

Mario dit, "Et donc vous m'avez dit, vous voulez me parler de Monica ?"

Le grand con, dit, "Voilà." Jorge décidant de le laisser commencer, du coup.

En face d'eux, tout sourires, l'Arabe dit, "Donc je vous écoute. Qu'est-ce que je peux faire pour vous ?"

"C'est plutôt pour Monica que pour nous, à vrai dire."

Le mec toujours grand sourire, disant, "Okay, que puis-je faire pour Monica, alors ?"

Là, le grand con semblant chercher ses mots. Jorge sachant que c'était un genre qu'il se donnait, pour ambiancer l'Arabe.

"Ben c'est-à-dire, en fait, voyez-vous, elle aimerait arrêter."

"Arrêter ?"

"De travailler pour vous. De faire ce que vous lui faites faire."

"Ah oui ?"

L'Arabe disant ça, souriant toujours. Jorge aimant pas ça. L'impression que le mec se foutait de leur gueule. Le grand disant juste, "Oui."

L'Arabe, lui, dit, "Bon, d'accord, admettons. Juste, dites-moi, pourquoi elle vous envoie *vous* ?

Jorge dit, "C'est souvent, vous savez, quand les gens cessent une activité, comme ça, ils demandent à des tiers de les représenter dans la négociation. Un avocat, un manager, voyez ? Qu'il y ait pas d'affectif qui vienne tout compliquer."

Le grand con enchaînant, disant, “Là, peut-être elle se dit, si c’est elle qui vous le dit, vous allez essayer de la faire changer d’avis. Jouer sur la corde sensible.”

Jorge dit, “Qu’avec nous, ça marche pas. Il y a pas d’affect. Nous, on vous connaît pas. On cherche juste l’arrangement. On met rien de personnel.”

Mario dit, “D’accord, donc, d’un sens, là, ce que vous me dites, c’est que maintenant, c’est vous qui la représentez.”

Attends, il les prenait pour des proxos comme lui, cet enfoiré, maintenant. Jorge dit, “Enfin, non. Pas vraiment. Ça dépend.”

Le grand con rectifiant, disant, “Quoique, si, là, en l’occurrence, on peut dire ça.”

Jorge disant, “Oui mais juste là. Juste pour vous dire qu’elle veut arrêter.”

Le grand con confirmant, disant, “Mais sinon, non.”

Mario dit, “D’accord. Et donc, là, en fait, elle arrête, c’est ça ?”

Le grand con dit, “Voilà.” Jorge hochant la tête pour appuyer.

L’Arabe se mit à regarder dans le vague, disant comme pour lui-même, “Elle arrête, donc... Monica...” Puis regardant Jorge et le grand con pour faire une moue déçue et dire, “C’est dommage parce qu’elle le faisait bien.”

Jorge à deux doigts de dire Raison de plus, que c’était ça, la classe, arrêter quand on était au top. Faire un topo au mec sur la saison de trop.

L’Arabe dit, “Donc elle arrête.”

Le grand con hocha la tête, avec l’air de presque plaindre l’Arabe. L’Arabe soupira et dit, “Okay.”

Jorge laissa passer quelques secondes et dit, “Bon ben, voilà, en fait. Nous, là, il nous reste plus qu’à vous remercier pour votre accueil.”

Le grand con dit, “Oui, on ne va pas non plus vous déranger plus longtemps. Vous avez sûrement à faire.”

Le grand con allant pour se lever, Jorge déjà debout.

Mario leva la main et dit, “Attendez. Il y a juste un truc qu’on n’a pas vu.”

Le grand con dit, “Oui ?”

“C’est les indemnités.”

Jorge dit, “Ah non mais ça, c’est bon. Elle a dit qu’elle vous en demande pas.”

Le grand con dit, “Vu que c’est elle qui donne sa démission, au lieu de vous qui la licenciez.”

“Oui non, ça je me doute bien qu’elle, elle m’en demande pas. Manquerait plus que ça, en plus. Non, là, je parle de moi. De ce que moi je vais toucher.”

Le grand con dit, “Pourquoi vous toucheriez quelque chose ?”

Jorge se retenant de dire comme lui avait sorti Tortue, là, c’est le rectum que tu touches, mon pote. L’Arabe lui faisant signe de se rasseoir, insistant, le mec attendant que Jorge soit rassis pour dire, “Okay. Je vais vous faire une comparaison sportive, vous aider à comprendre. Monica, on va dire, elle est joueur dans mon club. Depuis des années. C’est moi qui l’ai découverte quand elle était toute jeune. J’ai cru en elle. Elle a bénéficié de mon centre de formation jusqu’à devenir une des meilleures dans sa catégorie. Juste, là, elle a été suspendue pendant deux trois saisons à la suite d’une erreur d’arbitrage. Mais sinon, cette année, moi je comptais sur elle dans mon dispositif. Donc vous me la retirez, pourquoi pas, après tout. Mais alors il me faut une compensation. Comme un transfert de joueur. Voyez ce que je veux dire ?”

Le grand con dit, “Très bien. Simplement, là, c’est pas un transfert, c’est une retraite. Elle arrête. Je sais pas comment vous le dire.”

L’Arabe dit, “Un transfert, une retraite ou une reconversion, c'est elle que ça regarde. Elle veut partir, elle part. Après elle fait ce qu'elle veut. Moi, ça me concerne plus. Juste, avant, elle s'en va avec des comptes en ordre et tout le monde est content."

L'Arabe écartant les mains pour dire ça, faire le mec conciliant, Jorge lc regardant faire, connaissant tous les trucs, toutes les ficelles, trouvant le mec pas mauvais. L'Arabe, lui, reprenant, disant, "Donc c'est pour ça, puisque vous me dites que vous la représentez, c'est à vous que j'en parle. Il va falloir qu'il y ait une transaction, là. Monica, pour moi, c'est un investissement, un actif et une source de revenus. Donc je m'en sépare, il faut forcément que je m'y retrouve un peu, après amortissement. Il faut me dédommager pour le manque à gagner."

Le grand con dit, "A mon avis, votre investissement, comme vous dites, ça fait longtemps que vous l'avez déjà amorti dix fois, donc ça ne va pas—"

Jorge coupant le grand con, prenant un ton indifférent pour dire, "Juste par curiosité, vous en voudriez combien ?"

Mario, ça se voyait, content qu'on lui pose la question, "Ecoutez, pour simplifier et donner un chiffre rond, on va dire un million."

Le grand con dit, "Un million."

"Oui."

"Pourquoi pas deux ?"

"Parce que. Faut pas péter les plombs non plus."

"N'est-ce pas ?"

"Là, un million, c'est grosso merdo ce qu'elle devrait me rapporter en bénéfice net dans les cinq ans, en fourchette basse. Un million."

Jorge dit, "En même temps, vous vous rendez bien compte, jamais elle va avoir cette somme, là."

"Elle les a pas, elle s'arrange, elle emprunte. Je sais pas, à vous, par exemple. Ben si ! Là, vous venez me voir pour parler en son nom. Je sais pas quel est votre arrangement, ce que vous comptez en faire après. Moi, l'instant que j'ai été casqué, je m'en occupe plus. Elle est à vous."

Le grand con dit, "Attendez, là, juste être sûr de comprendre, vous exigez qu'on vous donne un million au nom de *quoi* au juste ? Expliquez-moi."

Là, le Mario disant, "Ah mais non. Non, moi, je vous dis rien. Moi, je vous ferais remarquer, j'ai rien demandé. Je suis très bien comme ça, avec Monica dans l'équipe qui me rend des petits services. C'est vous qui me venez me voir, me dire de la laisser partir. Moi, je suis un type ouvert, je dis pas non tout de suite."

Prenant la culturiste à témoin, l'autre faisant oui de la tête, confirmant que l'Arabe est un mec ouvert. L'Arabe disant, "Donc je dis pas non. Qu'est-ce que je dis à la place ? Je dis, oui pourquoi pas, faut voir, ça s'étudie. Tout ça, après, c'est surtout question du montant au final, voir si on parle du même. Là, vous, vous me dites combien ? Je me dis, pour poser la question, c'est peut-être vous êtes intéressés. Donc je vous réponds. Un million. Après, c'est à vous de voir comment vous voulez vous arranger, si vous vous la payez à deux, comme parfois font les mecs pour les bateaux de plaisance ou les appartements à la montagne. Ou bien séparément. Ça non plus, c'est un truc, ça me regarde pas."

Le grand con prit la tête du mec qui réfléchit pendant quelques secondes, avant de dire, "Oui. Sauf que je vous arrête tout de suite : un million, ou même juste cinq cent mille, à vous donner pour rien, là, comme ça, sans aucune bonne raison, non, ça, je crois pas que je vais avoir."

Jorge dit, "Oui, alors moi, c'est encore autre chose, voyez : même à supposer que je serais d'accord, je peux pas, là. Demandez-lui, je lui en parlais encore ce matin.

La façon que mes placements sont organisés, mes fonds vont pas être disponibles avant quinze jours. Donc pour un règlement rapide, ça serait pas possible, de toute façon."

Le grand con dit, "Oui. C'est pour ça, en fait. J'ai une autre idée."

Mario dit, "Ah oui ?"

"Oui. Elle va faire comme on a dit : elle va arrêter et tout va bien se passer."

Jorge s'était relevé. Le grand con avait fait pareil.

L'Arabe dit, "Oh non. Partez pas déjà."

Jorge dit, "Hé si, hélas !"

L'Arabe redit, "Non partez pas. Il faut que je vous explique un truc."

Ni Jorge ni le grand con ne dirent quoi que ce soit. L'Arabe dit, "Vous avez eu tort, là, en fait, de refuser de casquer le million que je disais."

"Ah bon ?"

"Oui. Parce que là, maintenant, moi, je vous mets à l'amende. Ça va vous coûter plus cher."

Le grand con dit, "Mais encore ?"

"Votre amie Monica m'a dit que vous aviez des comptes, des comptes numérotés. Vous savez, aux Seychelles, en Suisse, au Luxembourg."

Jorge aimant pas la façon dont l'Arabe avait dit votre amie, avec de l'ironie dedans et le petit sourire sur la gueule toute marron de la culturiste.

Jorge dit, "Pas du tout, j'ai pas de compte en Suisse ou au Luxembourg."

L'Arabe dit, "Oui je sais, vous, vous préférez les îles Caïmans, je crois. Ou est-ce que c'est Monsieur ?" Regardant le grand con en disant ça. Jorge obligé de se rendre à l'évidence : Monica avait rapporté leurs conversations à l'Arabe. Lui trouvant aussitôt des excuses. Elle avait été forcée. Elle n'avait pas le choix. L'Arabe, lui, était en train de dire, "Ces comptes-là, en général, l'argent qu'il y a dessus, le fisc en a rarement entendu parler. Donc les gars qui se le font voler, c'est moins commode d'aller trouver les flics après. Voyez ce que je veux dire ? On porte plainte pour vol et on se retrouve soi-même en taule pour fraude fiscale. C'est bête."

Le grand con dit, "Pas comme vous. Qui êtes un gros malin."

"Eh bien vous deux, vos comptes secrets, vous allez prendre un million dessus, un chacun, pour vous apprendre à pas savoir saisir mon offre au bon moment, et vous allez me le virer sur un petit compte que j'ai à Monaco, là, je vous donnerai le numéro. Et à votre place, cette fois, moi je discuterais pas, à moins que vous vouliez que la somme augmente encore."

Le grand con dit, "C'est tout ?"

"Oui. Et une fois que ça sera fait, ni Monica ni moi on veut plus voir vos gueules."

Jorge n'aimait vraiment pas la façon dont l'autre parlait de Monica et lui ensemble, comme ça, complices sur le même coup.

Le grand con dit, "Vous savez quoi ? J'y pense et puis je vous dis. D'ici là, bien le bonsoir." Le grand con avançant vers la porte du bureau et s'arrêtant en voyant la porte s'ouvrir et deux mecs qui entraient, Jorge se demandant comment Mario avait fait pour les faire rappliquer et leur faire ouvrir la porte pile poil au bon moment.

Les mecs, c'étaient le prof d'en bas qui avait fini sa leçon, ou laissé les mémères faire des abdos toutes seules. La tête du deuxième aussi disait quelque chose à Jorge, mais plus vaguement. Costaud aussi, le gars, mais dans un autre genre. Plutôt videur de boîte que prof de gymnastique, avec la moustache, le bouc et des grosses rouflaquettes en plus de ses cheveux longs. Une touche un peu *biker* en fait. Le mec devait être tatoué.

L'Arabe dit, "Non, réglons ça tout de suite, plutôt.

C'est rien, maintenant, avec l'informatique et Internet. On décide de s'y mettre, dans cinq minutes c'est fait. Et comme ça, vous comme nous, on sera débarrassés."

Jorge évaluant la situation. Difficile de tenter un truc en sachant pas comment le grand con savait se comporter dans une bagarre. Se voyant pas se charger tout seul, là, des deux grands mecs qui leur barraient la route.

Sachant qu'en plus, de l'autre côté, dans son dos, il y avait Mario. Qui devait savoir se battre, quand on ne le chopait pas par surprise. Et surtout la monstresse, la culturiste. Corinne. Elle, Jorge n'avait pas envie de s'y frotter.

Et puis Jorge s'arrêta de gamberger. Ça servait plus à rien. De toute façon, là, tel que c'était, ils allaient se battre avec personne. Mario venait de sortir un gourdin électrique d'un tiroir. Enfin, pas vraiment le bâton, mais l'un de ces petits *stunguns* comme on voit dans les films, généralement appliqués dans le cou du mec juste avant qu'il s'écroule. Des petites merdes quand même capables de t'envoyer une décharge à deux cent mille volts. En tournant la tête, Jorge vit que le biker en tenait un aussi.

Et comme ni Jorge ni le grand con ne bougeaient ou ne disaient ni oui ni non, l'Arabe dit, "Je sais que ça fait cliché mais tant pis, je le dis quand même parce que c'est la vérité : de toute façon, les numéros de compte, vous allez les donner. Donc, à votre place je les donnerais tout de suite."

Vingt-sept

La même journée, toute fin d'après-midi, Claude Calzer était en terrasse, un bar-tabac boulevard Jean-Hibert, sur le quai, juste avant le port de plaisance, décompressant.

Au final, il s'était retrouvé à prendre sa journée, sans retourner à l'hôtel, pas pressé de voir Castric, par exemple, et sa gueule trop bronzée. Ou de croiser Ramponi qui allait lui parler des cinq cent mille volés, désolé de pas avancer plus. Calzer obligé de faire semblant quand l'autre lui en parlerait, et là ayant la flemme.

Au lieu de quoi, à la place, Calzer savourait sa mauresque, la deuxième, regardant passer les gens. Différents, forcément, de ceux qu'il côtoyait le reste du temps dans son hôtel grand luxe. Regardant les petits vieux, certaines vieilles avec des fringues de jeunes et leurs bijoux en or. Les marlous avec les cheveux mouillés, les mecs roulant leur caisse, tu le croyais pas, comme s'ils jouaient dans un film. Des jeunes pétasses aussi, fringuées court et moulant, qui faisaient se retourner les mecs mais leur répondaient pas s'ils proposaient un verre. Ou même des mères, dis donc, la trentaine, des poussettes ou des mômes par la main, mais quand même, Cannes oblige, les nichons presque dehors et la ficelle du string qui dépassait bien haut. Calzer savourant ça, donc. C'était simple. C'était gratuit. Tranquille comme un blaireau, pour une fois. Déstressé. Détendu.

Repensant à sa journée passée juste à rien foutre, à partir du moment où il avait quitté l'autre petit enculé de Suisse. Calzer reparti content de lui. Il avait tenu tête. Il ne s'était pas laissé brusquer par le petit merdeux sorti de ses grandes écoles. A la place, c'était lui qui avait même un peu expliqué à l'autre comment le monde marchait. Et que là, par exemple, il n'avait pas trop le choix : obligé de dégager Castric. Obligé de mettre Calzer directeur à sa place. Que sinon, ça serait sur sa chemise blanche à lui qu'il y allait avoir des taches.

August Schroeder pragmatique, en même temps, perdant pas de temps à discuter pour rien, jouant le ballon comme il venait. Calzer sachant évidemment qu'il se faisait un ennemi et s'en battant les couilles. Comme ça au moins c'était clair. Depuis quand tu pouvais arriver à son âge, le parcours qu'il avait eu, et continuer à croire que le mec au-dessus de toi va te faire des cadeaux.

Bref, en quittant le Suisse, pas d'humeur à rentrer tout de suite.

Il s'était fait un dèj du coup, tout seul à La Napoule. Truc à touristes mais classe. Lui ne se refusant rien, prenant le plus cher. Buvant de la flotte, quand même, parce qu'on était le midi.

Ensuite, après le restau, en fait, ce qui aurait fait plaisir, c'est de se faire sucer. A la place il était allé chez le coiffeur, le premier qui pouvait le prendre. Mandelieu, juste en face de l'église. Disant à la quadra blonde et bronzée habillée tout en blanc de surtout prendre son temps en lui faisant le shampoing. Calzer profitant du massage de crâne, se relaxant comme ça, à défaut d'autre chose. Puis lisant des *Paris Match* et des *Gala* pendant que la mémé raccourcissait ses cheveux qui n'en avaient pas besoin.

Après, tant qu'il y était, demandant une manucure, faisant durer le temps qu'il passait là, quasiment le seul mec au milieu des bonnes femmes. Il était seize heures trente passées quand il était sorti. Pas encore complètement calmé, mais sans non plus l'envie d'appeler l'une des bonnes femmes qu'il voyait de temps en temps. Pas d'humeur à parler.

Calzer pas étonné non plus d'être chaud bouillant comme ça, sachant d'où ça venait.

En fait, là, une bonne séance, ç'aurait été la récompense qu'il avait l'impression d'avoir déjà méritée. Comme une espèce d'acompte sur son nouveau statut – pas encore officiel mais comme si c'était fait. Une preuve, tout bêtement, du changement dans sa vie à partir de maintenant. On pouvait dire ce qu'on voulait, pour célébrer un truc, un cul à bien pourrir ça restait malgré tout le meilleur des trophées. Et deux trois grammes aussi, dans la foulée. Trois grammes à renifler dans la raie d'une négresse.

C'est pour ça : c'était normal, en fait, l'état où il était. C'était juste un réflexe ou un souvenir chimique qu'avait son organisme, un reste de l'époque où ils fêtaient toujours toutes leurs belles prises comme ça : des salopes et de la coke.

Calzer en même temps se souvenant que ça portait malheur de célébrer trop tôt. La peau de l'ours et tout ça. Pas de teuf avant d'être sûr. C'est pour ça, là, mon pote, ceinture. Il serait bien temps après.

Il avait donc traîné dans les allées du centre commercial *Géant* de Mandelieu, sans rien acheter, et puis était rentré sur Cannes en roulant le long de la mer, le boulevard du Midi, fenêtre ouverte, s'arrêtant au premier troquet qui lui semblait sympa. Commandant une mauresque. Puis deux. Matant les filles. Et c'est comme ça, en fait, en regardant le cul d'une brune faire onduler le tissu à chaque foulée qu'elle faisait, que Calzer remarqua la Rolls qui approchait, bordeaux décapotable, identique à celle qu'il avait filochée un bout de la matinée.

Calzer au début se disant que c'était la même, distinguant un mec et une fille devant et un autre mec derrière, pensant que c'était les deux avec leur Italienne. Et en fait non. La fille était blonde. Et le mec au volant n'était ni l'Espagnol ni l'espèce de baron. Mais celui de derrière, pas de doute, c'était le jardinier paparazzo. Garnison. Sébastien Garnison. Celui qu'il avait viré la veille.

Très concentré soudain, avec les gestes précis du type qui sait ce qu'il fait et l'a déjà fait cent fois, Calzer laissa sur la table de quoi régler ses consos et rejoignit sa BM, démarrant vite et, comme dans la matinée, se mettant à suivre la Rolls. Ne sachant pas au juste, pour l'instant, pourquoi il la suivait, mais sûr d'avoir raison de le faire.

Devant lui, les deux mecs et la blonde grimpaient comme ça par le boulevard du Riou jusqu'à Rocheville, laissant finalement la blonde à l'entrée d'une résidence en face de la Canéopole, comme la mairie du Cannet essayait de se faire appeler. Le jardinier à l'arrière pelotant au passage les gros seins de la fille en lui disant au revoir.

Les mecs ensuite redescendant vers Cannes, mais tournant vite à droite, filant vers la Bocca. Calzer étonné de les voir prendre Francis-Tonner et Saint-Exupéry comme s'ils allaient aux Tourades, la zone industrielle. Calzer se disant, en Rolls ? Ou alors, ce chemin-là, ça pouvait aussi être Cannes-Mandelieu, en fait. Calzer se disant, ces enculés allaient quand même pas prendre l'avion. Attendre quelqu'un, à la rigueur. Calzer se demandant, décidément, ce que c'était que ce bordel.

En fait non, les mecs ne s'arrêtèrent pas devant

l'aérogare, continuant le long des pistes et finalement prenant à droite une des petites routes qui partaient sur le côté.

Calzer les regarda filer comme ça en direction d'un hangar avec des grosses lettres accrochées sur la façade, Calzer comprenant au nom du truc que c'était un club de gym. Repérant une Ferrari orange garée devant, seule bagnole stationnée à part un gros 4 × 4. Calzer se disant, pour l'instant, tout ça se tenait très bien. Assez impatient, du coup, de voir quel était le lien.

Simplement, au lieu de se garer sur l'un des espaces disponibles, la Rolls longea le bâtiment, disparaissant derrière. Calzer un peu emmerdé, du coup, se demandant ce qu'il devait faire, suivre la Rolls et se retrouver à un endroit où sa présence risquait d'être suspecte. Ou se ranger sur le parking, au milieu d'autres voitures et aller ensuite voir à pied ce qui se passait derrière.

Il préféra se garer et aller vite dans le coffre sortir le Sig Sauer de sa boîte d'origine.

Calzer pas mécontent de faire prendre l'air au Sig pour autre chose que ses tirs d'entraînement au stand des douanes à Nice. Retrouvant des sensations qui le ramenaient à l'époque de ses infiltrations, quand il faisait le zombie parfois pendant des mois.

En fait, là, un peu d'action, dans un sens, c'était mieux, presque, que le sexe auquel il avait renoncé en début d'après-midi.

Il glissa le pistolet dans son pantalon, au niveau des lombaires, puis se mit à marcher aussi naturellement que possible vers le côté droit du bâtiment, là où il avait vu disparaître la Rolls.

Arrivé derrière, il vit effectivement la voiture stationnée, mais plus personne dedans. Les deux lascars avaient dû entrer dans le bâtiment par la porte métallique que Calzer avait devant lui. Problème, elle était commandée par un digicode.

Il s'approcha pour examiner le boîtier, à tout hasard, voir si des fois certaines touches étaient plus usées que d'autres. Pour autant, se voyant mal essayer une à une toutes les combinaisons possibles.

L'enthousiasme un peu douché, il allait retourner à sa voiture, plus trop sûr de savoir comment s'y prendre, lui si remonté juste deux minutes avant.

De l'autre côté du battant métallique, il entendit un bruit, comme quelqu'un sur le point de sortir. Il se poussa sur le côté juste à temps pour ne pas être heurté par la porte qui s'ouvrait. Puis revint se planter sur le seuil, surprenant le jardinier en lui collant le Sig sous le nez, littéralement, le bout du canon appuyé sur une des narines du mec, en lui disant, "Bouge plus, t'es mort."

Le jardinier s'immobilisa. Le mec faisait une tête de plus que Calzer, en fait. Calzer se dit qu'il n'allait prendre aucun risque, enfonçant bien le canon vers les sinus du mec, et disant, "Doucement, une à une, les mains derrière la nuque." Le mec obéit, Calzer lui écrasant toujours le cartilage par en dessous avec le bout du Sig. Puis Calzer dit, "Les gars de la Rolls, ils sont où ?" Giflant avec le Sig la gueule du mec qui répondait pas assez vite et redisant, "Ils sont où ?" Remettant le Sig où il était avant, dans le nez du mec.

Le jardinier dit, "Dedans."

"Dedans où ?"

"La remise."

"Qu'est-ce qu'ils font dans la remise ?"

"Mario veut leur faire dire où ils cachent leur pognon."

Calzer dit, "Il est tout seul, Mario ? Qui il y a d'autre, dans la remise, avec lui et les mecs ?"

"Il y a Corinne et Bernard."

Bernard, donc, ça devait être le mec qu'il venait de voir au volant de la Rolls. Corinne, Calzer allait bien voir. Juste, Mario et eux, en comptant le jardinier, ça commençait à faire du monde. "Corinne et Bernard, t'es sûr ? Personne d'autre ?"

"Non."

"Et ils font quoi ?"

"Je t'ai dit. Ils veulent les faire parler, leur faire donner des numéros de comptes."

Calzer baissa le Sig. Le mec saignait maintenant. Calzer le tira par la manche pour le faire pivoter, le collant face au mur, lui écartant les jambes à coups de pied. Calzer un peu surpris par la docilité du mec, un grand gaillard comme ça, se laissant bousculer. Calzer restant doublement sur ses gardes, du coup, braquant bien le mec d'une main et sortant sa cravate de sa poche avec l'autre.

Après, c'était pas évident, ficeler un gonze avec une seule main libre. A moins d'être méthodique, un poignet et puis l'autre, bien faire les choses dans l'ordre. Finalement, le type se retrouva mains attachées dans le dos.

Calzer lui dit de montrer le chemin et que, s'il faisait du bruit, il le rendait infirme, demandant au mec s'il avait bien compris, puis le poussant à l'intérieur, le Sig à présent collé contre la nuque.

Une fois franchie la porte métallique, un couloir partait de chaque côté, longeant le mur du hangar. Calzer dit, "Gauche ? Droite ?"

Le jardinier prit à droite, toujours tenu par Calzer. Calzer l'arrêta devant une première porte et demanda en chuchotant ce qu'il y avait derrière. Le jardinier dit que c'était rien, c'était la chaufferie. Tout doucement, Calzer ouvrit la porte et vit effectivement une sorte de grand local technique avec armoire électrique, clim, groupe froid et chaudière. Calzer referma la porte. Celle d'après donnait sur une sorte de débarras où étaient entreposés des outils, des pots de peinture, des blocs de placoplâtre et des rouleaux de linoléum.

Au bout du couloir, Calzer entrouvrit la dernière porte, découvrant une grande salle, encombrée de matériel d'entraînement, de bancs de musculation et de tapis roulés contre le mur.

L'Espagnol et le baron étaient bien là, attachés chacun à une machine. Et en face d'eux, Calzer voyait l'Arabe et le grand costaud qui conduisait la Rolls, Bernard donc. Et puis une blonde, déjà plus toute jeune, musclée comme une tortue Ninja, en tout petit maillot de bain, avec juste des claquettes aux pieds et des gants de boxe aux poings.

Calzer n'entendait pas ce qu'ils disaient mais comprit l'idée générale quand la bonne femme envoya son gant droit dans la gueule du petit.

Mario et l'autre mec tournaient le dos à la porte, concentrés sur la blonde en train de défoncer l'Espagnol. Calzer en profita pour agrandir l'ouverture, poussant le jardinier devant lui.

La blonde tapa le petit encore une fois avant que l'Arabe ne se retourne, Calzer s'amusant alors à lire la surprise sur sa gueule, puis sur celle de l'autre mec et de la bodybuildeuse. Et, le temps qu'ils comprennent la scène, de voir le soulagement sur la gueule des deux mecs attachés, contents de voir arriver la cavalerie. Calzer disant, par habitude, "Police. Personne ne bouge. Mains sur la nuque."

L'ancien flic dont le nom revenait pas à Mario à la seconde tenait ce con de Sébastien et braquait un gun sur eux. En même temps, trois contre un, quatre en comptant Sébastien, le match était pas joué. Le mieux, donc, dans l'immédiat, c'était de faire ce qu'il disait, mettre le mec en confiance. Mario croisa les mains derrière sa tête, Bernard et Corinne faisant alors la même chose.

Et là, surprise, Mario vit l'ancien flic ranger son gun avant de dire, "C'est quoi l'idée ? Vous avez vraiment envie d'aller en taule ?"

Et comme si de rien n'était, le mec commença à détacher Sébastien. Mario ne savait pas encore bien ce qui se passait mais se dit que ça n'était peut-être plus la peine de garder les mains en l'air. Sans brusquer le mouvement, il baissa les bras, attendant de voir la suite.

L'ancien flic dit, "Tu crois que c'est très malin, laisser tes deux connards faire les kakous en ville avec la Rolls de l'autre ?"

Ça y est. Sébastien était détaché, Sébastien regardant le mec avec haine à présent, sûrement vexé de s'être laissé piéger et que ce soit pour rien. Mario se retourna vers les deux pigeons, attachés aux machines. La gueule qu'ils faisaient eux aussi, c'était trop bon. Les mecs au bord des larmes, sans déconner, après s'être vus sauvés pendant une demi-seconde.

L'ancien condé montra Sébastien du menton et dit, "T'as vu sa touche ? T'avais pas plus voyant ? Déjà comme jardinier à l'hôtel, c'était limite. Mais alors au volant d'une *Corniche*, excuse-moi. Je sais bien qu'on voit de tout dans la région, mais quand même."

Mario n'avait encore rien dit depuis l'arrivée du flic. Là, il sentait que le moment était venu de parler. Il savait pas encore quoi, mais un truc bien senti, pour reprendre le contrôle, pas se laisser comme ça partouzer sans rien dire devant Corinne et les autres.

Le mec dit, "On peut se parler tranquille tous les deux une seconde ?"

Mario demandant pas mieux, curieux, en fait, de voir ce que le mec avait en tête. Là, le mec voulant lui parler seul, faisant la différence entre lui et les autres. Ça c'était bien, déjà. Mario dit, "Ouais. Pas de problème." Ça y est. Mario savait ce qu'il allait dire au mec. "Juste, je peux te demander un petit truc avant ?"

Le mec, Claude Calzer, le nom venait de revenir à Mario, disant, “Oui.”

Et là, Mario disant, “Là, dis-moi, je rêve pas ? Par rapport à hier soir, t’es allé chez le coiffeur ?”

Adrien fier de lui, pour la valeur que ça pouvait avoir en cet instant précis.

Never explain, never complain. Pari tenu, là. Apparences préservées. Depuis le début de l’après-midi, il avait peu ou prou réussi à garder son calme et maintenu vaille que vaille un semblant de dignité intacte.

Au début, c’était presque facile, la bande de bras cassés n’inspirant guère l’effroi, sinon par leur bêtise. Comme par exemple, une fois dans la remise, quand la culturiste et l’Arabe avaient d’abord divergé sur la suite immédiate. La culturiste disant, “C’est bon, là : j’ai une heure avant le prochain cours. Bernard a qu’à aller surveiller la salle. Ou lui, là”, Adrien la voyant désigner du menton l’espèce de biker.

L’Arabe faisant la grimace et disant, parlant du type comme s’il n’était pas là, “Lui ? T’es pas bien ? T’as vu sa tête ? Je lui dis de passer par-derrière, que les clientes le voient pas ? C’est pas pour l’envoyer après garder la salle. Il fait peur à tout le monde, sa gueule de sataniste.”

Le type se défendant, disant, “Hey, ho, sataniste ! Qu’est-ce tu me sors ? Sataniste ? Je suis pas sataniste.”

“Ouais, ça va. C’est pareil, là, avec tes tatouages de Hell’s et tout le poil sur ta gueule. Tu fais peur aux bonnes femmes.”

La culturiste disant, “Bon ben on perd du temps, là, laisse-moi les travailler. Moi je vais les faire parler.”

L’Arabe lui disant, “Non, on les cogne maintenant, ça va les faire crier. Les clients risquent d’entendre.”

“Et si on les bâillonne ?”

“Si on les bâillonne quoi ?”

“Si on les bâillonne, on pourra les cogner, là. On risquera pas d’entendre, ils pourront plus crier.”

L’Arabe soupirant. Adrien le plaignant, pour un peu. “Oui mais, tu les bâillonnes, comment tu vas savoir s’ils sont prêts à parler, après ?”

La culturiste n’ayant pas de réponse à ça. Haussant juste les épaules et se mettant à bouder.

Du coup, leur interrogatoire à Gomez et à lui étant remis à plus tard, ils leur avaient vidé les poches, portables, argent, clés de voiture, posant tout sur le siège d’une machine à se muscler les cuisses. L’Arabe faisant remarquer que c’était cool d’être français de souche, quand même. On se faisait pas chier, on pouvait se trimbaler sans carte d’identité.

Ensuite, on les avait séparés. Adrien ignorant ce qu’ils allaient faire de Gomez, se retrouvant pour sa part enfermé dans une sorte de réduit, à mi-chemin entre le grand placard et le petit local à poubelle, mais dans l’obscurité totale.

Là, bien sûr, il avait passé des heures, six ou sept, au bas mot, pénibles à divers titres. L’esprit agité de reproches, stratégies et débuts d’angoisse, contradictoires et également stériles. Et pourtant, il se plaisait à croire qu’il n’en avait pas moins su se composer un air indifférent quand le musclé et le biker étaient enfin venus le sortir de son cagibi.

Jorge Gomez, lui, était déjà attaché à une machine d’entraînement avec du Gaffer. L’air moins faraud que d’habitude. Lançant à Adrien des regards de détresse, comme si Adrien allait tout résoudre en un claquement de doigts.

Adrien stupéfait par l’incroyable tenue de la culturiste, embarrassante à regarder, quasiment nue. C’étaient juste les gants de boxe, en fait, qui l’avaient empêché d’éclater de rire.

Le biker et le prof de gym avaient assis Adrien sur une

machine à pectoraux placée à côté de celle où Gomez était déjà attaché, lui fixant ensuite les avant-bras et les chevilles au montant de l'appareil.

Après le biker avait dit à l'Arabe, "Dis donc, je pense à un truc."

"Quoi ?"

"Leur Rolls."

"Quoi leur Rolls ?"

"Elle est toujours là-haut."

"Et alors ?"

"Alors je me dis, une Rolls comme ça toute seule, on sait pas bien pourquoi, devant un gymnase fermé. Une patrouille de flics qui passe ou la sécu de l'aéroport, ça risque de faire bizarre."

"Ah ouais. C'est pas con ça. Ouais, t'as raison. Pas la peine qu'elle reste là." L'Arabe fouillant dans sa poche et sortant un jeu de clés, les donnant au biker. "Tu vas l'amener chez moi. Tu la laisses dans le jardin. Va pas dans la maison parce que l'alarme est mise."

"Et comment je reviens ?"

"Bernard viendra te chercher."

Une fois le biker parti, l'Arabe s'était tourné vers eux, Jorge Gomez et Adrien, et avait dit, "Bon. Donc à nous. Tâchons de faire ça vite. Ce sera mieux pour tout le monde."

Ni Gomez ni Adrien n'avaient rien répondu, Adrien, pour sa part, préparant dans sa tête la façon dont il allait présenter son histoire quand les autres commenceraient à les maltraiter. Décidant malgré tout d'attendre jusqu'à la toute dernière minute pour la sortir. Jusqu'au bout, rester maître de ses nerfs. Laisser Gomez se donner en spectacle le premier puisque, après tout, tout ça était de sa faute.

L'Arabe soupirant et disant à la culturiste, "Le seul truc, là, c'est comment tu les tortures ?"

La culturiste l'air surprise. "Ben comment ça, comment ? Je les frappe. Qu'est-ce tu veux leur faire d'autre ?"

L'Arabe disant, "J'avais pensé l'électricité. On en met moins partout."

La culturiste haussant les épaules. "Qu'est-ce que t'en as à foutre, si c'est moi qui nettoie." Disant ça et envoyant son poing dans la figure du malheureux Gomez, lui faisant saigner la bouche.

L'Arabe disant, "Oui, non, mais même. La dernière fois que t'as cogné un mec, t'as vu ce qui s'est passé."

"Non mais là, je ferai gaffe." Et cette fois frappant Gomez au ventre, lui coupant le souffle.

"Moi je dis l'électricité, c'est plus propre."

Le prof de gym, lui, ne donnant pas son avis. C'est en regardant dans sa direction qu'Adrien vit revenir le biker, tenu en joue par un type qu'Adrien ne connaissait pas.

Adrien manquant de crier de joie quand le type avait dit, "Police." Adrien se disant, enfin ! Voilà. Ça s'arrêtait. Un peu comme dans les émissions de canular où l'on piège des célébrités avec la complicité de proches, le moment où l'on annonce à la victime que c'est une blague en fait, que c'était pour rire. Et la célébrité piégée riant chaque fois de bon cœur avec ceux qui l'ont bernée, faisant preuve de bon esprit. Adrien prêt à faire pareil, rire de bon cœur, pourvu qu'on le détache. Se félicitant au passage de ne pas avoir craqué. D'être resté zen tout du long.

Et Adrien manquant de hurler de douleur quand trente secondes plus tard le type avait rangé son arme et pactisé avec l'Arabe et son gang des barbares.

Adrien tenté de s'effondrer, là, dans l'instant, et puis se ressaisissant. Essayant de reconstruire son calme de façade, se disant que ça le protégerait, que sa bonne tenue, inconsciemment, imposerait une sorte de respect, inciterait les autres à commencer les brutalités sur Jorge Gomez plutôt que sur lui.

Là, le faux sauveur et l'Arabe s'étaient absentés, laissant Adrien et Jorge Gomez avec la culturiste, le prof de gym et le biker. Le biker expliquant aux autres qui était l'inconnu : "C'est Calzer, l'ancien keuf de la sécu de l'hôtel. C'est lui qui m'a viré hier soir quand je prenais les photos." Parlant librement devant Adrien et Jorge Gomez, ce qui n'était pas bon signe.

Adrien, malgré tout, se forçant à reprendre espoir. Le type, là, Calzer, avait demandé à parler à l'Arabe en privé. C'est qu'il avait un plan. Adrien se détendant. Le type devait être en train de négocier leur libération. Et là, voyant les deux revenir avec l'air de bien s'entendre, Adrien déduisant que le mec avait réussi à convaincre l'Arabe de les libérer. La preuve, l'Arabe dit aux autres, "Changement de programme."

Adrien se disant *yesss* ! Cette fois c'est bon.

L'Arabe disant, "Moi et mon gars Claude Calzer, là, on va aller dîner tous les deux, faire un peu connaissance."

La culturiste dit, "Ah ben super, comme ça moi je peux les cogner pendant ce temps-là. Quand vous reviendrez, tout sera réglé."

"Non non, on verra ça au retour."

La culturiste disant, "Mais si. Laisse-moi les commencer. On gagnera du temps, comme ça."

L'Arabe disant, "T'inquiète." Montrant l'ancien policier avec qui il voulait aller dîner pour mieux faire connaissance. "C'est monsieur qui va s'occuper de tout. Il va les travailler au chalumeau. Ça prendra deux minutes."

Au chalumeau. Adrien plus zen du tout, là, soudain.

Et le type, l'ancien flic, disant, "Oui, le chalumeau, à la longue, personne supporte, en fait. Très très vite, tout le monde craque."

Vingt-huit

Mario, faute de mieux, pour l'instant, curieux de voir ce que le mec voulait et jusqu'où ça irait, décidé à se laisser porter tant que le courant serait plus fort et récupérer le manche dès que ce serait possible.

Donc attablé, là, au coin de Francis-Tonner et Louis-Négrin, en face du mec qui bouffait son melon et ses tranches de porc mort et posait des questions.

C'est là d'ailleurs que tu voyais, le mec avait été flic. Les mecs, après, rien à faire, plus fort qu'eux, c'était une mentalité. Ils posaient des questions.

Le mec parti à demander des trucs, à peine ils étaient installés dans sa BM, le contact pas encore mis, le mec disant, "L'extorsion, là, comme ça, c'est souvent que tu fais ça ?"

Mario disant, souvent, non. On pouvait pas dire ça. Ça dépendait de plein de choses. Expliquant pendant que le mec conduisait, revenant vers la Bocca, essayant le plus possible de rester dans le vague, disant, juste, là, ça s'était passé pas trop comme il voulait, le truc lui avait échappé. Normalement, c'était plus soft.

Mario se taisant pendant que le mec garait sa voiture

pas très loin du restau, la pizzéria pérave avec un nom jeu de mots, et puis après, le temps de se faire donner une table et de regarder le menu, l'autre remettant ça tout de suite une fois le serveur parti. "Et, sinon, je veux dire, t'as beaucoup d'employés ?"

"Non. On n'est que deux permanents, Corinne, mon associée du gymnase que t'as vue, et moi. Trois si tu comptes Bernard. L'autre, là, Sébastien, le Hell's sans Harley, c'est juste comme ça, ponctuellement, pour donner un coup de main. Le truc, de toute façon, je vais te dire, c'est que tu veux pas non plus avoir trop de personnel."

"Rester flexible."

"Voilà. T'as tout compris. Rester flexible. Parce que, après, sinon, tu t'en sors pas, du coup."

"C'est sûr."

"La règle, c'est, pas de frais fixes. Et encore, nous, les mecs qu'on fait bosser, on doit pas payer de charges. Sinon, là je te dis pas. Ça vaudrait plus la peine. Les pauvres mecs légaux, les trente-cinq heures et tout, je sais pas comment ils font."

Le mec s'arrêtant deux secondes, juste le temps de goûter le rosé qu'il avait commandé, faisant servir Mario sans lui demander avant. Mario se disant tant qu'à faire, le mec veut me faire parler, mieux vaut que ça soit comme ça, à me faire boire du Listel, qu'à la lampe à souder comme sur les deux blaireaux en rentrant du dîner. Le mec vidant presque son verre et disant, "D'accord. Et genre, là, par exemple, l'hôtel, tu fais quel chiffre avec nous, dans l'année ?"

Mario ne voyant pas bien où le mec voulait en venir, décidant donc de la jouer sympa, pour l'instant. "Bah je sais pas. Je dirais, en comptant tout, hein, allez, à la louche, entre les différentes prestations que je fournis, en brut, les bonnes années, quand il y a beaucoup de Ricains au Festival, au Mip et au Mipcom, trois quatre cent mille euros. Peut-être cinq cent mille l'année où c'était Tarantino le président du jury."

"Et en net ?"

"Ah, en net, c'est moins, évidemment. La coke, tu marges bien, mais sur l'*escort*, pas tant que ça, curieusement."

"Ah non ?"

"Non. Parce que là, si tu veux, c'est pas les filles comme au bout de la Promenade. Là c'est de la jeune femme classe, éduquée, capable de dire trois mots. Etudiantes, pour beaucoup. Des internes en médecine, capacité en droit, attention ! Les filles, elles savent ce qu'elles veulent. Elles savent se faire payer. Toi tu te prends juste une com, comme un agent d'artiste. Mais tu te régales pas à bouffer sur leur cul comme le proxo classique."

On venait de leur apporter les entrées. Tomates mozza pour Mario, melon Parme pour le mec. Le mec prenant une bouchée. Un bout de melon avec un petit morceau de cochon sur le dessus. Putain ça avait l'air bon. Puis le mec disant, "Et concrètement alors, en chiffres, ça donne quoi ?"

Mario sachant déjà plus de quoi le mec parlait. Saoulé à force, avec toutes les questions.

"Excuse, de quoi tu parles ? Qu'est-ce qui donne quoi, en chiffres ?"

"Ton net, toi, ce que toi tu te fais, par rapport à l'hôtel ? Tu m'as dit quatre cent mille, cinq les années avec Ricain déjante. Toi, il te reste quoi dessus ?"

"Je dirais la moitié, en étant ferme avec les fournisseurs. Ouais. La moitié."

Le mec hochant la tête, faisant la moue, prenant son temps avant de dire, "Ouais. Marge à cinquante. C'est sûr, c'est plus qu'un boulanger ou qu'un médecin de campagne. Et le reste, tes autres revenus, ça donne quoi ?"

“Ah ben les combats. Les combats, c’est le top. Prise de risque minimum. Et excellent rapport. Les grosses Russes comme celles que j’avais hier, d’accord, à faire venir, ça va te coûter dix mille. Mais c’est vite amorti. Les mémés, faut pas te faire d’illusions, c’est comme les gladiateurs. Rien n’a changé depuis Rome, je vais te dire. Tu files mille, mille cinq cents, elles sont folles de bonheur, elles en croient pas leurs yeux. Toi le client, la soirée, tu lui factures trente mille, quarante mille, plus ta part des paris. C’est des soirées à soixante, soixante-dix mille. Aisé ! Et je te dis, sans gros risques. Moins que la coke et les filles.”

“T’en fais combien par an ?”

“Le truc, c’est très saisonnier. Fin mai à mi-octobre. Quand les émirs et ces enculés de Russes descendent dans leurs villas. L’hiver, tu travailles pas. Déjà, faut dire ce qui est, les rings, c’est plus commode, les avoir en plein air. Le mec vide sa piscine, tu rembourres bien au fond. Une bâche et puis de la boue ou de l’huile par-dessus. T’es prêt à travailler. L’hiver, ça devient plus dur.”

“En saison, donc, t’en organises combien ?”

“Le secret, en même temps, c’est de pas en faire de trop. Il faut que ça reste rare, sinon les mecs se lassent. Mais avec une bonne douzaine échelonnée sur six mois, tu satures pas le marché et tu gagnes ta vie.”

“Ah oui ? Là, la gratte, c’est combien ?”

“Ah, là, c’est ce que je t’ai dit. Là, c’est n’importe quoi. Une soirée à soixante mille, toi il te reste quarante, quarante-cinq. Donc fois douze, fais le calcul, t’as compris, ça grimpe vite.”

“En fin de compte, si on regarde, ça te fait des bonnes rentrées.”

“Ah je me plains pas, c’est sûr. Mais faut bosser, aussi. Attention. Moi, mon activité, c’est simple, c’est nuit et jour. J’arrête pas. Donc après, c’est normal aussi que ça me rapporte un peu à un moment donné.”

"C'est sûr. Mais t'additionnes, là, une année correcte, t'es pas loin du million. Et net d'impôts en plus, donc j'ai envie de te dire—"

"Excuse-moi, là, je te coupe, mais net d'impôts, faut pas croire, bout d'un moment, ça use."

"Ah oui ?"

"Ah oui, le net d'impôts, je vais te dire, en fait, tu t'en lasses vite. Arrive un moment, même, tu préférerais pouvoir tout déclarer, remplir ton formulaire comme n'importe quel blaireau."

"Allez ?"

"Sérieux. C'est usant, à la longue, toujours trouver des combines pour blanchir chaque euro."

"Peut-être, je me rends pas compte."

"Ben oui. Parce que t'as ça, aussi : le risque. Rien que la coke, tu plonges, je vais te dire, les quantités que tu traites, ton bavard va pas dire que c'est usage personnel. Pour tout ce qui est bonnes femmes, pareil. C'est pas Julot casse-croûte que tu te manges, pour le coup. Dès l'instant que t'importes, c'est proxo aggravé, trafic de l'être humain, traite des Blanches, je sais pas quoi. Alors que moi les filles, que ça soit les lutteuses ou l'étudiante *escort*, jamais je lève la main dessus. Et je force personne. Parole. C'est pas mon style. Sauf, les juges, ils s'en foutent. Eux, ils voient filles de l'Est, terminé : t'es trafiquant d'esclaves, ils vont pas voir plus loin que le passeport de la fille. Donc tout additionné tu dis ? Ben tout additionné, je vais te dire, ton pognon, tu le voles pas."

Le mec hochant la tête, l'air convaincu, en fait, par ce que Mario disait. Mario lancé, du coup. Parlant tout seul, maintenant, de lui-même, disant, "Moi quel âge j'ai, trente-sept ? Vingt ans que je fais ça. Un peu moins si t'enlèves les années de placard. Mais bref, vingt ans. Je peux te dire, là, si je pouvais prendre ma retraite demain, dans la seconde je dirais oui. A trente-sept ans, c'est con à dire, hein, mais je te jure que c'est vrai. J'ai qu'une envie, là, c'est de passer à autre chose, arrêter de me stresser dès que je vais au boulot."

"Mais avec tout ce que tu me dis, tu dois avoir à gauche, non ? Ça te permet pas de dételer ?"

"J'ai à gauche, j'ai à gauche... Ouais, d'accord, si tu veux. J'ai un peu."

"Ben alors ?"

"Ouais mais bon. Moi, je m'arrête, je veux profiter, kiffer. Pas juste survivre à petit budget comme n'importe quel crevard. Donc, là, je dis pas le contraire, c'est clair, j'ai un train de vie. C'est sûr que je me prive pas. J'aime la vie, j'aime flamber, j'ai des plaisirs coûteux. T'as vu la tire que j'ai ? Rien que ça, je peux te dire, ça douille. Alors tu vas me dire, ouais, je pourrais rouler en *Golf* ou en Opel *Vectra*, c'est sûr. Sauf que ces bagnoles-là, c'est simple, moi je préfère marcher."

Le mec en face faisant la moue, pas forcément d'accord.

"Les sapes, pareil. Pourquoi tu crois que les mecs, vingt ans que personne m'a plus jamais appelé autre chose que Mario ? Moi je m'appelle autrement, au départ. Mario, c'est les voyous ritals qui m'ont donné le surnom, par respect pour les fringues que j'avais sur le dos, à dix-sept ans. Ben tu veux maintenir ça, vingt ans après, c'est sûr, tu fais les comptes, ça t'a coûté, à force. Non et puis bon, surtout, ce qui me saigne, c'est l'hélico. Je suis tombé fondu de ça. Dès que j'ai cinq minutes, je vais faire des heures de vol. Comme ça que j'ai fait la connaissance de Michel Drucker, d'ailleurs. Toi, tu dois bien le connaître."

"Non, lui c'est service public. Moi j'étais dans le privé."

"Alors là, je peux te dire, très sympa. Toujours bonjour, au revoir quand je le croise dans son club. Non, vraiment, très sympa. Très sympa. Juste pourquoi je te raconte ça ? Ah oui. Le prix du truc. Si tu comptes, toutes les leçons pour passer le brevet et puis après, les heures, les pleins de kérosène, je vais te dire, tu le sens passer. Donc c'est pour ça, au bout du compte, ouais, j'ai un petit peu à gauche. Mais je vais te dire franchement, je suis loin d'avoir assez. Donc là, qu'est-ce tu veux que je te dise ? En attendant, je trime."

Mario content, en fait, maintenant, pouvoir sortir des trucs qu'il avait sur le cœur, mais dans son entourage, personne à qui les dire. Là, l'ancien condé lui posait plein de questions, d'accord, mais au moins, en retour, écoutant les réponses. Oui et ça, écouter, c'était pas si souvent, les gens capables de le faire. Du coup, Mario disant, "Tu sais ce qui est mal foutu ? Je vais te dire. Ce qui est chiant, un métier comme le mien, c'est pas comme Internet ou les prods de télé comme t'as dû en voir plein : tu peux pas vendre ta boîte. C'est le pied, ça, quand même. Tous les *start-up* bidons ou les animateurs, les mecs ils bossent – attends, je dis, ils bossent. Déjà faut accepter d'appeler ça *bosser*, hein, tu compares une infirmière ou un prof de banlieue. Bref les mecs, ils bossent quoi ? Trois ans, cinq ans, et puis ils revendent, comment ça s'appelle, la boîte qui rachète tout. Tu sais, là – tous, ils sont tous vendus, les Fogiel, Karl Zéro..."

"Endémol."

"Voilà. Endémol. Les mecs, ils tiennent trois ans et toc-toc à la porte : bonjour, c'est Endémol et c'est fini, les mecs, ils sont tranquilles à vie. Moi dans ma branche, oublie, je peux pas faire ça. Même le mec qui est comme moi, tu vois, qui fait son chiffre réglo, petite structure qui marche bien, belles possibilités de développement court terme, rien à faire : Endémol vient pas te racheter. Tu te demandes bien pourquoi, d'ailleurs. Que la coke, les escortes et le catch féminin, si t'y penses, c'est pas si loin de ce qu'ils font. D'un sens, donc, c'est injuste, tu regardes bien, que Fogiel et Karl Zéro peuvent se vendre et pas moi. Qu'est-ce tu veux, c'est comme ça. Peut-être un jour ça viendra, mais bon, en attendant."

Et le mec, là, Claude Calzer, l'ancien flic qui avait bossé dans une chaîne de télé, disant, "Ouais. Je vois ce que tu veux dire. C'est vrai, c'est mal foutu."

La vieille musclée à poil qui lui avait tapé dessus était partie. Fâchée, on aurait dit, de ne pas pouvoir les frapper davantage. Jorge l'entendant dire en douce à l'autre enculé de Mario que si c'était comme ça, elle allait prendre une douche et se changer. "Pas besoin d'être en tenue si on prend des outils." Et comme l'autre répondait pas, la vieille insistant, disant, "Tu vas les faire au chalumeau, alors ?"

L'Arabe disant, "Hé, ho, pas moi ! Le chalumeau, moi j'y touche pas. Je suis pas Guantanamo. Si l'autre veut les cramer, d'accord. Mais moi je brûle pas les mecs. Je te dis pas les emmerdes, après."

La vieille musclée contente, il semblait, d'entendre ça. S'en allant moins froissée. Et puis Mario et Calzer partant aussi, laissant Jorge et le grand con seuls avec les deux autres.

Tout de suite, le prof de gym demandant au biker si des fois il avait pas faim. L'autre disant ouais un peu. Le prof de gym lui disant qu'il avait qu'à aller leur chercher quelque chose, alors. Donnant dix euros et des consignes au mec sur ce qu'il devait lui rapporter, que des trucs sains pour son régime d'athlète.

Une fois le biker parti, le grand con dut se dire qu'il y avait un truc à tenter avec le mec tout seul. Jorge d'accord sur l'analyse, mais trouvant que le grand con s'y prenait comme une moule, cherchant à faire peur avec des trucs du genre "Vous vous rendez compte que ça, séquestration, torture, ça va vous coûter cher."

L'autre en face, haussant juste les épaules. "Ouais. Soit nous coûter cher, soit nous rapporter gros."

"Ah oui ? Parce que combien il va vous donner Mario ?"

Le mec répondant pas. Le grand con insistant.

"Un pourcentage indéfini ? Un jour ? On sait pas quand ? C'est ça l'idée ?"

L'autre sachant pas quoi répondre et du coup s'énervant, se levant et disant, "Tu vas fermer ta gueule, maintenant."

Jorge saisissant l'occasion, ou ce qu'il en restait. La jouant poli, contrairement au grand con provocant, disant, "Je suis d'accord. Il parle mal. Il énerve les gens. J'ai beau lui expliquer, il fait rien pour changer. Même moi, il y a des moments, je le supporte pas."

Le prof de gym s'était rassis. Jorge dit, "Mais en fait, là, ce que, maladroitement, il essayait de vous dire, c'est que, au lieu d'un pourcentage, peut-être, un jour on sait pas quand, nous, là, c'est tout l'inverse : on vous offre du concret. Du concret et tout de suite."

"Concret comment ?"

"L'immobilier. Le bâtiment. La pierre. Il y a pas plus concret que ça."

"Quel genre l'immobilier ?"

"Standing. Je dirais même haut de gamme. Haut de gamme de *prestige*. De prestige et vous, là, en juste cinq minutes, je dis bien cinq minutes, le temps d'aller chercher quelque chose dans le coffre de ma voiture et de revenir avec, vous êtes propriétaire d'un superbe T4 sur la baie du Marin, aux Salines, en Martinique, d'une valeur de trois cent mille euros. Hein ? Qu'est-ce que vous dites de ça ?"

Le mec haussant les épaules. Pas encore convaincu, mais moins fermé qu'avant, on aurait dit.

"Alors je vous explique, c'est dans le coffre, tout au fond, une chemise en carton, vous savez, marquée

Prospero dessus. Vous rapportez l'une des superbes brochures en couleurs qui présente la résidence de l'Impératrice où vous allez devenir propriétaire." Jorge en mode vente, même attaché à une machine à pec. "Et dans l'autre dossier, à côté, la chemise en carton rouge, vous trouverez des sous-seing préremplis, vous en rapportez un pour qu'on signe notre compromis de vente et que vous puissiez ensuite recevoir votre titre de propriété."

Le mec un peu perdu. Jorge disant, "Attendez, vous savez quoi ? Rapportez tous les dossiers, ce sera plus simple."

Le mec bougeant pas, restant assis à regarder Jorge, et finalement disant, "Dites."

"Oui ?"

"Moi aussi, là, je peux te poser une question ?"

Jorge se retenant de crier de joie. Le mec commençait à poser des questions, c'était terminé, le mec était dedans. Parce que n'importe quelle question, Jorge avait la réponse toute prête. Que ça soit le Girardin et le loi de Robien. La valeur locative. Ou direct, le produit, résidence clôturée, parking sécurisé, proche futur port de pêche et transport inter-îles. Jorge disant au mec, "Oui bien sûr. Allez-y."

Le mec dit, "Tu me prends vraiment pour un con, hein ?"

"Non. Pas du tout ! Qu'est-ce qui vous fait dire ça ?"

"Si. Tu me prends vraiment pour un mongolito, me donner un appart, il est même pas à toi."

Jorge se demandant comment le type pouvait savoir.

"L'appart, j'ai pas besoin tu le donnes, puisque on va tout te prendre. L'autre, là, il va revenir, avec le fer à souder. Toi, tu vas regretter, pas avoir plus de trucs, pouvoir nous les filer."

Jorge obligé de reconnaître que ça se tenait, hélas.

"Donc ça, déjà, vos trucs, c'est pas la peine de dire

que vous voulez me les donner. Ils sont déjà plus à vous."

Jorge soulagé, malgré tout, de ne pas être démasqué. Pour la valeur et l'utilité que ça pouvait encore avoir.

"Et en plus de ça, je vais te dire un truc."

Jorge s'attendant au pire, à présent.

"Les apparts tout pourris dans les pays bougnoules, ils ont fait des reportages l'autre fois dans *Capital* ou à Julien Courbet. Les pauvres mecs qui se sont fait arnaquer toutes leurs économies avec des résidences soi-disant grand standing. Qu'en fait, les résidences, jamais fini de construire. Ou alors, c'est fini, mais le premier ouragan, le truc il tient plus debout."

Jorge les avait vus aussi. Chaque fois, c'était la tannée, les semaines qui suivaient après la diffusion. Plus moyen de travailler.

"Donc tes apparts, tu vois, je les connais déjà, en fait." Le mec marquant un temps et souriant avant de dire, "Que voir comment ça fait, tu brûles un mec direct à la lampe à souder, ça, non." Le mec secouant la tête et disant, "Ça même au *Droit de savoir*, j'ai encore jamais vu."

Vingt-neuf

Calzer avait été le premier surpris en se voyant ranger le Sig et détacher le jardinier. Surpris aussi de s'entendre être comme ça, sympa avec l'Arabe. Comme si c'était quelqu'un d'autre qui parlait à sa place.

Exactement comme au début de la semaine, en fait. Quand d'un coup, sans prévenir, il avait décidé de garder le sac rouge avec l'argent dedans.

L'impression à chaque fois d'être comme dans ces films où le mec est possédé, envahi par une autre personnalité.

En même temps, là, dans l'instant, Calzer se sentant assez raccord avec son Nouveau Moi. Celui qui, depuis trois quatre jours, se mettait par moments à parler à sa place. C'était aussi lui, en fait, ce mec qui en avait plus rien à foutre. Ce mec qui ne se refusait plus rien, contrairement à avant.

Peut-être, juste, il était temps, après tout. Le moment était venu de libérer la bête.

Donc au gymnase, en le prenant à part, Calzer avait d'abord demandé à l'Arabe ce que c'était l'idée, les deux mecs attachés. L'Arabe lui avait dit, “Pour faire court, on sait de source sûre”, Calzer traduisant source sûre par Italienne, pas besoin d'un dessin, "qu'ils ont des comptes cachés, tu sais, les îles Caïmans, je sais plus où, là : Saint-Barth, Saint-Vincent."

Calzer pouvant pas s'empêcher de rectifier : "Saint-Vincent si tu veux. Saint-Barth, non. J'y ai été en poste. Il y a pas de banques *offshore*."

"Saint-Vincent, alors. Là il faut juste qu'ils crachent les adresses et les codes."

"D'accord. Et après ? Une fois qu'ils ont parlé, t'en fais quoi ?"

"Qu'est-ce tu veux que j'en foute ? Une fois que j'ai le pognon, ils me servent plus à rien. Je les relâche."

"Ah bon ? T'as pas peur qu'ils portent plainte ?"

"Qu'ils portent plainte de quoi ? Ils vont aller aux flics dire qu'on leur a ratissé tout ce qu'ils avaient *offshore* ? Du coup, il faudrait qu'ils disent d'où leur venait le pognon. Vu les sommes dont on parle, tout de suite, c'est eux qui se retrouveraient marrons avec le fisc. Et puis bien ! Ruinés et prison ferme. C'est ça que je leur ai dit. Ils peuvent rien contre moi. Mais moi, contre eux, je peux, s'ils continuent, comme ça, à rien vouloir nous dire."

C'est là que Calzer s'était entendu dire, "Ils veulent pas dire, c'est peut-être tu leur demandes pas comme il faut."

Calzer prenant plaisir, à présent, écouter quand c'est l'Autre qui parlait, son Nouveau Moi, là. Son Nouveau Moi, justement, en train de dire à l'Arabe, "Moi, là, si je te les fais parler en moins de cinq minutes, combien tu me donnes, en fait ?"

Et ben ça, s'il y repensait, maintenant, c'était rien. Même ça, proposer de faire parler des mecs au chalumeau, c'était rien.

Sérieusement.

A côté de ce que Calzer venait juste de comprendre que son Nouveau Moi était sur le point de dire, dès qu'il aurait fini sa pizza quatre saisons.

Le biker était revenu, disant que la supérette était en train de fermer quand il s'était pointé et que ça avait été juste et ils avaient mangé devant Adrien et Jorge Gomez. Des barres énergétiques pour le prof de gym, céréales et fruits secs, avec une bouteille de soda vitaminé, et un genre de panini bien gras pour le biker avec deux boîtes de *Desperado* de cinquante centilitres pour aider à descendre.

Adrien ayant faim, tout à coup. Et soif. Se demandant si ça se faisait de réclamer le panini du condamné. Et puis c'est le prof de gym qui s'était absenté, sans dire où il allait. Adrien décidant donc d'essayer cette fois-ci avec le biker, occupé à finir sa deuxième boîte de bière : "Excusez-moi." Le type levant le nez vers lui. "Vous avez fait des sports de combat étant jeune ?"

Le type réprimant un rot et disant, "Heu, ouais. Boxe, judo, karaté. Boxe thaïe aussi, un peu."

Adrien disant, "Ça se voit." Le type haussant les épaules, pas intéressé. Adrien dit, "Si ! L'assurance dans la démarche. La façon dont vous portez le corps. Et de l'escrime, non ? Jamais ?"

Le type réprima un autre rot et dit, "J'ai déjà filé des coups de lame à des mecs. Après je sais pas si on peut dire ça compte pour de l'escrime."

Adrien dit, "Vous allez comprendre dans deux secondes. Est-ce que vous aimez les films de pirates ?"

"Je sais pas. J'en ai jamais vu."

"C'est comme *Star Wars* un peu. A ceci près que les vaisseaux ne volent pas dans l'espace. Ils voguent sur l'océan."

Le type hocha la tête, l'air de s'en foutre. Adrien dit, "Je sais pas si vous savez, je suis producteur de cinéma."

Le type fit la moue.

"Oui. Là, je suis en développement d'un film que je cofinance en partie avec Bono, vous savez de U2."

Le type dit, "C'est de la merde, sa musique." Comme si c'était le sujet. Adrien enchaînant vite. "Non mais il chantera pas dedans. Il met juste de l'argent. Et donc, là, on est en précasting, comme on dit dans notre jargon, et il reste un gros rôle pour lequel on ne trouve pas. C'est dingue, on voit plein de gens, de toutes les nationalités, mais rien à faire. Personne d'assez viril, avec assez de présence."

Le type porta sa boîte de *Desperado* à sa bouche, renversant la tête loin derrière pour aller chercher les dernières gouttes, Adrien attendant qu'il ait fini pour dire, "Et là en vous voyant, je me disais, c'est bête qu'on se rencontre comme ça."

Le type le regardait, sans expression, commençant à froisser sa boîte vide entre ses doigts, faisant craquer le métal.

Adrien continuant, maintenant qu'il était lancé. "Parce que si je vous avais vu dans d'autres circonstances, c'est clair que je vous aurais demandé si vous vouliez pas faire des essais. Voir comment vous vous tenez face à la caméra et le rendu à l'image."

Le type hocha la tête, toujours sans rien dire, écrasant toujours la canette entre ses gros doigts. "Et encore, les essais, c'est juste par acquit de conscience. Parce que là, mon instinct me dit qu'il y aurait pas de problème. Vous devez bouffer l'écran, c'est clair. Je le sens. Et je me suis jamais trompé jusqu'ici, depuis le temps que je fais ça."

Adrien se taisant, ne voyant pas ce qu'il pouvait dire de plus. Laissant le type digérer. Adrien se tenant prêt pour d'éventuelles questions. Se disant qu'au moins, il aurait essayé.

Le type, lui, prenant son temps, regardant sur le côté et finalement disant, "D'accord." Mais le disant d'un ton qui pouvait tout vouloir dire.

Adrien pas très sûr, du coup, disant à son tour, "D'accord ?"

Le type redisant, "Oui. D'accord."

Adrien voulant être sûr de comprendre, regardant le type. Le type perdant patience, disant, "Oui. C'est bon. C'est d'accord. Je vous détache. Et derrière, en échange, je joue dans le film. C'est bon. Juste, là, une fois que vous êtes parti, à Mario, je lui dis quoi ?"

Adrien faisant un effort pour ne pas montrer sa joie.

"Eh ben, je ne sais pas. Avec quoi vous vous sentez le plus à l'aise, comme bobard à lui vendre ? Un incendie ou un dégât des eaux ?"

Adrien très fier de lui, décidément. Se disant qu'en mettant le feu à l'armoire électrique, le type avait une bonne raison d'appeler les pompiers. Et à partir de là, une excuse pour les libérer, lui et Jorge Gomez – que les pompiers ne les trouvent pas comme ça, attachés aux machines. Au pire, Mario engueulerait le type de ne pas avoir su les transférer ailleurs. Mais ça, seul contre deux, avec le feu au hangar, le type pourrait toujours argumenter. Adrien très fier de son stratagème et du coup n'entendant rien venir, voyant juste le biker tourner la tête et dire, "Ah ben t'es revenue en fait ?"

Adrien tournant la tête aussi et laissant échapper une plainte. C'était pas vrai, bon sang ! La culturiste, de retour. Avec le prof de gym à un mètre derrière.

La culturiste dit, "Ouais. Je veux voir ce que ça fait, un mec cramé au chalumeau."

Le prof de gym disant, "T'as raison. Moi pareil."

Et pour ça, elle s'était faite belle. Robe bijoux maquillage. Cannoise. Très à l'aise, dans son corps et ses habits de sortie. Regardant sa montre, une horreur tout en or, et disant, "C'est bon, là, ils devraient plus tarder."

Ils venaient de finir leur dessert, compris dans le menu. Mario deux boules de glace menthe chocolat, crème brûlée pour le mec. Mario repensant à la lampe à souder, du coup. L'ancien flic repoussant son assiette et lui disant, “Mais par exemple, ta boîte, si tu pouvais la vendre comme les mecs d'Internet, là, ou les autres enculés d'animateurs producteurs, tu la valoriserais combien ?”

Mario surpris par la question. “Oh je sais pas.” Essayant de réfléchir vite, tout en parlant, disant, “Le truc c'est, une structure comme la mienne, tu peux pas calculer pareil que pour une entreprise normale, dix fois le bénéfice du dernier exercice ou des conneries comme ça. Moi c'est autre chose que je vends. Donc, là, la clientèle, les contacts, les pistes de développement, je dirais ça vaut...” Hésitant deux secondes, et puis tant pis, se lançant, lâchant le chiffre. “... Deux trois millions. Ouais. Je dirais ça, par là : Deux trois millions d'euros. Plutôt trois.”

En face, l'ancien condé faisant la moue, mais ne tombant pas de sa chaise non plus. Mario curieux de savoir pourquoi le mec demandait ça.

“Et donc là, pour tout dire, t'as pas d'acheteur en vue.”

“Ben non. Si tu veux, c'est pas comme si j'avais fait passer une annonce. C'est ce que je disais, tu sers d'intermédiaire pour la coke et des putes, même des occasionnelles avec leur bac plus cinq, t'organises des combats de Russes à poil dans la boue et tu rackettes des mecs, c'est pas comme si tu développes un moteur de recherche ou un site où les mômes peuvent se faire des amis. Tu vois ce que je veux dire ?”

Le mec, l'ancien condé, disant, “Très bien.” Hochant la tête et disant ensuite, “Donc, en l'absence d'autres propositions, est-ce que tu serais prêt à envisager une certaine structure de deal ? Genre, avec une jolie soulte et le reste sur, je sais pas, quatre, cinq ans ?”

“Une jolie quoi ?”

“Soulte. Un bel apport, si tu préfères. Un premier versement très correct à conclusion de l’accord, et puis le reste étalé sur les cinq ans qui suivent.”

“Comment ça ?”

“Ben par exemple, si quelqu’un venait te voir et te disait, okay, deux millions d’euros – je prends la fourchette basse parce que là, comme t’es pas vraiment assailli de propositions non plus, on va dire, c’est normal que le mec ait envie d’en tirer avantage. Donc deux millions d’euros. Avec un demi-million tout de suite, cash. Et après trois cent mille comme ça les cinq années qui suivent.”

“Combien tu dis à signature – enfin, je me comprends, on signerait rien, mais au moment où on tope, si tu préfères.”

“A conclusion.”

“Voilà : à conclusion. Combien t’as dit ?”

“Un demi-million. Cinq cent mille euros.”

“Ah ouais.” Mario pensif.

“Donc le mec, tu lui dirais quoi ?”

“Ah ben je lui dirais qu’il faut que je réfléchisse. Mais je fermerais pas la porte, tu vois ce que je veux dire ? Je dirais pas oui, mais je dirais pas non non plus. Comme je dis, faudrait que je réfléchisse.”

Mario se disant tu parles, c’est déjà tout réfléchi. Et se disant aussi, ben putain, mon salaud, je l’ai pas vue venir, celle-là.

Mario, pas tout à fait encore remis de sa surprise mais le cachant très bien, comme toujours, et Calzer l’ancien flic qui, tiens-toi bien, voulait lui reprendre la boutique, venaient de se garer derrière le gymnase.

Mario descendant de la BM et disant, “Au fait, les deux blaireaux, là, avec quoi tu vas les travailler ? T’as ce qu’il faut dans le coffre ?”

Genre le mec qui se déplaçait pas sans. Toujours prêt au cas où. Mario critiquant pas. Le mec prêt à lui allonger deux millions pour du vent, dont cinq cent mille tout de suite. Le mec ayant tous les droits jusqu'à ce que le deal se fasse.

Le mec surpris par la question, disant, "Mais non."

Mario disant "Ah ben comment, alors ?", composant le code de la porte métallique.

Le mec se mettant à fredonner la pub Castorama en changeant les paroles : "Chez Mario, il y a tout ce qu'il faut. Outils et matériaux."

Mario pigeant que dalle, comprenant juste une fois engagé dans le couloir, en voyant l'autre s'arrêter devant une pièce où Mario allait jamais, l'espèce de débarras, rempli avec les trucs que les ouvriers avaient pas emportés, ces enculés de Roumains soi-disant censés revenir et puis jamais revus. Mario ayant zappé, depuis, et jamais pris la peine de faire vider le truc.

Le mec ouvrant la porte, entrant, Mario trouvant aussitôt que ça sentait le gaz. Calzer ressortant de la pièce avec une bombonnette du style pour les réchauds de camping, avec, vissé au-dessus, comme un fer à souder relié à une poignée. Mario sachant même pas qu'il y avait ça chez lui, espérant juste que c'était pas une fuite qui provoquait l'odeur. Calzer, lui, heureux avec son jouet, disant juste, "Elle est légère, la recharge. Il y a plus trop de gaz dedans."

Mario sachant pas quoi dire. Disant rien. Calzer disant, "Mais ça devrait suffire. Suffit d'allumer le truc, le bruit que ça fait, là, *shhhhhhhhh*. Les mecs parlent tout de suite."

Arrivant dans la salle, comme ça, en discutant, trouvant Sébastien, Bernard et Corinne fringuée classe, enfin classe pour Corinne. Avec sa jupe mi-cuisses et ses talons de oufe.

Et Mario tout à coup trouvant ce qui clochait dans le

décor depuis qu'il était entré. Les mecs étaient plus là, les deux blaireaux. L'Espagnol et le baron. Partis. Les deux machines où ils étaient attachés vides maintenant. Mario disant, calme d'abord, "Ils sont où les deux mecs ?"

Corinne le prenant de haut, "Ben tu vois bien. Partis."

Mario s'énervant toujours pas. "Comment ça ? Partis où ? Ils sont partis comment, d'abord. Je vous avais dit de pas—"

Corinne le coupant, disant, "C'est moi qui les ai relâchés." Corinne très calme aussi, l'air de kiffer le moment. Mario hallucinant, haussant le ton, là, un peu : "Excuse-moi – tu les as *quoi* ?

"Relâchés."

Mario prenant sur lui, s'interdisant de hurler tant qu'il aurait pas compris, disant, "Non mais c'est quoi ce truc ? Qu'est-ce que c'est ce bordel ?"

"Ouais, et au lieu de m'engueuler, je peux te dire, tu ferais mieux de me remercier."

Mario répétant, pour être sûr. "Te remercier." Mario croyant juste pas ce qu'il était en train d'entendre.

"Me remercier. Parfaitement. Parce qu'heureusement je suis là, réparer tes conneries. Et ton copain, là, l'autre", montrant Calzer, "qui voulait les brûler. On aurait l'air malins maintenant si je l'avais laissé faire."

"Putain mais t'es piquée. C'est les trucs que tu prends. Tes anabolisants. Ça t'a cramé la tête."

"Non c'est toi mon bonhomme. T'es complètement taré. Tu veux mourir, c'est ton problème. Mais c'est pas la peine de nous entraîner avec toi dans tes merdes."

"Attends, attends, attends." Mario se frotta le visage avec ses mains, prit une grande inspiration et dit, "De quoi tu me parles, là ? C'est quoi le problème, soudain ?"

"Le problème, c'est très simple. Je vais te dire. La prochaine fois que tu kidnappes des mecs, juste un petit truc : t'es gentil, t'essayes qu'il y en ait pas un qui soit le conseiller perso d'un des plus gros caïds de la mafia ukrainienne. C'est ça, si tu veux, le problème."

Trente

Pour une fois, c'était le grand con qui conduisait, Jorge assis à côté, pressé d'appeler l'hôtel, parler à Monica.

C'est-à-dire qu'en fait, Jorge s'était retenu de craquer grâce à ça. Se disant que, sûrement, tout ça avait un sens, servait à quelque chose, pas possible autrement, ou alors laisse tomber. Non, tout ça, les dernières heures pénibles qui venaient de s'écouler, c'était juste le prix pour être heureux ensuite, être sûr derrière d'être aimé en retour. Mériter son bonheur, en ce monde de merde où rien n'était gratuit.

Et du coup, là, en apprenant tout ce qu'il venait d'endurer rien que pour elle, ce serait bon. Terminé d'hésiter, là, comme elle faisait, se poser des faux problèmes. Là, obligatoirement, elle serait forcée de l'aimer, après ce qu'il avait subi.

C'était ça qu'il s'était dit quand l'autre dingue parlait de le torturer à la lampe à souder. Et là, donc, il voulait juste l'entendre, elle. Entendre dans sa voix qu'il ne s'était pas trompé.

Au lieu de ça, s'embrouillant avec la standardiste.

“Oui, c'est bon, j'ai compris, ça répond pas dans sa chambre. Ça veut pas dire qu'elle y est pas. Peut-être qu'elle à débranché la prise. Non. Moi ce que je vous dis, c'est qu'il faut envoyer quelqu'un voir si tout va bien... Non... Qu'est-ce que vous en savez, c'est pas une question de vie ou de mort ?... Eh ben passez-moi votre responsable... Parfaitement. Je vais lui parler, moi. Comment ça, ça répond pas ? C'est pas grave. Passez-moi le directeur. Allô ?... Allô ? Putain, la crétine, elle m'a raccroché à la gueule dis donc !"

Jorge rangeant son portable, de mauvais poil, soudain.

Le grand con disant, "Laissez-moi deviner."

"Quoi ?"

"Elle n'est pas dans sa chambre."

Jorge n'aimant pas le ton qu'il avait pour dire ça.

"Qu'est-ce vous essayez de dire, là ?"

Le grand con faisant l'innocent. "Rien. Juste qu'elle n'est pas dans sa chambre."

Tout au long des dernières heures, surtout celles qu'il avait passées seul, pendant l'après-midi, il y avait aussi eu les moments où le soupçon était venu à Jorge. Monica en cheville avec les autres, complice de toute l'histoire. Jorge repoussant l'idée à chaque fois parce qu'elle faisait trop mal.

Et là, peut-être le grand con et lui auraient pu s'engueuler sur la question, comme une façon de fêter leur liberté. Mais c'est là que la Rolls était tombée en panne.

Sans s'énerver ni rien, prenant sur lui, Mario dit, "Attends. Quelle mafia ? Quel caïd ? Quoi tu me parles ?"

Corinne, le comble, soupirant, comme si c'était elle qui faisait un effort de patience, disant, "Un moment, t'as le téléphone de l'autre, là, le petit, qui s'est mis à sonner", montrant l'endroit où ils avaient posé les trucs pris dans les poches des deux mecs avant de les séparer. Les trucs qui n'étaient plus là, maintenant, évidemment.

"Oui. Et ?"

"L'autre, là, le petit, il a dit, à votre place, je prendrais vite l'appel."

Corinne regardant Bernard et Sébastien pour les encourager à s'exprimer aussi. Les deux autres mouftant pas, la laissant raconter toute seule. "Comment il a dit ça ? Si c'était pas pour nous, qu'on le fasse pour nos proches, mais prendre l'appel, c'était la dernière chance de s'éviter des gros ennuis."

Mario patient, émerveillé d'arriver à l'être autant. "Quels ennuis ?"

Corinne répondant à côté, disant, "J'ai pris son téléphone pour voir. Mais trop tard, ça avait arrêté de sonner."

Mario respirant à fond et disant, "Okay. Et donc ?"

"Le petit a dit, c'est bête, là, parce que l'appel, c'était Eugénie Spektor qui cherche à me joindre."

"Oui. Et alors ? Qu'est-ce ça peut foutre ? C'est qui là, Eugénie Machin ?"

"Spektor. Il est sur Cannes en ce moment. Là, il attendait l'autre pour dîner."

"Et alors ? Quel rapport ? On s'en branle, son dîner."

"Le dîner, oui. Mais pas l'argent des comptes, comment tu dis, *offshore*."

Mario dit, "Corinne, je vais m'énerver, là, tu me dis pas rapidement pourquoi tu les as relâchés."

Corinne dit, "Le petit a dit que le million, là, que tu voulais lui prendre, en fait, c'est pas à lui. C'est l'argent de l'Ukrainien. Donc, si tu préfères, qu'en leur prenant à eux, en définitive, c'était l'argent de la mafia ukrainienne que tu serais en train de voler. Je sais pas si tu vois la différence, tout de suite. Le petit m'a très bien dit, du coup, qu'on faisait comme on voulait, mais que ce serait pas bon pour nous. Ni pour nos familles."

Mario se prenant à douter, tout à coup. "Non mais c'est quoi ce délire ?"

Corinne, elle, continuant. “Donc je les ai détachés. Et tout ce que j’espère, je vais te dire, c’est que ça en reste là. Que l’autre veuille pas se venger.”

Là, Calzer, qui n’avait rien dit jusqu’à présent, dit, “Normalement, non, ça devrait aller.”

Tout le monde se tournant vers lui. Calzer disant, “Evgueni Spektor est caïd de peau de zob. Il est ukrainien, d’accord. Donc c’est sûr, comme capitalisme, comparé à Bernard Arnault, c’est moins emperlouzé. A ses débuts surtout, le mec a cassé quelques œufs pour faire sa petite omelette. Encore aujourd’hui, je suis sûr, tu lui piques un marché, il te fait couper une main. Mais sinon, à part ça, savez ce que c’est, en fait ? C’est un meunier en gros. Il fait des céréales, de l’agro-alimentaire et de l’immobilier. Okay, il est dans la poudre. Juste, c’est de la farine. Pas du trafic d’héro.”

Mario dit, “Comment tu sais ça, toi ?”

Calzer ayant l’air de s’amuser, goûter la situation. Mario détestant ça. Calzer disant, “Parce que. Il est client à l’hôtel. Non, vraiment, je vous rassure : normalement sa vengeance devrait pas trop être terrible.”

Corinne ayant changé de couleur, du coup.

Mario dit, “Putain le mec reçoit un appel d’un boulanger et toi tu le laisses partir. Tu les as relâchés quand ?”

Corinne disant, plus du tout sur le même ton, du coup, Mario déjà content de ça, “Je sais pas. Il y a cinq minutes. Pas plus. Juste avant que t’arrives. C’est même bizarre que tu les as pas croisés.”

Mario dit, “Allez. Tous en voiture. On va les retrouver. Vite.”

Le moteur avait toussé trois quatre fois et s’était arrêté, comme ça, tout à coup. La Rolls continuant à rouler en silence. Coup de bol, ils étaient boulevard du Midi, rangeant du coup la Rolls côté mer sans trop de difficulté. Et depuis ils marchaient sur le trottoir, avec la mer à droite et les lumières de Cannes un peu plus loin devant eux.

Un moment, le grand con dit, “C’était bien la peine de passer la matinée dans des stations-service.”

Jorge préférant ne pas répondre.

Un peu plus loin, le grand con dit, “Au fait, comment vous étiez sûr que c’était l’Ukrainien qui cherchait à vous joindre ?”

Jorge dit, “J’étais pas sûr. Ça m’est juste venu comme ça, je sais pas pourquoi. Je me suis dit tant pis, point où j’en suis.”

“Et si elle avait décroché et que ça avait pas été lui ?”

“Ah ben là j’aurais eu l’air très con.”

“Au minimum, oui.”

“Mais bon, tels qu’on était quand le portable a sonné, avoir l’air con ou pas, c’était plus vraiment ça le problème. Voyez le prochain petit passage, là, sous la voie ferrée ? Il faudra prendre à gauche.”

Sébastien et Bernard avaient pris le 4 × 4 de Corinne. Mario était monté avec Calzer, Calzer ayant dit, “Imagine, c’est nous qui les retrouvent, comment on les ramène avec ta Ferrari ?” Mario obligé d’admettre, montant dans la BM du mec.

Mario persuadé que les deux autres étaient partis pour retourner à l’hôtel, disant à Sébastien et Bernard de prendre par la mer, Calzer et Mario, eux, remontant Francis-Tonner. Décidant que les mecs n’étaient pas allés se recoller sur l’A 8. Parce que là, s’ils avaient pris l’autoroute pour repartir vers Cinjus, c’était même plus la peine, inutile de rôder dans la nuit. Mario déjà plus trop sûr de ce qu’ils étaient en train de faire. Se disant qu’ils avaient laissé passer le moment et que ça ne servait à rien de patrouiller comme des cons, là.

Calzer, lui, était en train de dire, "Ils vont à l'hôtel, t'es sûr ? Tu crois pas qu'ils sont déjà à la police plutôt ?"

Le mec un peu en panique, mine de rien. L'ancien condé. Essayant de pas le montrer, mais quand même, pas trop sûr. Mario dit, "Les keufs ? Pour leur dire quoi ? C'est comme je t'ai dit. Qu'est-ce tu veux qu'ils racontent ?"

Calzer dit, regardant la route, "Je sais pas. Par exemple qu'ils m'ont vu vouloir les travailler au chalumeau. Certains mecs, ça les rend rancuniers, tu serais surpris."

"Chalumeau ? Quel chalumeau tu parles ? Quelles brûlures ils ont eues ? Rien du tout. Ils ont rien à montrer."

Regardant toujours la route, Calzer hocha la tête, l'air presque convaincu. Mario redit, "Sérieux. Même sur toi, qu'est-ce tu veux qu'ils racontent ? Tu risques rien."

Son téléphone vibrant au fond de sa poche. Bernard. Mario prenant l'appel, écoutant, disant juste, "On arrive." Puis rangeant le téléphone et disant à Calzer, "Ils ont retrouvé la Rolls garée boulevard du Midi."

Jorge assez fier, au final, de la façon dont il avait géré et joué à quitte ou double, disant, "Sans déconner, vous le faites pas pour vous, faites-le pour vos familles. Vos mères, vos sœurs, vos nièces, vos filles si vous en avez. Elles méritent pas ce qui les attend si là je prends pas l'appel."

La culturiste et les deux autres le regardant autrement, après. Le grand con, aussi, regardant Jorge meilleur, quand la culturiste avait dit de les détacher, puis leur avait dit à eux qu'elle était désolée, qu'elle pouvait pas savoir, qu'ils auraient dû le dire plus tôt, qu'il y aurait pas eu tous ces malentendus.

Du coup, Jorge considérant que c'était grâce à lui s'ils s'en étaient tirés avec juste une grosse trouille, au lieu de se faire carboniser. Estimant, par là même, que l'autre, là, le grand con, lui devait un peu quelque chose, maintenant qu'ils étaient libres. Donc pendant qu'ils marchaient dans les rues de la Bocca, Jorge dit, "Au fait, là, le truc de seigneurs, soi-disant, dont vous m'avez parlé..."

La combine à pétrole, là, qui lui faisait gagner des sommes folles, tous les jours, sur sa petite console.

L'autre continuant à regarder droit devant lui, marchant à grandes foulées, disant juste, "Oui ?"

"Maintenant qu'on est un peu potes, là, après ce qu'on a vécu, voulez pas me faire croquer ?"

Le grand con faisant la grimace, comme s'il avait mal entendu. "*Potes* ?"

"Oui enfin, peut-être potes, c'est pas le bon mot. Mais je veux dire, le fait qu'on a quand même frôlé la mort ensemble."

Le grand con faisant une moue pas convaincue. Jorge insistant.

"Enfin bref, votre combine, vous me feriez entrer dedans, je me dis, ce serait sympa."

"Vous êtes sûr d'avoir envie ?"

"A votre avis ? Qu'est-ce je suis en train de vous dire, là ?"

"Laissez-moi vous redire que c'est tout le contraire d'un placement garanti, type Sicav Codevi. C'est un jeu où l'on peut gagner gros, certes, mais aussi perdre lourd. Imaginez que votre investissement soit englouti dès votre premier essai, je ne voudrais pas que vous m'en teniez rigueur. Vous comprenez ? Moi, je décline toute responsabilité. Non, vraiment. Au nom, précisément, de cette épreuve commune que nous venons de traverser, je ne préfère pas."

Jorge soupira et dit, pour lui-même, mais assez fort pour que le grand con entende, "Putain, je le crois pas, l'enculé que c'est pas."

Et aussitôt après avoir dit ça, Jorge poussa le grand con par terre, l'autre trop surpris pour garder l'équilibre, se viandant sur le trottoir, Jorge se jetant sur lui tout de suite, l'immobilisant. Le grand con se débattant, tâchant de relever la tête. Comme ça pendant dix quinze secondes, puis Jorge se releva, époussetant ses fringues.

Le grand con super vénère, disant, "C'est quoi ce nouveau genre ? Vous êtes pas bien ? Je vais vous calmer les nerfs moi." Se relevant à son tour et commençant à vouloir attraper Jorge. Jorge lui bloquant la main et disant, "Attendez. Attendez."

Jorge, donnant un coup de menton devant lui, par-dessus l'épaule du grand con, disant, "Devant, la BM noire, là, qui vient juste de passer..."

Le grand con tourna la tête regardant la rue vide pendant quelques secondes et dit, "Je vois rien, là. En tout cas pas de BM qui passe."

"Ben non, c'est ce que je dis, elle est passée. C'était d'ailleurs ça l'idée en fait. Attendre qu'elle soit passée pour pouvoir se relever."

"Et pourquoi, je vous prie ?"

"Dedans, c'était Calzer et Mario."

Le grand con levant les yeux au ciel.

Jorge dit, "Vous avez pas entendu ? Deuxième fois de la soirée. Je viens de nous sauver la vie."

Le grand con répondant rien. Jorge dit, "Alors ? Qu'est-ce qu'on dit, dans ces cas-là ?"

Le grand con dit, "C'est encore loin ?"

Jorge regrettant de ne pas avoir laissé le grand con au gymnase, se faire caraméliser la gueule.

Mario dit, “Pourquoi ils se sont garés là. Il y a rien.” Mario tournant la tête, regardant d’un côté vers la mer, de l’autre la voie ferrée et les entrepôts de la Roubine.

Sébastien dit, “Moi je pense qu’ils se sont pas garés. Ils sont tombés en panne.”

Mario dit, “Qu’est-ce qui te fait dire ça ? En panne de quoi ?”

“D’essence. Elle était déjà presque à sec quand on roulait tout à l’heure.”

“Et alors ? Si vous l’aviez remarqué, vous pouviez pas en remettre un peu ?”

“Leur faire les vitres aussi ? Je sais pas, d’habitude, tu vas racketter des mecs, c’est pas pour faire le plein de leur bagnole en échange.”

Sébastien plein de bon sens. Mario n’insistant pas, faisant comme s’il ne voyait pas les sourires de Bernard et Calzer. Sébastien dit, “En même temps, ils sont à pied, du coup. Donc, ils peuvent pas être loin.”

Bernard dit, “Ouais. On peut encore les rattraper.”

Calzer dit, “Ben allons-y, alors. On perd du temps ici.”

Mario dit, “Non”, regardant la mer plutôt que ces trois cons qui l’énervaient, soudain. Mario entendant dans son dos Calzer qui lui disait, “Comment ça non ?”

Mario se retourna, faisant face aux autres et dit, “Je dis non. On laisse tomber. C’est mort et puis c’est tout. Qu’est-ce tu vas les retrouver ? C’est râpé, c’est râpé.”

Calzer dit, “Mais non, à pinces, ils sont pas allés loin. Là on peut les choper avant qu’ils arrivent à Cannes. Parce qu’après ce sera foutu.”

Mario dit, “Mais c’est *déjà* foutu. Tu veux les retrouver pour quoi, là ? Réfléchis. Tu vas pas les rekidnapper, comme ça, au beau milieu de la rue.”

Mario disant ça et faisant demi-tour, retournant vers la BM garée un peu plus loin, indiquant que la fête était finie, qu’on rentrait à la base.

Jorge sonna à la porte du deux pièces au troisième, résidence Chambord-Lys, lisière Cannes-la Bocca. En leur ouvrant, Meryl eut d'abord l'air surprise.

Les voir, là, le grand con et lui, sur le palier, la gueule qu'ils avaient, leurs fringues froissées et crades.

Mais très vite, Jorge la vit faire un grand sourire et dire, "Ah ben voilà. Vous êtes devenus copains."

Faisant une petite mimique contente d'elle et disant, "J'étais sûre."

Trente et un

Tout ça pour dire qu'en définitive, ils avaient passé la nuit chez Meryl. Jorge disant, "Désolé, on s'excuse de débarquer comme ça sans appeler avant, mais c'est une sorte d'urgence."

Meryl demandant ce qui se passait, si c'était grave.

Jorge disant que non, ça devrait aller, qu'il expliquerait plus tard mais que là, juste, est-ce qu'elle pensait qu'ils pourraient passer la nuit ici. Meryl disant pas de problème, ne posant plus d'autre question.

Après, quand Meryl avait demandé s'ils voulaient quelque chose, Jorge avait dit une vodka et le grand con avait dit prendre une douche si c'était pas trop demander. Meryl avait redit pas de problème. Allant chercher des serviettes-éponges pour le grand con. Et un kit de toilette, Meryl gardant toujours quelques brosses à dents neuves et des rasoirs jetables en réserve, au cas où, pour les nouveaux amis qu'elle était susceptible de ramener.

L'autre, donc, était allé prendre sa douche. Jorge et Meryl, eux, installés au comptoir de la cuisine américaine du petit F2, 43 m^2 + 15 de terrasse avec "aperçu mer" en se penchant du balcon. Meryl, en talons et petite robe de soirée, un genre de nuisette noire avec des bretelles extrafines et ses nibes en liberté dessous, qui avait dit à Jorge, “T’as de la chance de me trouver. Là, je suis juste passée chercher mon ordonnance de pilule. J’habite pas beaucoup ici en ce moment.”

“Ah bon ? T’es où, du coup ?”

“Sur le bateau du Belge, depuis quatre jours.” Disant ça avec un petit sourire pas mécontent. Jorge heureux pour elle, disant, “Bien joué. T’as pas traîné dis-moi. Comment t’as fait ton compte ?”

“Le jour où tu m’as dit de partir, après, le soir, je suis allée au *Palm Beach*.”

“Voir si des fois le Belge y était pas.”

“J’avais rien d’autre en vue, donc je me suis dit, hey, *what the heck* ? J’ai bien fait.”

“On dirait, oui.”

“Lui, il était un peu surpris de me voir là toute seule. J’ai tout mis sur ton dos. Je t’ai chargé un peu, tu vois ?”

“T’as eu raison.”

“J’ai dit que tu n’étais pas à la hauteur, physiquement. Et que moi, il n’y avait pas que l’argent dans la vie. Que l’argent, c’était bon, j’en avais bien assez. *As if!* Mais que j’aimais qu’un homme sache s’occuper de moi.”

“Ça doit plaire, comme numéro, ça, non ?”

“Jusqu’ici, je dois dire... Et là, d’ailleurs, il m’a invitée à venir boire un dernier sur le yacht. Puis comme il était tard, à rester pour dormir dans l’une des cabines d’ami.”

“Ben voyons. Et, comment elle s’appelait, la blonde qui disait pas un mot ?”

“Babette.”

“Voilà. Et Babette ? Elle était où ?”

“Le premier soir, sur le yacht.”

“Elle a dû masquer en te voyant arriver.”

“Masquer ?”

“Faire la tête, être fâchée.”

“Ecoute, elle n’a pas montré. Et toute façon, qu’elle soit là ou pas, ça a pas empêché l’autre, Willy, de venir me sauter une fois qu'elle était couchée. *Lad must have enjoyed it, mind you.* Le lendemain vers midi, quand je me suis levée, elle était plus à bord."

"Ben comme ça, t'es prévenue. Tu sais que c'est le mec qui fait pas dans le détail quand il largue une gonzesse."

"*Or so it seems.* Donc c'est juste *up to me* de bien profiter tant que ça durc. Et là, pour l'instant, c'est bien. Normalement, on s'en va en croisière sur la côte amalfitaine, début de la semaine prochaine."

"Ah oui dis donc. Il est mordu."

"Que veux-tu ? *He just adores my babies.*" S'empoignant les seins par en dessous, à travers la soie noire et les remontant légèrement. "*Oh gosh! Does he just* love *these two*!"

"En même temps, j'ai assez envie de dire, comment le blâmer ?"

"Il dit que j'ai plus de conversation que *poor little Babette* – et il a dit, *quote*, 'dans tous les domaines'." Meryl clignant de l'œil pour imiter le Belge. Le mec assez du genre à cligner de l'œil pour avertir quand il faisait une vanne.

"Et là, lui, il est où ?"

"*Palm Beach, where else? Playing blackjack or something.* Je dois le rejoindre, là. J'ai le chauffeur qui attend en bas."

"Ah c'était ça la grosse merco avec un mec tout seul que j'ai vue en arrivant. Je me demandais."

"Donc tu vois, c'est pas un problème que vous restiez ici. Même plusieurs jours si ça t'arrange."

"Non, t'es un amour. Juste cette nuit, ça devrait suffire."

"Okay. Alors t'auras qu'à prendre mon lit. Et ton ami dormira ici", montrant le canapé en cuir crème, devant eux, avec les fauteuils jaunes, en face, et au milieu la table en verre posée sur le tapis imitation peau de zèbre.

"Tu mettras ses draps et vos serviettes dans le panier. Claque juste la porte en partant."

"Super. C'est génial. Je te revaudrai ça."

"Pas de problème. Mais là, il faut vraiment que j'y aille. Je vous laisse vous débrouiller. Ça va aller, t'es sûr ?"

"Nickel. Juste, dis-moi, une question, t'es pas forcée de répondre."

Meryl attrapant un petit sac Dior et une espèce de châle et disant, "*Shoot.*"

"Le premier soir, je veux dire, quand Babette était encore là..."

"Oui ?"

"Je me demandais, t'as fait le show lesbien ?"

Donc le grand con avait dormi sur le canapé. Jorge avait pris le grand lit dans la chambre, reconnaissant l'odeur de Meryl sur les draps et trouvant le sommeil en pensant à Monica.

Et au réveil, le lendemain matin, débat.

La question, c'était de savoir si c'était pas imprudent de retourner comme ça au *Marina Privilège*, compte tenu du fait que le chef de la sécu était un fou sadique qui voulait les passer à la lampe à souder. Jorge disant exactement ça : "Ça risque de faire étrange quand même, cohabiter avec un mec qui veut nous torturer au chalumeau."

Le grand con, lui, semblant dire qu'en fait ils ne risquaient rien et le disant bien sûr d'une façon hors sujet, faisant le malin, comme d'hab.

"C'est le fait de toutes les libérations : si elles veulent pouvoir reprendre une vie normale, les victimes doivent se résoudre à croiser chez Franprix leurs tortionnaires d'hier et endurer l'intolérable impunité de leurs bourreaux. C'est une constante de l'Histoire."

Jorge disant, “Oui enfin moi je dis juste, ça risque de faire bizarre. L’autre enculé, je le recroise, je promets pas de me retenir.” Disant pas se retenir de quoi. De fuir, peut-être bien. Le type lui faisait peur.

Mais avant quoi que ce soit, il fallait d’abord récupérer la Rolls. En espérant qu’elle soit toujours garée, intacte, là où ils l’avaient laissée.

Donc ils avaient marché jusqu’à la station-service la plus proche. Ironie, l’une de celles qu’ils avaient visitées la veille. Le mec les reconnaissant, demandant où était leur belle voiture.

Jorge disant, “Arrêtée en panne sèche sur le boulevard du Midi un peu plus loin vers Mandelieu.” Demandant au mec de leur vendre un bidon en plastique et de le remplir de sans plomb.

Et finalement, une heure plus tard, arrivant à l’hôtel, l’impression de l’avoir quitté depuis des jours alors que ça faisait même pas vingt-quatre heures. Les pelouses Jacques Dessange, l’arrosage automatique silencieux, le personnel tiré à quatre épingles, et les thunés en place, sur des transats ou aux tables, posés là à rien foutre, juste attendre que ça se passe, parler de leur pognon et profiter d’une météo parfaite.

Jorge donnant les clés au voiturier et disant au grand con, “Qu’est-ce qu’on fait ?”, posant la question comme ça, mais sachant très bien en fait ce qu’il mourait d’envie de faire. Voir si Monica était là. Voir Monica.

Le grand con dit, “Vous je ne sais pas, mais moi, je vais me changer. Il y a des limites à ce qu’on peut demander à une chemise.”

Ils allaient se séparer, en route chacun pour sa chambre mais Castric le directeur arrivait vers eux, pantalon beige et veste jaune, marchant à grands pas, l’air content de les voir, ou plutôt de voir le grand con, disant, “Monsieur le baron, Monsieur le baron ! Enfin ! Depuis avant-hier soir, je vous cherche pour vous prier d'accepter nos excuses."

Jorge se demandant de quoi le mec voulait parler. Le grand con aussi visiblement. Castric disant, "La tranquillité et la discrétion absolues font partie des prestations que *Privilège* se fait une règle de proposer à sa clientèle d'exception. En dépit de tous nos efforts dans ce domaine, il arrive hélas qu'un incident comme celui de l'autre soir se produise."

Jorge percutant. Le mec voulait s'excuser pour les photos prises par le biker. Ça paraissait déjà bien loin. Le grand con lui-même semblait avoir oublié, disant au mec de pas s'en faire. Que sa bonne impression de l'établissement restait intacte. Mais l'autre en face n'écoutant pas, ou bien alors juste aimant s'excuser, disant que ça l'avait rendu malade de ne pas pouvoir dire plus tôt au grand con combien il était désolé. L'ayant cherché en vain toute la journée de la veille. Le grand con disant, "Oui j'ai été retenu à l'extérieur." Le directeur disant, "Pour me faire pardonner, j'aimerais que vous soyez des nôtres demain après-midi."

Le grand con demandant de quoi il s'agissait. L'autre parlant d'une dégustation préparée par l'ancien chef de brigade pâtisserie de la cuisine de l'hôtel, émigré depuis aux Etats-Unis pour y ouvrir des salons de thé et récemment affiché en couverture du supplément dominical du *New York Times*. "Un goûter dégustation en tout petit comité, juste l'élite des critiques gastronomiques de la région et quelques-uns de nos clients les plus chers. Je sais que notre ami serait heureux si vous acceptiez de vous joindre à nous. Pour ma part j'en serais très honoré."

Le problème, se disait Jorge, c'est que le lendemain après-midi, le grand con était déjà pris. Et qu'il ne s'en rappelait plus, à l'évidence, puisqu'il était en train de dire à l'autre que oui, il serait ravi. Jorge se racla la gorge. A l'intention du grand con, lui rappeler qu'il avait déjà un truc, mais Castric prit ça pour lui, disant que bien entendu Jorge était invité aussi. Jorge disant, "Non c'est pas ça, mais demain après-midi, on n'est pas disponibles."

Le grand con regardant Jorge l'air étonné, disant, "Ah bon ?"

Jorge disant, "Non, demain après-midi, après, bien sûr, ça dépend de l'heure, mais en principe, rappelez-vous, on a déjà le petit truc dont je vous ai parlé."

Le grand con faisant une mimique de mec pas au courant, disant "Le *truc* ? Quel truc ?"

"Vous savez, le tableau."

Le grand con dit, "Ah oui ! La vente aux enchères privée, c'est ça ? Pardon, ça m'était complètement sorti de l'esprit." Marquant un temps et disant, "Vous voulez dire, ça tient toujours. Même avec ce qui s'est—"

"Absolument, ça tient toujours. Si vous voulez, on en reparlera tout à l'heure. Mais là, ce que je vous dis, c'est juste faire attention à pas dire oui trop vite."

Castric disant, "Ça, ma foi, si vous êtes déjà engagé par ailleurs. Voyez votre programme, bien sûr. Mais sachez en tout cas qu'à partir de seize heures, vous serez les bienvenus derrière la Roseraie, au bout du parc, où se tiendra notre petite fête."

Représentant des excuses pour l'avant-veille et repartant enfin. Le grand con attendant que l'autre soit éloigné pour dire à Jorge, "Attendez, je ne comprends pas. Vous êtes toujours partant pour—"

Jorge le coupant, disant, "Ben oui ? Pourquoi je le serais plus ?"

"Oh ben, c'est-à-dire, elle vous fait juste tomber dans les pattes de tarés qui veulent vous torturer et vous, en récompense, vous voulez lui offrir un tableau à deux millions d'euros."

"Alors, déjà, je m'excuse mais rien nous prouve

qu'elle soit complice des autres. Et d'une. Et secundo, même si elle est complice et que je lui offre pas, ça m'intéresse quand même de faire une bonne affaire. Donc, oui, si vous voulez savoir : je suis toujours dans le sujet. C'est du business. Juste du business."

Le grand con disant, "Je vois", puis "Bon. Mais en attendant, comme je vous le disais, si vous voulez bien m'excuser."

Jorge le regardant partir, sachant que l'autre chiadait sa démarche, forçant la nonchalance.

Jorge ravi d'être seul, enfin, et à partir de là, se mettant à chercher Monica partout. Et, pour faire court, la trouvant pas. Se renseignant, sortant un billet et apprenant qu'elle était partie la veille au soir un peu avant minuit. Jorge sonné, d'abord. Minuit, c'est-à-dire près d'une heure après leur évasion. Puis pensant à un truc, demandant si elle était toute seule. Ça le réceptionniste savait pas. Jorge allant glisser un billet au voiturier, l'autre disant qu'il faudrait qu'il demande aux gars qui faisaient la nuit, regardant l'heure et décidant que les mecs dormaient peut-être pas encore, passant deux trois coups de fil. Revenant ensuite dire à Jorge qu'ils étaient deux voitures. Un 4 × 4 pour les malles et la comtesse qui était montée dans une Ferrari orange.

Jorge effondré, souffrant de ne pas savoir ce qu'il fallait en déduire, envisageant Monica tantôt en pauvre victime à qui il fallait venir en aide, tantôt en garce absolue, complice de toutes les saloperies de son maquereau arabe. Jorge devenant fou, comme ça, incapable de choisir l'une des deux hypothèses et de s'y tenir, décidant à la place de rester concentré sur l'argent qu'il allait prendre au grand con.

Que tout ça soit pas juste pour rien. Le prix de la chambre, le casse avec Tortue parti en burne, les vacheries du grand con, l'enlèvement par l'Arabe et la peur d'être brûlé, le cœur foutu en l'air par l'autre salope ritale. Que Jorge puisse se dire à la fin que tout ça aurait eu un sens, servi à quelque chose. Qu'il s'était fait payer. Que tout ça, ouais, voilà, ne soit pas juste pour rien.

"Tout ça pour rien, putain."

Mario, énervé, allait de long en large et disait, "Tout ça pour rien. Tu te rends compte ? C'est la louze. Tout ça, en fait, pour *rien.*"

Monica assise dans un des fauteuils du salon, au rez-de-chaussée de la villa où habitait Mario. Mario, donc, marchant autour des canapés en parlant. Monica suivant Mario des yeux, sauf quand il passait derrière elle, l'écoutant qui disait, "Bon, il faut attendre que ça retombe un peu, être sûr qu'ils sont barrés et puis toi t'y retournes, tant pis. Harponner d'autres pigeons. D'ailleurs, non, là je dis n'importe quoi : pas d'*autres* pigeons. *Un* autre pigeon. Un seul, un vrai, qui casque. Et celui-là, t'es gentille, on arrête les conneries. Celui-là, tu couches, tu le lâches plus. Là c'est ton plan à deux qui a foutu la merde."

Monica pas réveillée depuis longtemps, couchée tard à cause de Mario qui était venu la chercher à l'hôtel en pleine nuit. Mario ne lui prenant pas trop la tête la veille à cause de l'heure. Mais se rattrapant ce matin. Ça devait faire un quart d'heure, là, qu'il parlait en marchant.

Monica dit, "Mario."

"Oui ?"

"Je crois que je veux changer de vie."

Mario marquant un temps, la regardant et disant, "Alors je vais te dire, c'est marrant que tu dises ça parce que, la vie de ma mère, à dix secondes près, c'est ça que j'allais te dire."

Monica ne voyant pas bien comment, disant, "Ah bon ?"

“Comme je te le dis. Là, je finissais sur ce que je veux que tu fasses. Et juste après, j’allais te parler de ça, parole d’homme. Qu’on allait changer de vie.”

Mario disant *on.* Monica avait dit *je.* Mario dit, “Si ça se trouve, là, dans les jours qui viennent, je vais avoir une grosse rentrée. Donc si toi, de ton côté, tu nous en lèves un beau qu’on peut bien faire cracher, les deux mis bout à bout, ça devrait nous laisser le temps de voir venir un peu. Tu vois ce que je veux dire ? S’arracher ailleurs qu’ici. Le soleil, les palmiers, la chambre avec peignoir, la vraie vie. Bon mais comme je dis, on a encore quelques jours, avant. Donc d’ici là, il faut quand même que tu nous plumes un mec. Et puis bien, cette fois-ci. Que ça nous rapporte vraiment.”

Monica pensant, Pas comme la dernière fois, quand c’est trois ans de prison que ça m’avait rapporté ? Monica dit, “Je sais pas.”

Mario visiblement contrarié par le ton qu’elle venait d’avoir, disant, “Putain, l’autre ! Cache ta joie. Je te propose de partir au soleil avec moi et de l’oseille, tout ce que tu trouves à me dire c’est je sais pas.”

Monica sachant que Mario allait s’énerver. Restant calme, elle, disant, “Non. Je ne sais pas. Ce que j’essaye de te dire, là, c’est qu’en fait, quand j’y pense, j’aimerais bien changer de vie.”

“T’aimerais bien changer de vie, t’aimerais bien changer de vie. Tu te fous de ma gueule ou quoi, t’aimerais bien changer de vie ? C’est quoi, je te parle, là, ton avis ? C’est exactement ça. C’est changer de vie.”

Monica dit, “Oui mais s’il y a toi dedans, c’est pas vraiment changer.”

Mario s’était arrêté de marcher, debout en face d’elle. “C’est la meilleure celle-là. Evidemment qu’il y a moi dedans. Tu voudrais qu’il y ait qui ?”

Monica ne répondant rien. Le laissant déduire tout

seul. Mario disant, “Putain, c’est la prison, ça. C’est pas des conneries, en fait, que ça esquinte les gens. Ils t’ont bien abîmée, toi, je vais te dire.”

“Sûrement. Mais donc, là, moi, je vais partir.”

Mario, lui, faisant son show, ses grimaces qu’elle avait déjà vues, commençant avec celle du type qui a mal entendu, disant, “Tu vas *partir* ?”

“Oui. Là, je vais m’en aller là, en fait.”

“Tu vas t’en aller là où ? Qu’est-ce que c’est ces conneries ? Qu’est-ce t’es en train de me dire ?”

“Que je vais plus être là. Le temps de prendre une douche, faire ma valise et je m’en vais.” Monica marquant un temps avant de dire, “Je suis sérieuse, Mohammed.”

Trente-deux

Le sac rouge avec l'argent dedans était toujours dans l'armoire. Aucune raison logique pour qu'il en soit parti, mais quand même. Première chose que Calzer avait vérifiée en arrivant au bureau, refermant vite la porte juste à temps quand Ramponi était entré.

Calzer s'asseyant et disant, "C'est à cette heure-ci que t'arrives ?"

"Dis donc, tu peux parler. Où-ce que t'étais hier toute la journée ?"

"Tu sais quoi ? Si on te demande, t'auras qu'à dire, j'étais en RTT."

Ramponi posant son talkie sur le bureau. "Oh moi, je m'en branle. C'est Castric. Il te cherchait partout. J'ai dit qu'à mon avis, t'étais pris par l'enquête. J'ai essayé de t'appeler. T'étais sur messagerie."

"J'étais sur messagerie, c'est peut-être j'avais envie qu'on me casse pas les couilles."

"Dis donc, ça te met de bon poil, toi, les congés."

Calzer ne relevant pas, faisant le mec absorbé par l'écran de son ordi.

Ramponi s'asseyant devant le sien, disant, "Et ben, je peux te dire, pendant que toi tu bullais, moi j'ai envoyé le bois. J'ai même bien avancé."

"T'as avancé vers quoi ?"

"A ton avis ? Muselier. L'argent. Les cinq cent mille euros."

Allons bon. Qu'est-ce que cette plaie de Ramponi allait encore lui sortir ? Calzer repensant au film d'arnaque à l'assurance dont il savait plus le titre. Le mec qui monte un plan et qui se fait cramer par son pote de bureau. Calzer faisant attention à ne pas laisser voir son appréhension, jouant le mec intéressé, disant, "Ah ouais ? Raconte."

"Ouais j'ai retrouvé sa mère, au mec. Listée à Cagnes-sur-Mer, mais sous le nom de son deuxième mari. Après, c'est comme aux sept familles. Une fois que j'avais la mère, ça m'a amené à l'oncle. Plus loin d'ici, déjà. Au Val-de-Reuil, dans l'Eure."

"Val-de-Reuil... Il y a pas une centrale ou un CD, là-bas ?"

"Je te le confirme. Plus grand centre de détention d'Europe. Treize hectares et demi. D'ailleurs l'oncle en question est retraité de la pénitentiaire. C'est ironique, non ?"

Des ironies comme ça, Calzer en aurait eues plein d'autres à lui sortir, surtout depuis la veille. Après, la question, c'était, est-ce que Ramponi, lui, les aurait trouvées drôles ? Calzer dit, "Et alors ?"

"Alors, donc, j'appelle chez l'oncle. Je dis bonjour, voilà, est-ce que je pourrais parler à Benjamin ? On me dit, non il est sorti. Là, moi, je me dis, bingo. Je dis, pas grave, je rappellerai. Là du coup, je cherche à te joindre. Toujours sur messagerie. Du coup moi j'improvise."

"Tu l'as dit à Castric ?"

Ramponi faisant une moue l'air de dire tu me prends pour qui. Calzer disant "Pardon. Et donc ?" Ramponi parlant alors d'un gars qu'il connaissait, retraité du service dans un bled près de Lisieux, disant au gars d'aller voir, mais de rien faire tout seul. De téléphoner avant pour dire à quoi ça ressemble.

Calzer s'attendant au pire. Ramponi dit, "Hier soir mon copain me rappelle et me dit, te fatigue pas, ton coup de fil l'a fait fuir."

"Comment ça ?"

"Quand l'oncle a dit au neveu qu'il y avait eu un appel pour lui, l'autre est devenu fou. Il est allé faire son sac et il a décampé."

Soulagé, Calzer se força à prendre l'air déçu. "C'est malin." Marquant un temps et disant ensuite, "Enfin, en même temps, tu pouvais pas prévoir."

"L'oncle, du coup, catastrophé, qui demande à mon pote qu'est-ce que son con de neveu a encore bien pu faire. L'autre qui lui dit, non rien, tout roule. C'est juste son employeur qui cherchait à le joindre. Mon copain risquant pas de lui en dire plus que ça, de fait, puisqu'il savait rien d'autre. L'oncle pas la moindre idée de où l'autre s'est rebarré. Trois jours qu'il était là. Débarqué sans prévenir soi-disant pour renouer et se reposer un peu."

Pendant que Ramponi parlait, Calzer revoyait le mec dans le couloir, comme un con, son sac rouge à la main. Calzer disant au gars, "J'étais sûr." Le mec disant, "Quoi ?" Calzer disant, "J'étais sûr. Avec tes antécédents, j'étais sûr que t'allais craquer. Juste je savais pas quand. Puis quand j'ai vu que t'avais demandé à te faire mettre le soir, j'ai su que t'allais bouger. Il y avait qu'à attendre." Calzer disant ça, sur le moment, sans savoir qu'en fin de compte il garderait l'argent. Calzer encore bon flic, fier d'avoir eu du flair, prenant le sac au mec et lui disant qu'il avait intérêt à se faire oublier, peut-être même quitter la région pendant plusieurs semaines. Calzer disant, "Moi là, je te laisse partir, je suis sympa. Mais Castric, tu sais comment il est, c'est le genre à marquer le coup, envoyer un message. Te faire casser les jambes, ou découper une main, que tout le monde sache bien après qu'il faut pas nous faire chier. Tu comprends ce que je te dis ? Donc faut vraiment te planquer. Moi je dis ça, c'est pour toi."

Tout ce que le mec trouvait, après, pour qu'on le retrouve pas, c'était le frère de sa mère. Tu t'étonnes que ces mecs-là aillent jamais très très loin. Et là, la preuve, il s'était fallu de peu. Un peu plus, Ramponi le poissait.

Juste, avec un peu de chance, le mec devait fouetter, maintenant. Il allait se planquer mieux, on pouvait espérer. Enterré dans un trou où cette plaie de Ramponi allait pas le retrouver. Calzer quand même se sentant obligé de dire, "Eh ben qu'est-ce que tu veux que je te dise ? Chapeau ! Non sérieux, t'as super bien bossé. Dommage que le mec ait mis les bouts comme ça parce que sinon, un peu plus mon salaud, tu nous l'avais serré. A l'ancienne. Comme dans le temps."

Ramponi, lui, donnant l'impression de ne pas goûter le compliment, l'air soucieux tout à coup, pensant visiblement à autre chose, disant, "Ouais. En même temps, il y a un truc bizarre qui me travaille depuis hier." Faisant son Columbo, là. Calzer détestant ça. Là encore plus que d'habitude, forcément. Mais pas d'autre choix que de dire, "Ah ouais, c'est quoi ?"

"T'as cinq cent mille euros en billets dans ta fouille, il y a quand même plus sexy pour aller les claquer qu'une ville nouvelle de l'Eure chez un ancien maton."

Calzer aimant pas les cogites de Ramponi. "Va savoir, le mec habitué au luxe et au soleil. Du coup, le jour qu'il est dans la thune, il cherche le dépaysement."

Ramponi répondant comme s'il avait pas entendu, disant, "Il y a un truc qui colle pas. Quand on le chopera, je lui demanderai."

Calzer dit "Oui, sauf, ça va être plus dur, pour le choper, maintenant. Le mec, il va faire gaffe. Et nous deux, les pauvres moyens qu'on a, tu veux qu'on chasse à l'homme ? Déjà, avec le Service, ce serait pas du tout cuit. Mais alors là."

Ramponi têtu disant, "Si. Ces mecs-là, on les chope toujours."

Et là, Calzer retrouvant le titre du film. *Assurance sur la mort.* Ramponi en Edward G. Robinson, le mec à tête de crapaud. Et lui, Calzer, dans le rôle de l'autre gars, celui qui se fait la blonde et qui se prend une balle. Calzer se rassurant en se disant que c'était pas du tout la même histoire. Là, il y avait pas de bonne femme. Pas de meurtre du mari. Juste un sac de sport rouge avec de l'argent dedans. Rien de plus. Enfin du moins pour l'instant.

Ramponi dit, "Au fait t'as vu Castric là ce matin ?"

"Non. Pas encore."

"Ah bon, parce qu'il vient de me prendre la tête, là. Une histoire d'enchères privées. T'es pas au courant des fois ?"

Calzer fit une moue qui voulait dire que non. Et aussi, par ailleurs, qu'il s'en branlait un peu.

Ramponi dit, "Deux clients qui vont demain soi-disant à une vente chez un particulier. Un tableau, il paraît."

"Et alors ?"

"Ah ben Castric ! Lui tu le connais. Une vraie pipelette, toujours qu'il sache ce qui se passe, même les plus petites conneries. Il m'a demandé de me renseigner. Ça te dit rien à toi ?"

"Non. C'est qui les clients ?"

"Tu sais, le baron et l'autre, le petit, avec le nom espagnol. Attends je vais te dire ça." Ramponi commençant à taper sur son clavier d'ordinateur.

Calzer dit, "Laisse, c'est pas la peine. Je vois de qui tu parles. Et donc ? C'est quoi l'histoire ?"

Non mais attends, c'était quoi, ça, maintenant ?

Je suis sérieuse, Mohammed. Carrément. L'autre qui sort ça comme ça, tranquille, genre pas gênée, comme meuf. Je suis sérieuse, Mohammed. *Je suis sérieuse*, déjà, style c'est elle qui décide. Mais en plus, *Mohammed.*

Mohammed, Mohammed – pourquoi pas au revoir Jean-Jacques, aussi, tant qu'elle y était.

Sans déconner, sérieux. Qu'est-ce qui lui avait pris, tout à coup, lui redire *Mohammed* ? Parole, au moins dix ans, même plus que ça encore, personne lui avait plus parlé en disant Mohammed. Donc, c'était quoi, ça, là ? Elle, à l'instant, de plus l'appeler Mario ? Elle se sentait pas bien, là. Fallait voir un médecin. Un mec qui soigne les dingues.

Mario dit, "Putain c'est la prison, ça. C'est clair, c'est la prison."

Elle haussant les épaules, hyper calme, exprès pour l'énerver, pendant qu'elle lui disait, "Peut-être. A ce moment-là, qu'est-ce que tu veux que je te dise ? Fallait pas m'y envoyer."

Mario se disant Et merde et lui disant à elle, "Comment ça 't'y envoyer' ? Qu'est-ce tu veux dire par là ?" En le sachant très bien, en même temps. Se reprochant de pas avoir trouvé le temps, depuis qu'elle était sortie, de mettre ça sur le tapis, d'avoir une explication pour mettre les choses au clair, qu'il y ait pas de malentendu sur ce qui s'était passé.

Se disant qu'il avait été con, qu'il aurait dû crever l'abcès dès son retour, qu'elle était encore sous le choc de la libération, trop contente d'être dehors, ils auraient été débarrassés, comme ça.

Que là, elle avait repris ses repères, bien eu le temps de gamberger et voilà : ça ressortait. Au pire moment, normal. Toujours comme ça la vie.

Mario dit, "Ecoute je sais pas de quoi tu parles. Mais tout ce que je peux te dire, c'est que c'est pas le bon moment, là. On verra ça ce soir. D'accord ? Ou demain. Mais juste, là, tu sais ce que c'est les départs en vacances ? Ben là c'est le même genre, il me reste pas beaucoup de temps et j'ai plein de trucs à faire, des conneries à régler." L'autre en face l'écoutant, sans expression sur son visage, l'air de pas croire un mot de ce qu'il racontait, de s'en foutre complètement. Juste, Mario obligé de finir maintenant qu'il avait commencé, "Donc je te promets, c'est pas pour me défiler, tout ce que tu veux parler, pas de problème, je suis d'accord. Mais à tête reposée. Pas là, je suis sur une jambe avec un planning de oufe. Laisse-moi prendre mon oseille, faire un petit peu de ménage et après, pas de problème, on parle de ce que tu veux."

Il y eut un petit blanc et puis, sans le regarder pour autant, t'as l'autre qui lui dit, "Mario ?"

"Oui ?"

"Non ti amo più."

L'autre lui reparlant en italien, maintenant, la première fois depuis qu'elle était rentrée de Rennes. Et pour dire ça, en plus. *Non ti amo più.* Je ne t'aime plus. Le truc qui a aucun rapport avec ce qu'ils étaient en train de dire. L'autre faisant sa maline, lui reparlant italien, après l'avoir re-appelé Mohammed, preuve qu'elle perdait ses nerfs. Ça buggait dans sa tête. Là, elle pétait un câble.

Mario dit, "Tu m'aimes plus ?", répétant ce qu'elle venait de dire, pour que l'autre lui explique ce que ça venait faire dans la conversation. L'autre tout juste bonne à redire, "Non. Je ne t'aime plus, Mario." Le réappelant Mario, au moins.

"Comment ça tu m'aimes plus ? Ça veut rien dire tu m'aimes plus. Donc s'il te plaît arrête, dis pas que tu m'aimes plus. Tu sais bien que c'est des conneries. C'est impossible, tu m'aimes plus. Donc je t'interdis de le dire. C'est désagréable, à force. Je veux plus entendre ça, c'est compris ? Ça m'énerve."

"Mario ?"

"Oui."

"C'est quelle partie de la phrase que tu n'as pas comprise ? *Je* ou *ne t'aime plus ?*"

Non mais c'était quoi ce ton, maintenant, toujours très calme et tout ? Elle lui faisait tout, ce matin. Elle s'était réveillée en se jurant de le faire chier.

Mario dit, "Attends, attends. Donc là, soi-disant, tu m'aimerais plus, ce serait quoi, tes arguments ?"

L'autre le regardant, enfin, et lui, disant, toujours sans s'énerver, "Il y a pas d'arguments. Je t'aime plus. Je t'ai aimé pendant plus de quinze ans. Je t'ai aimé comme je n'ai jamais aimé personne et comme ça m'étonnerait que j'aime quelqu'un de nouveau." Mario préférant entendre ça, déjà. "J'ai fait la pute pour toi, j'ai fait de la prison pour toi. Tout ça parce que je t'aimais et peut-être je le referais si je t'aimais encore. Mais là, Mario, je t'aime plus. Donc j'arrête. Je vais partir. De mon côté. Sans toi."

"Attends, alors là, je m'excuse, je te coupe, mais je te le dis très sérieusement, parle pas comme ça. Parle pas comme ça, t'entends ? Même plaisanter, je peux te dire, c'est pas drôle. Ça, je peux te le dire tout de suite, ça m'amuse pas du tout. J'aime pas ce genre d'humour. Donc là t'arrêtes *maintenant*."

Ça y est, là. Elle commençait à l'énerver. Elle pouvait être contente d'elle. Moment donné, t'as envie de dire ça va, c'est bon maintenant, faut savoir s'arrêter. L'autre connasse en face qui ne disait plus rien, du coup. Donc un long blanc, comme ça, le silence qui durait. Mario encore plus énervé de la voir se taire à présent. Mario alors, disant le premier truc qui lui venait à l'esprit : "Et donc là, genre, soi-disant, tu m'aimes plus, tu m'aimerais plus *pourquoi* ? T'es branchée sur quelqu'un d'autre ?"

L'autre donnant pas de réponse.

"Non, attends, me dis pas, pas l'un des deux baltringues, là. Je le crois pas, ça. C'est lequel ? Le petit gros ou le grand frimeur ? Putain, qu'est-ce tu me fais chier, venir me dire tu m'aimes plus ? Vas-y, fais-toi piner par je sais pas lequel des deux. Par les deux si tu veux et puis tu seras calmée. Mais viens pas m'insulter à me sortir des je t'aime plus."

L'autre en face qui regardait devant elle, attendant qu'il ait fini.

Mario dit, "Putain, je vais te dire t'as du bol. Si ! T'as du bol que je sais que c'est pas vrai. Sinon, je te dis pas comment là je serais vénère !"

L'autre laissant passer un petit temps avant de dire, "Mario ?"

"Oui."

"Je ne t'aime plus. Je m'en vais."

Tout ce qu'elle avait à dire, en fait. Preuve que ça tenait pas debout, son histoire. Il y avait rien derrière.

"Oui ça va j'ai compris, ça fait une heure que tu me le dis."

L'autre répondant rien. Mario s'en foutant, à présent, parti sur autre chose, disant, "Non là, je suis désolé, mais vraiment, *vraiment*, ça t'a pas réussi la prison. C'est tout ce que je peux te dire."

Trente-trois

Juste après déjeuner, Jorge était au théâtre pour diriger la répétition de la vente du lendemain avec Mathieu le Théâtreux et la figuration qu'il avait engagée.

Jorge reparti de l'hôtel sans rien dire au grand con, profitant du trajet pour faire une sorte de point, trier les dossiers en cours. Comme par exemple les Ukrainiens. Assez vite, il allait quand même falloir éclaircir les choses. Leur dire qu'en fait, le plan Camargue, là, dont ils avaient parlé, ça allait pas être possible. Les mecs ne sauraient jamais le service que ça avait rendu à Jorge de dire qu'il les connaissait. Jorge donc un peu pris de remords à l'idée de le leur faire à l'envers. De remords et puis d'hésitation, aussi : ce qui avait filé le trac à la vieille culturiste valait aussi pour lui. Les Ukrainiens étaient pas forcément les meilleurs mecs à aller embrouiller. Le grand con, ça allait être bien plus drôle. Et *safe*, même si c'était moins d'argent.

Là, en fait, la répétition avait lieu au théâtre, plutôt qu'à la villa, pour ne pas multiplier les allées et venues, et limiter au max tout ce qui risquerait d'alerter le voisinage. C'est pour ça que Jorge était sur scène, avec le Théâtreux et une quinzaine de figurants. Tout le monde le regardant, attendant ses instructions, puisque c'était lui le client. Jorge ayant l'impression d'être producteur, du coup. Se disant, c'était pas si mal comme métier, tout compte fait. Des mecs et des bonnes femmes comme ça qui font les cons devant toi et toi qui les choisis : toi, oui. Toi non. Toi, mmmm, peut-être. Toi non, tu pues, tu crains trop, tu dégages. Sauf que là, et heureusement, d'un sens, Jorge avait personne à renvoyer chez lui, Mathieu le Théâtreux ayant bien travaillé et bien choisi tout le monde. Jorge regardant le Théâtreux, du coup, et se disant, comme acteur, c'était sans doute râpé pour qu'il devienne vedette. Comme prof d'art dramatique, Jorge aurait pas su dire. Mais comme mec de casting, il assurait nickel.

Il y avait donc Mathieu qui allait faire le commissaire-priseur. Un autre mec appelé Grégoire qui allait jouer le vendeur du tableau, et la petite amie censée aller avec. Un domestique. Cinq acheteurs. Trois avec secrétaires-assistants-va chercher, un avec une blonde plus jeune et le dernier tout seul. Et puis trois autres filles supposées recueillir des enchères au téléphone. Tous, dans l'ensemble, avaient le bon physique convenant à leur emploi. Et le bon costume, surtout. Le costume dans ces trucs-là, c'est ce qu'il y avait de plus dur. Se fringuer en riche, en très très riche, ça coûtait cher. Et il fallait pas se gourer. Etre classe mais pas trop, pas se retrouver non plus faire plouc endimanché. Là, d'ailleurs, Jorge avait juste peut-être un doute sur l'un des faux acheteurs, habillé un peu trop en père de la mariée.

Jorge ne savait pas quel baratin Mathieu leur avait servi. L'idée, c'est que tous ces braves gens pensaient participer à une sorte de caméra cachée. Un genre de *Surprise sur prise* entre amis. Mathieu le Théâtreux et le dénommé Grégoire qui allait jouer le vendeur savaient qu'ils montaient une arnaque, bien obligé. Et même eux, Jorge avait pas donné de détails.

Là, le vendeur, justement, était en train de présenter le tableau, utilisant une croûte dénichée en coulisse à la place du vrai faux Delvaux. Le gars parlant de l'influence de Magritte, *toujours récusée mais pourtant perceptible*, attirant l'attention sur *l'absence de modelé et de redondance du pinceau*. Le mec sérieux, ayant visiblement préparé pour son rôle.

Jorge dit, "Non. Ça c'est mieux si c'est lui qui le dit", montrant le Théâtreux. "C'est plus un truc d'expert, ça. Toi t'es le vendeur. C'est pas à toi de faire de la retape. T'accueilles juste les gens."

Le vendeur hocha la tête. Le Théâtreux aussi. Jorge dit, "Voilà. On part à six cent mille, mettons. Jusqu'à un million, tout le monde joue. Vous aussi, les filles, vous avez des gars au téléphone qui vous donnent des ordres d'achat. Donc ça grimpe, comme ça, tranquille. Tout le monde participe." Là, Jorge pointa le doigt vers l'un des acheteurs. "Un million deux, toi t'arrêtes." Puis vers un autre. "Un million trois. Toi t'arrêtes." Eliminant encore deux autres acheteurs comme ça et disant au dernier, "Un million cinq, il reste plus que toi et nous – le mec et moi, je veux dire. Je lui dis de surenchérir."

Un des intermittents du spectacle faisait doublure lumière, comme Jorge savait qu'on disait, à la place du grand con. Sur instruction de Jorge, le type venait de lever la main pour faire grimper l'enchère. Comme ça, c'était facile. Le mec faisait exactement ce que Jorge lui disait. Le problème, c'était, le grand con, Jorge pouvait difficilement lui faire apprendre son texte.

Jorge dit à l'acheteur encore en course, "Là, toi tu te couches. Toi, le commissaire-priseur, t'insistes, tu lui demandes s'il est sûr qu'il veut pas continuer. Pas de regret ? Une fois ? Deux fois. Quelqu'un d'autre dans la salle ? Nous sommes à un million six cent mille. *Anyone in the room* ? Ouais, lâche un peu d'anglais comme ça, de temps en temps. Pas trop non plus. Après ça devient relou. Donc t'es là : Quelqu'un d'autre ? Non ? Personne ? Au téléphone, mesdemoiselles ? *Somebody on the phone ?* Non ? Bon. Je vais donc adjuger. Un million six cent mille une fois, deux fois. Et là juste quand tu vas adjuger, t'as mademoiselle, là, au téléphone, qui lève la main. Un million sept cent mille."

Jorge faisant signe à la fille de lever la main. La fille s'exécutant, mais mollement, agaçant Jorge. Jorge faisant un effort pour pas la traiter de conne, revenant au Théâtreux.

"Là le mec avec moi va dire un million huit. Toi, du coup : Un million huit cent mille, devant moi, dans la salle. Oui monsieur. Contre vous, à présent. Neuf cent au téléphone ? Là, long silence. Mademoiselle chuchote dans l'appareil, puis écoute en hochant la tête – voilà. C'est ça. Comme ça." La fille l'avait mieux fait ce coup-ci. Jorge hochant la tête pour la féliciter tout en lui disant, "Tu comptes jusqu'à dix et finalement tu lèves les yeux vers Mathieu et tu secoues la tête avec l'air désolé. Oui. Comme si c'était de ta faute. Voilà. Excellent." En fait elle était bonne la fille, une fois qu'elle s'y mettait. Jorge se félicitant de pas l'avoir insultée juste deux secondes plus tôt.

"Toi Mathieu, le commissaire, du coup, tu refais un tour de salle pour être sûr. Et tu dis j'adjuge donc à monsieur pour un million huit. Félicitations. Ça tu le dis à nous, le mec et moi. Tu nous félicites. Enfin surtout lui, puisque c'est lui qui achète. Toi le vendeur, Grégoire, c'est ça ? Donc Grégoire, là-bas, ta copine est folle de joie, elle t'embrasse et tout, toi tu ne dis rien, un peu déçu. T'espérais un poil plus, accrocher les deux millions."

La fille dans son rôle, sautant au cou du mec, commençant à le smacker partout sur la figure. Jorge la félicitant. "Voilà. C'est ça. C'est quoi, déjà, ton nom ? Stéphanie ? C'est très bien Stéphanie." Puis disant,

“Vous, les autres acheteurs, pareil, un peu museau d’avoir perdu votre temps, d’être venus pour rien, mais en même temps, pas plus colère que ça. Vous êtes blindés, vous en avez rien à foutre. A la fin de la journée, un Paul Delvaux de plus, un Paul Delvaux en moins, ça fait pas de différence, vous voyez ce que je veux dire ? Donc là, c’est bon, c’est plié, vous rejoignez vos tires qui seront garées dehors, vous vous barrez les uns après les autres. Juste, toi, l’Allemand bien élevé, au passage, tu félicites le mec qui est avec moi, celui qui a gagné l’enchère.”

Un à un, les figurants se barrant en coulisse. Jorge restant juste avec Mathieu et le vendeur. Jorge parlant au Théâtreux : “Et là, toi, très important, tu fais venir le mec, là, avec moi, celui qui a gagné l’enchère. Tu lui donnes les coordonnées du compte où il doit faire virer le blé tout de suite. Lui il appelle sa banque. Tu lui proposes le téléphone fixe de la maison. Que je fasse gaffe à ce que la ligne fonctionne, putain. Sinon, tant pis, tu lui passes un portable. Une fois que c’est fait, là, toi le vendeur, t’appelles la banque, le numéro que je vais te donner, tu demandes si la transaction a bien eu lieu.”

Le vendeur hochant la tête, très attentif. Jorge dit, “Mais attention, les numéros de téléphone et le numéro de compte, sans hésiter ! Le compte, tu le connais par cœur. Et le numéro de la banque, tu l’as rentré en mémoire dans ton portable. Tu vois ce que je veux dire ?”

Et là, comme par un fait exprès, juste pendant que Jorge était en train de parler de téléphone, Mathieu le Théâtreux sortant son portable de sa poche, faisant une mimique d’excuse avant de s’isoler dans un coin pour prendre l’appel tranquille. Jorge impatienté, mais se retenant de gueuler dès la première répète, pas refroidir l’ambiance.

Jorge, du coup, tâchant de pas laisser retomber l'énergie pendant que l'autre était au turlu, faisant revenir tous les figurants et disant, "Okay, combien parmi vous se connaissent déjà ?" Voyant trois mains se lever. "Eh ben surtout, demain, que ça n'apparaisse pas." Regardant les acheteurs. "Et vous ne vous parlez pas. Vous êtes concurrents. Vous êtes des milliardaires. Ces mecs-là ça ne fait pas de politesse. Les assistants aussi. Vous vous la jouez à fond, pire encore que vos maîtres."

Le Théâtreux était revenu, avec une drôle de gueule, lançant à Jorge des regards insistants. Jorge, lui, préférant ne pas prolonger la pause, demandant à tout le monde de se tenir prêt, qu'ils allaient en refaire une.

La deuxième répétition meilleure que la première. Le vendeur plus crédible. La fille au téléphone excellente, ce qui tombait bien parce que beaucoup reposait sur elle. Mathieu, par contre, lui, moins concentré. Jorge se disant qu'il allait être comme ça tant qu'il aurait pas pu lui cracher sa Valda, donc annonçant une pause et faisant signe au Théâtreux de venir lui parler à part, s'isolant côté cour. Mathieu très excité.

Jorge dit, "Qu'est-ce qu'il y a alors ? T'étais pas dedans, la deuxième. C'est quoi le souci ? Il y a un problème ?"

"Non, tu vas voir. Tu sais là, tout à l'heure, j'ai reçu un coup de fil ?"

Jorge patient, hochant juste la tête.

"Tu vas pas le croire. Avant-hier, il y avait une soirée, à Mougins, chez un – je sais pas exactement ce qu'il est le mec, saoudien, libanais, le mec blindé de chez blindé. Son truc, lui, il aime bien voir des filles se battre entre elles, tu vois, en maillot de bain. Donc il s'organise des soirées, comme ça, avec plusieurs combats. Tu vois ce que je veux dire ?"

La soirée où les Ukrainiens avaient voulu l'emmener, chez le marchand d'armes. Jorge se demandant quel était le rapport.

“Donc moi, pour ces soirées, je fais l’animation. Présentateur, si tu préfères. Je meuble entre les combats, j’annonce les candidates, en français et en anglais. Le public est pas nombreux, mais international. Que du lourd. Très très lourd. Des mecs blindés que t’imagines même pas.”

Le Théâtreux reparti sur la fortune des mecs. Jorge dit, “Et donc ?”

“Donc un moment, l’autre soir, dans les invités, il y en a un qui me branche pour me dire qu’il aimait bien mon style, comment je présente les filles et tout. Première fois qu’on me dit ça. D’habitude, les mecs ils me calculent juste pas, je suis comme les loufiats. Mais là, le mec il me dit, des fois, sur son bateau, il organise aussi des petites soirées comme ça. Pas forcément de la lutte, mais deux trois filles entre elles et peut-être ça pourrait être amusant, pour changer, d’avoir comme un Monsieur Loyal. Il demande si je fais juste catch féminin ou alors si je fais aussi d’autres types de spectacles. Je lui dis je fais de tout. Par exemple, dans trois jours, que j’anime des enchères, chez un collectionneur.”

Jorge ne croyant pas ce que l’autre était en train de lui dire. Jorge dit, “T’es malade ? Qu’est-ce t’as besoin de dire ça ? Tu pouvais pas manger ta langue ?”

“Oui je sais, j’ai merdé. Le truc est sorti tout seul. J’ai pas fait gaffe. Mais attends ! T’inquiète pas ! Tu vas voir ! Donc je dis vente aux enchères. Le mec me dit, Ah ouais et c’est quoi qui se vend ? Et là, moi, je suis coincé. Je dis, je sais pas, une toile de Paul Delvaux, je crois bien. Le mec il tripe. Il dit, quoi ? Paul Delvaux ? Il me dit, et c’est quand ? C’est où ? Donnez-moi votre numéro, je lui dis, j’ai mieux que ça, j’ai une carte. Je lui donne et puis j’oublie.”

“Putain je le crois pas, ça ! La grande bouche que t’as pas ! Tout ça pour faire le beau, tu fous mon truc en l’air !”

"Attends, c'était lui, le téléphone. Le mec, il est comme un dingue, il veut absolument venir. Il dit qu'il veut le tableau, que Delvaux il adore, qu'il est belge comme l'artiste ou je sais pas trop quoi."

Jorge ayant déjà calculé les avantages et les inconvénients de la présence de Vande Meerssche, parce qu'à tous les coups c'était lui.

Jorge dit, "Ben ouais. Dis-lui de venir, s'il veut. Tu lui donnes l'heure, l'adresse. Et si ça merde, je te tue."

Et là, Mathieu le Théâtreux dit, "Eh ben ouais, justement. C'est bien ça le problème. Lui, demain, il peut pas."

De quoi on parlait, alors ? C'était bien la peine de faire des théories. "Et alors ? Qu'est-ce que j'y peux ?"

"Du coup, il propose de déplacer la vente à après-demain."

"C'est pas possible. Je suis pas sûr que la maison sera libre, après-demain."

"Attends. Il propose de déplacer la vente après-demain, mais sur son yacht. Je lui dis, ça fait du monde. Il dit vous en faites pas. C'est un gros. Il y a la place."

Ça, Jorge pouvait confirmer.

"Alors ?"

"Alors, je sais pas. Il faut que j'y réfléchisse. Toi, là, tu me sautes dessus, faut que je te réponde tout de suite. Non, mon pote. Laisse-moi le temps d'y penser. Et après, je te dirai."

"Ben réfléchis pas trop, parce que je dois le rappeler pas plus tard que sept heures."

Calzer était énervé, envie de le dire à quelqu'un et personne avec qui partager. A part peut-être Mohammed Zoualem. Mario l'Arabe, son nouvel ami. Du moins, celui de son Nouveau Moi. Il prit son portable et appela. Trouvant l'Arabe d'humeur moins enjouée que la veille. Demandant s'il avait un souci. L'autre disant, "Non, non. Tout baigne. Et toi ?"

Calzer dit, "Je dois admettre, ils sont culottés, les deux, quand même."

"Ouais ? Pourquoi ça ?"

"Ben d'être revenus ce matin, là, comme si de rien n'était."

"Ben en même temps, tu voulais qu'ils aillent où ?"

"Oui, je sais. Mais là, je les trouve gonflés. Revenir là, sous mon pif, me narguer."

Calzer sentant l'Arabe pas convaincu à l'autre bout du fil. "Te narguer, je sais pas. Le truc qui est sûr, c'est qu'ils savent que tu vas pas venir les carboniser dans leurs suites à cinq mille."

Calzer ne trouvant rien à répondre, laissant l'Arabe parler.

"Et en même temps, toi aussi, tu les nargues, si on regarde bien. Et qu'est-ce qu'ils font, maintenant, qu'ils se tirent plus la bourre pour emballer une meuf ? Ils se bronzent à la piscine ?"

"Aujourd'hui, je sais pas trop. Mais demain, ces connards, ils vont à une enchère."

"Une quoi ?"

"Vente aux enchères privée. Je sais pas où, chez un particulier qui veut vendre un tableau."

"Putain ! Décidément, ils sont bourrés d'oseille, ces deux gros enculés. Et ça, ça me rend malade. Parole, ça me troue le cul, penser qu'ils ont cette thune et qu'ils vont la garder. Je te jure, je vais trouver un truc, je sais pas encore quoi. Mais je veux bien qu'on me les coupe si j'en prends pas un peu."

Trente-quatre

Adrien était en train de dire au chroniqueur judiciaire de *Vanity Fair*, "En fait Balzac n'a jamais dit ça. Ou alors pas comme ça. La célèbre maxime, *at the beginning of every great fortune, there is a crime*, parfois la seule raison que nombre d'Américains ont de connaître son nom, est en fait complètement apocryphe, le produit d'un amalgame et de la traduction."

Ils étaient attablés en terrasse, le petit vieux à lunettes, son assistant, le photographe, son assistante, et Adrien, les Américains en train d'écouter Adrien faire son show sur Balzac. Adrien arrivé au moment où il disait chaque fois, "Ce qu'a en revanche vraiment écrit Balzac, c'est *Où serions-nous s'il fallait rechercher l'origine des fortunes ?*" Le sketch marchant, comme chaque fois. Peut-être mieux encore, d'ailleurs, cette fois. Le type de *Vanity Fair* intéressé, forcément, la part d'ombre des nantis et les horreurs commises par les heureux du monde constituant depuis des lustres son juteux fonds de commerce.

Adrien dit, "Et puis, surtout dans *Le Père Goriot*", Adrien feignant d'improviser une traduction qu'il connaissait par cœur, depuis le temps qu'elle servait, "*Le secret des grandes fortunes apparues sans cause apparente est un crime oublié, parce qu'il a été proprement fait.* Voyez que ce n'est pas exactement pareil. Ce ne sont pas *toutes* les fortunes. Juste celles dont on peine à identifier l'origine. C'est quand même moins radical." Adrien s'interrompant à cause de l'arrivée d'un type venu se planter en face de lui, debout derrière le chroniqueur de *Vanity Fair*. Le type coupant Adrien au milieu de sa phrase, disant : *"Holly shit ! I'll be damned !"*

Les Américains, bien sûr, regardant l'importun, se demandant qui c'était. Adrien, lui, disant, "*Hi* Kenneth. Ne t'arrête pas. Continue à marcher. Fais comme si tu ne m'avais pas vu. Je ferai de même."

L'autre feignant de n'avoir pas entendu, s'installant sur la chaise vide tout en disant, "Pardon, mais c'est une si heureuse surprise ! Mon ami le baron français ! Ça fait quoi ? Trois ? Non, quatre ans ?"

"Peu importe, Kenneth. Pourquoi ne convenons-nous pas de nous voir plus tard, ailleurs, dans trois quatre ans justement. Vas-y tout de suite. J'arrive."

Le type ricana, accentuant encore les fossettes qui lui creusaient les joues et sa ressemblance avec l'acteur Kevin Bacon quand il avait le même âge, soit un début de trentaine. "Hin ! hin ! hin ! Ce baron. L'accent de l'inspecteur Clouseau, mais vous avez vu ?" Prenant les Américains à témoin : "L'humour à froid, sec comme un Martini, pince-sans-rire. J'adore. Pardon, son altesse nous présenterait-elle ?"

Disant ça comme s'il n'avait pas reconnu les lunettes du petit vieux de *Vanity Fair*. Adrien décidant de jouer le jeu. Le type voulait qu'il le présente, il allait le présenter. Désignant l'importun, il dit, "Kenneth Wainwright III. Kenny pour les dames." Puis au type, "Kenny, juste avant de te lever et de nous laisser tranquilles, retiens bien le visage de ce gentleman, qu'on ne présente plus, et que tu recroiseras fatalement, puisqu'il s'est fait une spécialité de chroniquer l'arrogance qui pousse les riches à croire qu'ils sont au-dessus des lois. Le jour prochain où ton destin t'aura enfin rattrapé, il est probable qu'il assistera à ton procès. En attendant, au revoir Kenneth."

Les Américains un peu déconcertés, ne sachant pas s'ils devaient sourire ou se scandaliser, mais le vieux binoclard assez content de la façon dont Adrien venait de le décrire.

Kenneth, lui, avait éclaté de rire, claquant la table, disant qu'il adorait Adrien. Puis disant à tout le monde de continuer, de faire comme s'il n'était pas là. Faisant signe au garçon de lui apporter la même chose que ce que buvait Adrien. Puis, disant : "Alors ? Tu es dans quoi ces jours-ci ? Toujours le—"

Adrien coupant l'importun, finissant la phrase pour lui. "L'investissement à haut risque ? Non. Ou alors, plus de la même façon. Je suis dans le cinéma, à présent. Nous en parlions justement avant que tu nous déranges."

Le petit vieux de *Vanity Fair* saisissant l'occasion et disant : "Et donc vous disiez ? Vous êtes en développement chez qui ?"

Adrien dit, "C'est plus que du développement. L'idée c'est d'être producteur associé et exécutif, plutôt que coscénariste."

"Evidemment. Et donc ?"

"Eh bien là, nous sommes en discussion, un partenariat avec *Miracle Mile.*"

Le vieux de *Vanity Fair* hocha la tête et dit, "Ah oui, Cy Rothenberg. Je l'ai connu quand il était encore au marketing chez *Dreamworks.*"

"Il devait être ici, avec moi, mais il a un souci sur la comédie romantique qu'il est en train de produire avec Reese et Colin. Le problème ne vient pas de Reese, évidemment. Bref, il est retenu en ville et n'a pas pu me rejoindre ici pour finaliser le deal."

"Non, *Miracle Mile*, c'est le bon endroit où être ces jours-ci. Ils viennent de signer un accord sur trois ans chez Disney et comme Disney est en train de remonter."

"Oui, c'est ce que disait Bono, avant-hier."

L'insupportable Kenneth Wainwright III dit alors, "Bono ? Tu veux dire, *le* Bono ? Ha ha ! Je suis sûr, vous la connaissez pas, sa dernière à Bono. Sans déconner, histoire vraie, au concert de Glasgow, l'autre fois, un copain à moi y était, il me l'a racontée."

Ignorant l'interruption, Adrien dit, parlant ostensiblement au chroniqueur de *Vanity Fair*, exactement comme si Kenneth Wainwright III n'était pas là, "Bono est en train de lire. Il est passé prendre un premier jet avant-hier."

L'insupportable Kenneth Wainwright III disant, lui, "Donc Bono est en concert avec U2, à Glasgow, et un moment donné, entre deux chansons, il demande au public de faire le silence total. Okay, le public se calme. Et là, Bono commence à taper dans ses mains, comme ça, voyez, en rythme, doucement. Clap... Clap... Clap." L'insupportable Kenneth Wainwright III joignant le geste à la parole, tapant dans ses mains à intervalles très espacés.

Adrien, lui, en train de dire au chroniqueur de *Vanity Fair*, "Il le lit d'abord en portant sa casquette d'*Elevation Partners*, voir s'ils seraient intéressés à monter dans la copro. Mais aussi, moi j'aimerais bien qu'il accepte de jouer dedans. Il y a un rôle qui lui irait très bien. Et Bono comédien, je suis sûr que ça peut être quelque chose."

Le chroniqueur de *Vanity Fair* dit, "Oui. Sûrement."

L'insupportable Kenneth Wainwright III disant, "Le public ne dit toujours rien et là, tout en tapant dans ses mains, Bono se colle au micro et dit : 'Chaque fois que je tape dans mes mains, un enfant meurt en Afrique.' Et là il y a une voix dans l'obscurité qui rompt le silence et qui gueule, un accent écossais épais comme un annuaire : *'Well, stup focking doing it then!'* Elle est pas bonne celle-là ? 'Ben arrête de le faire alors, connard.' Moi j'adore."

Le chroniqueur de *Vanity Fair* dit à Adrien, "Et puis, s'il jouait dedans, il n'y a plus à s'inquiéter sur la visibilité du projet."

Kenneth Wainwright III dit à Adrien, "Et donc tu vas être en affaires avec Bono ? Ça me fait super plaisir. Ouais. Jamais pu le saquer, ce con-là, je sais pas pourquoi. Ce sera bien fait pour lui."

Le chroniqueur de *Vanity Fair* leva légèrement le menton, les yeux mi-clos, et dit à Kenneth Wainwright III, parlant lentement, forçant sur le phrasé à l'anglaise, "Pourquoi vous ne partez juste pas ?"

Mais Kenneth Wainwright III dispensé de répondre par la sonnerie de son portable. Kenneth Wainwright III sortant le téléphone de sa poche de blazer, demandant à ce qu'on l'excuse et prenant l'appel. Tout le monde à la table se taisant, maintenant, écoutant la conversation. "Non. Sur la terrasse. J'ai rencontré des amis américains. Non bien sûr. J'arrive ma chérie. A tout de suite." Kenneth Wainwright III raccrochant et disant : "*Folks*, je serais bien resté mais je vais devoir vous prier de m'excuser." Se levant, inclinant légèrement le buste, sans faire attention à Adrien en train de dire : "Mais certainement Kenneth, on sait ce que c'est. La laisse est courte." Puis Adrien attendant ensuite que Kenneth Wainwright III se soit éloigné de quelques mètres pour dire : "Voilà ce qu'on récolte en traînant dans de mauvais lieux comme Aspen ou les Hamptons. On fait la connaissance de la version américaine de la décadence des lignées à force d'*interbreeding*. En français, *fin de race*." Finissant sa phrase en faisant signe au serveur de lui apporter l'addition.

Le chroniqueur de *Vanity Fair* dit : "Mais de quels Wainwright descend-il ? Je connais Wilbur Wainwright, de Providence. Et leurs cousins, les Pearl-Wainwright de Greenwich. Je ne crois pas que ce désagréable caractère soit relié à aucun des deux."

"Alors je ne saurais pas vous dire. Je ne m'y retrouve déjà pas dans mon propre arbre généalogiquc, donc celui des autres. Et ce pauvre Kenneth ne m'a jamais paru mériter que je m'intéresse de trop près au sien."

Adrien posa la main à plat sur la table et dit, "J'ai été ravi de faire votre connaissance et de passer un moment avec vous. Désolé qu'il ait été troublé par cet enfant trop gâté. J'espère vous recroiser plus tranquillement avant la fin de votre séjour. Mais sinon, bonne chance avec votre reportage. Je le lirai avec intérêt quand il paraîtra."

Se levant pendant que les Américains à leur tour lui disaient combien ils avaient été ravis de le rencontrer, espéraient le revoir, lui souhaitaient bonne chance dans la suite de ses projets, plein de bonnes choses, à l'américaine.

Adrien debout à présent, disant une dernière fois au revoir et allant à la rencontre du serveur qui arrivait avec l'addition. Adrien griffonnant vite une signature et partant à grandes enjambées en direction, non pas de son bungalow au bord de la mer, mais vers le bâtiment principal, la direction qu'avait prise ce petit merdeux de Kenneth Wainwright III.

Le réseau de vidéosurveillance de l'hôtel était vieillot et vulnérable comparé aux dernières nouveautés numériques et Wi-Fi, le casse de l'autre soir l'avait bien démontré. Mais l'appareillage utilisé permettait quand même à Claude Calzer de transformer l'écran de son PC en moniteur multi-images, visualisant ainsi en simultané jusqu'à neuf caméras. Et bien sûr, si l'une des images l'intéressait tout particulièrement, Calzer pouvait commuter et adopter le mode plein écran. C'est comme ça qu'il avait pu regarder le gigolo américain s'asseoir à la table du baron et du journaliste judiciaire. Regrettant de ne pas avoir le son. Là, cinq minutes plus tard, le gigolo américain venait de se lever, sans doute pour aller rejoindre la veuve, Chitsuko Kumarada. Cinquante-sept ans. Sept cents millions de dollars. Quatre-vingt-quinze kilos. Plusieurs séjours au *Marina Privilège* par an. Chaque fois avec un jeune homme de compagnie différent. Calzer se faisant la réflexion que l'Américain était sans doute l'un des plus classes, du moins l'un des mieux nés, comme on dit, dans le lot de tous ceux qu'elle avait enchaînés depuis la mort du brasseur qui l'avait rendue riche.

Calzer recommença à signer les bons de commande en retard. Et quand il leva à nouveau les yeux, voir où ils en étaient à la table du baron, le mec n'y était plus. A l'image, Calzer n'avait plus que le journaliste amerloque et les gens de son équipe. Où était passé l'autre ?

Calzer rétablit au plus vite son écran mosaïque et commença à passer en revue les quarante caméras disséminées un peu partout dans les locaux et le parc. Récupérant comme ça le baron au moment où il arrivait au bâtiment principal, le mec marchant à très grandes enjambées, courant presque. Entrant dans le bâtiment, Calzer changeant de caméra et le voyant avancer toujours à grands pas dans la galerie centrale, passant devant le bar et finalement débouchant dans le hall, regardant autour de lui, l'air de chercher quelqu'un, repérant le gigolo américain juste au moment où il entrait dans l'un des ascenseurs.

Calzer vit le baron se précipiter à temps pour empêcher la fermeture des portes, montant dans la cabine, s'y retrouvant donc seul avec le gigolo ricain.

Faute de caméras installées dans les cabines, Calzer fit

défiler le palier des étages, rattrapant l'ascenseur qui s'arrêtait au second, les portes s'ouvrant et les deux mecs sortant, à présent debout l'un en face de l'autre, n'allant nulle part, la porte de l'ascenseur se refermant dans leur dos.

Et là, pas besoin d'un dessin. Sans le son, on suivait quand même. Le *body language*, comme on dit. Clairement, le baron dans la posture de l'agresseur, l'Américain sur la défensive. Et tout à coup, pan, le baron se mettant à frapper l'Américain. Une grande baffe de la main gauche sur l'oreille droite, crochet du droit dans le rein et, comme l'autre se pliait en deux, le genou gauche en pleine face, l'Américain déjà par terre. Le baron au-dessus de lui, la jambe droite en arrière comme pour prendre de l'élan, Calzer voyant le moment où le baron allait tataner l'Américain à terre. Le baron renonçant, finalement, et allant appuyer sur le bouton d'appel de l'ascenseur. Les portes de la cabine qui les avait amenés s'ouvrant. Le baron montant dedans. Les portes se refermant et Calzer n'ayant alors sur l'écran plus que l'Américain qui essayait de se relever. Ça y est, l'Américain s'était remis sur ses pieds. Amoché, le gars, quand même, avec ce qu'il venait de prendre. Oui parce que l'autre, là, pardon. Il était peut-être baron, avec des ancêtres grands-ducs. Mais lui, à la bataille, le mec se chicorait vilain comme un manouche. Sur les trois coups que Calzer venait de le voir donner, t'en avais pas un seul qui était pas défendu.

Calzer se disant, Hm-Hm.

Tout en conduisant, sur le trajet de retour entre Cannes et Cap-Cinjus, Jorge avait fait deux choses. Rappelé Mathieu pour lui dire que c'était bon, le Belge. "Tu lui dis okay, que Pierre-François Bailly-Salin, le vendeur du tableau, accepte avec plaisir."

Voilà. Ça, c'était fait. Du coup, derrière, Jorge avait appelé Pinceau.

"T'as le temps, d'ici à après-demain, faire une petite retouche ?"

"Bien sûr que non. Qu'est-ce tu crois ? Le temps que ça sèche et tout, ça va faire bien trop djeust. Pourquoi ? Tu voulais quoi ?"

"Si tu peux pas, tant pis. Mais si t'avais pu, ce qui aurait été top, c'est, la fille qu'est au milieu, celle complètement à poil, tu rajoutais du nibe et tu la teignais en blonde, ton tableau, instantanément, il prenait de la valeur."

Arrivant ensuite à l'hôtel et retrouvant le grand con à une table comme d'hab, au-dessus de l'eau. Là, Jorge lui expliquant la nouvelle organisation, qu'en fait la vente allait se tenir un jour plus tard et sur un gros bateau.

Le grand con disant que le surlendemain, lui, il était pas sûr d'être encore là. Jorge se disant Et merde. Mais n'ayant pas le temps de s'en dire beaucoup plus, voyant l'Arabe, Mario, qui avançait vers eux, arrivant à leur hauteur, donnant un coup de menton vers l'horizon et disant, "Vous avez vu ça si c'est beau ? Sans déconner, j'ai beau être habitué, je m'en lasserai jamais."

Jorge ne répondant rien. Le grand con non plus. Les trois, l'Arabe et eux deux, restant comme ça, du coup, un moment, sans rien dire, à regarder le paysage. La mer qui scintillait de sa race, avec la lumière rasante qui venait se refléter dedans, le soleil qui allait plus trop tarder à se coucher. Et puis l'Arabe s'asseyant, sans y avoir été invité.

Jorge ne disant toujours rien. Le grand con non plus. L'Arabe dit, "Voulez me fouiller ? Voir si j'ai pas de lance-flammes sur moi ? Je suis pas comme ça, moi. C'est l'autre qui est nerveux. Mais c'est les anciens flics, ça. C'est pas de leur faute. Juste, à force, ça les marque."

Le grand con dit, “C’est ça. *Good cop, bad cop.* C’est vous le gentil, donc ?”

“Gentil, je sais pas. Tout cas, ce que je peux vous dire, il y a salement pire que moi. Sans déconner. Je dis ça très sérieux. Je suis pas un saint, mais franchement, je me disais ça encore l’autre soir : que j’étais un moindre mal.”

Le grand con dit, “Vous avez dû bien dormir, après. Le sommeil du juste, peut-être pas. Mais pas loin.”

L’Arabe se pencha vers Jorge et dit, baissant un peu la voix, comme pour dire un secret : “Il est caustique, hein ! Une fois ils ont dit à la télé, quelle blessure affective ça venait compenser. Mais j’ai oublié.”

Jorge regarda l’Arabe et dit, “Et Monica ? Elle est où ?”

Le visage de l’Arabe s’éclairant, comme si ce que venait de dire Jorge lui faisait super plaisir. “Monica ! Bien sûr ! Monica !”

“Elle est où, je t’ai demandé.”

L’Arabe répondant à côté, disant, “Il paraît que demain, vous allez participer à une vente aux enchères ?”

Allons bon. Lui aussi, il savait. C’était quoi, ce délire ? Le Théâtreux avait pris une page dans *Nice Matin* ou quoi ? “Qui c’est qui t’a dit ça ?”

“Je sais plus. Peu importe. Je vais pas noter chaque fois comment j’ai les infos. Vu qu’ici je sais tout, je passerais mon temps à ça. Donc je disais, demain, vous allez essayer de choper un tableau, je crois.”

Le grand con dit, “Et au cas où, en quoi ça vous regarde, je serais curieux.”

“Non rien. Juste, moi, ce que je dis, c’est, à votre place, peut-être je dépenserais pas tout en art, l’après-midi.”

Jorge dit, “Ah non ? Pourquoi ?”

“Je garderais un peu de liquidité pour l’autre vente, le soir.”

"Quelle autre vente le soir ?"

"Chez Aman Rashoggi, le célèbre milliardaire. Libano-saoudien, ou saoudo-libanais, je sais jamais. Enfin bon, vous voyez qui je veux dire."

Jorge dit, "Oui et on va vomir."

"Pourquoi ? Ce sera comme ici ce soir." L'Arabe montrant les gens aux tables autour d'eux. "Rien que du très haut de gamme. J'ai pas toute la liste en tête, mais normalement, de sûr, il y aura le prince Walid, de Dubaï, un ami de Rashoggi, ils ont des chevaux ensemble. Il y aura Oleg Tariko, vous savez, c'est le Russe qui a racheté la grande villa juste à l'entrée du cap l'an dernier, plus de vingt millions d'euros. Qui il y aura d'autre, attendez... Le Mexicain, là, j'ai plus son nom en tête, qui a toutes les marques de bière. Bref du lourd. Ce genre de lascars-là, vous pouvez déjà être sûrs, les enchères seront sérieuses. Et, donc, personnellement, je trouve indispensable que vous soyez là aussi. Sans vous, ça aura pas de sens."

Jorge dit, "Qu'est-ce tu veux qu'on aille foutre chez ton pote le pourri ? Qu'est-ce qu'il va vendre encore, cet enculé de sa mère ? Des armes biologiques ? Des mines antipersonnel qui estropient les mômes ? Ou des bombes à sous-munitions ?"

L'Arabe pointa l'index vers Jorge et dit, "C'est calomnieux ce que vous dites sur ce pauvre Rashoggi. Il sert surtout d'intermédiaire pour le gouvernement français. Donc ça reviendrait à dire que Lagardère, EADS, des gens comme ça, fabriquent des armes sales, comme celles que vous venez de dire. Et ça, moi, tant que c'est pas prouvé, je refuse de le croire."

Là, le grand con dit, perdant patience lui aussi : "Bon, ça suffit le sketch. C'est quoi cette histoire d'enchères ? Ce sera pour acheter quoi ?"

Mario prenant l'air surpris qu'on lui pose la question, disant comme si c'était une évidence, "Monica, pourquoi ?" Disant ça et, juste après, montrant le paysage, la mer qui clignotait, aveuglante à présent. "Sans déconner ? Est-ce que c'est pas magnifique ? Moi, j'adore cet endroit."

Jorge dit, "Attends, attends, t'as dit quoi, là ? Ce serait pour acheter quoi ?"

Mario l'Arabe regardant toujours la mer et redisant, "Monica. C'est une vente aux enchères pour acheter Monica."

Trente-cinq

Du point de vue de Monica, ça s'était passé comme ça :

Ils discutaient. Le portable de Mario avait sonné, Monica sur le coup bénissant le téléphone qui venait faire diversion, couper une conversation qui tournait en rond, avec Mario qui faisait exprès de ne pas comprendre. Mario se levant et s'éloignant, passant dans la cuisine, pour prendre l'appel tranquille. Monica pas vexée. Au contraire, ravie.

Elle était montée se laver, puis remplir un gros sac de voyage avec ce qui lui semblait le plus approprié pour les prochains jours, laissant exprès de côté les articles trop habillés, trop ostensiblement chers.

Tout ça, la toilette et le sac, sans se presser, tranquillement. Trois quarts d'heure plus tard, elle était redescendue, portant son sac, habillée confort pour voyager. Un jean, chemisier blanc, veste en tweed noir, effilochée exprès aux bords et aux poignets, celle que Vanessa Paradis portait partout sur les pubs juste avant que Monica ne se retrouve en prison.

Mario était là, affalé sur le canapé. Elle lui avait demandé d'appeler un taxi et à la place il lui avait parlé de l'idée qu'il venait d'avoir.

Monica riant, disant, “Tu vas me *vendre* ? Tu vas me vendre à *qui* ?”

Mario disant, “Ben justement. A celui qui propose le plus cher. C’est ça, en fait, si tu veux, le principe des enchères.”

“Comme si j’étais une voiture. Ou un cheval. C’est ça ?”

“Ben ouais. Où est le problème ? Je récupère mes billes.”

“Mais Mario, on ne vend pas les gens.”

“Alors déjà, je t’arrête, tu dis n’importe quoi. Bien sûr qu’on vend les gens. Regarde autour de toi, dehors, partout. Bien sûr qu’on vend des gens.”

“Mario ?”

“Alors après, l’autre question, c’est il y a des gens que tu vends pas, en principe. Genre ta famille, tes proches, les gens que t’aime. Mais des gens qui t’aiment plus, là, qu’est-ce t’en as à foutre ? C’est plus que du bizness.”

“Mario ?”

“Et encore je suis sympa. Je pourrais tout prendre pour moi. Je t’associe à la vente. On fera moite-moite. Cinquante pour cent chacun. Donc après, excuse-moi, mais tu viendras pas dire !”

“Mario ?”

“Oui ?”

“Tu vas faire des enchères où ? Au *Palm Beach* ? Au *Carlton* ? Ou, non, laisse-moi deviner. Palais des Festivals.”

Monica, jusque-là, prenant ça à la rigolade. Connaissant Mario, son humour un peu *space*. C’était comme d’habitude, il jouait à lui faire peur.

Mario avait dit, “T’es bête. Non, j’ai tout arrangé. Chez un gars que je connais qui a toute la place qu’il faut et qui connaît du monde.”

Monica, là, calculant. Pendant qu’elle se préparait, il avait eu le temps de passer des coups de fil. Monica commençant à se dire que, peut-être, il ne bluffait pas. Du moins pas complètement.

"Ah oui ? Et tu vois ça comment ?"

"En fait, c'est comme Miss France, un peu. Ou les concours, tu sais, que fait Corinne. Tu montes sur une estrade en fringues normales, en robe du soir, en maillot de bain, pour que le jury te voie. Sauf que là, à la fin, le maillot de bain, tu l'enlèves. Ah ben oui ! Obligé !"

Evidemment.

"Et sinon, le truc, en fait, c'est que t'es seule en compète, il y a pas d'autres candidates. Et que les jurés, là, au lieu de mettre des notes, ils votent avec leur thune. C'est dans le jury, si tu préfères, qu'il y a la compétition."

Monica ne répondant rien, attendant le moment où Mario allait éclater de rire et lui dire, Je t'ai bien eue, avoue. Un moment, tu m'as cru. A la place, Mario avait dit, "Tu vas pas me dire quelque part que ça te fait pas kiffer, secrètement, sois honnête – rien que l'idée, là, d'avoir des milliardaires qui dépensent leur oseille. Des mecs, toutes nationalités, qui se tirent la bourre pour toi. Toutes les meufes ont pas ça."

Mario parlant tout seul, Monica laissant faire.

"Allez, je suis sûr, t'étais petite fille, tu voyais *Angélique*, tu sais, Marquise des Anges, être vendue comme esclave ou se prendre des coups de fouet, t'étais pas énervée, après, juste avant de t'endormir ? Favorite du harem et tout ? Tu devrais me remercier. T'en as rêvé, moi je te le fais. Et je te file la moitié de ton prix de vente en plus !"

Monica aurait dû partir, là. Ne pas écouter la suite. Mais c'était la curiosité, à ce stade. Voir jusqu'où il était capable d'aller, tout seul, dans son délire.

"L'idéal en fait je vais te dire, c'est que ce serait Rashoggi qui gagne les enchères. Déjà, il est beaucoup sur Cannes. C'est quand même appréciable, par rapport à un autre qui va t'emmener à Stalingrad ou dans un bled tiers-monde, au Mexique, je sais pas où. Que Rashoggi, dans le lot, à part les combats de meufes, c'est peut-être bien le plus civilisé. Toutes les filles que je l'ai vu avec, elles avaient l'air contentes. Bon je t'accorde, physiquement, c'est pas ça. Paraît qu'il a des goûts spéciaux aussi, qu'il aime les trucs barrés. Mais bon, on va par là, par moments, toi aussi. Donc avec un peu de bol, va savoir, pourriez avoir les mêmes."

Mario n'allait pas lui appeler de taxi, là. Monica avait cherché à se souvenir si elle avait vu un annuaire quelque part dans la maison.

"Mise à prix un demi-million, franchement, c'est pas dégueu. C'est une jolie cote. Bon après, ces mecs-là, tu sais pas : ça peut aller très vite. Pas juste pour tes beaux yeux, soit dit sans t'offenser. Mais juste entre eux, se mesurer le skeg, voir qui pisse le plus loin. Ces mecs-là, un million, c'est comme toi cinquante centimes. Donc quand je dis un million, je dois pas être très au-dessus et je suis sûrement au-dessous. Un million, on partage et après toi tu te démerdes."

Le taxi, c'était plus la peine. Ce qu'elle allait faire, elle allait partir à pied, contente d'avoir choisi des bottes avec des talons qui permettaient de marcher.

"Non, c'est sûr, au début, tu feras pas ce que tu veux. Le mec, forcé, il va te marquer à la culotte, si j'ose dire. Pas trop te laisser sortir, confisquer ton passeport. Tu sais, comme tous ces enculés ils font avec leurs Philippines. Maintenant, toi, je vais te dire, qu'est-ce que t'en as à foutre, il confisque ton passeport ? Le passeport qu'il confisque, c'est même pas ton vrai nom. Le mec, il peut bien le garder, tu t'en branles, il est faux. Après, c'est à toi de voir. Si ça te convient, tu restes et tu lui prends sa thune jusqu'à ce qu'il se lasse de toi. Pis si ça te saoule, tu te barres. Avec un demi-million qui t'attend à la banque. Elle est pas belle, la vie ?"

Son sac était un peu lourd, c'est sûr. Mais pas non plus au point de ne pas pouvoir le porter. Donc elle allait sortir, marcher jusqu'à la supérette, plus bas dans la descente. Et là, se faire appeler une voiture.

"Mario ?"

"Oui ?"

"Je m'en vais. Au revoir."

Mario avait pris une revue, *Closer, Public,* une bêtise comme ça, sur la table basse et avait dit sans la regarder, "Je crois pas, non. Pas tout de suite."

"Tu vas m'empêcher ?"

"Moi ? Non. Pas moi."

Monica avait senti qu'il était temps, là. Ramassant son sac et marchant vers la porte d'entrée. L'ouvrant et manquant de pousser un cri en voyant la bonne femme debout sur le seuil, plantée, à attendre on ne sait quoi.

Monica mettant trois secondes à reconnaître l'amie de Mario, là, la folle qui faisait de la musculation à haute dose. La seule fois où Monica l'avait vue, c'était au gymnase, en tenue d'entraînement. Là elle était habillée pour la ville. Pour le trottoir, même, Monica trouvant le style de la bonne femme incroyablement vulgaire.

La bodybuildeuse plantée là, donc. Et qui ne bougeait pas. Monica finissant par comprendre que l'autre faisait exprès, en fait, pour lui bloquer le passage, l'empêcher de sortir.

La bonne femme disant, "J'ai beaucoup entendu parler de toi, chérie."

Et Monica entendant dans son dos Mario dire, "Tu te souviens de Corinne ? Je lui ai demandé de passer. Elle va rester un peu. Que tu sois pas toute seule pendant que moi j'ai mes rendez-vous à l'extérieur."

En principe, à cette heure-là, le staff Esthétique Bien-Etre avait fini sa journée. Mais avec un billet de cent en plus du prix normal, tout pouvait s'envisager, même un massage californien en pleine heure du dîner.

Donc c'était une masseuse que le gigolo ricain attendait, allongé sur le ventre, les yeux fermés. La serviette pour l'instant toujours autour des hanches.

Calzer referma la porte derrière lui et dit, "Vous parlez français ?"

Sans se retourner ni ouvrir les yeux, le gigolo ricain dit, "Oui, couramment, et vous ? J'ai demandé une masseuse. Donc vous pouvez repartir et leur dire d'envoyer une fille."

Calzer obligé de sourire. Le culot des gosses de riches. Le ton qu'ils savaient prendre. C'était forcément un atout dans la vie. Sauf les fois, comme maintenant, où ils prenaient ce ton-là avec le mauvais mec.

Calzer dit, "Et là, le japonais, ça va ? Pas trop dur ? Tu penses faire des progrès ?"

Là, le mec, quand même, se redressant, tournant la tête.

Calzer dit, "C'est une tannée, ce qu'on m'a dit. Rien que l'alphabet, déjà."

Le gigolo ricain voyant bien que Calzer n'avait rien d'un masseur, là, en costard cravate. "Attendez, vous êtes *qui* ?"

De fait : le mec parlait couramment, sans accent. Etudes en Suisse ou au lycée français, à New York ou Beverly Hills, comme souvent ces mecs-là : les mecs bons à gifler dans plusieurs langues. Calzer dit, "Qui je suis ? Je suis le mec à qui tu vas parler du baron, là, celui qui t'a claqué la gueule tout à l'heure dans le couloir. Tu vas me dire pourquoi."

L'autre se rasseyant, disant, "Je vais rien vous raconter. Et vous, vous allez sortir. Tout de suite. Sinon j'appelle la sécurité."

Le mec tombant mal. Calzer dit, “T’as déjà pris une trempe, aujourd’hui. Si t’en veux une deuxième, ça pose aucun problème.”

“D’accord. Vous ne voulez pas sortir, eh bien restez, alors. Mais c’est moi qui m’en vais.”

Le mec allant pour se lever. Calzer le poussant, l’obligeant à se rasseoir sur la table de massage, disant, “Tu voulais un massage. Si tu veux, moi, je te masse la gueule contre le mur, voir si ça te régénère les tissus comme il faut. T’as envie ?”

Monica se réveilla vers huit heures du soir et fit le calcul. Elle avait dormi près de quatre heures. Depuis, enfermée à clé dans sa chambre au premier, elle jouait avec la télécommande, changeant de chaîne sans arrêt, incapable de fixer son attention sur aucun des programmes, essayant de rester calme, plus agacée qu’inquiète, du moins pour le moment, se disant que la situation était juste ridicule. Le projet de Mario ? Ridicule. La bonne femme trop musclée censée la surveiller ? Ridicule. Monica refusant pour l’instant de prendre ça au sérieux. Et en même temps, décidée à saisir la première occasion pour s’en aller. Pour de bon, cette fois. Loin. Même sans son sac et son passeport, tant pis. Même sans argent. Se faisant confiance, sachant qu’elle se débrouillerait.

C’est pour ça, exprès, elle avait remis sa veste et ses bottines, même pour être allongée sur le lit, télécommande à la main. Prête à partir. Entraînée à attendre. Comme à Rennes. Même si à première vue, là, c’était culotté de comparer, avec la chambre qui devait faire au moins trente mètres carrés, et la salle de bain à côté pas loin de la moitié. Mais quand même, enfermée.

Monica se redit alors ce qu’elle s’était déjà dit plusieurs fois depuis qu’ils l’avaient enfermée dans la chambre et qu'elle avait entendu la voiture de Mario qui partait : ça allait être plus facile de s'en aller tant qu'elle serait toute seule avec la bodybuildeuse.

Au moment où elle se disait ça, elle entendit la clé dans la serrure et vit la porte s'ouvrir justement sur la bodybuildeuse, Corinne.

La bodybuildeuse dit, "Deux solutions. Soit je monte un plateau. Ou alors, tu promets d'être gentille, je veux bien te laisser descendre, venir manger avec moi en bas."

Monica dit, "Je vais descendre, plutôt", se redressant et se mettant debout.

La bodybuildeuse dit, "Tu promets d'être gentille ?"

Monica n'aimant pas la façon dont l'autre disait gentille. Mais prête à tout pour sortir de la chambre, laissant la bodybuildeuse la prendre par le bras, lui faire descendre l'escalier, l'emmener à la cuisine, le couvert mis pour deux. La bodybuildeuse lui fit signe de s'asseoir et dit, "Blancs de poulet à la poêle et brocolis vapeur. C'est tout ce qu'il y avait dans le congélo. Déjà, on a de la chance que j'ai pu trouver ça. Parce qu'excuse-moi, je voudrais pas dire, mais entre nous, Mario, pour faire les courses."

La bodybuildeuse disant ça comme si elles étaient complices, deux copines qui se plaignent de leurs hommes, de leurs chaussettes qui traînent. Monica laissant faire, regardant la bodybuildeuse pendant qu'elle apportait les plats, prenant note de la hauteur de ses talons, au moins dix centimètres, Monica se disant que jamais l'autre ne pourrait lui courir après avec ça. Et que pieds nus, une fois dehors, elle ne serait pas bien non plus. La bodybuildeuse vit Monica qui regardait ses pieds et dit, "En dehors de la salle, je porte que ça. J'ai toute une collection. Déjà, c'est féminin, ça me met en valeur. Et puis aussi, plus c'est haut, plus ça m'oblige à travailler le jarret et la cheville. Ça me sert d'entraînement."

Monica voyant la taille des mollets, le muscle dix fois trop gros par rapport à la jambe, se disant que la bonne femme ferait bien de reporter des ballerines ou des mocassins plats pendant quelque temps.

Elles commencèrent à manger, buvant de l'eau. La bodybuildeuse dit que là, les légumes comme ça le soir, c'était une petite entorse.

"Mon défaut, un moment, c'était de vouloir rester sèche trop longtemps." Monica se disant, sèche ? Puis comprenant en entendant l'autre dire, "Résultat, je finissais par être au régime toute l'année. Et donc quand j'arrivais en période de concours, j'avais plus rien à supprimer. Donc je réduisais les quantités. Et ça, c'était pas bon parce que du coup, je m'épuisais trop vite."

Monica hocha la tête, pensant à complètement autre chose : à la voiture de la bodybuildeuse, même si Monica ne l'avait pas entendue arriver. Normalement, les clés devaient encore être dessus.

"Donc j'ai opté pour une hygiène alimentaire qui m'autorise des écarts. En période de sèche, je supprime juste les petits extras."

Monica se disant qu'elle pourrait prendre la voiture, mais qu'elle ne saurait pas ouvrir le portail. Donc que le mieux, au cas où, c'était juste, au passage, d'emporter les clés. Empêcher comme ça la bodybuildeuse de la poursuivre autrement que pieds nus.

La bodybuildeuse dit, "Le matin, glucides lents et protéines. Midi, j'ajoute les légumes. Le soir, en général, blancs d'œuf."

Et puis Monica se disant que non, si ça se trouve, la bodybuildeuse avait verrouillé la voiture en sortant, et emporté les clés. Monica essayant de se souvenir si sur le pas de la porte, plus tôt, en arrivant, la bodybuildeuse avait une veste sur elle, ou un sac. Ne revoyant que ce qu'elle voyait maintenant : ses cheveux jaunes, ses bijoux, le décolleté trop large sur les pectoraux d'homme et la jupe en jean trop courte. Monica décidant d'oublier la voiture.

"Le plus dur, je vais te dire, c'est de savoir différencier la faim et l'envie de manger." La bodybuildeuse buvant une gorgée d'eau et disant, "Au fait, tu sais comment on est devenus associés, Mario et moi ? Il t'a pas raconté ?"

Monica faisant non de la tête.

"Je vais te dire, c'est pas commun. Parce que Mario et moi, en principe, quand t'y penses, avec ce qu'il est et ce que je suis, au départ, tu regardes bien, jamais ça aurait dû faire. Eh ben pourtant, là, ça fait plus de deux ans. Comme quoi, on a beau dire."

Monica hocha la tête.

"Tu veux que je te raconte ?"

"Oui. Si vous voulez."

Monica calculant. Une fois hors de la cuisine, en une dizaine de foulées, elles pouvait atteindre la porte d'entrée. Ou alors la baie vitrée, donnant sur la terrasse et la piscine. Mais fermée. Monica pas sûre de pouvoir l'ouvrir aussi vite que la porte. La bodybuildeuse dit, "Non. Toi d'abord. Vas-y. Dis-moi comment Mario et toi, vous vous êtes mis ensemble."

Monica se disant, Pas de problème. Ça ne change rien au plan.

"Nous c'était il y a longtemps. Ça fait plus de quinze ans, à Milan. Je voulais être mannequin, défiler pour la haute couture. En fait, je faisais des photos, mais pas vraiment de mode, voyez ? Plutôt du catalogue, de la lingerie, des magazines pour hommes."

Monica laissa la bodybuildeuse hocher la tête avant de reprendre et de dire, "Et puis un jour, on m'a proposé un rôle dans la vidéo d'un chanteur, je sais même plus son nom. C'était son premier disque. Et son dernier, je pense. Ça n'a rien vendu du tout. La chanson était atroce.” Monica s’arrêtant et disant, “Excusez-moi, je reviens.” Se levant, l’air de rien.

“Où tu vas ?”

Monica disant qu’il fallait qu’elle aille aux toilettes, d’abord. Que c’était une longue histoire, qu’elle ne tiendrait pas comme ça jusqu’à la fin.

“D’accord.”

Monica allant pour sortir de la cuisine et voyant l’autre se lever aussi, la suivre. Monica, dans ces conditions, obligée de prendre le couloir, faire comme si elle allait pour de vrai vers les toilettes au bout, se retournant à mi-chemin et disant à la bodybuildeuse, deux mètres derrière elle, “Attendez, ce n’est pas la peine de me suivre. Je vous dis, je vais aux toilettes.”

“Oui. Je sais. Vas-y. Laisse bien la porte ouverte.”

Monica dit, “La porte ouverte ? Alors, c’est pas la peine. Si vous me regardez, je peux tout de suite vous dire, je sais que j’y arriverai pas. Ça me bloque si on me regarde.”

La bodybuildeuse dit, “Ça te bloque si on te regarde ? Après trois ans de placard ? Qui tu veux faire croire ça ?” Sans hausser le ton, mais plus du tout sympa, copine, comme une minute plus tôt, assise dans la cuisine.

Monica dit, “Vous avez vu la taille de la fenêtre ? Vous avez peur de quoi, exactement ? Que je parte par le tuyau ?”

La bodybuildeuse prit son temps, fixant Monica, et dit, “Okay, vas-y. Mais verrouille pas la porte. Et dépêche-toi. J’ai hâte d’entendre l’histoire.”

Monica hocha la tête, la bodybuildeuse la regardant par en dessous, comme un avertissement, puis faisant demi-tour, repartant vers la cuisine, les talons de ses escarpins blancs claquant sur le carrelage.

Monica alla jusqu’aux toilettes, ouvrit la porte, alluma la lumière. Des bruits d’assiettes venaient de la cuisine. L’autre débarrassait. Aussi silencieusement que possible, elle sortit et commença à remonter le couloir sur la pointe de ses bottines. Elle s'arrêta juste au bord de la porte de la cuisine, ouverte, et se pencha tout doucement pour regarder. La bodybuildeuse lui tournait le dos, courbée sur le lave-vaisselle. Monica passa devant la porte sans faire de bruit et sautilla sur toute la longueur du grand living, arrivant enfin à la porte d'entrée, plus de vingt mètres plus loin. Elle baissa la poignée. La porte ne s'ouvrit pas. Fermée à clé et aucun trousseau en vue. Sans perdre de temps, Monica fit demi-tour, rejoignant cette fois la baie vitrée. Elle aussi était verrouillée, mais ça, pour le coup ce n'était pas un problème. Il suffisait de déplacer un petit loquet et la porte coulissait. Monica commença donc à faire glisser le battant et se sentit accrochée par l'épaule, tirée en arrière, pivotant sur elle-même. Et aussitôt reçut une gifle, la plus forte qu'elle avait reçue de sa vie. Monica partant sur le côté opposé, perdant l'équilibre, tombant en arrière et allant buter contre la vitre, heureusement sans la casser et passer à travers, se faisant juste mal au dos, se retrouvant par terre. Elle leva les yeux et vit la bodybuildeuse au-dessus d'elle. "T'avais promis, pourtant. C'est pas gentil, ça, tu vois."

Monica sentait son oreille et sa joue qui brûlaient. Sa mâchoire aussi lui faisait mal et des larmes lui venaient. Elle se remit debout, faisant face à la bodybuildeuse. Pieds nus, l'autre faisait dix centimètres de moins qu'elle. Peut-être en lui écrasant les orteils avec le talon de sa botte. Monica avait l'idée, avait l'envie, mais elle sentait ses jambes toutes molles, sous elle, l'impression qu'elles allaient refuser d'obéir.

La bodybuildeuse tendit la main pour attraper Monica par le bras. Par réflexe, Monica se dégagea. Alors le visage de la bodybuildeuse s'éclaira et elle dit, "Hoho! Tu veux lutter, c'est ça? "

La bodybuildeuse recula une jambe, fléchissant

l'autre, prenant bien appui sur ses deux pieds, et avança les mains, faisant des petits cercles dans le vide, avant de dire à Monica avec un sourire, "Super, chérie. Tu veux lutter, moi, je suis d'accord."

Trente-six

Plus tôt, à l'apéro, l'Arabe leur avait dit, "Au lieu d'acheter un tableau, vous achetez une sculpture. Vivante ! Et qui se tient bien à table – et ailleurs !" L'Arabe faisant un clin d'œil, pour ceux qui auraient pas compris, et disant pour conclure, "Etonnez vos amis !"

Le grand con disant, "Mais si elle est si bien, pourquoi vous en séparez-vous ?"

"Je vais vous répondre. C'est une raison perso. Un truc entre elle et moi, qui s'est passé ce matin. Du coup, faut que je m'en sépare. Je vais pas vous raconter parce que c'est compliqué et que ça vous regarde pas. Mais pour faire court, en fait, le truc c'est que là, elle et moi, comme on dit, il y a perte de confiance. Et ça, après, c'est terminé, on peut dire tout ce qu'on veut, vous pouvez rien y faire. Il y a plus la confiance, il vaut mieux en rester là."

Le grand con disant, "Ça c'est sûr, la confiance. S'il y a plus la confiance ! Et donc, ça se passe comment, vous la 'vendez' – vous remettez un titre de propriété ?"

"Non. Son passeport. Après vous en faites ce que vous voulez. Moi, du moment que j'ai mon blé."

Le grand con regardant la mer et disant, "Décidément, c'est à la mode, les enchères privées, dans la région, il semble. Un peu la version chic du vide-grenier, en fait. Je ne savais pas que c'était aussi tendance."

Là, Jorge avait saturé et s'était levé, disant juste au grand con qu'il le verrait plus tard, prenant le prétexte des Ukrainiens qui étaient en train de s'installer au bord de la piscine, les mecs décidément ne faisant rien normalement, allant se faire bronzer quand le soleil se couchait.

Jorge marchant vers eux en bricolant son petit speech d'excuses dans sa tête en même temps, longeant le bord de la piscine, commençant à sourire alors qu'il était encore à une vingtaine de mètres, les bras ouverts, leur donnant du chers amis : "Ah enfin, chers amis. Depuis hier, je vous cherchais partout." Faisant comme il avait vu Castric faire avec le grand con. Jorge parlant, mais voyant que Spektor ne tournait pas la tête, comme s'il n'entendait pas. A la place, Jorge voyant les deux gorilles se lever, venir à sa rencontre, suivis par l'interprète. Les gorilles dans le chemin, bloquant le passage. Jorge demandant à l'interprète qui arrivait derrière ce que ça voulait dire. Là, la fille lui disant, "Monsieur Spektor est très déçu."

Jorge disant, "Oui, non, je sais, c'est justement ça que je suis venu expliquer. Qu'en fait, je suis désolé, mais que hier, vraiment, c'était indépendant de ma volonté. J'ai pas pu me libérer à temps."

L'interprète ne donnant pas l'impression de l'avoir entendu, enchaînant sur ce qu'elle était partie à dire, "Monsieur Spektor dit que s'il menait ses affaires à Youjny ou Illichivsk comme vous faites avec lui, jamais il ne serait devenu *successful* oligarque comme il est. Monsieur Spektor dit que les Français ont trop de confort, pas assez faim pour travailler. Qu'ils ne doivent pas venir se plaindre après si les Russes et les Ukrainiens possèdent la Côte d'Azur et Megève-Courchevel."

“Je suis entièrement d’accord. Je suis d’accord à deux cents pour cent. Monsieur Spektor a complètement raison. C’est lamentable, la façon que les Français se comportent. Je vais vous dire, même moi, je vois comment les Français se conduisent en affaires, la vie de ma mère, j’ai honte. Je vous mens pas. J’ai honte. C’est scandaleux. C’est tout ce que j’ai à dire. Et c’est pour ça, là, Monsieur Spektor, je veux lui dire je m’excuse, non seulement en mon nom, mais au nom de la France.”

Pareil, à croire que l’interprète n’avait pas écouté, ne déviant pas de son script, disant, “Monsieur Spektor dit qu’il a fait beaucoup d’efforts pour entrer en *business* avec vous. Vous lui avez manqué de respect.”

“Moi ? Manquer de respect à Monsieur Spektor ? Mais sûrement pas ! Voyez, c’est exactement ça le petit malentendu que—”

“Vous lui avez manqué de respect. Et vous avez beaucoup de chance que Monsieur Spektor ne désire pas d’ennuis en France au cours de ses vacances. Monsieur Spektor dit, normalement, quelqu’un lui manquerait de respect comme vous, cette personne regretterait. Monsieur Spektor souhaite que vous l’évitiez, dorénavant. Ce sera mieux pour vous.”

La fille tournant les talons et repartant s’asseoir, sans rester écouter ce que Jorge pourrait dire. Jorge seul avec les gorilles, voyant le moment où ils allaient le prendre et le jeter à la flotte, préférant faire demi-tour avant, s’en allant aussi dignement que possible. Soulagé, d’un certain côté, de ne plus avoir comme ça les Ukrainiens à penser en plus de tout le reste. Mais quand même un peu vexé aussi, comme chaque fois qu’il se faisait rejeter. Un rejet, c’était un rejet. Même avec tout le temps qui avait passé.

Sans vraiment y penser, par réflexe, il était retourné sur la terrasse mais le grand con n’y était plus. Du coup Jorge était allé dans sa chambre, prendre une douche et récapituler l'histoire, les histoires, plutôt, avec son plan qui se barrait en sucette, dans tous les sens, là, soudain. Gambergeant, gambergeant et s'endormant à force sur son lit de deux mètres.

Minuit un peu passé, Mario au volant de la Ferrari, rentrant sur Vallauris après être allé à Nice, tranquille, dépassant pas le soixante, profitant de l'air du soir. Et puis juste sorti de Juan-les-Pins, derrière lui, une 307 banalisée qui commence à le coller, les mecs mettant la musique et sortant la boule bleue. Un reubeu en Ferrari, les mecs tripant mal, normal. Mario se garant sur le premier parking, coupant le moteur, attendant, les mains sur le volant.

Deux mecs en civil dans la Peugeot, un seul descendant de voiture, le conducteur restant derrière le volant. Mario regardant venir le keuf. Trente-cinq ans, déjà un peu de bide et un costard pérave. Le mec, une fois à la hauteur de Mario, disant, “Bonsoir. Police nationale. Permis de conduire, papiers du véhicule. Et puis, tant qu'on y est, peut-être le permis de séjour aussi, qu'on puisse être sûrs que tout est bien en règle.”

Mario bougeant pas mais disant, “C'est quoi le problème, monsieur l'agent ? J'allais trop vite, inspecteur ?”

“Non, c'est juste pour te faire chier, Mustapha. Ça me troue le cul de voir un reubeu rouler en Ferrari, donc j'abuse de mon pouvoir. J'en vois un sur ma commune, je le harcèle direct, qu'il oublie pas qui est qui.”

“C'est bien monsieur l'agent, je retiendrai la leçon.”

Le flic disant, “T'as intérêt, mon pote.” Marquant un temps et disant, “Et sinon, à part ça, qu'est-ce tu racontes, crapule ?” Tendant la main, paume en l'air, pour que Mario la claque. Le mec à bloc dans son film.

Mario dit, “Impeccable. Et toi mon frère ? La forme ?”

“Comme un flic, quoi. Moi, c'est pas comme toi.

Moi, j'ai un vrai métier. L'ordre républicain, mon pote. Que toi, t'as la belle vie. Ça a été l'autre soir ?

"Quoi ? Mougins ? Impeccable. Pas de problème."

"Ouais je sais, les collègues de là-haut m'ont dit, tout s'était bien passé. Pas de malaise autour de la villa ou les mouvements de voitures. C'est le truc, en même temps, tout ce qui est chez Rashoggi, il y a jamais un souci."

"C'est pas avec Rashoggi qu'il y a jamais un souci, cousin. C'est avec moi. Jamais de souci avec *moi* !"

"Mais ouais, mais c'est ce que je dis : Rashoggi, toi, ça va. Avec vous, jamais de pains. C'est pas vous, le problème. Toi, t'es un gars sérieux, t'es un entrepreneur. Tu veux gagner ta vie, pas foutre le bordel."

"Alors c'est quoi, cousin ? C'est quoi qui te prend la tête ? Du jeune en difficulté issu de l'immigration ?"

"Tu rigoles, j'aimerais bien, je vais te dire. Sans déconner ! Des reubeus ou des reunes, même en violences urbaines, je m'en fous. Au moins, quand on les serre, on est entre Français. Un reubeu, même un Black, tu peux parler avec. Que là, tu sais ce que ça a été, ma journée, aujourd'hui ? C'est des Roumains, mon pote. Des enculés de gitans, romanos, je sais pas quoi, qui ont chouré des moteurs de hors-bord sur le port, en bas, là, Tésauris."

Mario faisant l'impressionné pour faire plaisir au mec, disant, "Des moteur de hors-*bord* ?"

"T'es d'accord ? T'imagines, combien ça pèse, un *Evinrude* commasse de quarante mille chevaux. Les mecs, je sais pas combien ils se mettent pour soulever les bouzins. Rien que la nuit dernière, ils en ont taxé cinq. Toute la journée de paperasse avec ces enculés qui te la jouent qu'ils parlent pas le français. Ils connaissent pas leurs noms, tu peux rien en tirer. Je te jure, moi je regrette les Blacks qu'on avait, la cité où j'étais avant de faire OPJ. Au moins, certains, je vais te dire, tu te marrais avec eux. T'avais comme un rapport qui s'établissait, à force. Une espèce de respect. Que là, je te dis pas. Qu'est-ce tu veux que j'aille foutre, respecter un Roumain. Putain, encore trois mois, ils sont européens, qu'est-ce tu veux que je te dise !"

Mario dit, "Attends, me dis pas ça à moi ! Les Roumains dans l'Europe, ça me file de l'eczéma. Sans déconner, je retourne au bled, la crotte des ânes elle est plus européenne que tous ces enculés. Les Roumains, les Bulgares, les Hongrois. Ou bien les Turcs. Je peux pas les encadrer non plus, ceux-là. J'ai revu *Midnight Express* l'autre fois, sans déconner, c'est trop des enculés. A Bruxelles, ils sont cons, aussi, je vais te dire ! C'est *nous*, c'est les reubeus qu'ils devraient prendre dans l'Europe."

Le flic disant, "Je suis d'accord. La Méditerranée."

Mario disant, "Voilà ! La Méditerranée !"

"Sans déconner. Le berceau de la civilisation."

En même temps, Mario trouvant qu'ils avaient fait le tour, là, disant, "C'est pour ça, je vais te dire, on les encule ! Tiens, tu sais quoi ? Passe demain au gymnase, prendre de quoi faire la fête, oublier les Roumains. T'as qu'à venir vers six heures, on sera tranquilles."

Le flic dit, "Ah non, demain, ça va pas être possible. Surtout pas à six heures. Cette heure-là, mon pote, demain, j'ai des mecs d'Interpol avec des flics anglais."

Mario disant alors, juste pour être poli, pressé de redémarrer, en fait, maintenant, "Ah ouais ? Qu'est-ce qu'ils te veulent ?"

"A moi rien. Ils veulent voir une viande froide. Un Black qu'on a repêché avant-hier. Ils vont pas être déçus, l'état où est le mec."

Mario très attentif soudain. Essayant de surtout pas avoir l'air trop intéressé en disant, "Ah ouais ?"

"Au début, on s'est dit, c'était un clandestin, on n'a pas mis le turbo. Puis là, ce matin, l'autopsie, le toubib a dit que ses dents, c'était fait en Angleterre, du boulot cher. Total, moi, tout à l'heure, j'ai mis le rapport et le PV en ligne. Qu'est-ce que j'avais pas fait là, malheureux ! Mon pote, moins d'un quart d'heure après, j'avais Interpol Lyon qui voulait des détails. Et dix minutes après, ils me rappelaient pour dire que des rosbifs déboulent demain après-midi. Je sais pas qui c'est, ce Black. Sûrement un mec à eux. Je pense qu'il a pas fini de me faire chier celui-là."

Mario pressé de partir, à présent, disant au flic, "Bon ben courage, alors. Te laisse pas emmerder. Et sinon, comme j'ai dit, tu passes quand t'as envie. Juste, tu m'appelles avant, être sûr que je suis là."

"Pas de problème. Roule prudent, il y a des motards plus loin, tu sais le rond-point quand t'arrives boulevard Jean-Jacques-Cotin."

"T'inquiète."

Mario regardant le flic remonter dans sa 307 de crevard et repartir. Mario se disant que c'était pas bon, ça. Ça, c'était pas bon du tout. Andrew machin, là, le reune que Corinne avait tué à coups de poing, c'était un flic. Qu'est-ce qu'il foutait chez eux ? Un keuf anglais, en plus. Interpol.

Mario se força à respirer, se concentrant, refusant de paniquer, faisant marcher sa cervelle. Là, il était prévenu à temps. Il avait encore quelques heures devant lui. Jusqu'à l'arrivée des Anglais. Ça lui laissait de quoi prendre le demi-million de Calzer. Dommage, il devait faire une croix sur les caves de l'hôtel et la vente aux enchères. Mario déçu, s'étant bien amusé à gamberger le truc.

A part ça, sinon, il pouvait aussi vendre la Ferrari. Monnayer en urgence tout ce qui risquait d'avoir un peu de valeur. Et plus pressé encore, détruire ce qui pouvait l'accuser.

Et après, disparaître, laisser les flics se consoler avec Corinne. Après tout, le Black, c'est elle qui l'avait tué.

Ouais. Les condés, une fois qu'ils auraient Corinne, ils s'exciteraient peut-être pas trop pour rechercher Mario.

Bref, là, priorité, appeler Calzer, lui dire qu'il acceptait son offre mais il fallait conclure avant demain seize heures, histoire d'être déjà loin que les flics débarqueraient. Et passer au gymnase, prendre certains papiers et en détruire certains autres. Mario sûr d'être tranquille, pas de risque que Corinne déboule puisqu'elle était chez lui à garder Monica.

Monica avait l'impression que ça faisait une demiheure qu'elle était sous la douche, décidant d'en sortir, voir comment la situation avait évolué sur sa joue.

Elle sortit de la cabine et commença à se sécher, puis alla se planter devant la glace, nouant une serviette en turban sur ses cheveux, examinant son visage en même temps. A priori c'était bon. La main de la bodybuildeuse n'avait pas laissé de marque.

Monica repensant alors à la vieille folle en position, lui proposant de se battre avec elle. L'air déçu quand Monica avait juste dit, "Une autre fois, peut-être. Là je vais me coucher", contournant la bodybuildeuse toujours prête à la lutte et marchant droit vers le grand escalier.

Monica impatiente que Mario rentre, maintenant. Exactement le contraire de ce qu'elle s'était dit avant. Mario, au moins, n'avait jamais levé la main sur elle, aussi incroyable que ça puisse paraître.

Elle finit de se brosser les dents puis étendit le drap de bain qu'elle avait enroulé sur elle et commença à s'enduire de différentes crèmes, une quasiment pour chaque partie du corps, des orteils aux paupières, prenant son temps. Et finalement, huilée et nue à l'exception de la serviette toujours nouée sur sa tête, elle repassa dans la chambre à côté, trouvant la bodybuildeuse qui l'attendait, assise au bout du lit.

La bodybuildeuse détaillant Monica sans se gêner. Monica ne faisant rien pour se cacher, habituée depuis le temps pour tout un tas de raisons à se retrouver nue devant des gens habillés.

La bodybuildeuse dit, “Le *Miss Body*, non, parce qu’il faut plus de muscles. Mais le *Miss Fitness*, t’aurais tes chances. T’as jamais eu envie d’essayer ?”

Monica pas sûre d’avoir compris la question. La bodybuildeuse prenant son temps, la détaillant encore un moment avant de lever les yeux et de dire, “C’est joli, là, tes poils, comme t’as laissé : juste un peu, sur le dessus.”

Trente-sept

Pour ce qui devait en principe être son dernier jour au *Marina Privilège*, Adrien fut réveillé, tôt, par un Jorge Gomez très agité, débordant d'énergie.

Ni café, ni croissants, mais sous le bras une espèce de grande housse porte-documents en nylon noir, Jorge Gomez disant, "Ça y est."

Adrien s'écarta pour le laisser entrer dans le salon du bungalow et dit, "Ça y est quoi ?"

"J'ai de quoi libérer Monica."

"C'est-à-dire ?"

Adrien réajustant son peignoir en s'asseyant sur le canapé pendant que Jorge Gomez disait, "J'ai de quoi payer le Mario, là, l'Arabe, pour qu'il fasse pas sa vente et qu'il la laisse tranquille.

"Ah oui ? Mais je croyais que vos fonds étaient bloqués ?"

Jorge Gomez faisant alors signe à Adrien de ne pas faire de bruit, semblant tendre l'oreille, comme s'il guettait un son au loin. Adrien écoutant, n'entendant rien, faisant une mimique d'incompréhension. Jorge Gomez dit, "Vous avez pas entendu ?"

"Non. Entendu quoi ?"

"C'est bizarre. J'avais pourtant bien cru entendre une

voix qui disait, Ouais ils sont libérés mes fonds et en plus ils t'emmerdent. J'ai dû rêver."

Jorge Gomez décidément en forme olympique, à son meilleur niveau, plein d'esprit. Adrien décidant pour l'instant de ne pas relever le tutoiement et la grossièreté. Jorge Gomez en train de dire, "Si vous voulez vraiment savoir, j'ai dû procéder à des fermetures de compte anticipées. Voilà ! J'y perds un rein en pénalités. Mais bon, il faut savoir ce qu'on veut. Là, le résultat, c'est que j'ai ce qu'il faut. Un million et demi."

"Joli. Et il est où ?"

"Là", dit Jorge Gomez, montrant le grand porte-documents noir.

Adrien hocha la tête, attendant plus de précisions. Jorge Gomez ouvrit le sac et en sortit un tableau représentant des femmes, nues ou à moitié, qui se promenaient au crépuscule dans les ruines d'un temple grec. Adrien comprenant évidemment de quoi il s'agissait mais décidant de faire l'âne.

"C'est quoi cette merde ?"

Jorge Gomez le regarda, scandalisé. "C'est le Paul Delvaux."

Adrien obligé de faire un effort pour ne pas rire, tant la tête que faisait l'autre était comique.

"Ah oui. Effectivement. Ça n'est pas son meilleur, dites-moi. Et comment vous l'avez eu ? Je croyais qu'il devait être vendu aux enchères cet après-midi. Ou demain, sur un bateau. Je ne sais plus, ça change tout le temps."

"Oui ben, je suis allé voir le vendeur hier soir et je lui ai fait une offre qu'il pouvait pas refuser, comme on dit. Donc, là, vous pourriez passer la quatrième pour vous fringuer, faire vos besoins et me rejoindre en terrasse dans dix minutes chrono ?"

"Pourquoi ? Quelle est l'urgence ? On fait quoi ?"

"On va chez Mario."

“Où ça ? Au club de gym ?” Adrien pas sûr d’avoir envie d’y retourner si vite.

“Non chez lui. J’ai l’adresse. Une villa à Super Cannes, la partie Vallauris.”

“L’adresse *personnelle* de Mario ? Mazette ! Et ça, vous l’avez eu comment ?”

“Le secrétariat de Castric. J’ai un peu insisté. Ils ont fini par céder.”

“Décidément, vous, subitement, plus rien ne vous résiste ! Je m’en voudrais d’être celui qui vient pleuvoir sur cette parade. Je m’en vais donc de ce pas me conformer à vos instructions.”

“C’est très bien. A tout de suite.” Jorge Gomez ayant rangé son Paul Delvaux dans la housse et déjà gagné la porte. Adrien dit, “Juste laissez-moi vous dire, je suis un peu déçu.”

La main sur la poignée, Jorge Gomez dit, “Ah bon ? Comment ça ?”

“Obtenir cette adresse en allant la demander, c’est un peu indigne de vous, je trouve. C’est simple, c’est efficace et surtout de bon sens.”

Jorge Gomez l’air perplexe, ne voyant pas où ça menait.

“Moi je pensais qu’on allait repartir pour une tournée des pompes à essence, comme vous aviez insisté, rappelez-vous, pour qu’on le fasse avant-hier. La complication inutile, c’était plus dans votre style.”

Jorge Gomez soupira et dit, “Cinq minutes, la terrasse, la table au-dessus de l’eau. Je vous commande quoi ? Du thé ou du café ?”

Après avoir un peu lutté pour s’endormir, Monica avait ensuite passé une excellente nuit, ouvrant l’œil vers neuf heures et demie, reposée, de bonne humeur, mettant quelques secondes avant de se souvenir qu’elle était en fait retenue de force, en vue, soi-disant, d'être vendue, surveillée par une bodybuildeuse lesbienne qui avait presque essayé de la violer. Monica se demandant si Mario était rentré, n'ayant rien entendu. Enfilant un kimono en soie et descendant voir.

Elle le trouva dans la cuisine, attablé en face d'un pot de café, occupé à lire l'édition cannoise de *Nice Matin*. Mario levant juste les yeux pour la regarder s'asseoir, puis reprenant sa lecture sans rien dire.

Monica dit, "Ta copine n'est pas là ?"

Sans lever le nez, Mario dit, "Non. Je lui ai dit que c'était bon. Qu'elle pouvait rentrer chez elle. Que finalement, on allait pas faire comme ça. Elle était déçue. Elle aimait bien l'idée. Mais bon..." Mario laissant la phrase en suspens, posant le journal, regardant Monica à présent, avec l'air qu'il avait quand il préparait un mauvais coup, et disant, "Avant qu'elle parte, je lui dis, Et sinon ? Elle me fait, Non, elle a pas voulu. J'ai pas fait de commentaires. Mais j'étais sûr qu'elle allait te proposer. Juste, elle m'a raconté qu'elle avait été obligée de te mettre une petite taloche pour que t'ailles te coucher gentiment sans faire d'histoires."

Monica triant les éléments intéressants dans ce que Mario disait. Là, donc, si elle avait bien compris, il avait finalement renoncé à son projet de la vendre. Comme ça. Sans plus d'explication, semblait-il, que quand l'idée idiote lui en était venue. Monica sachant que ce n'était pas la peine de poser des questions, de demander à Mario de donner des raisons. Il le ferait tout seul, de lui-même. Il suffisait juste de lui laisser le temps.

Mario en train de dire, "Mais bon, en attendant, sois franche. Maintenant tu peux bien me dire."

Lui dire quoi ? Monica connaissait ce petit sourire. Qu'est-ce qu'il allait lui demander, encore, de complètement tordu ? Si elle avait hésité ? Si elle avait été tentée, un instant, par la vieille bodybuildeuse ? Exactement le genre d'idées qui pouvaient venir à l'esprit détraqué de Mario. Sur ses gardes, Monica dit, "Te dire quoi ?"

"Avoue que t'as eu peur, non ?

"Peur de quoi ?"

"Allez, avoue. Que je fasse comme j'avais dit. Que je te vende à des mecs."

Monica dit, "Non. J'ai eu peur, mais pas de ça."

"Peur de quoi, alors ?"

"D'être obligée d'ouvrir la gorge de ta copine musclée si elle posait la main sur moi. Mais heureusement, elle s'est arrêtée à temps."

"Ouvrir la gorge ! Carrément ! Ouvrir la gorge, putain ! Et t'aurais fait comment ?"

Monica faisant celle qui n'avait pas entendu, jouant avec lui, maintenant, les rôles inversés.

"Si, vas-y. Sans déconner, dis-moi. Puisque tu l'as pas fait, c'est bon, tu peux bien me dire. Elle t'aurait mis la main aux fesses ou peloté les nichons, tu l'égorgeais comment ? Avec ta lime à ongles ?"

Monica haussa les épaules. "Par exemple. Pourquoi pas ? Si c'était ça le premier objet qui me tombait sous la main."

"Non mais sérieux, arrête. Avec quoi, alors ?"

Monica dit, "Ou avec ça, tiens." Montrant un morceau de sucre blanc dans le bol sur la table. L'attrapant entre le pouce et l'index, lui faisant voir l'un des coins.

"Ah ouais ?"

"Oui. Ça coupe comme un rasoir. Et à cause des cristaux, ça ouvre une plaie dissymétrique qui ne se referme jamais."

"Une plaie dissymétrique ! Genre et tout ! Comment tu gères ! Putain mais t'as vraiment appris des tas de trucs en cabane, toi dis donc !" Mario comptant sur ses doigts. "Le français, la couture, ouvrir la gorge des gens avec la nourriture." Mario fit une moue et hocha la tête plusieurs fois avant de dire, "Hey, sans déconner, à

Rennes, t'as fait comme ça, alors ? Pour pas être emmerdée, toutes les grosses gousses qui te frôlaient de trop près, crack, tu les décapsulais avec un morceau de sucre ?" Monica décidée à ne plus rien répondre sur le sujet, attendre qu'il se fatigue tout seul. "Je le crois pas ça putain. Quand je pense que t'as failli m'égorger Corinne ! Pauvre Corinne. Elle mérite pas ça. Mais bon sinon, t'as pas eu peur, alors ? T'as pas cru que j'étais capable de faire comme j'avais dit ? T'amener chez Rashoggi pour te vendre aux enchères ?"

Monica s'était levée pour aller prendre une tasse. Une fois rassise, elle se servit du café et dit, "Je ne sais pas. J'ai dormi surtout."

Mario dit, "Nan. Tu dis ça pour que je sois vénère." Au lieu de répondre, Monica but une gorgée. "Sauf que raté, tu vois ! Je m'en fous, en fait, que t'aies pas eu peur. T'as pas cru que j'allais te vendre ? Ben t'as eu raison. Evidemment que j'allais pas te vendre."

Monica dit, "Pourquoi tu m'as séquestrée, alors ?"

"Sé-ques-trée... Séquestrée ! Putain, je le crois pas com—"

"Oui. Comment je parle français. Alors ? Pourquoi ?"

"Pourquoi je t'ai séquestrée ? Attends voir... Pourquoi je t'ai *séquestrée...*" Mario surjouant le type qui cherche, qui cherche. "Pourquoi je t'ai séquestrée ? Je vais te dire, pourquoi je t'ai séquestrée. Je t'ai séquestrée pour t'apprendre à mal parler comme t'avais fait. Dire que tu t'arrachais, que tu m'aimais plus et tout. Te faire voir que je pouvais, si je voulais. Que toi t'allais nulle part comme ça sans permission si j'avais pas envie. Donc ça, déjà. Ensuite, c'était pour faire plus vrai. Que tes copains y croient, là, le baron et le petit, tes deux caves de l'hôtel. Qu'ils s'inquiètent de pas te voir. Te montrer que c'est des nazes. Des baltringues, des blaireaux. Voir s'ils étaient assez cons pour donner dans le panneau."

Monica dit, "Il semblerait que non."

Mario ricana et dit, “Ouais, t’as raison. Ils ont pas gobé le truc, on dirait. Ils sont moins cons que je croyais. Ou alors, c’est autre chose. Mais moins flatteur pour toi.”

“C’est-à-dire ?”

“Si tu veux, le fait qu’ils ont pas proposé de payer, ça peut aussi juste vouloir dire qu’ils s’en foutent. S’ils tenaient un peu à toi, ils auraient lâché le blé. Mais là, je vais te dire, l’autre il est peut-être baron, mais il est pas chevaleresque. C’est tout ce que j’ai à dire.”

En même temps, c’était pas faux. Les deux autres auraient pu se manifester, quand même. L’autre, là, Jorge Gomez et ses yeux de veau amoureux, ses doubles sens étudiés. Tous bien les mêmes.

Mario soupira et dit, “Les mecs sont trop radins, qu’est-ce tu veux que je te dise ? Il y a dix ans, ils auraient pas hésité une seconde. Mais là, il faut t’y faire, t’as plus vingt ans, non plus. Hé non ! La preuve !”

Pour l’embêter, et puis aussi pour le principe, Monica dit, “Attends, la journée n’est pas terminée. Quelle heure il est ? Dix heures.”

Mario fit la grimace. “Nan. S’ils avaient dû bouger, ils l’auraient déjà fait.”

Monica, plus fort qu’elle, se prenant au jeu, dit, “Ah bon ? Hier, quand tu les as prévenus, les banques étaient fermées.”

Mario ouvrit de grands yeux, hilare, soudain, et dit, “Je le crois pas, t’es vexée ! Si ! C’est génial ! T’es vexée par ce que je t’ai dit, les mecs préfèrent garder leur thune et te laisser dans la merde.”

Monica cherchant quoi lui répondre, dispensée de trouver par la sonnette du grand portail.

Mario l’air étonné, n’attendant visiblement personne, disant, “Qui c’est ? Va voir.”

Monica se levant pour aller voir sur l’écran du vidéophone accroché dans l’entrée, disant sur le seuil de la cuisine "On parie ?" avec un petit sourire, soudain sûre de son coup.

Et revenant après avec le même sourire, disant à Mario, "Alors là, c'est bien simple, tu ne devineras jamais..."

Calzer filochait l'Anglaise blonde à gros seins depuis le débarcadère. La pétasse montant ensuite dans une Mercedes avec chauffeur pour faire moins de cinq cents mètres et se faire déposer rue d'Antibes au niveau du *Grey*, le mec sûrement reparti ensuite se garer au bout de la rue, attendre de la récupérer à la fin de son shopping. Calzer du coup emmerdé avec la BM, sachant pas quoi en faire, allant se garer lui aussi sur une place livraison devant l'hôtel *Splendid*, sûr de se prendre une prune qu'il ferait sauter après, et revenant ensuite à pied, retrouvant la blonde devant Jacques Loup, juste au moment où elle entrait dans la boutique.

A travers les vitrines, Calzer la regarda traîner un peu en bas, passer les portants en revue, sortant parfois une fringue, se la collant sur elle, le cintre sous le menton, se regardant dans la glace, raccrochant le truc et recommençant à inspecter le reste. Comme ça un petit moment, sans rien essayer en fin de compte, et puis Calzer la vit monter à l'étage au rayon hommes. Qu'est-ce qu'elle allait y foutre ? Peut-être acheter une cravate à son nouveau pigeon, le Belge à gros bateau. Avec son argent à lui, au mec, évidemment ! Plaisir d'offrir, joie de recevoir. Le culot de ces salopes. Et la connerie de ces mecs pétés de thunes qui se laissaient vaseliner.

Calzer perdant pas de temps, profitant de l'aubaine, rentrant dans le magasin, montant à l'étage direct, répondant par un signe de tête au bonjour de la grosse vendeuse en uniforme marron, toute seule à l'étage Hommes alors qu'elles étaient quatre ou cinq en bas pour s'occuper des femmes. Calzer, l'air de rien, s'approchant de la blonde.

Et attaquant direct, parlant bas pour éviter que la vendeuse entende, disant, “J'ai vu là, dehors, t'as le chauffeur qui t'attend et tout. T'as trouvé le bon filon, ce coup-ci. Faut pas le lâcher, celui-là !”

L'Anglaise tournant la tête vers lui, difficile de voir ses yeux à cause des grosses lunettes ovales. Calzer se disant qu'en fait, à part la couleur des cheveux, elle avait quelque chose de Victoria Beckham, juste peut-être en un poil plus tapée. Mais sinon, même petit nez, mêmes gros seins, même sorte de minijupe plissée et de pull super moulant, mêmes grosses lunettes Chanel. Calzer laissant pas à la fille le temps de réfléchir, disant, “Seul truc, avec la gueule défoncée, t'es sûre que le pigeon sera toujours partant ?”

La blonde regardant en direction de la vendeuse. La grosse en marron, justement, leur tournant le dos, tout à l'autre bout, occupée à réarranger des fringues sur un portant. Calzer dit, “C'est très vite fait, je vais te dire. Là, je t'emboîte la bouche sur le coin de la vitrine, tu vois ce que je veux dire ? Tu seras plus pareille, après.”

La pétasse morte de trouille à présent, derrière les grosses lunettes. La bouche à pipes ouverte mais rien qui en sortait.

Calzer dit, “Ce serait bête, t'es d'accord ? Donc je t'écoute. Parle-moi de Jorge Gomez.”

Trente-huit

L'Arabe était sur le pas de la porte de la grande villa blanche quand ils étaient descendus de la Rolls, le mec jouant la bonne surprise, l'air enchanté de les voir. Il les avait conduits dans un immense living, les faisant asseoir dans un grand canapé et s'installant dans celui d'en face. La pièce gigantesque, meublée strict minimum exprès, pour accentuer encore l'effet volume, les trois canapés en fer à cheval, le quatrième côté laissé ouvert sur le plasma géant encastré dans le mur plus loin. La baie vitrée qui faisait tout le mur, donnant sur la terrasse, la piscine et la vue, toujours la même, celle qu'ils se payaient tous, en plus ou moins large selon la thune qu'ils avaient à mettre dedans : la baie, la flotte, les bateaux au loin.

Jorge, juste, ne sachant pas trop quoi penser de la présence de Monica, assise à part, dans un autre coin salon, deux fauteuils et une table, à l'autre bout de la pièce. Monica en genre de peignoir en soie noire, occupée à lire des magazines, leur adressant tout juste un signe de tête en les voyant entrer et recommençant aussitôt à lire. Indifférente. Pas du tout la demoiselle en détresse qui attend qu'on vienne la délivrer.

Jorge se disant alors qu'il était peut-être complètement

con, en fait, refuser comme il faisait d'admettre l'évidence : que Monica et l'Arabe étaient de mèche. Et donc qu'il allait juste se ridiculiser, dans deux secondes, en proposant son truc.

Mais à ce stade, si Monica était vraiment dans le coup pour lui faire à l'envers, ridicule, ça faisait déjà un petit bout de temps qu'il l'était. Et pas qu'un peu, en plus.

Donc là, assis, ayant refusé le café ou le Coca que proposait l'Arabe et lui disant, "Voilà. Vous pouvez annuler vos enchères. Je suis venu vous faire une offre."

L'Arabe profitant de la situation, jouant le mec détaché, disant, "A savoir ?"

"Un million et demi d'euros."

"Un million et demi d'euros ?"

"Oui, je vous donne un million et demi d'euros."

"C'est gentil, mais pour quoi ?" L'Arabe faisant le malin.

Jorge donna un coup de menton en direction de Monica. "Pour elle. Lui rendre sa liberté."

Monica qui lisait toujours son magazine, au point que Jorge se demanda si elle avait entendu.

L'Arabe dit, "Ah oui. Effectivement, ça s'étudie. Et il est où ce million et demi d'euros ?"

Jorge souleva la grande housse qu'il avait posée à côté de lui. "Il est là."

L'Arabe visiblement étonné par la forme du bagage, se demandant comment un million et demi pouvait tenir dans un truc aussi plat. L'Arabe disant, "Je peux voir ?"

Jorge ouvrit le porte-documents, sortant le faux Delvaux.

L'Arabe regarda le tableau quelques secondes et dit, "C'est quoi cette merde ?"

Jorge sentit à côté de lui le grand con qui se retenait de rire, décidant de l'ignorer, disant à l'Arabe, "C'est le Paul Delvaux que je viens d'acheter. Le type était pressé. Je me dis que vous l'êtes aussi."

“Attendez, je suis perdu. Vous avez acheté ça pour me le donner après ?”

“Voilà.”

“Mais c’est débile. Pourquoi vous êtes pas venus me voir direct avec le million et demi, plutôt que m’apporter cette croûte, je vais pas savoir quoi en foutre ?”

Jorge n’avait pas besoin de regarder pour savoir qu’à sa droite, le grand con avait le petit sourire.

“Parce que. Cette croûte, en fait, des millions, elle en vaut au moins *deux*.”

“C’est pas vrai ? Deux millions !” L’Arabe impressionné. Et sceptique, en même temps, Jorge le sentait bien.

“Les deux millions, je les avais pas en cash. Tandis que là, en vous donnant ça, c’est mieux que tout ce que vous pouvez espérer obtenir ce soir. Et ça va faire que prendre de la valeur si vous le gardez un peu.”

L’Arabe ne répondit pas, regardant le tableau, faisant la moue, hochant la tête, comme ça un bon moment, Jorge prenant sur lui, laissant faire le mec, surtout ne pas le brusquer et finalement l’Arabe leva les yeux et dit, “Okay.”

“Okay ?”

“Ouais. J’ai rien compris, mais c’est bien tordu, comme raisonnement. Ça me plaît.”

Tout se passant bien, donc, et même mieux que prévu. Du moins, avec l’Arabe. Jorge juste déstabilisé par l’absence de réaction de Monica, toujours en train de lire, exactement comme si rien de tout ça ne la concernait. Jorge se demandant du coup si le mieux ce ne serait pas de se lever, d’aller la trouver, lui tendre la main et lui dire, Viens, on s’en va, voir comment elle réagissait. Jorge restant assis et disant à l’Arabe, “Donc voilà.”

L’Arabe pencha la tête vers le côté où était Monica et dit, “Vous voulez l’échanger contre un tableau à deux millions d’euros ?”

Le mec ayant des doutes, soudain, comme s'il prenait brusquement consience de l'absurdité de sa propre combine. Jorge dit, "Oui, pourquoi ? Ça les vaut pas ?"

"Oh si ! Largement. C'est pas ça la question. Mais bon, je dis chapeau quand même. J'espère qu'elle saura apprécier, même crâneuse et ingrate comme elle est d'habitude."

L'Arabe disant ça fort exprès, cette fois carrément tourné vers Monica, pour voir s'il obtenait une réaction, mais toujours sans succès. Monica sourde, tout à coup, ou faisant semblant de l'être, ne bougeant pas, même avec le bruit qu'ils venaient tous d'entendre, le carillon d'une porte ou la sonnerie d'un interphone.

L'Arabe dit, "Mais c'est quoi ça encore ? Monique, tu vas voir qui c'est s'il te plaît ?" Monica referma son magazine et se leva, traversant le living, très naturelle, pas du tout gênée, par les trois regards qui la suivaient, l'Arabe disant en la regardant approcher, "J'adore l'appeler Monique. Ça la fout en pétard." Puis comme elle passait derrière lui, tournant la tête vers elle, souriant et disant, "Oh ça va, c'est pas méchant."

Monica l'ignorant, s'en allant vers l'entrée, toujours sans avoir dit un mot, Jorge ravi de la voir comme ça être désagréable avec l'Arabe. Le carillon retentit à nouveau, la personne qui avait sonné trouvant qu'on mettait trop de temps à venir lui répondre.

Pour meubler en attendant que Monica revienne, l'Arabe dit, "Je sais pas qui c'est. A priori, ce matin, j'attendais pas de visite. C'est curieux ces gens qui passent sans appeler avant, non ? Je dis pas ça pour vous. Vous c'est différent. Mais en principe, je veux dire, ça se fait pas. Ou alors, à la campagne. Là, la campagne, je dis pas. Mais là on est en ville ? Non ?"

Jorge et le grand con dispensés de répondre par Monica qui revenait, disant, "Un certain Claude Calzer. Tu vois qui c'est ?"

Calzer n'était pas étonné de voir l'Arabe si bien logé, habitué à voir les voyous vivre dans le luxe. Juste surpris, par contre, en suivant la fausse comtesse italienne qui était venue lui ouvrir, de trouver les deux autres dans le salon de Mario à cette heure-ci de la journée, se demandant ce qu'ils foutaient là. Et puis se disant, que ça tombait bien, en fait. Ça allait être encore plus drôle comme ça, la tête qu'ils allaient faire.

Regardant ensuite la fausse comtesse partir à l'autre bout de la pièce, s'asseoir, se mettre à lire, déconnectée du reste, laissant les hommes entre eux.

L'Arabe fit signe à Calzer de s'asseoir dans le seul canapé vide, Calzer se retrouvant du coup sur le côté, entre l'Arabe et les deux mecs, tout le monde qui le regardait, Calzer posant le sac rouge à ses pieds, sentant bien que ça intriguait, l'Arabe attendant qu'il soit assis pour redire, "Quelle surprise."

Calzer dit, "J'ai essayé de t'appeler, t'étais sur messagerie. Donc je me suis dit, je suis dans le secteur, je tente le coup. On sait jamais."

Mario, faisant le mariole, montrant les deux baltringues et disant : "Vous vous connaissez déjà. Pas la peine que je refasse les présentations."

Calzer dit, "Non. Laisse. Je vais les faire, moi."

L'Arabe le regardait, ne pigeant pas, forcément. Il allait mieux comprendre dans deux secondes. Calzer dit, "Tu sais quoi ? Ça tombe bien en fait qu'ils soient là ces deux-là. Parce que justement, figure-toi, je venais te parler d'eux."

"Ah oui ?"

"Oui. Je sais pas ce que t'étais en train de dire à ces deux guignols, mais tu peux arrêter tout de suite. C'est des trompettes."

L'Arabe jouant le mec choqué : "Je t'en prie, pas

d'insultes. On est là, entre amis, on discute calmement. Et tout va bien se passer."

"Tais-toi et écoute-moi. Ces dernières heures, j'ai discuté avec des gens qui les connaissent de près. J'en ai appris des belles. Par exemple sur le grand mou, là." Calzer désignant le mec du menton. Le mec moins à l'aise, tout à coup. Calzer savourant le moment, se régalant.

"Et alors ?"

"Et alors, ce connard, il t'a fait perdre ton temps. Avec lui, jamais tu verras un rond. Si tu préfères." Calzer sortit un papier de sa poche, être sûr de bien dire les noms, "Lui, en fait, il s'appelle Arnaud Larouet. Et il est pas plus baron que toi. Juste, il dit ça parce qu'il est le fils d'un noble, Larouet de quelque chose, qui a mis sa mère en cloque. A la naissance, le mec a été classe, il a reconnu le môme. Mais de là à épouser la mère, danseuse nue au *Lido*, tu vois ce que je veux dire ?"

L'Arabe dit, "Oh putain, le bâtard !"

Calzer dit, "Oui, c'est ce que je viens de te dire. Sauf, lui, après, ça l'arrête pas ! Tu vas voir : bâtard et mythomane !"

Là, quand même, le mec essayant de protester, disant "Non mais enfin ! Je vous en prie !", un truc comme ça, essayant de les prendre de haut, mais Calzer ne tournant même pas la tête, faisant comme s'il n'avait rien entendu, disant à l'Arabe, "Non parce que, tiens-toi bien, le simple fait d'avoir A.L. comme initiales, cet enculé, il pense que c'est un signe."

"Un signe de quoi ?"

"Juste d'avoir les mêmes lettres au début de son nom, il s'imagine qu'il est un peu comme tu dirais le fils spirituel d'Arsène Lupin. Tu vois le délire du mec ?"

"*Arsène Lupin*, attends, c'était pas un feuilleton de merde, là ?"

"C'est un peu comme si moi, là, comme je m'appelle

Claude Calzer, je décide je suis Claire Chazal et tous les soirs, vingt heures, je fais chier les gens autour à leur donner les titres. Tu vois ce que je veux dire ?"

"Avec la chanson de Dutronc, non ?"

"Sauf, lui, là, je m'excuse, mais gentleman cambrioleur, je te le dis tout de suite : oublie."

"Ma mère elle regardait, à Tunis, j'étais môme. C'était nul à chier, putain. Ça et *Derrick*, tu pleures."

"Lui, sa combine, en fait, c'est de traîner dans les palaces et de lever des nouveaux riches en étant odieux avec. Quand les mecs sont ferrés, il les fait entrer dans une chaîne financière bidon et il leur prend leur mère. Ou du moins, il essaye."

Le petit Espagnol explosant en entendant ça, disant, "L'enfoiré ! C'était ça ton truc de seigneurs, alors ? Putain, attends qu'on soit dehors !"

Calzer dit, "Oh ben toi, baisse d'un ton ! Tu vaux pas mieux, en fait."

L'Espagnol, lui, disant, "Ah si ! Quand même !"

Calzer se retourna vers Mario et dit, "Lui, en fait, il s'appelle Jaime Gonzales."

Mario commença à dire, "Ah parce que, lui aussi—"

"Son grand truc, à lui, c'est la contrefaçon. Fausses pompes, faux sacs, fausses liquettes. Fausses œuvres d'art, aussi."

Là, Calzer sentit bien qu'il lui manquait un épisode, voyant le faux baron sourire et l'Arabe qui disait "Quoi ?", regardant le petit Espagnol avec des yeux pleins de haine. Le petit Espagnol haussant les épaules, regardant ailleurs, disant, "Oui non mais ça, le faux, le vrai, en art, c'est bourgeois comme notions. Ça veut rien dire, en fait."

Calzer dit, "Mais surtout, son grand truc, c'est de fourguer de l'immobilier pourri à des mecs qui veulent blanchir du capital. Là, par exemple, à l'hôtel, il avait commencé à ambiancer les Ukrainiens. Autant te dire qu'à ce jeu-là, c'est un garçon qui va pas vivre vieux."

L'Arabe fixait les mecs, les deux soutenant son regard, l'air innocent comme Calzer savait que seuls les voyous savent le prendre. Comme ça plusieurs secondes, puis il revint sur Calzer et dit, "T'es sûr ?"

"Certain. Quatre cents pour cent."

"Les enculés, putain ! On a donc *vraiment* fait tout ça pour que dalle !"

L'Espagnol écarta les mains, l'air de dire qu'il n'avait rien demandé. Mario dit, "Vous savez quoi ? Là, je crois, le mieux, en fait, c'est que vous dégagiez. Que je voie plus vos gueules. Je vous assure. Il vaut mieux. Parce que si vous restez—"

Et là Mario interrompu par le rire de l'Italienne, la fausse comtesse.

Calzer, Mario, les deux autres connards, tous les quatre, tournant la tête vers elle. Elle pleurait de rire, littéralement, s'était levée, se tenant le ventre. Elle riait toujours en rejoignant l'escalier et en montant les marches. Et Calzer l'entendit qui riait encore une fois rendue à l'étage.

L'Arabe visiblement agacé par ce rire. L'Espagnol aussi. Juste le faux baron qui donnait l'impression de s'en foutre, l'air pas concerné.

L'Arabe leur redit, "Vous me croyez pas ? Vous avez tort. Je dis ça pour votre bien. Barrez-vous, je vous assure."

Deux secondes de flottement et les deux mecs bougèrent enfin, le faux baron claquant ses cuisses avant de se lever, la jouant comme si c'était lui qui avait l'idée de partir. Les deux debout à présent.

L'Arabe leur dit, Calzer sachant pas de quoi il leur parlait, "Et s'il vous plaît, soyez gentils : emportez-moi votre faux tableau de merde, là."

Trente-neuf

Mario un peu sonné, quand même, ce que l'autre venait de lui dire.

Et partagé, en fait.

D'un côté regrettant que l'ancien flic ne soit pas barré aussi, ne l'ait pas laissé tout seul pour digérer le coup tranquille, sans regard extérieur.

Et de l'autre, sachant que normalement le mec était venu lui apporter cinq cent mille en billets.

Donc faisant un effort pour se reconcentrer, pas foirer le truc là-dessus. Filer des doutes au mec en montrant une faiblesse. Au contraire, le bluffer en faisant preuve de mental.

Par exemple, disant “Putain je le crois pas ces enculés le temps qu'ils m'ont fait perdre!” Et tout de suite, derrière, faisant le mec qui positive. “En même temps, tu veux faire des affaires, c'est ça. T'en gagnes une, t'en perds deux. Pour ça qu'il faut du volume si tu veux t'y retrouver à la fin de la journée. Accepter certaines fois de travailler pour rien. Puis d'autres fois, tu sais pas pourquoi, tu vas faire ton année en tout juste une semaine. S'il y avait un moyen de savoir à l'avance, ce serait peut-être plus rentable, mais ce serait beaucoup moins drôle.” Mario répétant presque au mot près ce qu'il avait entendu des producteurs de ciné dire à la télé ou dans les bars à Cannes, période du Festival, chaque fois qu'il y en avait un qui venait de prendre un râteau, un film qui faisait zéro, que les gens voulaient pas voir parce qu'il était trop nul.

Mais quand même. Plus fort que lui. Besoin de régler un truc. D'avoir l'esprit tranquille après, disant à l'ancien flic, "Tu m'excuses juste deux secondes ? Un petit détail pratique qu'il faut que j'aille nettoyer. Installe-toi. T'as la cuisine qu'est là, tu vas dans le frigo, tu te sers."

"Je fais comme chez moi ?"

"Exactement. J'allais le dire. Tu fais comme chez toi."

Le mec regardant autour de lui, hochant la tête.

"Je vais essayer."

Mario redit qu'il en avait juste pour deux petites secondes et prenant l'escalier, énergie au taquet comme il aimait bien être, arrivant au premier et entrant dans la chambre sans frapper, trouvant le sac de voyage posé sur le lit et l'autre salope dans la salle de bain, en face du lavabo, debout devant le miroir à se brosser les cheveux.

Toujours en kimono mais la ceinture défaite, le truc assez ouvert pour qu'on lui voie tranquille l'entrée de la salle de jeu et tout l'espace qu'il y avait entre ses deux nibards.

Juste, là, Mario pas du tout dans le sujet, centré sur complètement autre chose, disant, "Qu'est-ce t'avais à te marrer, là, tout de suite, comme une conne ? Qu'est-ce qu'il y avait de si drôle ? Tu saurais me dire ?"

Elle à peine étonnée de le voir débouler, pas plus fâchée que ça, pas non plus trop gênée, juste rajustant le peignoir, tranquillement, refaisant le nœud de la ceinture et disant en recommençant à se passer la brosse, "Je sais pas. T'as pas trouvé ça drôle, toi ?"

"Non. Explique-moi, j'aurais dû ? Tout le temps qu'on a paumé, tout ça pour pas un rond."

"Justement, c'est ça qui est plutôt drôle."

"Ah bon. Ça te fait rire, ça, toi, maintenant ?"

"Ça prouve bien ce que je te dis : qu'il faut que je passe à autre chose. Les deux, là, je les ai pas vus venir. Il est temps que j'arrête."

"Ouais, même en admettant, tu peux arrêter les arnaques sans forcément arrêter d'être avec moi."

Et elle, continuant à se brosser les cheveux, se regardant dans le miroir, "Ah bon ? Parce que donc ça existe, cette option-là ? C'est bête. Si j'avais su, ça fait longtemps que j'aurais dit que je voulais faire comme ça. Par exemple, il y a trois ans, juste avant de me faire arrêter pour le type de Bordeaux, tu sais ?"

Et voilà. Elle remettait ça sur le tapis.

Mario dit, "Oui ben il y a trois ans, c'était il y a trois ans et maintenant c'est maintenant. Il se passe des trucs en trois ans."

"Sûrement. Je veux bien te croire. Moi, je suis mal placée pour dire."

Putain mais elle allait le lâcher avec ses trois ans de placard ? Constamment, à partir de maintenant, elle allait le faire chier avec ? Ça suffisait, là, putain. Trois ans de taule, c'est trois ans de taule. Une fois que c'est fait, on enchaîne. Lui aussi, Potenza, il était resté trois ans. Il y a pas non plus à plus parler que de ça.

Elle secoua la tête, faisant bouger ses cheveux comme une meuf dans une pub et repassa dans la chambre, ranger la brosse et ses trucs de toilette dans le grand sac, obligeant Mario à se décaler un peu pour qu'elle puisse circuler, disant au moment où elle passait devant lui, "Mais là, comme je t'expliquais hier, je crois que c'est trop tard. Donc, si tu n'as pas d'autres mises en scène prévues, je m'en vais."

"Tu t'en vas, tu vas où ?"

Elle dit, penchée sur le sac, occupée à tout faire rentrer dedans, “Ça, *caro*, quand je saurai, tu seras le premier à ne pas être prévenu.”

“C’est malin. Sauf que là, moi, tu vois, je vais t’expliquer un truc. Tu m’écoutes ?”

Elle soupira et se redressa, se tournant vers lui, faisant un effort de patience et ne faisant rien pour le cacher. Mario, lui, fit comme s’il n’avait rien vu et dit, “Avant de faire une bêtise, je voudrais que tu pèses bien le pour et le contre. Vérifie que t’es bien sûre, avant d’aller te coller avec je sais pas trop qui. Et très vite te faire chier, ça, ça fait pas un pli. Un mec normal, je te donne quinze jours, tu craques, tellement tu t’emmerderas. Moi je dis ça, c’est pour toi, pour ton bien. Parce que sans déconner, presque vingt ans avec moi – moins les années de cabane, d’accord –, mais bref, t’as pris des habitudes. Les mecs normaux, franchement, tu vas pas supporter. Tu vas pleurer d’ennui. Qu’est-ce qu’il va faire le mec, pour te surprendre ? Il va t’offrir des fleurs ? Une bague ? Putain, le oufe, le mec ! L’imagination de dingue ! Comment tu vas kiffer ! T’as trop de chance !”

“C’est sûr, ça me surprendra. Au moins la première fois. C’est pas comme si tu m’avais habituée. Ni les fleurs, ni la bague.”

“Putain et j’en suis fier ! Moi comme cadeau, je t’ai pinée, je t’ai fait orgasmer ta race, je t’ai fait passer des barrages de poulets dans le coffre d’une bagnole, je t’ai fait piquer l’oseille à des gros milliardaires. Je t’ai fait faire du placard, même, si tu veux, je m’en branle, on n’a qu’à dire c’est de ma faute, c’est pas le problème. Tu me parles de cadeaux, de bagouze, de bouquets de fleurs, moi mon cadeau c’est ça : comme cadeau je t’ai fait vivre.”

Et voilà. Mange-toi ça. Qu’est-ce qu’elle avait à dire, là, par exemple, si maligne ? Hein ? Avec ses *séquestrée* et ses nouvelles manières de pub pour l’Oréal ?

Rien. Evidemment. Rien du tout. Elle avait rien à dire. Parce qu'il avait raison.

Mario dit, "Donc c'est pour ça. Là tu dis que tu t'arraches, je te demande si t'es sûre ? Donne-moi juste un quart d'heure. Allez, vingt minutes, max. Le temps que l'autre se barre. Attends de voir l'oseille. Tu verras que c'est sérieux."

"Tu veux dire, je vais changer d'avis parce que tu me montreras de l'argent ?"

"Mais non, je dis pas ça. Enfin si, c'est ce que je dis, mais pas comme tu le comprends. Putain, fais pas chier, là ! Tu vois bien, j'ai pas le temps. C'est ça que je suis en train de dire. T'attends juste que je remonte et là, on parlera, tout ce que tu veux. Là, tu verras l'oseille, tout de suite ce sera plus clair. Un demi-million d'euros, devant toi, en liquide, tu me diras, ce moment-là, si c'est pas changer de vie."

L'autre soupirant, laissant voir à nouveau son effort de patience, et commençant à dire, "Mario—" Et Mario la coupant tout de suite, tellement elle l'énervait, disant, "Le temps de redescendre conclure avec le mec, lui dire au revoir, et direct Mandelieu, j'ai l'hélico réservé. De là en Italie. Et d'Italie, où on veut. Tu vois l'idée ?"

Elle, réessayant de dire "Mario—" Et Mario la coupant à nouveau, "Et là tu décideras. Tu veux toujours te barrer, alors okay, basta. Ça sera tant pis pour ta gueule. Jusqu'à la fin de tes jours, tu penseras à ma bite. La nuit tu te branleras, en la revoyant, dans le noir, pendant que ton mari ronfle."

Là elle le regarda, penchant la tête sur le côté, Mario sachant ce qu'elle était en train de penser et qu'elle lui faisait comprendre : que lui aussi, certaines nuits, s'il avait trop tisé avant d'aller au lit, il ronflait comme un phacochère. Sauf c'était pas le sujet, là. Mario dit, "Un quart d'heure. Ça va, depuis le temps, franchement, t'es plus à un quart d'heure près."

Ça, pour faire comme chez lui, le mec avait fait comme chez lui. Un peu trop même, Mario trouvant l'ancien flic affalé sur le canapé face à la vue, celui où Mario se mettait toujours, le mec pieds sur la table, une binouze à la main, le mec s'étant servi dans le frigo comme Mario avait dit. Mario se disant en même temps, pour un demi-million, le mec pouvait bien s'en décapsuler une et poser ses godasses sur le verre de la table basse.

Le mec tourna la tête vers Mario en l'entendant arriver. Mario dit, "Encore toutes mes excuses, hein. Merci pour ta patience. Je suis désolé, là, t'avoir fait poireauter." En faisant des caisses exprès. Un demi-million cash.

L'ancien flic fit une moue, l'air de dire pas de problème. Mario dit, "Okay. Maintenant à nous", allant chercher le PC dans la cuisine, disant "Je vais te chercher le portable, que tu puisses vérifier que j'ai fait comme on a dit, être sûr que ça te convient." Parlant fort pour que le mec puisse entendre depuis l'autre pièce. "Moi en affaires, je suis comme ça : j'aime que les choses soient claires. Comme ça t'as pas de problème après." Revenant s'asseoir à côté du mec, le Sony sur les genoux, la clé USB – l'une de celles qu'avait voulu utiliser le reune, là, le faux prof de gym anglais – déjà enclenchée dedans, soulevant le couvercle, orientant l'écran vers le mec tout en faisant apparaître ce qu'il avait stocké sur la clé.

"Tiens. Voilà. Regarde." Ouvrant des fenêtres, faisant défiler des listes. "Là, tu vois, comme je t'ai dit, je t'ai fait des fiches sur tout le monde. Par exemple, les références des jeunes femmes dont je m'occupe, avec l'historique des clients que j'ai mis en relation. Pareil en sens inverse : la liste des gens qui ont fait appel à moi.

Le prochain Festival, les mecs t'appellent, que tu connaisses leurs goûts, pas aller faire d'impair."

"Très bien."

"Les petits remontants, tu m'as dit que tu pensais faire à ton idée, avec ton passé de stups. Le temps que tu sois organisé, je t'ai mis quand même les noms où je me fournis. Des mecs, à Vintimille. Jamais eu de problème. Après, t'as les, comment je peux appeler ça ? T'as les *antennes,* si tu préfères, que j'ai dans diverses administrations de la région. Je t'ai mis copie de tout ce que j'ai sur eux. Avec ça, tu fais chier dans leur benne un quart des juges et des poulets de la région PACA. Les originaux sont dans un coffre, Crédit Foncier de Monaco. Corinne te fera faire une procu. La clé est au gymnase."

"Très bien."

"Donc là, j'ai envie de dire, tu vas être équipé pour prendre le relais. Peut-être, juste, au début, t'auras un ou deux mecs qui disent, 'Ah oui non mais Mario ?' Tu dis, 'Maintenant Mario c'est moi. Quelqu'un a un problème ?' et tout va bien se passer."

L'ancien flic dit, "Je suis sûr."

Mario dit, "Je t'ai tout mis sur la clé USB, ça ira ?"

L'ancien flic dit, "Super."

Mario éjectant la clé et la tendant au flic tout en disant, "C'est génial, ces trucs-là, quand t'y penses : tout ce que tu peux mettre dessus, et ça tient zéro place. C'est dingue, sans déconner."

L'ancien flic empocha la clé et dit, "Sinon, ton associée, là, la musclée ? Tu crois qu'elle va prendre ça comment ?"

"Qui ? Corinne ?"

"Ouais. Se retrouver, là, comme ça, avec un nouveau chef, du jour au lendemain, un mec qu'elle connaît pas. Et toi qui seras plus là."

"Corinne ? T'es fou ! Un ancien condé, elle va kiffer sa race. La loi, l'ordre, c'est tout ce qu'elle aime."

"Ah oui ?"

Mario dit, "Ouais. Corinne elle est pour l'ordre à donfe. Faut pas croire juste parce qu'elle est partenaire dans une affaire de coke, de putes et d'extorsion de fonds."

"Quand même. Ce serait bien aussi qu'on se voie avec elle, tous les trois, que tu lui expliques bien."

"Tout à fait. Sans problème." Mario réfléchissant et disant, "Juste, ça, pour le coup, le mieux je pense c'est qu'on le fasse plutôt en fin de journée, tu vois ? J'ai envie de dire, dix-huit, dix-neuf heures, au gymnase, si toi t'es disponible. Comme t'as dit, qu'on mette tout bien à plat, bien préciser les choses."

"Voilà. En même temps, je me disais, on a qu'à faire ça maintenant. Ce serait fait. On serait tranquilles après."

"Maintenant ?" Mario regardant sa montre. "Ah non, mais, maintenant, je sais pas si—"

Coupé par la voix de Corinne, derrière lui, qui venait de dire : "Salut Mario."

Mario tournant la tête, voyant Corinne à l'autre bout de la pièce, plantée devant l'entrée du couloir, sortant sans doute du petit bureau. Mario se demandant depuis combien de temps elle était là.

L'ancien flic dit, "Ouais. J'ai fait comme tu m'as dit, en fait : là, j'ai fait comme chez moi. Pendant que t'étais en haut, j'ai dit à Corinne qu'elle avait qu'à passer."

Mario posant le Sony sur la table et se levant, comme par politesse, pour accueillir Corinne. En fait se décalant légèrement, tout en disant, voix tout ce qu'il y a de normale, "Oh Corinne ! T'es là ? Ah ben vous vous êtes déjà parlé, alors. C'est cool. On gagne du temps, comme ça."

Corinne, elle, s'étant approchée, venue se placer à un mètre de Mario.

Toujours assis l'ancien flic dit, "C'est ce que je disais. Et puis du coup, comme ça, à dix-sept heures, tu peux aller prendre ton hélicoptère.

Mario sonné, répétant comme un perroquet, "Mon hélicoptère." Cherchant à toute vitesse comment se sortir de là, ne trouvant rien. Se demandant comment le mec était au courant de ça. Corinne lui fournissant justement la réponse : "Ils ont appelé ce matin. Juste pendant que ton ami était dans le bureau, d'ailleurs", montrant l'ancien poulet. "C'était pour dire qu'en fait il y avait un problème sur le *Robinson 44* que tu prends d'habitude. Mais qu'ils te donneraient le *Colibri* je sais plus combien à la place pour le même prix. Ça te va, le *Colibri* ?"

Mario dit, "Ah oui, merde. L'hélico. C'est vrai. J'avais complètement oublié, dis donc. Il faut que je décommande, vu qu'on a rendez-vous."

L'ancien flic dit, "Une résa de ce matin, t'avais déjà oublié ?"

Et là, Corinne la culturiste fit un pas en avant, se collant devant Mario et dit, "Tes vraiment qu'un Arabe."

Quarante

En se levant pour partir, Jorge et le grand con avaient gardé le silence, Jorge sentant Mario et Calzer dans leur dos qui les regardaient faire.

Même après, une fois dehors, pas un mot échangé, ni en remontant en voiture, ni ensuite, en roulant. Jorge évitant le regard du grand con. Le grand con, lui, ne faisant pas d'effort particulier pour regarder Jorge dans le blanc des yeux non plus.

Jorge sonné, trop de trucs pris en pleine gueule comme ça d'un coup. Plus Monica.

Jorge, par exemple, se demandant ce qui l'avait retenu de la rejoindre à l'étage quand elle était montée en rigolant toute seule. La rejoindre et la coincer, enfin. Lui demander de s'expliquer, voir ce qu'elle avait à dire.

Sauf que, et lui à ce moment-là ? Il lui aurait dit quoi ? Que c'était *pas bien* ce qu'elle avait fait ? Abuser comme ça du sentiment qu'elle avait forcément vu qu'il éprouvait pour elle ? Aller lui reprocher ça et après reprocher à un boulanger de mettre des croissants au four. C'était son métier, cette pute. Chauffer les mecs et après prendre leur blé, dès qu'ils étaient mordus. Donc pleurnicher, lui faire honte, ce serait pas allé loin. A moins, bien sûr, d'avoir envie d'encore plus passer pour une bille, à supposer seulement que ce soit encore possible.

Ou alors, un autre style : arracher le peignoir, voir ce qu'il y avait en dessous et se dédommager vite fait, mal fait.

Juste, Jorge sentant très bien que c'était pas pour lui. Que d'autres mecs savaient faire ça. Sûrement le genre qu'elle devait aimer, du coup, prendre pour des hommes, des vrais. Mais Jorge, lui, se sachant bien incapable de ça, et sûr qu'elle l'avait su aussi dès la première minute.

Se disant tout ça en conduisant sans parler, regardant droit devant lui. Le grand con à côté ne disant rien non plus.

Ils redescendirent comme ça vers le centre-ville et puis Jorge vit un café avec une place de stationnement devant. Il s'arrêta, sortit de voiture et alla s'asseoir en terrasse, sur le trottoir, où le patron du rade avait collé trois tables et des chaises en plastique.

Le grand con hésita un moment puis descendit aussi, venant s'asseoir avec Jorge au moment où un jeune mec arrivait pour la commande.

Jorge dit que pour lui ça serait un grand café allongé et cognac à côté. Avec ce qu'il venait de se prendre, ça justifiait. Le grand con, lui, bien sûr, demandant une eau gazeuse.

Jorge laissa le jeune mec repartir avant de dire au grand con, "Après quand même tu vas pas me dire t'es pas un enculé, de vouloir m'arnaquer avec ton BlackBerry ?"

Le grand con très calme disant, "Ah oui ? Et vous ? Votre Paul Delvaux de pacotille ?"

"De pacotille déjà, je te permets pas, d'abord. C'est toi qu'es de pacotille. Monsieur le baron ? Baron mon cul. T'es pas baron, t'es rien, toi. T'es comme a dit le mec : un gigolpince trop vieux, un fin de race qui se la joue."

Le grand con semblant se contrefoutre des insultes de Jorge. L'air ailleurs. Jorge le voyant du coin de l'œil qui regardait les voitures et les piétons passer comme si c'étaient des bateaux. Jorge continuant quand même :

"Ta 'combine de seigneurs', là, merci ! En fait elle rapporte pas un flèche. D'ailleurs, demain soir, sur le bateau, t'aurais pas eu les fonds ! Imagine, c'est toi qui aurais gagné : au moment de payer le truc, t'aurais eu l'air d'un con !"

Regardant toujours ailleurs, le grand con fit la moue. "Au cas où, pas tant que vous, si je peux me permettre."

Jorge se dit qu'il allait l'emplâtrer avec le cendrier. Le grand con dit, "Surtout, je pense, à la dernière minute, j'aurais trouvé une raison de ne pas l'acquérir. Par exemple, de vous dire qu'à l'évidence le tableau était faux. Et que, pour votre bien, je devais refuser de vous avancer l'argent. Voilà : je vous rendais service, malgré vous, en vous empêchant d'acheter un faux grossier."

Jorge dit, "Ah ouais ? Tu me fais marrer, je vais te dire. Genre tu dis ça maintenant, une fois que l'autre enculé de flic t'a fait le papier sur moi. Mais sur le coup, je me souviens, tu me parlais autrement."

Le grand con ne répondit rien. Jorge se disant, normal, il savait pas quoi dire. Jorge insistant : "Par exemple, tu savais que c'était un faux, pourquoi tu m'as dit oui, alors ?"

Le grand con laissa passer deux secondes puis tourna la tête tout doucement vers Jorge, prenant son temps pour dire, "Oui à quoi ?"

"Je t'ai demandé de venir avec moi aux enchères, t'as dit oui. T'as même dit que ça te faisait plaisir."

"Ah oui ?"

"*Vous n'avez pas idée du plaisir que vous me faites.* Je l'ai pas rêvé."

"Non mais ce n'est pas d'aller à vos enchères piégées qui me faisait plaisir."

"Ah non ? C'était quoi alors ?"

"Que vous me preniez pour un pigeon. C'était drôle. Et extrêmement flatteur pour moi. Ça voulait dire que, décidément, mon personnage était crédible. Ou que vous étiez très *crédule* – pour dire les choses poliment. Dans les deux cas, surtout le second d'ailleurs, c'était assez plaisant."

"Peut-être moi je suis crédule, mais toi, c'est bien ce que je dis : t'es juste une merde humaine."

"Oui, alors à ce propos, justement, j'ai une question, à mon tour, si vous m'autorisez."

"Vas-y."

"Le tutoiement, entre nous, c'est vraiment obligé ? J'ai beau chercher, je ne garde aucun souvenir d'une fois où nous aurions écoulé du faux *Von Dutch* ensemble."

Von Dutch, putain, l'insulte. Jorge allait répondre mais le serveur revenait avec les consos. Jorge n'ayant plus envie de café, d'ailleurs. Encore moins de son cognac.

Une fois le mec reparti, le grand con dit, faisant semblant de penser à haute voix. "Non, en fait, si on regarde, ce petit séjour aura été fructueux. D'une part, j'ai établi le contact avec le sympathique Bono."

"Bono – tu veux dire *Paul* ?"

"Si vous voulez, oui. Et puis je vais écrire des articles pour *Vanity Fair*. J'ai lancé des idées hier soir, au dîner, et mon nouvel ami a dit que c'était très intéressant. Exactement ce que Graydon recherche, qu'il allait lui en parler. Donc ma foi, ça pourrait être mieux, mais ça pourrait être pire. Et surtout, surtout, je me serai bien amusé à vous voir rater tout ce que vous entrepreniez, qu'il s'agisse de séduction ou de grivèlerie à mes dépens."

"Tu t'es bien amusé ? J'espère, au prix que ça te coûte. Ton petit bungalow, là, une semaine plus la bouffe, tu dois déjà taper autour de vingt, trente mille."

"Je ne saurais pas vous dire. Là j'étais invité. Toute la semaine jusqu'à aujourd'hui. Pension complète, extras inclus, pris en charge par la société de mon ami producteur."

L'enculé. Jorge, lui, était traqué. Trois jours qu'il jouait à cache-cache avec un gars de la réception qui voulait un acompte pour la suite du séjour. Jorge dit, "Ah ben c'est top, ça. Là, moi, en fait, je cherchais un moyen pour faire sortir mes sapes en douce."

Le grand con resta sans réaction. Jorge obligé de dire, "Peut-être tu, enfin vous, peut-être vous pourriez faire ça pour moi ?"

"Faire quoi donc, cher ami ?"

"Prendre mes sacs avec les tiens au moment où tu te barres."

"Vous rendre service, vous voulez dire ?"

"Ben oui."

"Je suis désolé, je déteste faire ça."

"Quoi ? Trimbaler des fringues."

"Non. Rendre service."

En disant ça, le grand con avait fouillé dans ses poches, en sortant dix euros et des pièces, les posant sur la table et disant à Jorge, "Non, laissez ! C'est pour moi. Vraiment. Ça me fait plaisir."

Jorge ne répondit rien, sentant venir le moment où les simagrées de l'autre n'allaient plus être assez pour lui faire diversion, l'empêcher de penser à Monica.

Le grand con dit, "Vous je ne sais pas. Mais moi je rentre à l'hôtel, j'ai mon bagage à faire. Vous me ramenez ou je me fais appeler un taxi ?"

Jorge ne s'énerva pas. Il fit comme l'autre venait de lui faire juste deux minutes plus tôt, prenant bien tout son temps pour se tourner vers lui et lui dire, super calme : "A ton avis, connard ?"

Le grand con empêché de répondre par le serveur, encore lui, revenu à leur table pour leur dire, "Dites, en fait, c'est normal, là, le portable qui sonne tout seul dans la décapotable devant ?"

Monica était habillée, comme la veille, occupée à boucler son sac, obligée de sourire en repensant au numéro que venait de lui faire Mario.

Mario le beau parleur. Mario le *chiacchierone.* Mario et son *bullshit.* Monica connaissant tous ses trucs, tous ses pièges, et se laissant pourtant un peu avoir quand même. Forcée d'admettre que là, une fois de plus, il ne s'en serait pas fallu de beaucoup pour qu'il la fasse céder. L'air de sincérité qu'il arrivait à prendre. Il n'y avait qu'un menteur pour être sincère comme ça. Ou cette façon qu'il avait de supplier en l'insultant. Le fauve blessé mais fier et tous ces clichés-là. Pas prévenue, on craquait. Même en ayant payé cher pour savoir à quoi s'en tenir, déjà, on était presque tentée !

Oui mais bon. Sauf que là, non. Elle partait. Comment il avait dit ? Tu passeras le reste de ta vie à repenser à ma bite, ou quelque chose comme ça. Son *cazzo* tout seul, non. Non, mais Mario en entier, oui, sûrement. Heureusement ! Ça, elle savait qu'il lui arriverait très souvent d'y penser. A lui et à tout un tas de choses qu'ils avaient faites ensemble. Et c'était bien comme ça.

Non, Mario, pas de problème. Elle était décidée.

Là, en fait, le regret, le tout petit regret qu'elle avait, c'était de ne pas avoir pu dire au revoir plus gentiment que ça au petit Jorge Gomez.

Jorge Gomez, comment dire ? Attendrissant. Non, c'était quoi le mot ? Touchant. Trop mignon. *Trognon* comme disaient parfois les filles à Rennes, quand l'une d'entre elles avait des photos d'enfant à faire admirer aux autres.

Monica se disant tant pis, qu'elle ne dirait ni au revoir ni merci au petit Jorge Gomez et que c'était sans doute mieux comme ça. Que ça leur éviterait une scène pas très intéressante, en fait. Et puis entendant des bruits qui venaient d'en bas.

Monica intriguée sortant sur le palier, écoutant, comprenant ce qui se passait.

Aussitôt, premier réflexe, courant vers l'escalier, pressée de vite descendre, d'intervenir.

Et puis, en haut des marches, se figeant, de justesse, sachant qu'en fait, en bas, elle ne servirait à rien. Elle irait juste se mettre en danger toute seule et gâcher sa toute petite chance.

Elle fit demi-tour, retournant dans la chambre, essayant de rester calme et de faire les choses dans l'ordre.

Calzer s'amusait bien, aimant assez la façon dont la culturiste venait de dire au Mario *T'es vraiment qu'un Arabe.*

Et puis sans prévenir, la seconde d'après, pan! Voilà qu'elle venait de lui mettre un grand pain dans sa gueule. Une droite, putain, comme un train de marchandise. L'Arabe recevant le coup et partant en arrière, se retrouvant par terre, sur le dos, la mâchoire certainement déboîtée, minimum, le bruit que ça avait fait.

Sauf que, au lieu d'en rester là, la culturiste était déjà assise sur lui et le cognait tout ce qu'elle pouvait, comme pour planter un clou, son poing droit faisant le marteau. Pam. Pam. Régulier. Des bruits comme au cinoche.

D'où il était assis, le dos de la culturiste lui cachait la figure de l'Arabe. Et donc les dégâts que l'autre était en train d'y faire. Mais quand il vit un jet de sang gicler sur le côté, là quand même, Calzer sortit de son hébétude. Il se leva, se disant merde, cette conne, elle va le tuer.

Rejoignant la culturiste en trois enjambées, lui disant d'arrêter, plusieurs fois pour des prunes. Se mettant à gueuler, du coup. "Arrête-toi!" L'autre cognant toujours. Calzer obligé de lui attraper le poignet pour qu'elle s'arrête enfin.

Calzer tirant la culturiste par le bras, l'obligeant à se lever, disant, "Arrête tu vas le tuer." Disant ça et voyant en fait que c'était déjà trop tard. Que l'Arabe était mort, la gueule réduite en pulpe. Tout ça en quoi ? Vingt secondes. Calzer voyant pas comment il aurait pu éviter ça, la vitesse où ça venait de se passer.

Calzer dit à la culturiste, "Putain mais regarde nom de Dieu. Tu l'as tué ! T'es givrée ! Qu'est-ce qui t'a pris, bordel ?"

La culturiste haussa les épaules et dit, "Mais non. Il est pas mort."

Calzer ne croyant pas la galère qui lui tombait dessus, soudain. "Ah bon ? Tu trouves peut-être qu'il respire, toi, là ?"

La culturiste regarda alors l'Arabe par terre, son torse qu'aucune inspiration ne soulevait et elle dit, "Oh non, merde ! Encore !"

Disant ça comme elle l'aurait dit en filant un de ses bas. Réfléchissant deux secondes puis disant, comme si ça réglait tout, "Bon ben qu'est-ce que tu veux ? Tant pis. Ça lui apprendra, comme ça, faire ses petits coups en douce."

Calzer saisi, n'en revenant juste pas.

La culturiste, elle, en train de dire, à présent, "C'est pas grave. Je sais quoi faire avec le corps. J'ai un spot où je les mets. Je vais approcher le *Range*, là. Tu vas m'aider à le charger à l'arrière."

Calzer la regarda partir pour chercher son 4 × 4, restant tout seul debout, au milieu du grand living, le corps de l'Arabe par terre, une flaque de sang autour. Calzer se disant alors, Putain, c'est quoi ce truc ? C'est ça ma nouvelle associée ? Regrettant du coup, mais trop tard, d'être passé la voir le matin derrière le dos de l'Arabe.

La culturiste surprise de le voir se pointer, pas au jus,

c'était clair. Calzer lui expliquant le deal qu'il avait passé avec Mario. Reprendre l'affaire en échange d'un payement cash.

La culturiste l'écoutant, hochant la tête et disant, "Non, je veux dire, ça me paraît bien, tout ça. Bon, c'est évident qu'avec Mario, depuis le temps, on avait nos habitudes. Mais c'est bien de changer, aussi. Vous là, je vous connais pas, mais je me dis, il y a pas de raisons, je suis sûre qu'on peut s'entendre."

"Je suis sûr aussi."

"Oui. Il y a juste un truc que je comprends pas."

"Ah oui ? C'est quoi ?"

"C'est, du coup, puisque au bout du compte, c'est moi qui vais faire le boulot..."

"Oui ?"

Et là, la culturiste avait dit, "Ben, pourquoi payer Mario ?"

Et voilà le résultat. Là, du coup, Mario, ils étaient en train de charger son cadavre enveloppé dans des sacs-poubelle liés avec du Gaffer à l'arrière de la *Range Rover* de la culturiste.

Après, Calzer la regarda démarrer et remonter l'allée jusqu'au portail. Un peu pris de court, quand même. Pas encore sûr de ne pas avoir rêvé. Se demandant ce qu'il allait faire, maintenant.

Et puis en rentrant dans la maison, il repensa à la fausse comtesse ritale qui devait toujours être à l'étage.

Forcément, elle avait entendu.

Calzer se dit qu'il allait monter voir comment elle prenait la chose, s'ils pouvaient s'arranger ou si c'était un souci qu'il fallait régler tout de suite, pendant qu'ils étaient chauds. Juste, au cas où, se promettant bien de laisser faire la culturiste, qui semblait aimer ça, plutôt que se salir les mains lui-même.

Non, la belle brune, là, lui c'était différent ce qu'il allait faire avec. Là, dans deux secondes, on va dire, il allait mieux faire connaissance. Repensant au peignoir de soie noire qu'elle portait, commençant à imaginer ce qui était en dessous.

Mais d'abord, là, l'urgence, c'était faire pleurer le géant. Calzer connaissant pas la maison mais voyant le couloir au fond, tout au bout de la grande pièce, avec des portes de chaque côté. Se disant, dans le tas, il devait bien y en avoir une donnant sur des cagouinces, trouvant au deuxième essai. Du coup, repérant les lieux en même temps qu'il se vidait, les chiottes impeccables, tout neufs, sentant bon à cause des bouquets de lavande posés sur le rebord de la petite fenêtre. Calzer étonné de trouver ce genre de touche féminine dans un endroit jusque-là habité par l'Arabe. Le fait qu'il soit arabe étant pas le problème, là. Plutôt que ça ait été un mec seul a priori pas pède.

Calzer rangeant son zob après l'avoir secoué et recalotté, se rebraguettant, tirant la chasse et sortant des petits coins, se trouvant alors nez à nez avec un flingue.

Et en face de lui, tenant le flingue à bout de bras, Benjamin Muselier, le mec de la maintenance qui avait piqué un demi-million dans le coffre de Castric.

Quarante et un

Il était chié Tortue.

Cinq jours sans nouvelles. Plus. Et puis tout à coup, drelin-drelin, le portable qu'il avait donné à Jorge le jour du casse qui se met à sonner dans la boîte à gants de la Rolls. Jorge, lui, ayant oublié depuis longtemps qu'il l'avait laissé là, décrochant de justesse sur la dernière sonnerie, repérant au passage sur l'écran un avertissement de batterie faible. Tu m'étonnes. Le temps que le truc était resté en veille, déjà miraculeux qu'il soit encore allumé. Et à l'autre bout du fil Tortue surexcité, attaquant direct. “Enfin tu décroches putain, depuis hier soir j'arrête pas de t'appeler.” Jorge allant répondre mais Tortue déjà reparti à dire, “Je peux pas t'expliquer maintenant, c'est trop compliqué. Mais avant, je t'avais pas contacté, c'était pour pas risquer de te mettre dans la merde. C'est juste hier matin, en fait, j'ai compris je m'étais fait retourner par Calzer, tu sais, le chef de la sécu de l'hôtel ?”

Oui, Jorge voyait bien.

“Donc je suis revenu hier soir mais il était pas chez lui cet enculé. Donc depuis ce matin je le suis, mais il est jamais seul. Toujours quelqu'un avec. Sauf, là, je crois bien, ils viennent de tuer un mec, lui et une meuf super musclée." Allons bon. C'était quoi, ça, maintenant ? La meuf super musclée, c'était sans doute la Corinne. Mais le mec qu'ils avaient peut-être tué, qui est-ce que ça pouvait être ? "Et là, sa copine vient de partir avec le corps du mec. Donc normalement, Calzer, c'est bon, il est seul. Et il a notre oseille, cet enculé. Je te jure, je l'ai vu entrer avec tout à l'heure. Dans mon sac de sport rouge !"

Jorge entendant alors un petit bip d'avertissement. La batterie allait bientôt lâcher.

"C'est pour ça, là, faut que tu me viennes tout de suite. On va le choper et on va le défoncer, cet enculé. Je vais te dire où c'est – merde, je sais pas l'adresse, attends, comment je vais t'expliquer ça, tu vois le boulevard des Horizons au-dessus de Super Cannes ? Eh ben—"

Jorge le coupant et disant, "Une grande maison blanche, après un tournant, tu rentres par le haut ?"

Tortue bluffé à l'autre bout du fil. "Putain, trop fort ! Comment tu le sais ?" Jorge ne se voyant pas commencer à expliquer. Tortue, heureusement, enchaînant et disant, "Combien de temps tu peux être là ?"

"Je sais pas. Un quart d'heure."

"Trop long, putain."

"Un quart d'heure, c'est pas long. Peut-être si ça roule bien, je serai là en dix—"

"Nan, c'est trop long, je te dis. Tant pis, je vais me le faire tout seul. Ce que tu fais, quand t'arrives, tu sonnes à la grille, en haut, comme ça, même si je l'ai pas encore chopé, ce que ça va faire, lui, ça va—"

Jorge n'entendant pas la fin du plan qui de toute façon avait l'air d'être débile. La batterie du Nokia était morte.

Jorge essayant juste de s'y retrouver dans le fouillis de ce que Tortue venait de raconter.

D'après lui, donc, Calzer et la culturiste auraient tué quelqu'un. Okay.

Et Mario ? Tortue n'avait pas parlé de lui. Du coup, peut-être que c'était lui, le cadavre ?

Oui, sauf qu'à peine une demi-heure plus tôt, Calzer et l'Arabe semblaient encore être comme les doigts de la main. En même temps, avec des tarés comme Calzer et la culturiste, on ne pouvait jamais dire. Donc Mario était peut-être mort.

Très bien. Mais alors, Monica dans tout ça ? Elle était où, elle ? Elle faisait quoi ? Avec qui ?

Jorge un peu inquiet mais très content, en fait, ravi d'avoir un bon prétexte pour retourner là-haut.

Muselier, le type de la maintenance, et Calzer étaient revenus dans le grand living, maintenant. Le type tenant toujours Calzer en joue et disant, "Putain, t'es dur à choper seul, toi ! Je vais te dire, depuis ce matin je te suis partout. Tout le temps avec quelqu'un. C'est dingue, ça. On peut jamais te parler tranquille."

Calzer connaissait l'arme que le type braquait sur lui. Un *Manhurin*, l'arme de service police-gendarmerie pendant trente ans, jusqu'à ce que Sarkozy le remplace par le *Sig Sauer*. Tellement connoté flic, du coup, que Calzer n'en avait presque jamais porté, lui, du fait de ses missions infiltrées. Plutôt équipé avec des guns qui collaient à son rôle, des armes frime, de *narco* qui se la pète, des *Sig*, des *Glock*, des *Beretta* derniers modèles. En même temps, le *MR73*, fallait pas rigoler. C'était précis, et ça tirait du gros. A part que là, Calzer avait vu tout de suite que le mec était pas habitué à braquer des calibres sur les gens, la façon qu'il le tenait.

Du coup, Calzer tentant le truc le plus con, le plus basique, se disant qu'il avait rien à perdre à essayer, déplaçant son regard sur le côté comme s'il regardait quelqu'un arriver dans le dos du mec, prenant l'air réjoui, et disant, "Ah ben te voilà, toi !"

Et voilà. Plus fort que lui, le mec en face, réflexe, tournant la tête pour voir. Juste deux secondes. Et déjà il était par terre, le poignet retourné, poussant des gémissements, le *Manhurin* à présent dans la main de Calzer. Aussi facile que ça. Calzer assez content en fait de voir qu'il savait encore faire, disant au mec par terre, "T'as eu tort de revenir. Je t'avais dit de plus jamais me croiser." Le mec massant son poignet qui avait fait crac. "Mais tu sais quoi ? Très franchement, ça m'arrange. Comme ça, je serai sûr que j'ai pas à m'inquiéter, savoir devant qui tu vas ouvrir ta bouche. Allez debout, maintenant. Mains sur la nuque."

Savatant le mec par terre qui bougeait pas assez vite. "Debout j'ai dit. Allez !" Le mec se relevant. "Mains sur la nuque. Voilà. Tu sais ce qu'on va faire, là ? On va aller visiter le sous-sol." Là où la culturiste était allée chercher de quoi emballer le corps de l'Arabe. "Avance, là, dans l'entrée. Tu prends la porte à droite. Allume la lumière et descends l'escalier."

Calzer disant ça mais, en fait, assez emmerdé. Contrarié de se retrouver avec ça sur les bras. Putain son premier jour dans sa nouvelle vie et déjà que des couilles.

Cherchant et voyant pas comment il allait pouvoir laisser le mec en vie. Et en même temps pas super chaud à l'idée de lui en mettre une dans le crâne, là, dans les cinq minutes. De toute façon, c'est clair que ce serait pas une balle. Trop de bruit. Là, plutôt, il allait attacher le mec, solide, lui mettre un sac plastique sur la tête et puis le laisser comme ça le temps qu'il fallait. Pas rester regarder, c'était pénible. Plutôt remonter voir l'Italienne, à la place, comme prévu au départ. Après, quand il redescendrait à la cave, le problème serait réglé, le mec aurait cessé de chercher de l'air depuis longtemps. Après, juste, il y aurait le corps. Trouver le moyen de s'en débarrasser. Et de préférence, là, sans demander à la culturiste folle.

L'avantage, malgré tout, c'était qu'après, il y avait plus de témoin, plus de risque. Calzer essayant de se dire ça pour un peu se consoler, voir le côté positif.

Le sous-sol ressemblait à ceux que Calzer avait déjà vus dans ce genre de grandes maisons : le parking à trois places où était rangée la Ferrari de l'Arabe, une chaufferie, une buanderie avec toutes les machines, une cave à vin, et sinon une grande salle encombrée de meubles de jardin, Calzer repérant au fond un établi avec tout plein d'outils accrochés sur le mur.

Calzer se dit que c'est là qu'il allait trouver de quoi ficeler le mec.

Il entendit un bruit au-dessus d'eux, au rez-de-chaussée.

L'Italienne qui en profitait pour s'arracher en douce, la salope.

Calzer un peu coincé, là, en même temps, pas vraiment en mesure de lui courir après. Calzer du coup en voulant à mort au mec de la maintenance, là. Par sa faute, il devait tirer un trait sur la petite séance qu'il s'était déjà projetée pendant qu'il pissait en haut. Sans parler du danger d'avoir la brune lâchée dans la nature, à raconter ce qu'elle avait forcément entendu quand la culturiste avait cogné Mario. Et après, quand Calzer et la mémé avaient emballé le corps.

Tout ça à cause de ce con. Le sac en plastique, peut-être que Calzer allait rester regarder, du coup.

Puis Calzer se disant qu'il s'était trompé. Qu'en fait non, c'était pas l'Italienne, parce que ce qu'il entendait maintenant, c'était des pas dans l'escalier qui menait au sous-sol. Plusieurs.

Calzer du coup allant se coller dos au mur, le long de la porte, prêt à braquer les visiteurs dès qu'ils seraient dans la pièce, gardant quand même le mec de la maintenance à l'œil, trouvant que ça devenait compliqué soudain.

Et puis un autre bruit, devant lui ce coup-ci. Un craquement et la porte qui donnait dehors grande ouverte, et juste après des *ninjas* en tenue d'assaut qui entraient dans la pièce, braquant leurs armes sur lui et sur le mec de la maintenance. D'autres qui arrivaient par l'escalier. Les mecs cagoulés, gilets pare-balles, tout le kit. Certains même avec un casque. Carrément. Tous lui gueulant dessus de pas bouger, de lâcher son arme, de tomber à genoux.

Calzer connaissant ce genre de mecs et faisant tout ce qu'ils lui disaient, déconnant pas avec ces lascars-là, levant haut les mains, le revolver à l'envers, accroché à un doigt, clairement inoffensif, et disant : "Tirez pas ! Je suis de la maison. Tout va bien. Tirez pas."

Continuant à parler pendant que les mecs lui prenaient le *Manhurin* et le faisaient s'agenouiller. "Dans ma poche vous trouverez mes papiers. Je m'appelle Claude Calzer. J'ai plus de vingt ans de service, stups et RG. Là je suis directeur de la sécurité du *Marina Privilège*. Lui c'est un employé. Il a cambriolé le coffre de l'hôtel. Un demi-million d'euros."

L'autre à genoux plus loin disant, "Oh l'autre, hey, c'est lui qui m'a forcé !"

Calzer disant, "L'argent est là-haut, dans le salon, à côté des canapés. Un demi-million d'euros. Dans un sac rouge."

Calzer, en même temps qu'il parlait, essayant de bricoler une histoire qui puisse tenir debout. Justifier sa présence dans la villa, en même temps que l'autre type et le sac de pognon. Et puis renonçant en voyant entrer le jardinier, Sébastien comment il s'appelait déjà. Garnison. Sébastien Garnison. Toujours habillé en biker, à un petit détail près : le brassard orange avec marqué *Douanes* dessus. Calzer, là, comprenant que ça allait être plus dur.

Le grand con avait dit, “Qu’est-ce qui se passe ? Vous allez où ?” Jorge regrettant maintenant, mais sur le coup, pour faire court et parce que c’était vrai, il avait dit, “Je retourne à la villa là-haut.” Pensant s’en débarrasser, comme ça, l’autre venant juste de dire qu’il allait à l’hôtel. Eh bien non. Pas du tout. L’autre : “Ah ? Très bien.” Radinant, pas gêné. Jorge trop pressé pour discuter, laissant le grand con faire et s’asseoir avec lui à l’avant de la Rolls.

Là, ils étaient presque arrivés, Jorge ne sachant pas trop à quoi s’attendre, sur quoi il allait tomber. Mais sans vouloir être méchant, ne voyant *a priori* pas un guignol comme Tortue venir à bout tout seul d’une saleté comme Calzer.

Jorge passa le tournant, la villa à moins de cent mètres maintenant, commençant à ralentir, et tout à coup freinant et se rangeant dans un renfoncement, devant la grille d’une propriété.

Plus loin, la rue était bloquée. Une demi-douzaine de voitures et de monospaces de flics était massée devant le portail de la villa de Mario.

D’où il était, Jorge voyait des types en tenue noire, comme dans les reportages du *Droit de savoir* sur les missions du Raid, et puis d’autres mecs, en civil, avec des brassards orange.

Parmi ceux-là, Jorge ne rêvait pas, il y avait le motard, le mec de la bande à Mario et Corinne, celui que le grand con voulait faire jouer dans des films de pirates.

Jorge dit, “Vous avez vu, là-bas ? On est d’accord ? C’est lui !”

Le grand con dit, “On dirait, oui.”

“Qu’est-ce qu’il fout avec un brassard de flic ?”

Le grand con dit, “Et là, regardez !”

Jorge voyant alors Monica qui franchissait la rangée de flics, portant un gros sac de voyage, un autre flic en civil marchant à côté d’elle.

Le grand con dit, “J’ai oublié son nom mais c’est le policier qui la suivait rue d’Antibes. Vous savez, l’autre jour ?”

“Vous croyez qu’il l’arrête ?”

Ça n’était pas l’impression que ça donnait, en même temps. Le type semblait proposer à Monica un truc qui ne la tentait pas, Jorge la voyant secouer la tête. Finalement, le mec renonçant, levant les mains comme pour dire qu’il déclinait toute responsabilité et laissant Monica partir toute seule, à pied avec son sac, le type la regardant s’éloigner quelques secondes, puis faisant demi-tour, retournant voir ses collègues.

A croire qu’en fait, là, tous, ils avaient juste attendu que Monica ne soit plus dans le chemin, parce qu’ils entrèrent alors en masse à l’intérieur de la propriété. Tous, les flics en tenue de *ninjas* et les flics en civil. Laissant juste deux fliquettes en uniforme normal garder les véhicules et bloquer la circulation.

Jorge dit au grand con de ne pas bouger et descendit de voiture, commençant à marcher à la rencontre de Monica.

Monica ne le voyant pas tout de suite, d’ailleurs, puis, en le repérant, l’air vaguement étonnée, mais pas plus que ça non plus. Assez indifférente en fait, ni heureuse ni fâchée de le voir. Arrivant à sa hauteur et disant juste, “Eh bien alors, Jorge ? – non, pardon, *Jaime*. D’ailleurs non. *Jorge*. Pour moi, vous êtes Jorge. Jorge Gomez. Bref. Qu’est-ce que vous faites donc là ?”

Jorge comme un con, ne sachant pas quoi dire, trop occupé à retenir l’envie de folie qu’il avait de juste la prendre dans ses bras et la serrer, la serrer à lui déboîter les dorsales. Tendant à la place la main vers le sac qu’elle portait, mais Monica disant, “Non, ça va. Merci.” Puis disant, “En fait, je suis contente de vous voir.”

Ah. Quand même.

Jorge immédiatement aux anges, s'entendant dire "Ah oui ?" comme il aurait dit "Encore, encore".

"Oui. Je voulais vous écrire un petit mot. Mais je ne savais pas où vous l'envoyer."

Jorge pas sûr que c'était bon pour lui, ça, le concept du petit mot, disant, d'un ton plus méfiant qu'il ne l'aurait voulu, "Vous auriez écrit quoi ?"

"De mémoire, je voulais vous dire d'abord 'Merci. Merci pour tout ce que vous avez essayé de faire pour moi. Vraiment.' Ensuite, 'Désolée que les choses se soient passées comme ça. Surtout, n'ayez aucun regret. Croyez-moi, en fait, c'est beaucoup mieux comme ça. Mais merci. Et bonne chance pour la suite. Je penserai toujours à vous avec plaisir.' Quelque chose dans ce style."

Jorge à nouveau plombé à l'intérieur, montrant le sac du menton et disant, "Et là ? Vous allez où ?"

"A la gare. J'ai un train à seize heures neuf. Vous pouvez m'emmener ?"

Sans enthousiasme, Jorge dit, "Oui bien sûr. Pas de problème." Se disant que le trajet était toujours ça de gagné. Qu'il pouvait se passer un truc, entre là et la gare, voyant pas très bien quoi, en même temps, surtout avec l'autre, là, le grand con, pour tenir la chandelle. Mais on savait jamais, un truc qu'il allait dire, un mot magique, une phrase miracle, Jorge commençant à chercher et pour l'instant disant, "Un train pour où ?"

"Oh là ! Loin !"

Même ça putain elle voulait pas lui dire. C'était la louze totale. Il lui retira son sac des mains sans lui laisser le temps de protester, content de réussir à lui imposer au moins ça et dit, "Et Mario ?"

Comme aucune réponse ne venait, Jorge tourna la tête vers elle. Elle regardait ailleurs, qu'on ne puisse pas voir ses yeux. Elle dit, "Mario est mort."

Donc c'était bien lui le cadavre que Tortue avait vu. Jorge ne pouvant alors s'empêcher de se dire, même si ça n'était pas très glorieux, Donc voilà. Ça, au moins, c'était fait.

Monica déjà ressaisie, les yeux secs, la voix assurée, disant, “Corinne et Calzer l'ont tué, tout à l'heure.”

Ils étaient arrivés à la voiture. Sans qu'on ait besoin de lui dire, le grand con descendit, échangea un signe de tête avec Monica puis alla s'asseoir à l'arrière. Bien dressé.

Monica s'installa, Jorge aussi, prêt à mettre le contact. Et là, comme s'il avait entendu qu'on parlait de lui, plus loin devant eux, Calzer sortait de la propriété, menotté dans le dos et tenu par deux *ninjas* qui le poussaient vers l'une de leurs voitures.

Monica l'avait vu aussi. Elle dit, “Le voilà !” De la haine dans la voix. La tension disparut quand elle dit, “Mais l'autre, là, derrière, lui, je ne sais pas qui c'est.”

Jorge dit, “C'est Tortue.'

“Tortue ?”

“Oui. C'est son surnom. Tortue.”

“Il ne lui ressemble pas, pourtant. La Tortue, l'an dernier, c'était un grand maigre, avec des lunettes.”

Jorge vit Tortue être poussé par les flics à l'arrière d'une autre voiture.

“Ah oui, non mais lui, rien à voir. Il s'appelait Tortue d'avant. Et puis lui il chante pas.”

Jorge espérant au passage que ça continue comme ça, d'ailleurs. Que Tortue ne se mette pas à faire des vocalises une fois qu'il serait au poste. *La Nouvelle Star*, devant un jury de flics.

Jorge démarra et dit, tout en enclenchant sa manœuvre, “Et je veux dire, vous, là, les flics vous ont laissée passer ? Sans problème ?”

Monica dit, “Oui.”

Jorge trouvant ça court, lui lançant un regard, comme pour déclencher une suite.

Monica dit, “C’est-à-dire, en fait, c’est moi qui les avais appelés.”

Quarante-deux

Calzer était assis, sans les menottes, dans un bureau à l'étage de l'Hôtel de Police, les locaux de l'antenne niçoise de la SRPJ de Marseille. Et trois lascars en face de lui, debout, appuyés contre le mur, ou une fesse sur le bureau. D'abord le faux motard, là, Sébastien Garnison, le zombie infiltré par les douanes. Un commandant de PJ locale, avec les cheveux blancs avant l'âge, Bertrand quelque chose, et une fille venue exprès de Lyon, une gratte-papier d'Interpol, cheveux courts et hanches trop fortes en jupe tailleur, Calzer décidant dès la première seconde que ça devait être une gouine.

L'OPJ à cheveux blancs commençant *soft*, comme dans le manuel, disant, "Donc, toi, ce que tu nous dis, t'étais en train d'arrêter Benjamin Muselier parce qu'il avait cambriolé l'hôtel."

"Voilà. C'est mon boulot. Je suis directeur de la sécu de l'établissement."

"Ben oui mais en même temps, tu dis qu'il a volé la caisse, mais il y a pas eu de plainte."

Le mec faisant l'âne. Calzer pas contrariant, si c'était ça. Disposé à donner au mec tout le foin qu'il voulait.

"C'est Castric, le directeur. Il veut pas de mauvaise

publicité pour l'hôtel. Il dit qu'un casse au *Marina Privilège*, ça ferait fuir la clientèle huppée."

"T'as raison. Là, par exemple, on lui a demandé. Il dit qu'on lui a rien volé."

"C'est ce que je vous dis. C'est pour pas que ça nuise à hôtel. Mais moi, je peux vous dire qu'il y a eu vol."

"Et donc, toi tout seul, comme un grand, t'as retrouvé le mec et récupéré le pognon."

"Voilà. C'est un peu comme le vélo. Ces choses-là, une fois qu'on sait faire, ça s'oublie pas."

"D'accord, mais là, maintenant, alors, il est où, le pognon ?"

"Je l'ai dit à vos cagoules, là. Un sac de sport rouge, par terre devant un canapé, dans le salon de la villa. Me dites pas qu'ils l'ont laissé là-bas !"

"Ah ouais, on a trouvé un grand sac rouge, mais il y avait pas de pognon dedans. C'était que des paquets de brochures. Des prospectus pour une bodybuildeuse qui étaient à l'intérieur."

Là le mec des douanes dit, "Tu sais, Corinne ? En maillot de bain, l'autre fois, quand tu voulais faire parler les deux mecs au lance-flammes ?"

Calzer écoutant pas le mec. Occupé plutôt à encaisser le coup des prospectus dans le sac à la place de l'oseille. Tâchant de comprendre. Comprenant vite et se mettant à rire, voyant tout de suite en quoi ça pouvait arranger ses ballons, tout compte fait.

"Ah ben autant pour moi, alors. Je me serais énervé pour rien, on va dire. Du coup, il y a pas eu vol, il y a pas de pognon, je pense que je vais devoir présenter mes excuses à l'autre type, là. Benjamin je sais plus comment. Et puis à vous, aussi. Désolé pour le temps que ça vous a fait perdre. Vous me dites quand je peux y aller."

L'OPJ à cheveux blancs dit, "Pas tout de suite-tout de suite, si tu permets. D'abord, il faut que tu nous dises : là, ce midi, avant d'aller à la villa, on a intercepté une certaine Corinne Durieux au volant de son *Range Rover*. A l'arrière, elle transportait le cadavre d'un dénommé Mohammed Zoualem, bien connu de nos services, comme on dit. Elle nous a dit que tu l'avais aidée à tuer Zoualem avec l'idée de reprendre ses trafics à sa place."

Calzer décida de s'amuser un peu, au point où il en était.

"Alors attendez que je m'y retrouve." Parlant d'abord à la goudou. "Toi, okay, c'est Interpol parce que vous aviez un gars infiltré et que vous avez retrouvé le corps. Interpopaul, putain ! Je croyais que vous existiez que dans les films. Quand j'étais de la maison, vous m'avez jamais servi à rien. Enfin bon." Pointant ensuite le menton vers le jeune à cheveux blancs. "Lui, là, le grisonnant, c'est le poulet local. D'accord. Et lui, là, queue-de-cheval, c'est les douanes. Une infiltration aussi." Calzer marquant un temps, préparant son effet et disant, l'air innocent, "C'est pas un peu beaucoup, ça ? Sérieux, vous trouvez pas, c'est un chouille excessif ? Je veux dire, Zoualem et la catcheuse, c'était quand même pas le cartel de Medellín ! Si ?"

Pas de réponse. Les trois échangeant des regards, l'air assez emmerdés.

De les voir comme ça, Calzer pigeant tout de suite et se mettant à ricaner.

"Oh putain non. Non, me dites pas que... Oh elle est belle, celle-là. Non alors, vraiment, les gars, je dis chapeau. Vous aviez chacun un zombie infiltré sans l'avoir dit aux autres. Je vois qu'il y a eu du progrès, depuis mon temps. Ah si ! Ça fait plaisir. Enfin ! La communication interservices est devenue exemplaire."

Les trois autres ne disant toujours rien. Calzer enfonçant le clou, se faisant plaisir.

"Alors laissez-moi deviner, Interpol ça devait être à cause des filles ou d'une extorsion de fonds. Les douanes, c'était la coke. Dommage qu'ils aient pas maltraité d'animaux. Il y aurait eu de la SPA en prime !"

Les deux mecs l'écoutaient, attendant qu'il ait fini, semblant se foutre de ses vannes, mais pas la fille. Elle, Calzer eut le plaisir de la voir démarrer, essayant de prendre un ton dur pour lui dire, "Vas-y marre-toi. Profite." Le tutoyant. Un vrai petit mec dis donc ! "On verra bien si tu rigoles toujours dans les dix ans qui viennent."

"Tatatin !"

"Oh oui ! Toi, mon bonhomme, en centrale, ils vont juste t'adorer."

Là, Calzer se mit à rigoler, fixant la petite gousse en tailleur droit dans les yeux, lui riant à la gueule. La fille prise de court, devenue rouge en deux secondes. Calzer voyant les deux mecs qui regardaient ailleurs, les douanes se mordant la lèvre pour ne pas se marrer aussi.

Calzer cessant finalement de rire et disant à la fille, "Tu sais ce qui serait sympa ? J'aimerais vachement que tu me donnes l'adresse de ton coiffeur." Le mec des douanes craquant, là. Sans doute pas tant la vanne que la tête de la fille, mais le mec obligé de se tourner pour se marrer en douce.

Voyant le mec à cheveux blancs lutter aussi, Calzer dit à la fille, "Et sinon, ta prostate ? Tout va bien ? Pas de souci ?"

Une fois stationnés devant la gare dans la zone arrêts minute, Monica avait souhaité bonne chance au grand con et l'avait remercié, mais sans plus en faire que ça. Décidément pas expansive dès qu'elle était plus en mode attrape-couillons. Jorge en même temps content de ne pas voir le grand con être trop bien traité. Soulagé aussi de ne pas avoir à lui dire de rester à nouveau dans la voiture, l'autre comprenant tout seul.

Monica et lui étaient alors montés acheter son billet à l'étage, Monica payant en liquide. Jorge, lui, étonné par la destination, mais n'osant rien demander, de peur d'être relou.

Et là ils attendaient, sur le quai, sous le repère correspondant à la voiture dans laquelle Monica était censée voyager. Jorge ne sachant pas quoi dire, donc ne disant rien.

Juste, un moment, faute de mieux et histoire d'essayer quelque chose, il dit, "Vous êtes sûre, alors ?"

Elle le regarda un moment avant de faire un sourire triste et de hocher la tête. "Certaine."

Le haut-parleur annonça l'arrivée imminente de son TGV.

Monica dit, "Bon. Eh bien voilà."

Jorge dit, "Oui." Puis, "Je ne sais pas quoi dire. Enfin, si. Je saurais. Mais je me dis que ce n'est pas la peine."

Elle refit le même petit sourire, pas triste en fait – attendri, plutôt. Jorge soudain croyant avoir huit ans.

Et puis elle lui dit, "Au revoir, Jorge Gomez." Elle s'approcha et posa ses lèvres sur les siennes, les retirant aussitôt. Juste un tout petit baiser et dit, "Et surtout ne changez rien, mon cher Monsieur Gomez. Vous êtes trop bien comme ça."

Le train leur passa devant, le bruit décourageant Jorge de répondre quoi que ce soit.

Quand le bruit cessa, elle dit, "Allez-y, maintenant. Je préfère."

Jorge dit, "Okay."

La porte du wagon venait de s'ouvrir. Il la regarda monter dans le train avec son gros sac et fit demi-tour, remontant le quai sans se retourner, sachant que Monica n'était pas en train de le regarder, déjà passée à autre chose. Jorge cherchant et en même temps ne voyant pas ce qu'il pouvait se reprocher, ce qu'il aurait pu faire de plus. De mieux. Okay, il avait été timide. Il ne l'avait pas attrapée, il ne lui avait pas collé de force sa langue au fond de la gorge, il ne lui avait pas fait de grande déclaration comme peut-être un autre mec aurait fait. Mais il était presque sûr que ça n'aurait servi à rien. Ça aurait juste gâché ce qui tenait lieu de fin à leur petite histoire. Le petit malentendu, entretenu quelques jours. La petite partie de cache-cache, pendant une petite semaine et qui restait là-dessus. Jorge, sérieux, ne voyant pas, étant ce qu'il était, ce qu'il aurait pu ou dû faire de différent.

Sortant de la gare, retrouvant le grand con et la Rolls, s'installant au volant.

Le grand con le regarda et lui dit, “Ça va ? Tu vas survivre ?”

Un ton que Jorge ne lui avait encore jamais entendu. Le premier truc vaguement gentil que l'autre lui disait en cinq, six jours qu'il le connaissait. Jorge presque plus ému par ça que par le départ de Monica, haussant les épaules et disant : “Ben ouais. De toute façon, qu'est-ce tu veux que je te dise ? Va bien falloir.”

Et mettant le contact.

Calzer dit, parlant au mec des douanes, “Juste un truc que je me demande.”

L'autre donna un coup de menton, pour lui dire de pas se gêner. Calzer dit, “L'autre fois, là, au gymnase, quand je disais que j'allais brûler les mecs. Si j'avais commencé, toi qu'est-ce que t'aurais fait ?”

Le mec des douanes ne dit rien. Calzer insista, disant, “T'aurais rien fait pour m'empêcher ? Ta mission avant tout, c'est ça ?”

Le mec dit, “T'en fais pas. J'avais tout gambergé. T'aurais brûlé personne.”

Calzer ricana. “Mais ouais. Ça c'est ce qu'on dit après.”

Les deux autres, l'OPJ à cheveux blancs et la gouine

avec ses diplômes, largués, sachant pas de quoi Calzer et le mec parlaient. Pas juste là, d'ailleurs, à propos de l'autre soir. Mais en général. Sur tout. Ces deux-là ne sauraient jamais de quoi Calzer et le mec des douanes parlaient. C'est pour ça que Calzer ne leur parlait pas à eux, mais juste au mec des douanes, lui disant à présent, "Tu vois comme ça déglingue, n'empêche ? Comment tu te retrouves des fois à plus savoir qui t'es ou ce que t'es censé faire ? De quel côté tu te trouves ?"

Le mec ne répondant pas, mais Calzer sachant très bien que le mec voyait ce que Calzer voulait dire.

"Attends, toi par exemple ? Ça fait combien de temps que tu te fais comme ça des infiltres en zombie ?"

Pareil : le mec répondant pas. Les deux autres, l'OPJ et la fille, intéressés aussi, en fait, regardant le mec des douanes, curieux de ce qu'il allait dire, semblant avoir oublié un peu la situation de départ, l'interrogatoire du mis en cause Calzer.

Calzer dit, "Allez, qu'est-ce t'en as à foutre ? Tu peux bien me dire. Ça fait combien de temps ? Un an ? Deux ans ? Dix ans ?"

"Cinq ans."

"Cinq ans ? D'accord. Et toi, je suis sûr, dans ton idée, tu te dis, cinq ans, je fais ça encore sur une ou deux saisons et puis après, basta. Je serai trop vieux. Usé. Je laisserai ça à d'autres. Place aux jeunes. Et là, toi, tranquillement, tu te dis, tu vas reprendre une vie normale. Une femme, des mômes – je veux dire, si t'en as pas déjà, bien sûr."

Le mec ne disant rien, mais Calzer pensant repérer une légère crispation, le front qui s'était plissé.

"Oh putain je le crois pas ! T'en as déjà ! Tu fais le zombie avec une famille à la maison. Putain, vous êtes fous les mecs, maintenant."

Le mec ne disant toujours rien, croyant s'en tirer comme ça.

“Eh ben laisse tomber mon pote, c’est mort. Trop tard. Cinq ans de ces conneries, c’est à vie. T’es cramé de l’intérieur. Donc regarde-moi : un jour, tu sauras pas pourquoi, tu sauras pas comment, juste toi aussi, tout à coup, t’as un truc qui sautera, un verrou. Tu verras les autres mecs, des trompettes, tu te diras, pourquoi je me fais chier, en fait ? Pourquoi je mange leur merde ? Et là tu dévisseras. Tu passeras de l’autre côté. Ce sera pas de ta faute.”

“C’est ça ce que tu vas dire au juge comme excuse ?”

“Non le juge, je l’encule. Ça, c’est ce que je te dis à toi. Cinq ans ? Moi j’ai tenu six ans. Il m’en a fallu dix derrière, juste me calmer un peu. Redescendre. Et puis derrière dix autres, à peu près normal. Je dis bien à peu près. Donc bon courage mon pote. Profite. Et regarde bien où je suis parce que un jour t’y seras. Tes deux collègues, là, Crin blanc et Mauresmo, ils peuvent gagner du temps. Te mettre les pinces tout de suite. Comme ça ce sera fait.”

Départ Cannes seize heures trois. Dix-neuf heures cinquante Lyon-La Part-Dieu. Changement. Départ à vingt heures trente. Arrivée à destination zéro heures trente-sept.

Monica faisant le calcul et en fait pardonnant à Mario de ne pas l’avoir visitée plus souvent. C’est vrai que c’était compliqué pour aller de Cannes à Rennes. Huit heures trente-quatre le trajet le plus court en changeant à Lyon. Sinon c’était passer par Paris, changer de gare, tout un cirque. Ou alors, carrément, correspondance à Nantes. Là, seize heures quarante-six de trajet. Merci bien.

D’avoir pensé à Mario, enfin tranquille pour le faire, elle se mit à pleurer, doucement, dans son coin, sans faire de bruit.

Mais au bout d'une minute, évidemment, le beau brun de l'autre côté de l'allée lui demanda si ça allait, lui proposant d'aller lui chercher à boire à la voiture bar. Un bon samaritain. L'histoire de sa vie. Des bons samaritains. Jamais complètement désintéressés, bien sûr Derniers en dates, Bertrand Monastorio, Jorge Gomez. C'est ce qu'elle avait aimé avec Mario. Il n'avait jamais prétendu être bien intentionné.

Elle regarda le paysage, la tête vide, pendant un petit moment, la mer bleue à sa gauche. Et puis le bon samaritain revint avec une petite bouteille de Vittel, un gobelet et un paquet de kleenex. Le type la laissant boire un peu puis demandant si elle allait à Lyon. C'était parti.

"Non. A Rennes."

"A Rennes ? Vous êtes bretonne ?

Le type ratissant large, pour affiner ensuite. Monica aurait pu continuer son approche à sa place, connaissant le texte par cœur. Mon Dieu, Jorge Gomez avait été plus drôle, à l'hôtel, le premier jour.

"Non."

"Ah. Mais je veux dire, vous habitez là-bas ? Ou c'est juste comme ça, une visite ?"

"Non, j'ai une amie qui sort de—". Partie pour dire prison, juste pour voir la tête du type. Mais à la dernière seconde se retenant et disant à la place, "– qui sort de clinique demain. Je veux lui faire la surprise."

Le bon samaritain hochant la tête, faisant semblant de s'intéresser. Monica n'en pouvait déjà plus. Elle le remercia encore pour l'eau et les mouchoirs et lui tourna le dos, regardant par la fenêtre. Restant comme ça, rêvassant, imaginant la suite, comment ça allait être.

De temps en temps, pour le plaisir, jetant juste un coup d'œil vers l'espace à bagages, devant elle, voyant son sac qui dépassait un peu.

Heureuse, pensant à ce qu'il y avait dedans, gardant

un œil dessus, conformément aux consignes de la SNCF qui recommandait aux voyageurs de ne pas perdre leurs valises de vue.

Ils longeaient la mer, sur la route de corniche autour du cap Cinjus. Roulant en silence, Jorge repensant à un détail dans ce que Monica leur avait expliqué pendant le trajet vers la gare. Il se racla la gorge et dit, "Sans déconner, on regarde bien, d'un sens, c'est un peu grâce à nous si Calzer a été arrêté. Et du coup si Castric va garder son boulot."

Sans cesser de regarder devant lui, le grand con hocha la tête et dit, "Entièrement d'accord. C'est évident."

"Donc je me dis, quand il saura le rôle—"

"Le rôle déterminant."

"Voilà : le rôle *déterminant* qu'on a joué dans la mise en échec du complot dont il allait être victime, il sera forcé de nous être reconnaissant."

"Oui. Je pense que ça vaut bien une petite extension de séjour."

"Gracieuse."

"Gracieuse, ça va sans dire."

Ils avaient passé le portail, remontant l'allée qui serpentait un peu à travers le parc avant d'atteindre le bâtiment principal. Jorge dit, "Au fait, c'est quoi déjà ton vrai nom que l'autre enculé a dit, ce matin ?"

"Larouet."

"C'est ça. Larouet."

"Et alors ?"

"Et ben, quand j'étais môme, mes parents étaient 'gens de maison' comme on dit."

Le grand con dit, "Ah oui ?", l'air de s'en foutre.

"Un moment, ils ont bossé chez un duc, j'ai oublié le nom. Mais je me souviens qu'il y avait un Larouet-Lemesle qui fréquentait chez eux assez assidûment."

"C'est plausible. Et alors ?"

"Lui, je me souviens de son nom parce que c'était une saloperie absolue. La vraie fin de race dégénérée. Et dépravé par-dessus le marché : cocaïnomane, flambeur aux canassons, suborneur de soubrettes. Une merde humaine. Tu vois qui je veux dire ?"

Le grand con dit, "Oh oui. Présenté comme ça, il doit s'agir de mon père."

Là, Jorge marqua un temps, inquiet d'être peut-être allé trop loin, tout à coup. Le grand con dit, l'air pas du tout vexé, "Mais c'est ma mère qui m'a élevé. Lui, j'ai dû le voir trois fois dans ma vie."

Ils étaient en bas des marches. Les voituriers leur ouvraient les portières. C'était bon.

Dans le hall, en les voyant, le concierge fit signe au grand con, lui tendant un message. Le grand con déplia le papier et dit, "C'est Paul."

"Paul ? Bono, tu veux dire ?"

"Voilà. Il a beaucoup aimé le livre de Stevenson."

Jorge se dit qu'il y avait longtemps.

"Ah. Stevenson, super."

"Il voudrait qu'on se revoie pour discuter du film."

"C'est top. Et sinon, je veux dire..."

"Oui ?"

"Paul Delvaux, tu crois qu'il aimerait ?"

Jorge disant ça sur le ton de la vanne. Et en même temps, pas seulement, voulant aussi tester. Mais le grand con ne répondit pas, concentré sur quelque chose qui se passait dans le dos de Jorge.

Jorge tourna la tête et vit deux bagagistes qui poussaient des chariots chargés de malles de luxe, et Castric en veste turquoise qui faisait des courbettes devant une somptueuse jeune femme blonde en robe rouge.

Sachant qu'évidemment ça ne pouvait être ni Grace Kelly ni Kim Novak sorties d'un film d'Hitchcock, Jorge crut d'abord reconnaître Sharon Stone, mais la blonde était trop jeune pour que ce soit ça. Et elle était trop belle aussi pour qu'il s'agisse juste de Scarlett Johansson.

Le grand con ne devait pas savoir non plus car il dit au concierge, “Et qui est donc cette dame qui vient d'entrer je vous prie ?”

Le concierge dit, “C'est la marquise Greta von Wiesenberg und Taxis.”

“Mais oui ! Bien sûr. Le marquis n'est pas avec elle ?

“L'*Überdashung* Otto est mort, monsieur le baron. Madame la marquise est veuve.”

Le regard de Jorge croisant celui du grand con, les deux restant comme ça quelques secondes à se fixer l'un l'autre, Jorge n'appréciant pas la tête que faisait l'autre depuis quelques secondes, le petit sourire supérieur revenu, l'air de dire, celle-là, c'est dans la poche. C'est pour moi. C'est comme si c'était fait.

Jorge, là, repensant à la phrase de Tortue et se disant, Çà mon pote, je m'excuse, mais là tu te touches l'anus.

Achevé d'imprimer sur les presses de

BUSSIÈRE

GROUPE CPI

à Saint-Amand-Montrond (Cher)
en octobre 2007

N° d'édition : 15048. — N° d'impression : 073505/1.
Dépôt légal : octobre 2007.

Imprimé en France

ISBN 978-2-246-73161-0